CHRISTINA LAUREN

Playboy IRRESISTÍVEL

São Paulo
2014

UNIVERSO DOS LIVROS

Published by arrangement with the original publisher, Gallery Books, a Division of Simon & Schuster, Inc.

Diretor editorial: **Luis Matos**
Editora-chefe: **Marcia Batista**
Assistentes editoriais: **Cássio Yamamura, Nathália Fernandes e Raíça Augusto**
Tradução: **Felipe CF Vieira**
Preparação: **Thiago Augusto**
Revisão: **Louise Bonassi e Viviane Zeppelini**
Arte e adaptação de capa: **Francine C. Silva e Valdinei Gomes**
Design original da capa: **Fine Design**
Foto: **Digital Vision/Getty Images**

Dados Internacionais de Catalogação na Publicação (CIP)
Angélica Ilacqua CRB-8/7057

L412p

Lauren, Christina
Playboy irresistível / Christina Lauren; tradução de Felipe CF Vieira.
– São Paulo : Universo dos Livros, 2013. (Beautiful Bastard, v. 3).
360 p.

ISBN: 978-85-7930-674-7
Título original: *Beautiful Player*

1. Literatura americana 2. Literatura erótica 3. Ficção
I. Título II. Vieira, Felipe CF

13-1079 CDD 813.6

Universo dos Livros Editora Ltda.
Rua do Bosque, 1589 – Bloco 2 – Conj. 603/606
CEP 01136-001 – Barra Funda – São Paulo/SP
Telefone/Fax: (11) 3392-3336
www.universodoslivros.com.br
e-mail: editor@universodoslivros.com.br
Siga-nos no Twitter: @univdoslivros

Prólogo

Nós estávamos no apartamento mais feio de toda Manhattan, e o problema não era meu cérebro estar desligado de qualquer senso de apreciação artística: *todos* aqueles quadros eram mesmo objetivamente horrorosos. Em um deles havia uma perna peluda crescendo dentro de um vaso, como uma flor. Em outro havia uma boca com macarrão escorrendo pelos cantos. Ao meu lado, meu irmão mais velho e meu pai se mostravam pensativos, como se entendessem aquilo que viam. Tive que forçá-los a continuar andando; afinal, essa era a regra social implícita: os convidados de uma festa precisam primeiro andar ao redor do apartamento apreciando as obras de arte do anfitrião, e só depois podem se esbaldar nos comes e bebes.

Mas lá no fundo, sobre a grandiosa lareira e entre dois candelabros extravagantes, havia um quadro com o desenho de uma dupla hélice – a estrutura da molécula de DNA –, e cobrindo toda a tela havia uma citação de Tim Burton: *Todos nós sabemos que romance entre espécies é algo estranho.*

Eu tive que rir e dizer para Jensen e meu pai:

– Certo. *Aquele* é legal.

Jensen suspirou.

– É *claro* que você tinha que gostar desse aí.

Olhei de novo para o quadro e depois encarei meu irmão.

– Como assim? Só porque é a única coisa neste lugar que faz algum sentido?

Ele se virou para meu pai e os dois trocaram olhares, como se algum tipo de permissão entre pai e filho tivesse sido concedida.

– Precisamos conversar sobre sua relação com seu trabalho.

Demorei um pouco antes de digerir suas palavras, seu tom de voz e sua expressão determinada.

– Jensen – eu disse. – Nós vamos mesmo ter essa conversa *aqui*?

– Sim, aqui – seus olhos verdes se estreitaram. – É a primeira vez que vejo você fora do laboratório nos últimos dois dias, com exceção de quando você está dormindo ou comendo alguma porcaria com pressa.

Eu nunca deixava de notar como os traços de personalidade mais fortes dos meus pais – vigilância, charme, cautela, impulsividade e obstinação – pareciam distribuídos precisamente entre seus cinco filhos.

Vigilância e *obstinação* iriam agora travar uma batalha no meio de uma festinha em Manhattan.

– Estamos numa festa, Jens. As pessoas esperam que a gente converse sobre toda essa arte maravilhosa ao nosso redor – eu disse, mostrando vagamente as paredes da sala de estar cheia de opulência. – E sobre o escândalo que é... sei lá, alguma coisa – eu não fazia ideia de qual era a fofoca do momento, e essa minha última demonstração de ignorância social apenas confirmou o argumento do meu irmão.

Não pude deixar de perceber a força que ele fez para não revirar os olhos.

Meu pai me entregou um aperitivo que parecia uma lesma numa bolachinha, e eu discretamente o dispensei numa bandeja quando uma garçonete passou por perto. Meu vestido novo me pinicava, e eu desejei ter perguntado às minhas colegas de trabalho sobre essa nova meia-calça Spanx que eu estava usando. Assim que a vesti, pensei que ela tinha sido criada pelo Satã em pessoa, ou por algum homem que era magro demais até para aqueles jeans apertados que estão na moda.

– Você não é apenas inteligente – Jensen continuou a conversa. – Você é engraçada. Você é social. Você é uma garota bonita.

– Mulher – eu corrigi, resmungando. – Mulher bonita.

Ele se aproximou, mantendo nossa conversa apenas entre nós. Que Deus nos acudisse se alguém da *high society* de Nova York ouvisse sua lição de como me tornar mais socialmente depravada.

– Então eu não entendo por que estamos aqui visitando você por três dias e as únicas pessoas com quem eu saí foram os meus próprios amigos.

Sorri para meu irmão e deixei minha gratidão por sua vigilância superprotetora se esvair antes de sentir uma irritação se espalhar pelo meu corpo; era como tocar num ferro de passar quente, um reflexo rápido seguido de uma dor pulsante prolongada.

– Estou quase acabando a faculdade, Jens. Vou ter muito tempo para viver depois disso.

– Acontece que a vida é *agora* – ele disse, com olhos arregalados e urgentes. – Quando eu tinha a sua idade eu mal pensava no meu diploma, apenas ficava feliz se acordava de manhã sem estar de ressaca.

Meu pai estava em silêncio ao meu lado, ignorando o último comentário, mas aprovando o consenso geral de que eu era uma perdedora sem amigos. Joguei um olhar para ele querendo dizer: "*Tenho que aguentar* isso *do cientista workaholic que passava mais tempo no laboratório do que na própria casa?*". Mas ele permaneceu impassível, mostrando a mesma expressão de quando um composto que esperava que fosse solúvel acabava como uma suspensão viscosa flutuando no topo de um tubo de ensaio: ele parecia confuso, talvez até um pouco ofendido por uma questão de princípio.

Meu pai me passou sua *obstinação*, mas acho que sempre pensou que minha mãe também me passou um pouco de seu charme. Talvez por eu ser mulher, ou talvez porque ele pensasse que cada geração deveria aperfeiçoar a anterior, e por isso eu deveria equilibrar carreira e vida pessoal melhor do que ele conseguiu. No dia que meu pai fez cinquenta anos, ele me levou até seu escritório e disse: "As pessoas são tão importantes quanto a ciência. Aprenda com os meus erros". E então ele arrumou alguns papéis em sua mesa e ficou encarando as próprias mãos até eu me entediar o bastante para me levantar e voltar para o laboratório.

Claramente, eu falhei nesse quesito.

– Eu sei que sou superprotetor – Jensen sussurrou.

– Um pouco – concordei.

– E sei que me intrometo demais.

Lancei um olhar irônico e sussurrei de volta:

– Você é minha própria Athena Polias.

– Só que não sou grego e tenho um pênis.

– Eu tento não pensar nisso.

Jensen suspirou e, finalmente, meu pai percebeu que esse era um trabalho para duas pessoas. Os dois vieram para me visitar e, embora parecesse uma estranha combinação para uma visita aleatória em pleno mês de fevereiro, eu não tinha pensado muito nisso até agora. Meu pai me abraçou, apertando. Seus braços eram longos e finos, mas ele sempre teve muito mais força do que aparentava.

– Ziggs, você é uma boa garota.

Sorri diante da tentativa do meu pai de me encorajar.

– Nossa, obrigada.

Jensen acrescentou:

– Você sabe que te amamos.

– Eu amo vocês também. Na maioria das vezes...

– Mas... considere isso uma intervenção. Você está viciada no trabalho. Está viciada na ideia desse atalho que você acha que sua carreira precisa seguir. Talvez eu sempre me intrometa com palpites sobre a sua vida...

– *Talvez*? – interrompi. – Você decide tudo, desde quando o pai e a mãe tiraram as rodinhas da minha bicicleta, até o horário em que eu podia voltar para casa quando eu era adolescente. E você nem morava mais com a gente, Jens. Eu tinha *dezesseis* anos.

Ele ficou parado me encarando.

– Juro que não vou dizer o que você deve fazer... – ele fez uma pausa, olhando ao redor como se alguém estivesse segurando uma placa mostrando quando acabar a frase. Pedir para o Jensen não se intrometer na minha vida era como pedir para alguém parar de respirar por apenas dez minutinhos. – Apenas ligue para alguém.

– *Alguém*? Jensen, seu argumento é que eu não tenho amigos. Isso não é *exatamente* verdade, mas para quem você acha que eu devo ligar para começar essa coisa de sair-e-viver-a-vida? Alguma colega cheia de pesquisa para fazer como eu? Nós somos estudantes de engenharia biomédica. Não é exatamente um lugar cheio de socialites.

Ele fechou brevemente os olhos, depois ficou encarando o teto até que algo lhe ocorreu. Suas sobrancelhas se ergueram quando olhou de volta para mim, e uma esperança encheu seus olhos junto a uma irresistível bondade fraternal.

– E quanto ao Will?

Agarrei a taça de champanhe das mãos do meu pai e tomei de um gole só.

Eu não precisava que Jensen falasse de novo. Will Sumner era o melhor amigo do meu irmão na faculdade, foi ex-estagiário do meu pai e objeto de todas as minhas fantasias adolescentes. Enquanto eu sempre fui a irmãzinha nerd e amigável, Will era o gênio bad boy de sorriso maroto, piercing na orelha e olhos azuis que pareciam hipnotizar todas as garotas que ele conhecia.

Quando eu tinha doze anos, Will estava com dezenove. Nessa época, ele nos visitou com Jensen durante alguns dias no Natal. Ele tinha um visual desleixado, mas mesmo assim delicioso, e passou todo o feriado tocando baixo no porão com Jensen e flertando com minha irmã mais velha, Liv. Quando eu tinha dezesseis anos, ele já era recém-formado e trabalhou com meu pai durante o verão. Ele exalava um carisma tão brutalmente sexual que eu acabei dando minha virgindade para um garoto qualquer da minha classe apenas para tentar aliviar o desejo que eu sentia só de ficar perto de Will.

Eu tinha quase certeza que minha irmã o *beijou* – e Will era velho demais para mim, de qualquer maneira –, mas lá no fundo do meu coração eu admitia que Will Sumner foi o primeiro garoto que eu senti vontade de beijar, e foi o primeiro garoto que me fez brincar debaixo do lençol, pensando nele no meio da escuridão do meu quarto.

Pensando naquele sorriso safado e naquele cabelo que teimava em cair sobre seu olho direito.

Pensando em seus braços musculosos e na pele morena e macia.

Pensando em seus longos dedos e até em sua pequena cicatriz no queixo.

Enquanto os garotos da minha idade soavam todos iguais, a voz de Will era grave e discreta. Seus olhos eram pacientes e sábios. Suas mãos nunca se mostravam inseguras e trêmulas; geralmente ficavam descansando em seus bolsos. Will lambia os lábios quando observava as garotas, e fazia comentários discretos e conhecedores sobre peitos, pernas e línguas.

Pisquei de volta à realidade e olhei para Jensen. Eu não tinha mais dezesseis anos. Eu tinha vinte e quatro, e Will tinha trinta e um. A última vez que o vi foi há quatro anos, no malfadado casamento de Jensen, e seu sorriso carismático estava ainda mais intenso e enlouquecedor. Lembro de observá-lo fascinada enquanto ele escapava para dentro de um closet com duas damas de honra da minha cunhada.

– Ligue para ele – Jensen implorou, tirando-me de minhas lembranças. – Ele equilibra bem o trabalho e a vida social. Ele mora aqui e é um cara legal. Apenas... saia um pouco, certo? Ele vai cuidar de você.

Tentei reprimir a excitação que vibrou por minha pele quando meu irmão mais velho disse isso. Eu não sabia exatamente *como* eu queria que Will cuidasse de mim: apenas como o amigo do meu irmão, ajudando a equilibrar minha vida? Ou eu queria ter um olhar adulto sobre o objeto das minhas mais depravadas fantasias?

– Hanna – meu pai insistiu. – Você ouviu o que seu irmão disse?

Uma garçonete passou com uma bandeja repleta de taças de champanhe, e eu troquei a minha taça vazia por uma cheia do precioso líquido borbulhante.

– Eu ouvi. Certo, não vou mais discutir. Vou ligar para o Will.

Uma chamada. Duas.

Parei de andar em círculos apenas o suficiente para abrir uma fresta da cortina e olhar pela janela. Franzi a testa quando vi o céu ainda escuro, mas pensei que estava mais para azul-escuro do que para cinza, começando a mostrar tons de rosa e púrpura no horizonte. Ou seja, tecnicamente, já era de manhã.

Três dias se passaram desde o sermão de Jensen e, consequentemente, essa era minha terceira tentativa de ligar para Will. Mas mesmo eu não tendo ideia do que iria falar – nem mesmo do que meu irmão *esperava* que eu falasse –, quanto mais eu pensava nisso, mais percebia que Jens estava certo: eu nunca saía do laboratório. O conteúdo da minha geladeira era salada, sobras de comida chinesa e comida congelada. Toda a minha vida até esse ponto girava em torno de acabar a faculdade e me lançar numa perfeita carreira como pesquisadora. Foi um chamado para a realidade perceber o quão pouco eu tinha fora desse círculo.

Aparentemente, minha família percebeu isso primeiro, e por algum motivo eles pensavam que a solução para me salvar da solteirice era Will.

Quanto a mim, estava menos confiante nessa solução. Muito menos.

Admito que nossa história juntos era bem pequena, e era totalmente possível que ele nem se lembrasse mais de mim. Eu era a pequena irmãzinha, apenas um pano de fundo para suas muitas aventuras com Jensen e seu breve caso com minha irmã. E agora eu estava ligando para ele para... o quê? Me levar para sair? Jogar Banco Imobiliário? Me ensinar como...

Eu nem conseguia terminar esse pensamento.

Pensei em desligar. Pensei em voltar para a cama e dizer para meu irmão ir se ferrar e parar de me encher. Mas no meio da quarta chamada, e apertando o telefone com minha mão já embranquecida, Will atendeu.

– Alô? – sua voz era exatamente como eu me lembrava, encorpada e profunda, mas ainda mais grave. – Alô? – ele repetiu.

– Will?

Ele respirou fundo, e eu ouvi um sorriso se estender por sua voz quando ele falou meu apelido:

– Ziggy?

Eu tive que rir; é claro que ele se lembraria de mim desse jeito. Apenas minha família ainda me chamava assim. Ninguém sabia o que o nome significava – em retrospecto, eles deram poder demais ao Eric, que tinha apenas dois anos quando escolheu o apelido da sua irmãzinha recém-nascida.

– Pois é. É a *Ziggy*. Como você sabia...?

– Eu falei com Jensen ontem. Ele me contou tudo sobre a visita e o chute-no-traseiro verbal que ele deu em você. E também mencionou que você talvez ligasse para mim.

– Bom, aí está – eu disse, boba de tudo.

Ouvi um gemido e o farfalhar de lençóis. Eu absolutamente não tentei imaginar o tipo de nudez que estava do outro lado da linha. Mas o nó em meu estômago subiu direto para minha garganta quando a ficha caiu: ele parecia cansado porque estava *dormindo*. Certo, então acho que tecnicamente *ainda* não era de manhã.

Dei outra olhada pela janela.

– Eu não acordei você, não é?

Eu nem tinha olhado para o relógio ainda, e agora estava com medo de olhar.

– Tudo bem. Meu alarme está prestes a tocar, de qualquer maneira... – ele fez uma pausa e bocejou. – ... daqui a uma hora.

Segurei um gemido de mortificação.

– Desculpe. Acho que eu estava um pouco... ansiosa.

– Não, não, tudo bem. Não acredito que esqueci que você agora mora aqui na cidade. E ouvi dizer que você se enfurnou num laboratório nos últimos três anos.

Meu estômago se revirou um pouco ao ouvir a maneira como sua voz ficou mais rouca ao me provocar.

– Pelo jeito você está do lado de Jensen.

Seu tom de voz suavizou.

– Ele só está preocupado com você. Sendo seu irmão mais velho, esse é o trabalho favorito dele.

– É o que dizem...

Voltei a andar em círculos pelo quarto, precisando fazer alguma coisa para conter meu nervosismo. Adorei ele ter notado esse lado de Jensen.

– Eu deveria ter ligado antes...

– Eu também.

Ele se ajeitou e pareceu ter se sentado. Ouvi seu gemido quando se espreguiçou e fechei meus olhos. Parecia exatamente, precisamente e perturbadoramente como *sexo*.

Respire pelo nariz, Hanna. Fique calma.

– Você quer fazer alguma coisa hoje? – eu falei de uma vez só. E a minha calma foi para o espaço.

Ele hesitou, e eu quase dei um soco em mim mesma por não ter pensado que ele poderia ter outras coisas para fazer. Como trabalho. E depois do trabalho, talvez tivesse planos para sair com uma namorada. Ou uma esposa. De repente, fiquei congelada esperando ouvir qualquer som que quebrasse aquele silêncio.

Após uma eternidade, ele perguntou:

– O que você tem em mente?

Pergunta difícil.

– Jantar?

Will fez uma pausa que durou vários dolorosos segundos.

– Humm, eu tenho uma reunião até tarde hoje. Que tal amanhã?

– Tenho laboratório. Marquei uma maratona de dezoito horas com umas células que estão crescendo superlentamente e vou me matar se eu estragar tudo e tiver que começar de novo.

– Dezoito horas? Isso é um dia bem longo, Ziggs.

– Eu sei.

Ele pensou um pouco antes de perguntar:

– Que horas você precisa chegar lá agora de manhã?

– Mais tarde – eu disse, olhando para o relógio e estremecendo. Eram apenas *seis* horas. – Lá pelas nove ou dez.

– Você quer ir até o parque comigo para correr?

– Você corre? – perguntei. – Tipo, de propósito?

– Sim – ele disse, praticamente rindo. – Não como se estivesse fugindo de algo, mas, você sabe, como se estivesse me exercitando.

Fechei meus olhos com força, com um familiar sentimento de obrigação, como se fosse um desafio ou uma tarefa idiota da escola. Maldito Jensen.

– Quando?

– Daqui meia hora?

Olhei novamente pela janela. O sol mal estava nascendo. Tinha neve na rua. *É hora de mudança*, lembrei a mim mesma. E com isso, fechei os olhos e disse:

– Mande uma mensagem com o lugar. Eu te encontro lá.

Estava frio. Mais precisamente, frio de congelar a bunda.

Reli a mensagem de Will, que dizia para eu encontrá-lo no Engineers Gate, na Quinta Avenida com a Rua 90, no Central Park, e fiquei andando em círculos novamente para tentar me aquecer. O ar da manhã queimava meu rosto e atravessava o tecido da minha calça. Eu deveria ter trazido um chapéu. Eu deveria ter lembrado que estamos no mês de fevereiro e em Nova York, e apenas os malucos vão para o parque no mês de fevereiro em Nova York. Eu não conseguia sentir meus dedos e estava legitimamente preocupada que o ar frio e o vento gelado pudessem fazer minhas orelhas caírem.

Havia apenas um punhado de pessoas ao redor: alguns corredores superdeterminados e um jovem casal abraçado num banco debaixo de uma árvore gigante, cada um segurando um copo de algo que parecia quentinho e delicioso. Um bando de pássaros cinzentos bicava o chão, e o sol apenas espiava sobre os arranha-céus ao longe.

Na maior parte da minha vida eu vivi entre ser socialmente apropriada e ser uma *geek* que fala pelos cotovelos, então é claro que eu já me senti fora da minha praia antes: quando recebi o prêmio pela minha pesquisa na frente de centenas de pais e estudantes no MIT; quase em todas as vezes que saio para fazer compras; e, no momento mais memorável, quando Ethan Kingman queria uma chupada no colegial e eu absolutamente não tinha ideia de como fazer isso e respirar ao mesmo tempo. E agora, enquanto o céu ficava cada vez mais claro, eu encararia sem reclamar qualquer uma dessas lembranças só para poder escapar desta situação.

Não é que eu não estivesse a fim de correr... tá bom, na verdade, era isso mesmo. Eu *não* queria sair correndo por aí. E não estava com medo de encontrar Will. Eu estava apenas *nervosa*. Eu me lembrava de como ele era – sempre havia algo de hipnótico sobre sua atenção. Algo sobre ele que exalava sexo. Eu nunca tive que interagir com ele sozinha e fiquei preocupada de simplesmente não possuir a compostura para isso.

Meu irmão me passou uma tarefa – vá viver sua vida mais intensamente – sabendo que se existia um jeito de assegurar minha dedicação em alguma coisa, era me fazer pensar que eu estava falhando. E embora eu soubesse que essa não era sua intenção quando sugeriu isso, eu precisava entrar na cabeça de Will, aprender com o mestre e me tornar mais parecida com ele. Eu apenas precisava fingir que estava numa missão secreta: entrar, sair e escapar ilesa.

Diferente de minha irmã.

Depois que minha irmã de dezessete anos ficou com Will, baixista, piercing na orelha e com dezenove anos, naquele Natal, eu aprendi muito sobre o que acontece quando uma adolescente fica caidinha por um bad boy. E Will Sumner era *o* bad boy em pessoa.

Todos eles queriam a minha irmã, mas Liv nunca quis ninguém do mesmo jeito que ela queria Will.

– Zig!

Girei a cabeça imediatamente em direção àquela voz e tive que olhar duas vezes enquanto o homem em questão andava na minha direção. Ele parecia mais alto do que eu lembrava e tinha o tipo de corpo que era longo e esguio, um torso que parecia não acabar mais e membros que deveriam deixá-lo desajeitado, mas que por algum motivo não deixavam. Sempre existiu *algo* sobre ele, algo magnético e irresistível que não tinha nada a ver com um visual simétrico clássico, mas minha memória de Will de apenas quatro anos atrás não era nada diante do homem que tinha acabado de chegar.

Seu sorriso ainda era o mesmo: levemente torto, como se estivesse escondendo algo, e sempre duradouro, deixando uma constante sensação de malícia em seu rosto. Enquanto se aproximava, ele olhou de relance para o lado e eu reparei o contorno de seu queixo e o longo pescoço bronzeado que desaparecia debaixo da gola de sua blusa.

Quando ele se aproximou, seu sorriso aumentou.

– Bom dia – ele disse. – Achei que era você quando vi de longe. Lembro que você costumava andar de um lado para o outro desse jeito quando ficava nervosa sobre a escola ou algo assim. Deixava sua mãe maluca.

E, sem pensar, dei um passo para frente e o abracei. Acho que nunca tinha ficado tão perto dele assim. Pude sentir o calor e os músculos de seu corpo; fechei os olhos quando senti seu rosto pressionado no topo da minha cabeça.

Sua voz grave parecia reverberar através de mim.

– É muito bom ver você de novo.

Relutantemente, dei um passo para trás, inalando o ar fresco misturado com o perfume de seu sabonete.

– É bom ver você também.

Seus olhos azuil-claros olharam para mim debaixo de um gorro preto, que mal cobria as mechas de seu cabelo escuro. Ele se aproximou e colocou algo na minha cabeça.

– Achei que você podia precisar disso.

Passei a mão e senti um gorro de lã grossa. Uau, isso foi inesperadamente encantador.

– Obrigada. Acho que minhas orelhas não vão cair, afinal de contas.

Ele sorriu e se afastou novamente, olhando-me de cima a baixo.

– Você parece... diferente, Ziggs.

Eu ri.

– Ninguém além da minha família me chama assim, *faz tempo*.

Seu sorriso murchou e ele observou meu rosto por um momento, como se procurasse meu nome verdadeiro tatuado na minha testa. Ele só me chamava de Ziggy, igual meus irmãos – Jensen, claro, mas também Liv, Niels e Eric. Até sair de casa, eu *sempre* fui Ziggy.

– Bom, então como é que seus amigos te chamam?

– Hanna – eu disse silenciosamente.

Ele sorriu para mim e continuou a me encarar. Olhou meu pescoço, meus lábios, e então pareceu inspecionar meus olhos. A energia entre nós era palpável... mas não. Eu provavelmente estava errando minha interpretação da situação. Esse era precisamente o perigo com Will Sumner.

Lembre-se, você é uma agente secreta, Hanna.

– Então – comecei a falar, erguendo minhas sobrancelhas. – E essa tal corrida?

Will piscou de volta para a realidade.

– Ah, é.

Ele assentiu e puxou seu gorro até cobrir as orelhas. Will parecia tão diferente – todo arrumado e bem-sucedido – mas, olhando bem, eu ainda podia enxergar as marcas quase apagadas onde ficavam seus brincos.

– Primeiro – ele disse, e eu rapidamente voltei a atenção de volta para seu rosto –, eu quero que você fique atenta com o gelo sujo. Eles fazem um bom serviço limpando as trilhas, mas se você não prestar atenção, pode realmente se machucar.

– Certo.

Ele apontou para o caminho estreito em torno da água congelada.

– Este é o circuito inferior. Ele dá a volta no reservatório e é perfeito para nós, porque tem poucas inclinações.

– E você corre aqui todos os dias?

Will soltou uma risada, balançando a cabeça.

– Não. Esta pista tem apenas dois quilômetros e meio. Já que você está apenas começando, vamos andar pelo começo e pelo fim da pista, e correr só no meio.

– Por que não corremos na sua pista de sempre? – perguntei, não gostando da ideia de mudar sua rotina por minha causa.

– Porque eu corro quase dez quilômetros.

– Eu consigo fazer isso também – eu disse. Dez quilômetros não pareciam ser tão difíceis. Quer dizer, são dez mil metros... e então senti meu sorriso se esvair quando considerei isso.

Ele acariciou minha cabeça com uma paciência exagerada.

– É claro que consegue. Mas primeiro vamos ver como você se sai hoje, depois conversamos.

E depois disso? Ele deu uma piscadela.

Então, aparentemente eu não sou uma boa atleta.

– Você faz isso todo dia? – eu disse, arfando.

Ele confirmou, como se estivesse apenas aproveitando um passeio leve pela manhã. Eu sentia que estava prestes a cair morta no asfalto.

– Falta quanto?

Ele olhou para mim, usando um sorriso convencido – e delicioso.

– Meio quilômetro.

Oh, Deus.

Eu me endireitei e ergui o queixo. Eu chegaria até o final. Eu era jovem e tinha... relativa boa forma. Passava o dia inteiro de pé, corria de sala em sala no laboratório, e sempre usava as escadas quando chegava em casa. É claro que eu sobreviveria até o final.

– Bom... – eu disse. – Eu me sinto ótima.

– Não está mais com frio?

– Nem um pouco.

Eu podia sentir o sangue bombeando em minhas veias e a potência do meu coração dentro do peito. Nossos pés batiam com força na pista, e não, eu definitivamente não estava mais com frio.

– Além de ficar ocupada o tempo todo – ele perguntou, sem perder nem um pouco do fôlego –, você gosta do seu trabalho?

– Amo – respondi ofegando. – Adoro trabalhar com o Liemacki.

Conversamos um pouco sobre meu projeto e as outras pessoas no laboratório. Ele conhecia a reputação do meu orientador de pós no campo da vacinação, e eu fiquei impressionada ao ver que Will lia bastante; mesmo sobre um campo que ele mesmo disse que nem sempre é a melhor aposta no mundo dos investimentos de risco. Mas ele estava curioso sobre outras coisas além do meu trabalho; ele queria saber sobre a *minha vida*, e perguntou sem rodeios.

– Minha vida é o laboratório – eu disse, olhando de relance para ver seu nível de julgamento. Ele mal piscou. Tive alguns amigos na faculdade, e um exército de professores da pós pedindo trabalhos. Mas, com exceção das duas pessoas no laboratório que eram mais próximas de mim, eu não tinha realmente aquilo que se chamaria de amigos. – Eles são ótimos – expliquei, engolindo em seco antes de tomar um grande fôlego. – Mas os dois são casados e têm filhos. Não são de sair depois do trabalho para beber e jogar sinuca.

– Acho que as mesas de sinuca não ficam abertas depois do seu trabalho, de qualquer maneira – ele disse em tom provocador. – Não é por isso que você está aqui? Para tentar sair da sua rotina?

– Certo – eu ri. – Apesar de ter ficado irritada quando Jensen disse na minha cara que eu precisava de uma vida, ele não estava exatamente *errado* – fiz uma pausa, correndo mais alguns passos. – Estive tão focada no trabalho por tanto tempo, tentando superar o próximo obstáculo, e depois o próximo, que acho que nunca parei para simplesmente aproveitar um pouco.

– Sei – ele concordou silenciosamente. – Isso não é bom.

Tentei ignorar a pressão de seu olhar e mantive meus olhos colados na trilha à nossa frente.

– Você às vezes sente que as pessoas de quem mais gosta não são as pessoas com quem você mais *convive*?

Quando ele não respondeu, eu acrescentei:

– Ultimamente, sinto que não estou colocando meu coração onde realmente importa.

Com minha visão periférica, eu vi seu rosto desviando o olhar e assentindo. Demorou uma eternidade para ele dizer algo, mas, quando respondeu, apenas murmurou:

– É, eu entendo isso.

Um momento depois, olhei para ele ao ouvir sua risada. Era um som profundo que vibrou pela minha pele e pelos meus ossos.

– O que você está *fazendo*? – ele perguntou.

Segui seus olhar até onde meus braços estavam cruzados sobre meu peito.

– Meus peitos estão doendo. Como vocês homens conseguem correr desse jeito?

– Bom, para começar, nós não temos... – e ele fez um gesto vago mostrando meu peitoral.

– Mas e quanto às outras coisas? Tipo, vocês correm usando cueca *boxer* por acaso?

Puta merda, o que há de errado comigo? Problema número um: não tenho um filtro verbal. Nunca fui muito boa quando se trata de sutilezas, mas algo sobre estar perto de Will me fazia perder qualquer conexão inibidora entre meu cérebro e minha boca.

Ele olhou para mim de novo, confuso, e quase tropeçou num galho caído no chão.

– Como é?

– *Boxer* – repeti bem lentamente. – Ou vocês usam alguma coisa para proteger suas partes masculinas e evitar...

Ele me interrompeu com uma risada alta que ecoou pelas árvores no meio do ar gelado.

– Meu Deus...

– Estou apenas curiosa – eu disse.

– Então, nada de cuecas *boxer* – ele continuou, depois de se recuperar da risada. – Teria coisas demais se movendo de um lado para o outro. Principalmente no meu caso.

– Por quê? Você tem mais de um saco? – provoquei.

Ele me jogou um olhar divertido.

– Se você quer mesmo saber, eu uso cuecas próprias para esportes. São bem justas para manter tudo no lugar com segurança.

– É, acho que as garotas têm sorte nesse sentido. Nada naquele lugar para – movi meus braços ao redor – balangar para todo lado. Nós somos compactas ali embaixo.

Chegamos numa parte plana da pista e começamos a caminhar. Will estava rindo baixinho ao meu lado.

– Percebi.

– Bom, você é o especialista no assunto.

Ele jogou um olhar cético.

– Como é?

Por uma fração de segundo, meu cérebro tentou filtrar os pensamentos, mas era tarde demais.

– Humm... especialista em xanas – sussurrei, quase sem pronunciar direito o final da frase.

Seus olhos se arregalaram, seus passos diminuíram o ritmo.

Eu parei totalmente e tentei recuperar o fôlego.

– Foi você mesmo quem disse.

– Quando foi que eu disse que era um *especialista em xanas*?

– Você não se lembra de quando falou isso para nós? Você disse que o Jensen era bom com as palavras. E você era bom com as ações. E depois ficou mexendo as sobrancelhas.

– Isso é *horrível*. Como diabos você se lembra disso?

Eu me endireitei.

– Eu tinha doze anos. Você era um amigo gostosão do meu irmão de dezenove anos que ficava fazendo piada sobre sexo na nossa casa. Você era praticamente uma criatura mítica.

– Então por que eu não me lembro de nada disso?

Dei de ombros, olhando para a pista, que agora estava cheia.

– Provavelmente pela mesma razão.

– Também não me lembro de você ser tão engraçada. Ou assim, tão... – ele levou um instante para me olhar de cima a baixo – ... crescida.

Eu sorri.

– Eu não era.

Will levou as mãos até as costas e puxou a blusa de moletom por cima da cabeça. Ele usava uma camisa regata por baixo e, quando seus braços ficaram expostos, senti uma pontada no meio do meu peito.

Ele coçou seu pescoço, sem perceber a maneira como meus olhos percorriam seu braço. Eu tinha muitas memórias de Will daquele verão em que ele trabalhou para o meu pai e morou conosco: lembro-me de sentar no sofá com ele e Jensen para assistir filmes, lembro-me dele passando pelo corredor durante a noite usando apenas uma toalha enrolada na cintura, lembro-me de quando ele devorava o jantar após um longo dia de trabalho no laboratório. Mas, com certeza por influência de alguma magia negra, por algum motivo, eu tinha me esquecido das tatuagens. Vendo-as agora, eu podia me lembrar de um pássaro azul em seu ombro, uma montanha e as raízes de uma árvore entrelaçadas em seu bíceps. Mas as outras eram novas. Redemoinhos de tinta formavam uma dupla hélice descendo até o centro de um de seus antebraços; no outro lado, havia o desenho de um fonógrafo visível debaixo da manga da camiseta. Will permaneceu em silêncio, e quando olhei em seu rosto, vi que ele estava sorrindo para mim.

– Desculpe – murmurei, sorrindo timidamente. – Percebi que você tem tatuagens novas.

Sua língua molhou rapidamente seus lábios.

– Não se desculpe. Eu não teria feito se não quisesse que as pessoas olhassem para elas.

– E você não tem problemas? Com o trabalho e tudo mais?

Ele murmurou, dando de ombros:

– Mangas longas, terno. A maioria das pessoas não sabe que elas existem.

O problema com isso era que não me fazia pensar na *maioria das pessoas* que ignorava as tatuagens. Fazia-me imaginar quem eram as pessoas que conheciam cada linha de tinta em sua pele.

Os perigos de Will Sumner, eu me lembrei. *Basta uma frase e você já está pensando nele pelado*. Pisquei de volta para o presente, tentando pensar em outro assunto.

– Então, e como vai a *sua* vida?

Ele me olhou, cauteloso.

– O que você quer saber?

– Você gosta do seu trabalho?

– Na maioria dos dias.

Respondi com um sorriso.

– Você viaja para ver sua família de vez em quando? Sua mãe e sua irmã moram em Washington, não é?

Lembrei que Will tinha duas irmãs bem mais velhas que moravam perto da mãe.

– Oregon – ele corrigiu. – E sim, umas duas vezes por ano.

– Você está saindo com alguém? – eu disse num impulso.

Ele apertou as sobrancelhas como se não tivesse entendido a pergunta direito. Depois de um instante, ele respondeu:

– Não.

Sua adorável reação confusa me ajudou a esquecer o quanto minha pergunta era inapropriada.

– Você realmente precisou pensar para responder?

– Não, sua espertinha. E não, não existe ninguém que eu apresentaria a você dizendo: "Ei, Ziggy, esta aqui é a fulana-de-tal, minha *namorada*".

Respondi com a cabeça, estudando-o.

– Que evasiva específica.

Ele tirou o gorro e correu os dedos pelos cabelos. As mechas estavam molhadas com suor e espetadas em todas as direções.

– *Nenhuma* mulher chamou sua atenção?

– Algumas, sim.

Ele virou os olhos para mim, não querendo fugir da minha interrogação. Disso eu me lembrava sobre Will: ele nunca sentia a necessidade de se explicar para ninguém, mas também não fugia de nenhuma pergunta.

Caramba, eu me esqueci do quanto sua personalidade era magnética. Olhei para seu peito, que subia e descia com respirações rápidas, e para os ombros musculosos, que terminavam no pescoço bronzeado e macio. Seus lábios se abriram e sua língua apareceu para molhá-los novamente. Seu queixo era esculpido e coberto com uma barba rala. Senti uma súbita e esmagadora vontade de tocar aquela barba com minhas coxas.

Meus olhos seguiram para seus braços fortes novamente, passaram pelas mãos relaxadas ao seu lado – e puta merda, aqueles dedos provavelmente sabiam fazer muitas coisas –, seguiram pela barriga lisinha e chegaram na frente da calça de corrida que me dizia que Will Sumner, mesmo quando relaxado, não tinha nada a esconder debaixo da cintura. Meu bom Deus do céu, eu queria transar com ele até tirar aquele sorrisinho convencido de seu rosto.

Um silêncio se estendeu entre nós, e o constrangimento apareceu. Lembrei que eu não vivia atrás de um vidro espelhado: Will podia ver cada uma das reações no meu rosto. Seus olhos se tornaram sombrios ao me estudar, e ele percebeu exatamente o caminho que minha mente tomou. Ele se aproximou, observando-me de cima a baixo como se inspecionasse um animal preso numa armadilha. Um lindo e mortal sorriso surgiu em sua boca.

– Qual é o veredito?

Engoli em seco, fechando os punhos das minhas mãos suadas, e apenas disse:

– Will?

Ele piscou, e então piscou de novo, dando um passo para trás e parecendo se lembrar de nossa situação. Eu podia praticamente ver sua mente maquinando: "Esta é a irmãzinha do Jensen... Ela é sete anos mais nova do que eu... Eu fiquei com a Liv por um tempo... Esta garota é uma nerd, pare de pensar com o seu pau". Will estremeceu de leve.

Eu relaxei, achando sua reação divertida. Will tinha uma infame expressão indecifrável... mas não aqui, e não comigo. Essa percepção enviou um raio de confiança em meu peito: ele pode ser quase irresistível e o homem mais naturalmente sensual do planeta, mas esta garota aqui consegue, sim, lidar com Will Sumner.

– Então – eu disse –, ainda não está pronto para casar e sossegar?

– Definitivamente, não – seu sorriso aumentou num canto da boca, e ele parecia completamente destrutivo. Meu coração e minhas partes íntimas não sobreviveriam uma noite sequer com este homem.

Ainda bem que isso não é uma opção, vagina. Sossega aí.

Voltamos para o começo da trilha, e Will encostou-se a uma árvore.

– Então, por que você está entrando no mundo dos vivos agora?

Ele inclinou a cabeça ao voltar o foco da conversa para mim.

– Sei que Jensen e seu pai querem que você tenha uma vida social mais ativa, mas vamos lá. Você é uma garota bonita, Ziggs. Não é possível que ninguém tenha pedido para sair com você.

Mordi meu lábio por um segundo, achando divertido que Will pensasse que, para mim, tudo se resumia a sexo. Mas a verdade era que...

ele não estava de todo errado. E não havia julgamento em sua expressão, nem um distanciamento estranho com um assunto tão pessoal.

– Não é que eu não tenha saído com alguns caras. Acontece que eu não sou boa nessa coisa de encontros casuais – eu disse, lembrando-me do meu mais recente e completamente entediante encontro. – Sei que pode ser difícil enxergar por trás de todo esse meu constrangimento charmoso, mas eu não sou muito boa nesse tipo de situação. O Jensen me contou suas histórias. Você conseguiu se formar no doutorado com todas as honras enquanto ao mesmo tempo transava sem parar. E aqui estou eu, num laboratório com pessoas que parecem considerar o constrangimento social um campo de estudo. Eles não são muito de experimentar a fruta, se é que você me entende.

– Você é jovem, Ziggs. Por que está se preocupando com isso agora?

– Não estou *preocupada* com isso, mas já tenho vinte e quatro anos. Meu corpo funciona plenamente, e minha cabeça está cheia de pensamentos interessantes. Eu apenas queria... explorar. Você não pensava nessas coisas quando tinha minha idade?

Ele deu de ombros.

– Não me lembro de ficar estressado por causa disso.

– É claro que não. Você erguia uma sobrancelha e as calcinhas automaticamente caíam no chão.

Will lambeu os lábios e coçou o pescoço.

– Você é uma figura, sabia?

– Sou uma *cientista*, Will. Se vou mesmo fazer isso, preciso aprender como os homens pensam, preciso entrar na cabeça deles – respirei fundo e o observei com cuidado antes de dizer: – Me ensine. Você disse para meu irmão que me ajudaria. Então ajude.

– Tenho certeza de que ele não quis dizer: “Ei, mostre a cidade para minha irmãzinha, veja se ela não está gastando demais no aluguel e, a propósito, ajude ela a transar por aí” – suas sobrancelhas negras se juntaram quando algo pareceu lhe ocorrer. – Você está pedindo para eu apresentar algum amigo meu?

– Não. *Deus me livre* – não sei se eu queria rir ou cavar um buraco para me esconder até a *eternidade* passar. – Quero sua ajuda para aprender... – dei de ombros e cocci meu cabelo debaixo do gorro. – *Como* me comportar em encontros. Me ensine as regras.

– Não sei se sou o mais qualificado para ajudar você a conhecer caras.

– Você estudou em Yale.

– Sim, e daí? Isso foi há anos atrás, Ziggs. E acho que isso não fazia parte da grade curricular.

– E você tocava numa banda – continuei, ignorando seu último comentário.

Seus olhos mostravam seu divertimento.

– E daí?

– E daí que eu estudei no MIT e jogava Dungeons & Dragons e Magic. E daí que ex-estudantes de Yale que jogavam *lacrosse* e tocavam numa banda podem ter mais ideias de como melhorar a vida sexual de *geeks* nerdísticos e quatro olhos.

– Você está tirando sarro de mim?

Ao invés de responder, cruzei os braços sobre meu peito e fiquei esperando pacientemente. Foi a mesma postura que adotei quando deveria ter ficado vagando de laboratório em laboratório para escolher minha pesquisa de mestrado. Mas eu não queria ficar vagando de laboratório em laboratório; eu queria mesmo iniciar a minha pesquisa com Liemacki, imediatamente. Fiquei de pé em frente ao seu escritório, depois de explicar por que sua pesquisa estava perfeitamente posicionada para se afastar de vacinas virais rumo a parasitologia, e o que eu pensava que poderia funcionar para a minha tese. Depois de apenas cinco minutos ele cedeu.

Will olhava para o horizonte. Eu não sabia se ele estava considerando o que eu tinha dito ou se estava decidindo se deveria simplesmente começar a correr e me deixar para trás ofegando.

Finalmente, ele suspirou.

– Certo, bom, a regra número um para ter uma vida social mais abrangente é nunca ligar para ninguém, com exceção de um taxista, antes do sol nascer.

Rindo, eu murmurei:

– Pois é. Foi mal.

Ele me estudou, no fim gesticulou para minhas roupas.

– Vamos correr. Vamos sair e fazer coisas – ele estremeceu e gesticulou novamente para meu corpo. – Não quero dizer que você precise fazer algo, mas... merda, sei lá. Você está usando a blusa de moletom do seu irmão. Me corrija se eu estiver errado, mas tenho a sensação de que esse é seu jeito normal de se vestir, mesmo quando não sai para correr – ele franziu a testa. – Apesar de ter lá o seu charme.

– Não vou me vestir como uma vadia.

– Você não precisa se vestir como uma *vadia* – ele se endireitou e mexeu nos cabelos antes de colocar o gorro de novo. – *Deus*. Você é tão esquentadinha. Você conhece Chloe e Sara?

Neguei com a cabeça.

– São garotas com quem... você *não* está saindo?

– Ah, nossa, não – ele riu. – Elas são as garotas que laçaram meus melhores amigos pelas bolas. Acho que seria bom você conhecê-las. Juro que vão se tornar melhores amigas ao final da noite.

Dois

– Então, espera aí – Max disse, puxando sua cadeira para se sentar. – Essa é a irmã que você comeu?

– Não, essa foi a Liv – sentei-me de frente para ele e ignorei seu sorriso maldoso e a pontada no meu estômago. – E eu não *comi* ela. Apenas ficamos algumas vezes. A irmã mais nova é a Ziggy. Ela era apenas uma criança na primeira vez que passei o Natal com Jensen.

– Ainda não consigo acreditar que ele levou você para passar o Natal em casa e você beijou a irmã dele no quintal. Eu chutaria o seu traseiro – mas ele reconsiderou, coçando o queixo. – Ah, dane--se isso. Eu não daria a mínima.

Olhei para Max e tive que rir um pouco.

– Pois é, então, na verdade eu era mesmo um filho da mãe.

Ao nosso redor, taças tilintavam e pessoas conversavam num murmúrio discreto. Almoço de terça-feira no Le Bernardin tinha se tornado uma rotina para nosso grupo nos últimos seis meses. Max e eu geralmente éramos os últimos a chegar, mas aparentemente hoje os outros se atrasaram por causa de alguma reunião.

– *Era* um filho da mãe? Seu uso do verbo no passado é adorável – Max murmurou, olhando para o cardápio antes de fechá-lo com força. Na verdade, não sei por que ele o abriu em primeiro lugar. Ele sempre pedia caviar de entrada e um peixe tamboril como prato principal. Eu recentemente concluí que Max guardava toda a sua espontaneidade para a sua vida com Sara; com comida e trabalho, ele era uma criatura de hábitos. – Eu acho que você ainda é um pouco filho da mãe.

– Eu sei que acha isso. Acontece que você sempre se esquece de como *você* era antes de conhecer Sara.

– Não é verdade – ele protestou com seu sorriso grande e fácil. – Eu *sei* que eu era um cretino. Mas, enfim, me conte sobre essa irmãzinha.

– Ela é a mais nova dos cinco filhos da família Bergstrom, e está fazendo pós-graduação aqui na Universidade Columbia. Ziggy sempre foi ridiculamente inteligente. Terminou a graduação em três anos e agora trabalha com o Liemacki. Sabe? Aquele que trabalha com vacinas?

Max balançou a cabeça e deu de ombros como se dissesse: "Quem diabos é esse cara?".

Eu continuei:

– É uma pesquisa de ponta que está sendo desenvolvida na faculdade de medicina. Enfim, no último fim de semana em Las Vegas, quando você estava atrás da sua garota nas mesas de *blackjack*, Jensen me enviou uma mensagem avisando que iria visitá-la aqui na cidade. Acho que ele fez todo um discurso para ela dizendo que não deveria passar o resto da vida vivendo entre os tubos de ensaio.

O garçom se aproximou para encher nossos copos, e dissemos que estávamos esperando outras pessoas.

Max olhou de volta para mim.

– Então você está planejando se encontrar novamente com ela?

– Pois é. Acho que vamos sair e fazer alguma coisa nesse fim de semana. Acho que vamos correr de novo.

Não deixei de perceber a maneira como seus olhos se arregalaram.

– Está deixando alguém entrar no seu mundinho privado das corridas matinais? Isso parece mais íntimo do que sexo, William.

Fiz um gesto de repúdio.

– Nada a ver.

– Mas foi divertido? Reencontrar a irmãzinha e tal?

Na verdade, foi, *sim*, divertido. Não foi nada selvagem, ou mesmo algo de muito especial – meu Deus, apenas saímos para *correr*. Mas eu ainda me sentia um pouco abalado pela maneira como ela tinha mudado. Fui até lá pensando que deveria haver uma razão para seu isolamento, além de suas longas horas de trabalho. Esperava que ela fosse desajeitada, ou feia, ou uma típica pessoa socialmente inepta.

Mas não era nada disso, e ela definitivamente não parecia ser a "irmãzinha" de alguém. Ela era ingênua e um pouco desbocada, mas realmente apenas trabalhava muito e se tornou refém de uma série de hábitos dos quais ela já não gostava. Ou nem mesmo se identificava.

Conheci os Bergstroms no Natal do meu segundo ano na faculdade. Eu não tinha dinheiro para viajar até minha casa naquele ano, e aparentemente a mãe de Jensen teve um troço só de pensar que eu ficaria sozinho na moradia estudantil. Então ela foi nos buscar pessoalmente só para ter certeza de que eu voltaria com ele. A família era tão amorosa e barulhenta quanto você esperaria de uma família com cinco filhos com quase exatamente dois anos de diferença entre eles. Suspeitei desde o princípio de que Johan Bergstrom era a pessoa mais organizada e estruturada do planeta.

Como era do meu feitio naquele estágio da minha vida, eu os agradeci ficando com sua filha mais velha, Liv, no quintal da casa deles.

Alguns anos mais tarde, trabalhei como estagiário para Johan e morei em sua casa. Foi um verão quieto: apenas eu, Jensen e a filha mais nova, Ziggy. A casa deles se tornou o meu segundo lar. Mas, embora tenha ficado três meses por lá, eu me lembrava muito pouco dela. Mais tarde, fui o padrinho do casamento de Jensen, do qual Ziggy, então com vinte anos, foi a madrinha. Mas ela era sete anos mais nova do que eu e estava no último semestre da faculdade. Assim, sempre que não estávamos ocupados com os preparativos, ela estava afundada nos estudos. Acho que não conversei com ela em nenhum momento daquele fim de semana. Então, quando ela me ligou ontem, foi um pouco difícil até de lembrar como era seu rosto.

Mas quando a vi no parque, lembrei-me de mais coisas do que imaginava. Ziggy aos doze anos, com o nariz cheio de sardas escondido atrás de livros. Ela apenas mostrou um ocasional sorriso tímido do outro lado da mesa de jantar – na maior parte do tempo, apenas evitou contato comigo. De qualquer maneira, eu tinha dezenove anos e nem reparei nela. Depois, lembro-me dela aos dezesseis anos, toda desengonçada, com o cabelo embaraçado descendo por suas costas. Ela passava as tardes vestindo shorts curtinhos e tomara que caia, lendo em cima de uma coberta no jardim enquanto eu trabalhava com seu pai. Lembro-me de reparar nela como o fazia com qualquer outra mulher, como se estivesse catalogando partes de corpos. A garota tinha curvas, mas era silenciosa, e obviamente ingênua em relação à paquera, o que acabou merecendo meu desinteresse. Na época, minha vida estava cheia de curiosidade e safadezas: mulheres jovens e mais velhas dispostas a experimentar de tudo ao menos uma vez.

Mas, nesta tarde, uma bomba foi detonada em minha cabeça. Ver seu rosto me fez sentir como se estivesse em casa novamente, mas ao mesmo tempo como se estivesse conhecendo uma linda garota pela primeira vez. Ela não se parecia em nada com Liv ou Jensen, que tinham cabelos claros e eram muito altos, quase uma cópia carbono um do outro. Ziggy parecia com seu pai, para o bem ou para o mal. Ela tinha a combinação paradoxal dos longos membros de seu pai e as belas curvas de sua mãe. Ela herdou os olhos cinza, o cabelo moreno-claro e as sardas de Johan, mas o sorriso aberto era de sua mãe.

Eu hesitei quando ela se aproximou, passou os braços ao redor do meu pescoço e me abraçou. Foi um abraço confortável, quase íntimo. Com exceção de Chloe e Sara, eu não tinha muitas mulheres em minha vida que eram estritamente *amigas*. Quando eu abraçava uma mulher daquele jeito - apertando bem próximo -, geralmente havia algum elemento sexual. Ziggy sempre foi a irmãzinha, mas ali, nos meus braços, eu percebi perfeitamente que ela já não era mais uma criança. Ela era uma mulher de vinte e poucos anos com mãos quentes no meu pescoço e o corpo colado ao meu. Ela cheirava a xampu e café. Cheirava como uma *mulher*, e debaixo daquela blusa de moletom e a jaqueta pateticamente fina, eu podia sentir o formato dos seios apertados contra meu peito. Quando ela se afastou e olhou em meu rosto, eu imediatamente *gostei* dela: ela não tinha caprichado no visual, não tinha colocado maquiagem ou vestido roupas esportivas caras. Ela vestia a blusa de Yale de seu irmão, calças pretas que eram curtas demais e um par de tênis que definitivamente tinha visto dias melhores. Ela não estava tentando me impressionar, apenas queria me *ver*.

"Ela é tão ingênua, cara", Jensen disse quando me ligou na semana passada. "Sinto que falhei por não antecipar que ela seria obcecada com trabalho igual ao meu pai. Nós vamos fazer uma visita a ela. Eu nem sei o que fazer."

Voltei à realidade quando Sara e Bennett se aproximaram da nossa mesa. Max se levantou para cumprimentá-los, e eu desviei os olhos quando ele beijou o pescoço de Sara e sussurrou em seu ouvido: "Você está linda, minha Flor".

- Você está esperando Chloe? - perguntei depois de todos se sentarem. Se minha pergunta soou um pouco brusca, é porque estive convivendo com esses dois casais e suas demonstrações públicas de afeto por vários meses, embora eu não soubesse por que justo hoje isso fez eu me sentir desconfortável.

Bennett falou por trás do cardápio:

- Ela está em Boston até sexta-feira.

- Ufa, graças a Deus - Max disse. - Porque eu estou faminto e aquela mulher demora décadas para escolher o que vai pedir.

Bennett riu baixinho, baixando o cardápio de volta para mesa.

Fiquei aliviado também, não porque estava com fome, mas porque estava finalmente tendo um descanso de segurar vela para os outros. Meus quatro amigos-namorados estavam quase chegando na estrada da Presunção e já tinham passado *faz tempo* pela esquina do vamos-nos-meter-na-vida-amorosa-do-Will. Eles se convenceram de que eu estava quase tendo meu coração despedaçado pela mulher dos meus sonhos e estavam ansiosos para assistir ao espetáculo.

E, apenas para aumentar sua obsessão, ao voltar de Las Vegas na semana passada eu cometi o erro de mencionar casualmente que estava sentindo um distanciamento das minhas duas amantes regulares, Kitty e Alexis. As duas não tinham problemas com sexo sem compromisso, e uma não se importava com a existência da outra - ou com qualquer outro caso ocasional que eu tivesse -, mas ultimamente eu sentia que apenas estava seguindo uma rotina:

Tirar a roupa.

Tocar.

Transar.

Orgasmo.

(Talvez um pouco de conversa na cama.)

Beijo de boa-noite.

Então eu ia embora, ou elas iam embora.

Será que eu estava me cansando dessa rotina fácil? Ou será que estava me cansando de sexo sem nada mais?

E por que diabos eu estava pensando nisso tudo de novo, *agora*? Eu me endireitei na cadeira e esfreguei o rosto. Nada em minha vida mudou de ontem para hoje. Tive uma manhã prazerosa com Ziggy, só isso. Na verdade, foi exatamente *isso*. O fato de ela parecer tão inesperadamente genuína, engraçada e linda não deveria me abalar desse jeito.

- Então, do que estávamos falando? - Bennett perguntou, agradecendo o garçom quando recebeu seu gimlet com vodca.

- Estávamos discutindo o reencontro do Will de hoje de manhã - Max disse, e depois acrescentou com um sussurro exagerado: - Com uma *amiga*.

Sara riu.

- Will se encontrou com uma mulher hoje? E onde está a novidade?

Bennett ergueu a mão.

- Espere, hoje não é o dia da Kitty? E você se encontrou com outra mulher pela manhã? - ele tomou um gole de seu drinque, olhando para mim. - Seu cachorro safado.

Na verdade, Kitty era a razão para eu sugerir a Hanna que nos encontrássemos pela manhã em vez de à noite: *Kitty* era minha "reunião" até mais tarde. Mas quanto mais eu pensava nisso, a ideia de passar minha terça-feira de sempre com ela parecia menos e menos atraente.

Soltei um gemido, e tanto Sara quanto Max explodiram numa risada.

- Por acaso é estranho a gente saber a Agenda Amorosa Semanal do Will? - Sara perguntou.

Max olhou para mim, com olhos sorridentes.

- Você está pensando em cancelar os planos com Kitty, não é? Acha que isso vai trazer problemas?

– Provavelmente – admiti.

Kitty e eu fomos namorados há alguns anos, e terminamos de modo amigável quando ela disse que queria algo mais. Mas quando nos encontramos num bar alguns meses atrás, ela disse que dessa vez queria apenas se divertir. E é claro que eu aceitei. Ela era linda, e sempre disposta a fazer qualquer coisa que eu quisesse. Ela insistia que não se importava com uma relação que não passasse de sexo. Mas acontece que nós dois sabíamos que ela estava mentindo: sempre que eu precisava cancelar um encontro, ela se tornava insegura e carente em nosso encontro seguinte.

Alexis era quase que o completo oposto. Ela era fechada, tinha um fetiche de ser amordaçada – coisa que eu não compartilhava, mas não via problemas em satisfazer – e raramente ficava para conversar depois de transar.

– Se você está interessado nessa garota nova, então você provavelmente deveria terminar com Kitty – Sara disse.

– Gente – eu protestei, passando o garfo pela minha salada. – Não existe nada com Ziggy. Nós só fomos *correr*.

– Então por que ainda estamos falando nisso? – Bennett perguntou com uma risada.

Eu concordei.

– Exatamente.

Mas eu sabia que estávamos conversando sobre isso porque eu estava tenso, e quando eu estava tenso eu não conseguia esconder de ninguém. Minhas sobrancelhas se juntavam, meus olhos ficavam mais sombrios e minhas palavras saíam atravessadas. Eu me tornava um filho da mãe.

E Max *adorava* isso.

– Ah, estamos conversando sobre esse assunto – Max disse – porque Will está ficando nervoso, e isso é uma das coisas que eu mais gosto no mundo. E também é muito interessante ver o quanto ele está pensativo depois de passar a manhã com essa tal irmãzinha. Will geralmente não parece que está pensando tanto até doer.

– Ela é a irmã mais nova de Jensen – eu expliquei para Sara e Bennett.

– Ele teve um caso com a irmã mais velha quando eram adolescentes – Max acrescentou.

– Você sempre tem que jogar a merda no ventilador, não é? – eu disse rindo. Liv foi um caso rápido, eu mal conseguia me lembrar de muita coisa além de uns beijos mais quentes e, depois, de minha escapada fácil quando voltei para New Haven. Comparado com alguns de meus relacionamentos da época, o que aconteceu com Liv mal foi registrado na minha escala de sexo. Depois ela passou todo o verão na faculdade quando eu trabalhei com seu pai. A última vez que vi uma das irmãs Bergstrom foi no casamento de Jensen, alguns anos mais tarde. – Isso aconteceu faz uma eternidade.

Nossas entradas chegaram e comemos em silêncio por um instante. Minha mente começou a vagar. No meio da nossa corrida, eu parei de resistir e comecei a checar seu corpo inteiro. Olhei para o rosto, os lábios, a mecha de cabelo que se soltou e pousou na pele macia de seu pescoço. Nunca escondi minha apreciação sobre as mulheres, mas não é qualquer mulher que me atrai. Então, o que tinha de especial em Ziggy? Ela era bonita, mas definitivamente não era a garota mais linda que eu já vi. Ela era sete anos mais nova do que eu, tão verde quanto uma maçã, e mal saía do trabalho para respirar. O que ela poderia me oferecer que eu não poderia achar em outro lugar?

Ela olhou para mim e me flagrou; a energia entre nós era palpável, e também era uma coisa confusa. E quando ela sorriu, seu rosto inteiro se acendeu. Ela parecia uma pessoa muito acessível, e apesar da temperatura, algo se aqueceu em minhas veias. Era uma velha e familiar fome. Um desejo que eu não sentia faz tempo, onde meu sangue se enchia de adrenalina e eu queria ser o único a descobrir os segredos de uma garota. E a pele de Ziggy reluzia, seus lábios estavam inchados e pareciam tão macios... O animal dentro de mim queria olhar mais de perto suas mãos, sua boca, seus seios.

Levantei meu rosto quando senti Max me observando enquanto mastigava pensativo.

Ele ergueu o garfo e apontou para o meu peito.

– Só é preciso uma única noite com a garota certa. E não estou falando de sexo. Uma única noite poderia mudar você, meu amigo...

- Ah, para com isso - eu resmunguei. - Você está sendo muito idiota agora.

Bennett se endireitou e entrou no assunto.

- O negócio é encontrar a mulher que faz você ficar pensando. É *ela* quem vai mudar sua mente sobre tudo.

Eu levantei minhas mãos.

- É um pensamento muito bonito, caras. Mas Ziggy realmente não faz o meu tipo.

- E qual é o seu tipo, afinal? Uma mulher que faz sombra? Que mija sentada? - Max perguntou.

Eu ri.

- Acho que ela é um pouco jovem demais. Ainda está verde.

Os caras se entreolharam e concordaram, mas eu podia sentir Sara me observando.

- Vai, fala logo o que você está pensando - eu disse para ela.

- Bom, estou apenas pensando que você ainda não encontrou alguém que faça você *querer* ir mais fundo. Você sempre escolhe certo tipo de mulher, um tipo que sabe que vai encaixar na sua estrutura, suas regras, seus limites. Como ainda não se cansou disso? Você está dizendo que essa irmã...

- Ziggy - Max ofereceu.

- Certo - ela disse. - Você está dizendo que Ziggy não faz o seu tipo, mas na semana passada você disse que estava sentindo um distanciamento das mulheres que transam com você sem nenhum tipo de compromisso - ela garfou um pedaço de seu almoço e deu de ombros enquanto levava a comida até a boca. - Talvez você precise reavaliar qual é o *seu tipo*.

- Isso é ilógico. Posso estar perdendo interesse nas minhas amantes, mas isso não significa que preciso refazer todo o sistema - eu disse resmungando e continuei a mexer na minha comida. - Embora, na verdade, eu tenha, sim, um favor para pedir.

Sara engoliu e disse:

- É claro.

- Eu estava pensando se você e Chloe poderiam levá-la para sair. Ela não tem amigos aqui na cidade e vocês...

- É claro - ela disse rapidamente. - Mal posso esperar para conhecê-la.

Olhei para Max com o canto do olho e não me surpreendi ao vê-lo mordendo os lábios e me olhando como um gato que pegou um canário. Mas Sara aprendeu uma coisa ou outra com Chloe e já sabia como controlá-lo, pois, ao menos uma vez na vida, ele estava estranhamente quieto.

Você às vezes sente que as pessoas de quem você mais gosta não são as pessoas com quem você mais convive? Ultimamente, sinto que não estou colocando meu coração onde realmente importa.

Quando disse isso, sua voz e os olhos grandes e honestos me fizeram sentir preenchido e vazio ao mesmo tempo, como se sentisse algo tão forte que eu não sabia se era dor ou prazer.

Ziggy queria que eu mostrasse como sair e namorar, como conhecer pessoas interessantes... e a realidade era que eu mesmo não estava fazendo isso. Posso não ser a pessoa que vive sozinha entre a casa e o trabalho, mas isso não significava que eu estava feliz.

Pedi licença para ir ao banheiro, peguei meu celular e digitei uma mensagem para o número que ela me passou:

O Projeto Ziggy ainda está de pé? Se sim, estou dentro. Corrida amanhã, planos para o fim de semana. Não se atrase.

Fiquei olhando para a tela por alguns segundos, mas quando ela não respondeu imediatamente eu voltei para meu almoço e amigos.

Porém, mais tarde, quando deixei o restaurante, notei que havia chegado uma única mensagem, e eu tive que rir, lembrando que Ziggy mencionou um antigo celular que ela quase não usava mais.

Ót9iimo!11Naoconsigoacharobotaodeespaço=maseu teligodepois

—

Entre as agendas malucas de Ziggy, Chloe e Sara, as três só poderiam se encontrar no fim de semana. Mas graças a Deus elas conseguiram dar um jeito, pois ver Ziggy correr todas as manhãs com os braços cruzados sobre o peito já estava fazendo os *meus* peitos doerem.

Naquele sábado à tarde, Max estava sentado numa mesa do Blue Smoke quando eu cheguei, ofegando e faminto depois de correr meus dez quilômetros. Como sempre acontecia com nosso grupo, o planejamento aconteceu sem qualquer ajuda minha, então acordei com uma mensagem de Chloe dizendo que eu deveria levar Ziggy para encontrá-las para tomar café da manhã e fazer compras, o que significava que eu correria sozinho pela primeira vez em vários dias.

Eu não me importei. Até achei bom. Ziggy precisava sair, mas também precisava de algumas coisas. Precisava de tênis de corrida. Precisava de roupas de corrida. Até poderia comprar umas roupas normais, se estava mesmo levando a sério essa coisa de sair em encontros, pois a maioria dos caras são idiotas superficiais que se importam apenas com as primeiras impressões. Ziggy não era muito boa nesse departamento, mas parte de mim não queria forçar demais. Eu gosto de olhar mulheres bem-vestidas, mas, por mais estranho que seja, com Ziggy, o mais intrigante é que ela não se importa muito com essas coisas. Pensei que ela provavelmente iria apenas continuar fazendo o que sempre fazia.

Sem nem mesmo olhar para mim, Max tirou o jornal que estava sobre minha cadeira e chamou a garçonete para eu fazer meu pedido.

– Água – eu disse, usando um guardanapo para limpar o suor das minhas sobrancelhas. – E talvez apenas uns amendoins por enquanto. Mais tarde eu peço o almoço.

Max pegou minha mochila e voltou para o seu jornal, entregando para mim a seção de Negócios do *New York Times*.

– Você não tinha saído com as garotas hoje de manhã? – ele perguntou.

Agradeci a garçonete quando ela trouxe minha água e tomei um grande gole.

- Levei Ziggy até elas. Eu não sabia se ela conseguiria encontrar qualquer lugar que não fosse dentro do campus da Columbia.

- Que mamãe-ganso amorosa você é.

- Ah, nesse caso, eu deveria contar amorosamente para você que Sara acidentalmente enviou uma foto da bunda dela para o Bennett.

Não havia nada que eu adorasse mais do que pegar no pé do Max por causa da obsessão deles em tirar fotos safadas.

Ele olhou para mim por cima do jornal e seu rosto relaxou quando viu meu sorriso maroto.

- Cuzão - ele murmurou.

Folheei a seção de Negócios por alguns minutos antes de voltar minha atenção para o caderno de Ciência e Tecnologia. Por trás de seu muro de jornal, o celular de Max tocou.

- Oi, Chlo - ele fez uma pausa e baixou o jornal na mesa. - Não, só eu e o Will almoçando. Talvez o Ben esteja correndo.

Ele assentiu e então me entregou o celular. Eu atendi, surpreso.

- Oi... está tudo bem?

- A Hanna é adorável - Chloe disse, e então riu silenciosamente. - Ela não compra roupas desde a faculdade. Juro que não a tratamos como uma boneca, mas ela é a coisa mais fofa que existe. Por que você demorou tanto para nos apresentar?

Senti meu estômago se apertar. Chloe não estava no almoço onde discutimos o assunto Ziggy.

- Você sabe que ela não é uma namorada, não é?

- Eu sei, você está só comendo, que seja. Will...

Comecei a interrompê-la, mas ela continuou:

- ... eu apenas queria que você soubesse que está tudo indo bem. Ela parecia que ia se perder na Macy's se não ficássemos atrás dela.

- Foi exatamente isso que eu disse.

- Certo, foi isso mesmo que entendi. Apenas liguei para ver se Max sabia onde Bennett está. Temos mais compras para fazer.

- Viu, espera um pouco - eu disse, antes de realmente considerar o que estava para pedir. Fechei os olhos e lembrei da corrida com

Ziggy nos últimos dias. Ela era relativamente magra, mas, caramba, havia muita "bagagem" na frente.

- O que foi?

- Se vocês estão fazendo compras, não se esqueça de comprar... - olhei para Max, confirmando que ele estava absorto em seu jornal antes de completar sussurrando: - uns sutiãs. Sabe? Daqueles esportivos? Mas talvez também... tipo... uns normais. Certo?

Eu senti, em vez de ouvir, o silêncio do outro lado da linha. Foi um momento pesado que pressionou meu peito enquanto o constrangimento aumentava. E aumentava. Quando dei uma olhada para frente, vi Max me encarando, tentando não soltar uma risada explosiva.

- Você tem sorte de eu não ser o Bennett agora - Chloe disse, finalmente. - O tamanho do chute no seu traseiro seria algo de outro planeta.

- Não se preocupe, Max está aqui, e eu posso ver que ele vai me importunar o suficiente para todo mundo ficar satisfeito.

Ela riu.

- Então, pode deixar. Sutiãs para suportar os grandes seios da sua não namorada. Deus, você é tão cafajeste.

- Obrigado.

Ela desligou, e eu devolvi o telefone para Max, evitando olhar em seu rosto.

- Oh, *Victoria* - ele disse num tom gozador. - Você tem um *segredo*? Você é boa em ajudar mulheres a encontrar roupas íntimas apropriadas para várias ocasiões?

- Vá se ferrar - eu disse, rindo. Sua expressão era como se o maldito time de futebol dele tivesse ganhado a copa do mundo. - Ela está correndo comigo, e usa umas blusas... sei lá. Mas não usa sutiã esportivo. E os sutiãs que ela tem fazem aquele... - fiz um gesto para o meu peito. - Aquele apertão esquisito quando parece que tem quatro seios, sabe? Apenas pensei que já que elas foram fazer compras, então...

Max pousou o queixo nas mãos e sorriu para mim.

- Deus, você é tão bonzinho, William.

– Você sabe o que eu penso sobre seios. É um assunto muito sério.

Além disso, pensei sem dizer em voz alta, Ziggy tem as curvas de uma *pin-up*.

– Realmente – ele concordou, levantando novamente o jornal. – Apenas acho engraçado o jeito como você está fingindo que não gostaria de uma garota com quatro seios.

—

Cerca de meia hora depois, a porta se abriu atrás de Max e eu olhei para o emaranhado de cabelos sedosos e sacolas de compras que entrou e se aproximou de nossa mesa. Max e eu nos levantamos e ajudamos Ziggy a descarregar sua bagagem numa das cadeiras.

Ela vestia uma blusa de moletom azul-claro, calça jeans escura bem justa e sandálias verdes. Não estava vestida como se tivesse saído de uma passarela, mas parecia confortável e estilosa. Seu cabelo estava... diferente. Cerrei meus olhos, estudando-o enquanto ela deslizava a bolsa de seu ombro. Ela havia cortado, ou talvez tivesse apenas soltado os cabelos em vez de usar daquele jeito bagunçado de sempre. As mechas caíam pelos ombros, lisas, grossas e macias. Mas, apesar da mudança nas roupas e cabelos, ela, felizmente, ainda se parecia com *Ziggy*: apenas um pouco de maquiagem, um sorriso luminoso e sardas banhadas pelo sol.

Ela estendeu a mão para Max, sorrindo.

– Eu sou Hanna. Você deve ser Max.

Ele a cumprimentou e disse:

– Prazer em conhecê-la. Você teve uma boa manhã com aquelas duas malucas?

– Tive, sim.

Ela se virou para mim, envolveu os braços ao redor do meu pescoço e eu tentei não gemer quando ela o apertou. Eu amava e odiava seus abraços ao mesmo tempo. Eram apertados, quase sufocantes, mas surpreendentemente calorosos. Quando soltou, ela desabou na cadeira.

– Mas aquela Chloe gosta mesmo de lingerie. Acho que passamos uma hora só naquela seção.

- Por que não estou surpreso com isso? - eu murmurei, enquanto discretamente olhava para o peito de Ziggy ao me sentar novamente. Os seios estavam maravilhosos como sempre; cheios e empinados. Tudo perfeitamente no lugar certo. Ela deve ter comprado alguma lingerie.

- E falando nisso... - Max se levantou e guardou a carteira no bolso de trás da calça. - Acho que está na hora de encontrar minha flor e ver o resultado das compras dela. Foi um prazer te conhecer, Hanna.

Ele deu um tapinha em meu ombro, piscando para ela.

- Tenha um bom almoço.

Ziggy acenou para Max, então se virou para mim, com olhos arregalados.

- Uau. Ele é... *gostosão*. Conheci Bennett também. Vocês parecem o clube dos gostosões de Manhattan.

- Não existe uma coisa dessas - eu disse, sorrindo. - E a propósito, você está ótima - sua cabeça virou de repente para mim, com olhos surpresos, e eu rapidamente acrescentei: - Ainda bem que não deixou que elas cobrissem você de maquiagem. Eu sentiria falta das suas sardas.

- Você sentiria falta das minhas *sardas*? - ela perguntou num sussurro. - Que homem diz uma coisa dessas? Você está tentando me fazer ter um orgasmo agora mesmo?

Tentei com todas as forças não olhar novamente para seus seios quando ela disse isso. Olhando de relance para as sacolas de compras, eu murmurei: - Eu... humm... parece que você comprou um monte de tênis de corrida.

Abaixando-se, ela vasculhou procurando por algo.

- Acho que comprei de tudo. Nunca na minha vida fiz compras desse jeito. A Liv provavelmente vai estourar um champanhe quando souber - seus olhos estudaram meu rosto, meu pescoço, meu peito, como se apenas agora tivessem notado minha presença. - Você foi correr hoje de manhã?

- E andei de bicicleta.

– Você é tão *disciplinado* – ela se inclinou para frente com as mãos apoiando o queixo e piscou os cílios para mim. – Isso faz maravilhas com seus músculos.

Rindo, eu disse:

– Isso me acalma. E evita que... – tentei encontrar as palavras, sentindo um calor subir por meu pescoço – que eu aja como um estúpido.

– Não era isso que você iria falar – ela disse, ajeitando-se na cadeira. – Evita o quê? Tipo, que você saia por aí brigando em bares? É um jeito de aliviar a tensão e a ansiedade masculina?

Decidi testá-la um pouco. Não sei de onde veio esse impulso, mas ela era uma confusa mistura entre ser ingênua e selvagem, e isso fazia eu me sentir impulsivo, quase bêbado.

– Evita que eu fique por aí querendo transar o tempo todo.

Ela mal piscou.

– Mas por que você prefere correr em vez de transar?

Conversar com ela sobre isso parecia perigoso. Eu não sabia dizer exatamente como, mas era tentador olhar para ela mais do que eu deveria, e Ziggy não fugiu da minha inspeção. Ela me encarou de volta.

– Não sei por que eu disse isso – admiti.

– *Will.* Eu não sou uma virgem nem uma mulher tentando transar com você. Nós podemos conversar sobre sexo sem problemas.

– Humm, não sei se isso é uma boa ideia.

Levei meu suco até meus lábios, tomando um gole enquanto a observava tomando sua água, com olhos presos aos meus. Ela não estava tentando transar comigo? Nem mesmo um pouco?

Eu me senti um pouco desapontado. O ar entre nós parecia pesado – eu queria estender meu braço e passar os dedos em seu lábio inferior.

– Estou apenas dizendo – ela começou – que você não precisa fazer rodeios comigo. Gosto de como você sempre vai direto ao assunto.

– E você sempre é aberta assim com as pessoas?

Ela balançou a cabeça.

– Acho que faço isso especificamente com você. Sei que normalmente eu falo demais, mas me sinto especialmente idiota quando estou perto de você, e não consigo parar de falar besteiras.

– Eu não quero que você pare de falar besteiras.

– Você sempre foi tão obviamente sexual e aberto sobre o assunto. Você é tipo um jogador gostosão que não pede desculpa por gostar de mulher. Quer dizer, se eu notei isso sobre você quando tinha *doze* anos, então era mesmo *óbvio*. Gosto de você sendo quem você é.

Não respondi, pois não sabia o que dizer. Ela gostava daquilo que todas as outras mulheres queriam domar em mim, mas eu não sabia se gostava que essa fosse sua impressão de quem eu *era*.

– Chloe me disse que você pediu que elas me levassem para comprar sutiãs.

Olhei para seu rosto bem quando ela desviava o olhar da minha boca. Seu pequeno sorriso se transformou em algo malicioso.

– Como você é atencioso, Will. Que bom que você fica pensando nos meus seios.

Dei uma mordida no meu sanduíche e murmurei:

– Não precisamos discutir isso. Max já fez o favor de chutar o meu traseiro.

– Você é um homem misterioso, Will Jogador – ela ergueu o cardápio e avaliou as opções antes de colocá-lo de volta na mesa. – Mas, que seja. Vou mudar o assunto. Sobre o que você quer conversar?

Engoli, observando-a. Nunca poderia imaginar uma garota assim, tão jovem, parecendo uma mistura entre a intensidade e a compostura de Chloe e Sara.

– Sobre qualquer coisa que vocês garotas tenham conversado hoje – sugeri.

– Bom, Sara e eu tivemos uma conversa divertida sobre como é se sentir quase virgem de novo depois de passar um tempão sem sexo.

Eu quase engasguei.

– Uau. Isso... eu nem imagino como seria isso.

Ela me observou, divertindo-se.

– Mas, falando sério. Tenho certeza de que é diferente para os homens. Mas para as mulheres, depois de um tempo, você acaba pensando: virgindade cresce de novo? É tipo um limo numa caverna?

– Que imagem bonitinha.

Ela me ignorou e se ajeitou na cadeira, parecendo mais animada.

– Na verdade, isso é perfeito. Você é um cientista, então vai gostar da teoria que eu pensei.

Eu me preparei para ouvir algo maluco.

– Você acabou de fazer uma analogia horrível com limo numa caverna. Honestamente, agora fiquei com medo de ouvir qualquer teoria sua.

– Desencana. Então, sabe como a virgindade de uma garota é considerada algo sagrado?

Eu ri.

– Sim, conheço o conceito.

Ela coçou a cabeça e mexeu um pouco no nariz cheio de sardas.

– Minha teoria é a seguinte: os homens das cavernas estão retornando. Todo mundo quer ler sobre o cara que amarra a garota, ou fica violento de ciúmes se – Deus nos livre – ela veste uma roupa sexy fora de casa. As mulheres supostamente gostam disso, não é? Bom, eu acho que a nova moda vai ser a revirgindade. Elas querem que seus homens sintam que eles são os primeiros. E você pode imaginar como as mulheres farão isso?

Observei seus olhos cada vez mais animados esperando minha resposta. Algo sobre sua sinceridade, sua consideração séria do assunto, me fez sentir um aperto no peito.

– Humm, com mentiras? Eu honestamente não saberia se uma garota é virgem, a não ser que ela...

– Primeiro com cirurgia, provavelmente. Vamos chamar isso de "restauração de hímen".

Baixando meu sanduíche, soltei um gemido.

– Meu Deus, Ziggs. Estou comendo. Vamos deixar a conversa sobre hímens para depois...

– E então... – ela batucou na mesa, fazendo crescer o suspense – ... todos estão esperando para ver o que as células-tronco podem fazer por nós. Mas... não acho que eles vão começar com lesão de medula ou mal de Parkinson. Sabe o que eu acho que vai ser a primeira grande aplicação?

– Mal posso esperar para saber – eu disse, em tom de brincadeira.

– Aposto que vai ser a restauração da, você sabe, *honra* das mulheres.

Quase engasguei de novo.

– Honra?

– Você disse para não falar mais em hímen, então... mas estou certa, você não acha?

Antes que eu pudesse responder e dizer que até que era uma boa teoria, ela continuou.

– Quantias ridículas de dinheiro são gastas nesse tipo de coisa. Viagra para pau duro. Quatrocentos tipos de peito de plástico. Enchimento na calcinha e sutiã. O mundo é dos homens, Will. As mulheres nem vão pensar duas vezes em colocar *células programadas para crescer* dentro da *vagina*. No ano que vem, uma de suas não namoradas vai reconstruir o hímen, e ela vai dar sua nova virgindade para você, Will.

Ela abaixou a cabeça, colocou os lábios no canudo e sugou, com os olhos cinzentos grudados nos meus. E com aquele olhar demorado e brincalhão, senti meu pau endurecer. Soltando o canudo, ela sussurrou:

– Para *você*. E você vai apreciar esse presente? Esse sacrifício?

Seus olhos dançaram, e então ela inclinou a cabeça para trás e soltou uma risada. Caramba, eu gostava dessa garota. Gostava muito.

Apoiei meus cotovelos na mesa e limpei a garganta.

– Ziggy, ouça bem, porque isso é importante. Vou compartilhar um pouco da minha sabedoria.

Ela se endireitou e apertou os olhos.

– Nós já cobrimos a regra número um: nunca ligue para alguém antes do sol nascer.

Seus lábios se torceram num sorrisinho culpado.

– Certo. Já registrei.

– E a regra número dois – eu disse, balançando levemente a cabeça. – Nunca discuta reconstrução de hímen durante o almoço. Ou, tipo... nunca.

Ela se dissolveu em risos e então deu espaço para a garçonete que trazia sua comida.

– Não seja tão rápido em tirar sarro disso. Essa é uma ideia de um bilhão de dólares, senhor eu-sei-tudo-sobre-dinheiro. Se isso um dia chegar à sua mesa, você pode me agradecer.

Ela atacou sua salada com uma enorme mordida, e eu tentei não estudá-la. Ela não era igual às outras garotas que eu conhecia. Ela era bonita – na verdade, era linda –, mas não era contida ou egocêntrica. Ela era boba, confiante, e com uma personalidade tão cativante que quase fazia o resto do mundo parecer preto e branco. Eu não sabia se ela própria se levava a sério, mas certamente não esperava que eu levasse.

– Qual é o seu livro favorito? – eu perguntei, sem saber de onde tirei essa pergunta.

Ela mordeu o lábio inferior enquanto pensava, e eu voltei a mastigar meu sanduíche.

– Isso vai parecer clichê.

– Eu sinceramente duvido, mas vamos ver.

Ela se inclinou para frente e sussurrou:

– *Uma breve história do tempo.*

– Stephen Hawking?

– É claro – ela disse, quase ofendida.

– Isso não é clichê. Clichê seria se você dissesse *O morro dos ventos uivantes*, ou *Mulherzinhas*.

– Por que eu sou uma mulher? Se eu perguntasse a você, e você dissesse algo do Stephen Hawking, então seria clichê?

Considerei o que ela disse por um momento. Eu me imaginei respondendo que esse era meu livro favorito e recebendo alguns *é isso aí, cara* dos meus amigos da faculdade.

- Provavelmente.

- Isso é uma grande besteira, essa coisa de ser clichê para você e não para mim porque eu tenho uma vagina. Mas, enfim - ela disse, dando de ombros e mordendo uma alface. - Eu li quando tinha doze anos e...

- *Doze*?

- Isso, e aquilo explodiu minha cabeça. Não tanto pelas coisas que ele disse - porque acho que não entendi tudo na época -, mas mais pela maneira como ele pensava. Ou o fato de que existiam pessoas que passavam a vida inteira tentando entender essas coisas. Abriu todo um mundo para mim.

Ela fechou os olhos, respirou fundo e depois sorriu, mostrando um pouco de culpa quando abriu os olhos de novo.

- Estou falando demais.

E com uma piscadela, ela se inclinou para frente e sussurrou:

- Mas talvez você goste disso?

Minha mente espontaneamente foi invadida por fantasias de seu pescoço arqueado, a boca aberta numa súplica rouca enquanto eu lambia um caminho entre sua garganta e o queixo. Imaginei a dor aguda de suas unhas cravadas em meu ombro... e então pisquei e me levantei tão rápido que acabei jogando a cadeira para trás. Pedi desculpas para o homem sentado atrás de mim, pedi desculpas para Ziggy e praticamente saí correndo para o banheiro.

Tranquei a porta e olhei meu reflexo no espelho.

- Que *merda* foi essa, Sumner?

Eu me abaixei e joguei um pouco de água fria em meu rosto.

Apoiando o corpo na pia, encontrei meus olhos no espelho de novo.

- Foi apenas uma imagem mental. Não significa nada. Ela é uma garota legal. Ela é bonita. Mas, primeiro: ela é a irmã de Jensen. Segundo: ela é irmã de Liv, e só faltou você comê-la nos bons e velhos tempos. Acho que você já gastou sua oportunidade de ficar com uma irmã Bergstrom. E terceiro... - baixei a cabeça e respirei fundo. - Terceiro. Você usa demais calça esportiva perto dela e ficar tendo fantasias sexuais a toda hora pode ser um problema. Esse assunto acaba aqui. Vá para casa, chame Kitty ou Alexis, transse um pouco e depois vá dormir.

Quando voltei para a mesa, Ziggy já estava com o prato vazio e agora olhava distraidamente as pessoas indo e vindo na calçada lá fora. Ela olhou para mim quando sentei, com uma expressão de preocupação.

- Problemas estomacais?

- O quê? Não. Não, eu... precisava fazer uma ligação.

Merda. Que coisa babaca de se dizer. Estremeci e depois suspirei.

- Na verdade, acho que preciso ir, Ziggs. Estou aqui faz quase duas horas e tenho ainda umas coisas para fazer.

Merda dupla. Isso soou ainda mais babaca.

Ela tirou sua carteira da bolsa e colocou algumas notas de cinco na mesa.

- É claro, nossa, eu também estou cheia de coisas para fazer. Obrigada por me encontrar aqui. E obrigada mesmo por me apresentar Chloe e Sara.

Com mais um sorriso, ela se levantou, jogou a bolsa no ombro, juntou todas as sacolas de compras e andou até a porta.

Seus cabelos claros brilharam e caíram por suas costas. Sua postura estava reta, sua passada era regular. A bunda parecia fantástica naquele jeans apertado.

Caralho, Will. Você está completamente fodido.

Essa coisa de correr realmente não estava ficando mais fácil.

– Essa coisa de correr vai ficar mais fácil – Will insistiu, olhando para onde eu estava sentada, arfando exausta. – Tenha um pouco de paciência.

Arranquei algumas folhas de grama verde do chão, resmungando para mim mesma exatamente o que Will podia fazer com sua paciência. Ainda era muito cedo, o céu ainda estava escuro e cinza, e nem mesmo os pássaros pareciam dispostos a se aventurarem no ar gelado. Nós estávamos correndo juntos quase todas as manhãs na última semana e meia, e eu sentia dores em lugares que nem sabia que existiam. Mas graças à ajuda de Chloe e Sara para comprar roupas esportivas, ao menos eu estava aquecida e não sentia como se meus seios estivessem sendo arrancados do meu corpo.

– E pare de ser mimada – ele acrescentou.

Virei meu rosto para ele, com olhos cerrados, e perguntei:

– Como é?

– Eu disse: levante esse traseiro daí.

Fiquei de pé e dei alguns passos preguiçosos antes de voltar a correr. Ele olhou para mim, avaliando meu corpo.

– Ainda sente dores?

Dei de ombros.

– Um pouco.

– Igual sentiu na sexta-feira?

Considerei aquilo, girando meus ombros e esticando os braços acima da cabeça.

– Na verdade, não.

– E você ainda sente seu peito – como é mesmo que você falou? – como se alguém tivesse jogado gasolina nos seus pulmões e ateado fogo?

Olhei para ele com desdém.

– Não.

– Viu? E na semana que vem vai ficar ainda mais fácil. E na outra semana, você vai querer correr igual às vezes em que fica com uma vontade louca de comer chocolate.

Abri minha boca para mentir, mas ele me fez ficar quieta com um olhar de quem sabe o que está falando.

– Nesta semana vou chamar alguém para manter você na linha, e antes de perceber você...

– Como assim "vou chamar alguém"?

Aumentei minha passada para não perder seu ritmo. Ele jogou uma olhadela para mim.

– Alguém para correr com você. Tipo, um *personal trainer*.

As árvores faziam um bom trabalho nos isolando do mundo exterior, pois, embora eu pudesse enxergar o topo dos edifícios ao longe, os sons da cidade pareciam a milhares de quilômetros de distância. Nossos pés esmagavam as folhas caídas e o cascalho solto na trilha, que se estreitou o bastante para eu precisar ajustar a passada. Meu ombro raspava no dele – eu estava tão perto que podia sentir seu cheiro, um aroma de sabonete, hortelã e uma pitada de café em sua pele.

– Estou confusa, por que não posso continuar correndo com você?

Will soltou uma risada e fez um gesto apontando o ar ao nosso redor.

– Porque isso não é exatamente uma corrida para mim, Ziggs.

– Bom, é claro que não; mal estamos praticando *jogging*.

– Não, eu quis dizer que na verdade eu deveria estar treinando.

Olhei para nossos pés e depois para seu rosto, com olhos cheios de significado.

– E isso não é treinamento?

Ele riu de novo.

– Vou participar do Ashland Sprint deste ano. Por isso preciso correr mais do que dois quilômetros alguns dias da semana para me preparar.

– O que é o Ashland Sprint? – eu perguntei.

– Uma corrida de triatlo em Boston.

– Ah.

O ritmo de nossos passos ecoava em minha mente e senti meus membros esquentarem; quase podia sentir o sangue bombeando pelo meu corpo. Não era algo totalmente ruim.

– Então, eu posso simplesmente acompanhar você.

Ele me olhou, com olhos apertados e um largo sorriso no rosto.

– Você sabe o que é um triatlo?

– É claro que eu sei. É aquele negócio em que você nada, depois corre e depois atira num urso, ou algo assim.

– Bom chute – ele disse, num tom de brincadeira.

– Certo, então me diga o que é, playboy. Exatamente quanto dura esse triatlo da masculinidade?

– Depende da distância. Tem o Sprint, Olímpico, Ironman e Ultraman. E nada de ursos, sua tonta. Natação, corrida e *ciclismo*.

Dei de ombros, ignorando a queimação nas minhas pernas quando chegamos numa subida.

– Então, qual desses você vai fazer?

– O Olímpico, que é a distância intermediária.

– Certo – eu disse. – Não parece tão difícil.

– Você tem que nadar por um quilômetro e meio, pedalar por mais quarenta quilômetros e correr os últimos dez quilômetros.

Minha confiança murchou um pouco.

– Humm, sei.

– Sacou? E é por isso que não posso continuar aqui na trilha dos coelhinhos com você.

– Ei! – eu disse, empurrando-o forte o bastante para desequilibrá-lo.

Ele riu, endireitando-se antes de me olhar com um sorriso.

– É sempre fácil assim provocar você?

Ergui as sobrancelhas e os olhos dele se arregalaram.

– Deixa pra lá.

O sol finalmente rompeu a penumbra da manhã quando paramos de correr e começamos a andar. O rosto de Will estava cor-de-rosa por causa do frio, e as pontas de seus cabelos formavam caracóis debaixo de seu gorro. Uma sombra de barba cobria seu queixo, e eu comecei a estudá-lo, tentando reconciliar a pessoa na minha frente com o cara do qual eu achava que me lembrava tão bem. Ele estava tão *homem* agora. Aposto que poderia se barbear duas vezes por dia e ainda assim ficava com aquela aparência de barba a fazer. Virei meu rosto em tempo de flagrá-lo olhando os meus seios.

Eu me abaixei para olhá-lo nos olhos, mas ele ignorou minha tentativa de redirecionar sua atenção.

– Odeio perguntar o óbvio, mas o que você está olhando?

Ele inclinou a cabeça, olhando para mim num ângulo diferente.

– Seus peitos parecem diferentes.

– Eles estão ótimos, não é? – segurei um seio na mão. – Como você sabe, Chloe e Sara me ajudaram a escolher novos sutiãs. Os peitos sempre foram um problema para mim.

Os olhos de Will se arregalaram.

– Peitos nunca são problema para ninguém, em nenhum lugar. Nunca.

– O que é você sabe sobre isso? Você não tem seios. Seios são apenas funcionais. Só isso.

Ele me olhou com um fogo genuíno nos olhos.

– Com certeza eles são funcionais. Fazem seu trabalho direitinho.

Eu ri, gemendo.

– Eles não são funcionais para *você*, garanhão.

– Quer apostar?

– Sabe, o problema com os peitos é que se você tem seios grandes, nunca vai parecer magra. Você fica com marcas nos ombros por causa das alças do sutiã, e fica com dor nas costas. E a menos que esteja usando para aquilo que eles foram feitos, os seios sempre acabam atrapalhando.

– Atrapalham o quê? Minhas mãos? Meu rosto? Não diga blasfêmias na minha presença – ele olhou para o céu. – Ela não teve a intenção, meu Senhor. Eu juro.

Ignorando-o, eu disse:

– É por isso que fiz uma redução quando tinha vinte anos.

E foi nesse momento que sua expressão se transformou de brincalhona para horrorizada. Se alguém estivesse nos vendo, pensaria que eu acabara de dizer que gosto de fazer picadinho com carne de cachorrinhos e gatinhos.

– Por que diabos você faria uma coisa dessas? É como se Deus desse um presente, e você agradecesse chutando as bolas dele.

Eu ri.

– Deus? Pensei que você era agnóstico, um homem da ciência.

– Eu sou. Mas se eu pudesse enfiar a cara em seios perfeitos como os seus, acho que acabaria no céu e teria que me converter.

Senti um rubor se espalhar pelo meu rosto.

– Você acha que vai encontrar Deus nos meus seios?

– Não mais. Agora seus peitos são pequenos demais para ele se sentir confortável aí dentro – ele balançou a cabeça, e eu não conseguia parar de rir. – Você é tão egoísta, Ziggs – ele disse, sorrindo com tanta malícia que eu até perdi um pouco do equilíbrio.

Nós dois viramos a cabeça ao mesmo tempo quando ouvimos uma voz.

– Will!

Olhei para a loira que corria se aproximando de nós, depois olhei para Will, depois de novo para a loira.

– Oi! – ele disse, acenando enquanto ela passava.

Ela se virou de costas, ainda correndo, e gritou para ele:

– Não se esqueça de me ligar. Você me deve uma terça-feira.

Ela jogou um sorrisinho antes de continuar pela trilha.

Esperei por uma explicação, mas não recebi nenhuma. O queixo de Will ficou tenso, e seus olhos pararam de sorrir enquanto focavam a trilha em frente.

– Ela é bonita – eu disse, tentando provocar alguma resposta.

Will apenas assentiu.

– É uma amiga?

– Sim. Essa é a Kitty. Nós... passamos um tempo juntos de vez em quando.

Passam um tempo. *Sei.* Eu vivi tempo o bastante em faculdades para saber que isso é um código para *nós transamos de vez em quando.*

– Então, não é alguém que você apresentaria como sua namorada.

Seus olhos disparam para o meu rosto.

– Não – ele disse, quase ofendido. – Definitivamente não é uma namorada.

Andamos em silêncio por alguns momentos, e eu olhei para trás, começando a entender melhor. Ela era uma não namorada.

– Ela claramente conhece Deus.

Will explodiu numa risada e depois passou os braços ao redor dos meus ombros.

– Vamos apenas dizer que encontrar a religião custou muito dinheiro a ela.

Mais tarde, quando acabamos de correr e Will estava se alongando no chão ao meu lado, com os braços esticados até tocar os pés, eu olhei de relance para ele e disse:

– Então, eu tenho uma coisa hoje à noite.

E então eu estremeci.

Debaixo de sua calça esportiva, eu podia ver o contorno dos músculos da coxa e quase não percebi quando ele repetiu:

– Uma coisa?

– Pois é. É tipo uma coisa... do trabalho. Bom, na verdade, não. Tipo, é um encontro social, mas para o trabalho. Eu nunca vou nesses eventos, mas seguindo o espírito dessa empreitada de não-quero-morrer-sozinha, pensei que não custa tentar. É na quinta-feira, então tenho certeza de que não vai ser nada muito selvagem.

Ele riu, balançando a cabeça enquanto trocava de posição.

– Vai ser no Ding Dong Lounge – fiz uma pausa, mordendo meu lábio. – Tipo, isso é um nome de verdade?

– Sim, é um bar na Avenida Columbus – Will levou a mão ao queixo e coçou a barba rala. – Na verdade, não fica longe do meu escritório.

– Bom, alguns dos meus colegas de trabalho vão estar lá, e dessa vez, quando perguntaram se eu iria, eu disse sim, e agora percebi que tenho que pelo menos aparecer por lá e ver do que se trata, e quem sabe, pode até ser divertido, sei lá.

Ele olhou para mim por atrás de seus grossos cílios.

– Você conseguiu respirar enquanto falava isso?

– Will – olhei para baixo e o encarei. – Você não quer ir se divertir, aproveitar, desfrutar e gozar a noite?

Ele riu baixinho, balançando a cabeça enquanto voltava a se alongar.

Demorou um instante para eu entender por que ele estava rindo.

– Seu pervertido – soltei um grunhido e dei um soco em seu ombro. – Você sabe o que eu quis dizer. Você quer ir aproveitar, se divertir e gozar *comigo*? – ele olhou para cima ao ouvir o som da minha mão batendo na minha testa. – Meu Deus, isso soou ainda pior. Apenas me envie uma mensagem se estiver interessado. Estremeci de novo e me virei para entrar na trilha que levava ao meu prédio, e eu basicamente queria que o chão se abrisse e me transportasse para Nárnia, ou algo assim. – Ah, esquece!

– Eu gosto quando você me pede para gozar! – ele gritou atrás de mim. – Mal posso esperar para gozar hoje à noite, Ziggy! Devo gozar lá pelas oito? Ou você prefere que eu goze lá pelas dez? Talvez eu devesse gozar duas vezes?

Mostrei o dedo do meio para ele e continuei andando pela trilha. Graças a Deus ele não podia enxergar meu enorme sorriso.

Quatro

Minhas pernas queimavam por ficar sentado na frente do computador o dia todo e, além disso, eu estava louco para ir logo até o Ding Dong Lounge – nunca pensei que diria isso –, sentar ao lado de Ziggy e apenas... relaxar. Fazia muito tempo desde a última vez que me diverti tanto com uma mulher sem que ela tirasse a roupa.

Infelizmente para mim, quanto mais tempo eu passava com Ziggy, mais eu queria transformar nossa diversão em algo que envolvia nudez. Talvez fosse meu cérebro e meu corpo querendo cair na familiar rotina de sexo em vez de explorar um labirinto emocional. Ziggy estava me provocando, mesmo que não soubesse; ela me fazia questionar tudo em minha vida, desde meu trabalho até a maneira como eu continuava transando com mulheres que não amava. Fazia uma eternidade desde que eu desejei dominar e reescrever a história sexual de uma mulher com minhas mãos, pau e boca. Mas com Ziggy, eu não sabia se era porque o sexo seria algo mais fácil do que a maneira como ela bagunçava o meu cérebro, ou se era porque eu queria que ela me bagunçasse de outras maneiras.

Então esperei até por volta das dez horas, pensando em deixá-la socializar e passar um tempo com os amigos do laboratório. Quando cheguei, o bar já estava meio vazio e não foi difícil achá-la. Sentei ao seu lado no balcão e bati meu ombro no dela.

– Ei, garota, você vem sempre aqui?

Ela olhou para mim e seus olhos se encheram de alegria.

– Oi, Will Jogador.

Depois de uma pausa cheia de inspeção mútua, ela murmurou:

– Obrigada por... se *encontrar* comigo.

Segurando uma risada, eu perguntei:

– Você já jantou?

Ela confirmou com a cabeça.

- Fomos a um restaurante de frutos do mar descendo a rua. Comi mexilhões pela primeira vez em anos.

Quando fiz uma careta, ela me empurrou em tom de brincadeira.

- Você não gosta de mexilhões?

- Odeio mariscos.

Ela se aproximou e sussurrou:

- Bom, estavam *deliciosos*.

- Tenho certeza que sim. Aquela carne molenga, escorregadia e com gosto de água do mar suja.

- Estou feliz em te ver - ela disse, mudando de assunto abruptamente. E não recuou de sua proclamação quando eu a encarei. - Você sabe, fora das nossas corridas.

- Bom, estou feliz por ser visto.

Ela olhou em meus olhos, meu rosto, meus lábios por um longo tempo antes de voltar para meus olhos.

- Esse seu olhar ardente vai acabar me matando, Will. E o mais engraçado é que acho que você nem sabe que olha para as mulheres desse jeito.

Eu pisquei.

- O meu o *quê*?

- Posso trazer algo para vocês? - Jack, o garçom, perguntou, assustando-nos quando colocou dois descansos de copo na nossa frente. Todos os amigos de Ziggy já tinham ido embora, e o Ding Dong estava estranhamente silencioso; geralmente, Jack anotava meu pedido em alguma mesa longe do bar enquanto servia alguém ao lado.

- Guinness - eu disse, depois acrescentei: - E uma dose de Johnny Gold.

Jack olhou para Ziggy.

- Algo para você?

- Outro chá gelado, por favor.

Suas sobrancelhas se ergueram, e ele sorriu para ela.

- Só isso?

Ziggy riu e deu de ombros.

- Qualquer coisa mais forte vai me fazer dormir em quinze minutos.

- Tenho certeza de que existe algo forte atrás do balcão que pode deixar você acordada por horas.

O que ele disse me fez recuar para avaliar a reação de Ziggy. Se ela se mostrasse horrorizada eu teria que chutar o traseiro de Jack.

Mas ela apenas riu, um pouco constrangida por sua "nerdice" ter sido flagrada num bar.

- Você quer dizer um café com um toque de Bailey's ou algo assim?

- Não - Jack disse, apoiando-se nos ombros bem na frente dela e me bloqueando. - Eu tinha outra coisa em mente.

- Só o chá gelado, Jack - eu interrompi, sentindo minha pressão sanguínea subir uns sete mil milímetros. Com um sorrisinho, Jack se endireitou e foi buscar nossas bebidas.

Eu podia sentir Ziggy olhando para mim e tive que pegar um guardanapo para ter algo que pudesse meticulosamente destruir com as mãos.

- O que foi esse tom de voz durão, William?

Soltei um suspiro.

- Ele não me viu sentado aqui com você? Que cara de pau.

- É, que atrevimento! Perguntar o que eu queria para beber? Que *babaca*.

- Foi uma insinuação - eu expliquei. - Tenho certeza de que você sabe o que é isso.

- Com certeza você está brincando.

- "*Tenho certeza de que existe algo forte atrás do balcão que pode deixar você acordada por horas?*"

Sua boca se entortou enquanto ela parecia finalmente ter entendido. Então ela sorriu.

- Mas não é esse o objetivo de nosso projeto? Eu ter um pouco mais de insinuação em minha vida?

Jack voltou com nossos drinques e piscou para Ziggy antes de ir embora.

– É, acho que sim – murmurei, tomando um gole da minha cerveja.

Ao meu lado, eu a vi se endireitar e virar seu banco para poder me encarar de frente.

– Não querendo mudar de assunto, mas eu assisti um pouco de pornografia ontem à noite.

Quase cuspi a cerveja.

– Deus, Ziggs, você não filtra nada que surge nessa sua cabeça?

Ergui meu copo de uísque e virei tudo de uma vez.

– Você não assiste pornografia?

Fiquei olhando para o copo vazio por um momento, antes de admitir:

– É claro.

– Então, por que é estranho se eu assistir?

– Você assistir não é estranho. É estranho ser o começo de uma conversa. Eu ainda... estou me acostumando com isso. Antes do Projeto Garota Sexy, eu apenas conhecia você como a irmãzinha nerd. Agora você é essa... mulher que assiste pornografia e que fez redução de seios. Eu preciso me ajustar.

E, além disso, eu acho você quase totalmente irresistível, pensei.

Ela fez um gesto com a mão me desprezando.

– Enfim, eu tenho uma pergunta.

Olhei para ela com o canto do olho.

– Acho que nem quero ouvir.

– As mulheres fazem mesmo aqueles sons na cama?

Fiquei parado e apenas sorri para ela.

– Que sons, Ziggy?

Ela pareceu não perceber que eu estava brincando, então fechou os olhos e sussurrou:

– Tipo, *oh, ah, Wiiilll, eu preciso do seu pau*, e *mais forte, mais forte, oh, Deus, me fode seu gostosão*... e esse tipo de coisa.

Sua voz ficou macia e quase ofegante, e fiquei horrorizado ao sentir meu pau começar a endurecer. De novo. Isso tinha o potencial de se tornar um problema.

- Algumas fazem.

Ela explodiu numa risada.

- Isso é ridículo.

Tentei esconder um sorriso, adorando sua confiança natural mesmo num assunto sobre algo em que ela provavelmente não tinha muita experiência.

- Talvez elas precisem *de verdade* do meu pau. Você não gostaria de desejar tanto uma pessoa até *precisar* do pau?

Ela tomou um longo gole de seu chá gelado, considerando o que eu disse.

- Na verdade, então, acho que eu nunca desejei tanto alguém até precisar implorar. Se fosse um biscoito? Pode ser. Mas um pau? Acho que não.

- Teria que ser um biscoito e tanto.

- Ah, mas era.

Rindo, eu perguntei:

- Qual filme você assistiu?

- Humm - ela olhou para o teto. Sem corar o rosto, sem constrangimento. - *Frisky Freshman*? Algo desse tipo. Tinha um monte de universitárias transando com um monte de universitários. Era até um pouco fascinante, na verdade.

Fiquei em silêncio, perdido numa trilha de pensamentos que começava em colegas de faculdade, passava por Ziggy trabalhando no laboratório, pela esperança de Jensen de que ela fosse fazer novos amigos, e chegava a Jack, jogando uma cantada para cima dela bem na minha frente.

- O que você está pensando? - ela perguntou.

- Nada.

Ela abaixou o chá gelado e se virou no banco para me olhar.

- Como isso é possível? Como os homens podem dizer que não estão pensando em nada? O Niels também faz isso - ela disse, referindo-se ao mais tímido dos irmãos Bergstrom. - Às vezes ele fica parado me olhando depois de eu dizer alguma coisa, daí eu pergunto o que ele está pensando e ele responde: *nada*.

- Talvez você o deixe sem palavras, acontece bastante comigo quando estou perto de você.

- Muito engraçado.

- Não estou pensando nada substancioso. Melhorou?

- Estamos conversando sobre pornografia e você não está pensando nem um pouco em sexo?

- Estranhamente, não - eu disse. - Estou pensando em como você é ingênua e fofa. Estou pesando no que concordei em fazer aqui quando disse que iria ajudar você a entender melhor o mundo do sexo sem compromisso. Estou com medo de transformar você na mais vulnerável gostosa na história do planeta.

- Você pensou nisso tudo nos últimos dois minutos?

Confirmei com a cabeça.

- Uau. Isso é algo substancioso - sua voz se tornou praticamente um sussurro. Quase igual à sua voz pornográfica, mas com palavras reais, e emoções reais. Quando olhei para ela, Ziggy estava olhando para a janela. - Mas não sou ingênua nem fofa, Will. Sei o que você quer dizer, mas eu sempre fui meio obcecada com sexo. Principalmente a mecânica da coisa. Tipo, por que diferentes coisas funcionam com diferentes pessoas? Por que algumas pessoas gostam de sexo de um jeito, e outras gostam de outro jeito? É uma questão de anatomia? É algo psicológico? Nossos corpos são realmente organizados de forma tão diferente? Coisas desse tipo.

Eu literalmente não sabia como responder, então apenas bebi. Nunca pensei sobre essas coisas; em vez disso, sempre preferi apenas tentar de tudo e qualquer coisa que uma mulher quisesse, mas gostei de saber que Ziggy pensava assim.

- Mas, ultimamente, estou meio que descobrindo do que *eu* gosto - ela admitiu. - Isso é divertido, mas fica difícil se você não tem um jeito de experimentar em primeira mão. E é aí que entra a pornografia.

Ela tomou um longo gole e então abriu um estranho sorriso para mim. Duas semanas atrás, se Ziggy falasse algo desse tipo para mim, eu ficaria constrangido por ela ser tão aberta sobre sua inexperiência. Mas, agora, eu sentia que queria proteger essa inocência, mesmo que só um pouco.

- Não acredito que estou encorajando essa conversa, mas... fico preocupado que a pornografia possa lhe dar uma falsa impressão do que o sexo deve ser de verdade.

- Como assim?

- Porque o sexo que você vê em filmes pornôs não é muito realista.

Rindo, ela perguntou:

- Você quer dizer que a maioria dos homens não tem uma lata de Pringles dentro da calça?

Desta vez eu não engasguei.

- Sim, essa é uma das diferenças.

- Eu já fiz sexo antes, Will. Apenas não fiz muitas variações. Pornografia é um bom jeito de ver o que ainda acende aquela velha chama, se é que você me entende.

- Você me surpreende, Ziggy Bergstrom.

Ela não respondeu por um longo momento. Então disse:

- Esse não é meu nome, sabe?

- Eu sei. Mas é assim que eu chamo você.

- Você sempre vai me chamar de *Ziggy*?

- Provavelmente. Isso incomoda você?

Ela deu de ombros, girando novamente no banco até me encarar.

- Um pouco, sabe? Quer dizer, isso já não encaixa mais comigo. Apenas minha família ainda me chama assim. Mas não, tipo, meus amigos.

- Eu não considero você uma criança, se é isso que você está pensando.

- Não, não é isso que estou pensando. Todo mundo já foi criança e acaba aprendendo a se tornar adulto. Sinto que eu sempre soube como ser uma adulta, e só agora estou aprendendo a ser criança.

Talvez Ziggy fosse meu nome de adulta. Talvez agora eu queira me liberar um pouco.

Puxei de leve sua orelha e ela soltou um gritinho, afastando-se.

- Então você começou a se liberar assistindo pornografia?

- Exatamente - ela estudou a lateral do meu rosto. - Posso fazer umas perguntas pessoais?

Rindo, eu perguntei:

- Agora você precisa da minha permissão?

Ela também riu e empurrou-me no ombro.

- Estou falando sério.

Tirei o copo de cerveja da frente e me virei para encontrar seus olhos.

- Você pode me perguntar qualquer coisa que quiser se me pagar outra cerveja.

Ela ergueu a mão e chamou a atenção de Jack imediatamente. Apontando, ela disse:

- Outra Guinness - então se virou de novo para mim: - Você está pronto?

Dei de ombros.

Inclinando-se para frente, ela perguntou:

- Homens realmente gostam de fazer o anal, não é?

Com meu recém-adquirido conforto com Ziggy, eu nem pisquei.

- É só anal. Não o anal.

- Mas eles gostam, não é? - ela repetiu.

Suspirando, esfreguei o rosto. Será que eu deveria mesmo discutir essas coisas com ela?

- Bom, acho que, talvez. Quer dizer, sim.

- Então você já fez?

- Ziggy.

- E você não fica pensando, tipo, que está entrando...

Levantei minha mão.

- Não.

- Você nem sabe o que eu ia falar!

- Sei, sim. Conheço você, Ziggs. Sei exatamente o que você ia dizer.

Ela fez uma careta, virando-se para a televisão que mostrava o jogo do Knicks contra o Heat, e disse:

- Homens conseguem simplesmente desligar certas partes do cérebro. Eu não entendo isso.

- Então você nunca fez sexo tão bom que até acaba desligando o cérebro.

- Eu acho que você desliga o cérebro mesmo com sexo medíocre.

Rindo, eu admiti:

- Provavelmente. Quer dizer, você comeu mexilhões no jantar. Isso é tipo uma... gosma viscosa que sai do mar. Mas, mesmo assim, você pode me chupar e eu não vou ficar pensando que você acabou de engolir mexilhões.

Detectei um leve rubor em seu rosto.

- Você ficaria pensando em como eu sei chupar muito bem.

Eu a encarei.

- Eu... o quê?

Ela começou a rir, balançando a cabeça.

- Viu? Você já está sem palavras e eu nem fiz nada ainda. Homens são tão fáceis.

- É verdade. Homens fodem qualquer orifício que eles encontram.

- Qualquer orifício *possível* de foder.

Agora fui eu quem se virou no banco para encará-la.

- Como é?

- Bom, não é qualquer orifício que pode ser fodido. Tipo um nariz. Ou uma orelha.

- Você obviamente nunca ouviu falar do Homem de Nantucket.

- Não.

Ela franziu o nariz e eu vislumbrei suas sardas. Hoje seus lábios pareciam especialmente vermelhos, mas eu podia perceber que ela não estava usando maquiagem. Era apenas... um rubor natural.

– *Todo mundo* conhece. É uma rima suja.

– Comigo? – ela apontou para seu peito e eu fiz força para não olhar. – Isso não aumenta as chances.

– É mais ou menos assim: era uma vez um homem em Nantucket. Cujo pinto ele podia chupar porque era muito grande. Ele disse sorrindo, com porra no queixo escorrendo, que se sua orelha fosse uma xota, ele foderia feliz.

Ela continuou olhando para mim em silêncio.

– Isso... foi meio nojento.

Rindo, eu murmurei:

– Concordo.

– Você não chuparia seu próprio pau se pudesse, não é?

Comecei a dizer *de jeito nenhum*, mas então reconsiderei. Mesmo se fosse possível, eu provavelmente faria pelo menos uma vez, só de curiosidade.

– Claro, provavelmente sim. Você está certa.

– Você engoliria?

– Meu Deus, Ziggs, você realmente está me fazendo pensar aqui.

– Você precisa *pensar* sobre isso?

– Acho que eu soaria como um babaca se dissesse que de jeito nenhum eu engoliria, mas, de verdade, de jeito nenhum eu engoliria. Quer dizer, estamos falando de uma situação hipotética onde eu consigo chupar meu próprio pau, e eu gosto quando as *garotas* engolem.

– Mas não é toda garota que engole.

Meu coração começou a acelerar e bater mais forte, como se estivesse me socando por dentro. Essa conversa parecia que estava rapidamente fugindo do controle.

– E *você* gosta?

Ela me ignorou e perguntou:

– Mas os homens não gostam muito de chupar a mulher, não é? E pode ser honesto.

– Eu gosto de chupar certas garotas. Mas não todas, e não pelos motivos que você está pensando. É algo íntimo, e nem todas as mulheres ficam relaxadas com isso, o que acaba deixando a diversão mais difícil. Não sei, para mim, quando elas chupam é igual quando tocam uma punheta para mim, só que muito melhor. Mas se eu chupo a garota? Sinto que isso acontece quando a relação já está mais amadurecida. É preciso confiança.

- Eu nunca fiz nenhuma dessas duas coisas. As *duas* parecem bastante íntimas para mim.

Fiquei quieto e sorri para Jack quando ele trouxe a cerveja, mas eu não sabia como impedir o sentimento de vitória que estava percorrendo meu sangue. Que diabos era isso? Não era como se eu fosse ser sua primeira chupada. Não era como se eu pudesse chegar a esse ponto com ela. Além disso, Ziggy era tão aberta sobre as coisas que desejava... meu estômago se apertou quando percebi que se ela me quisesse dessa maneira, provavelmente já teria falado. Ela teria se aproximado, colocado a mão em meu peito e então diria: "Você pode me foder, por favor?".

- Viu? - ela disse, chegando mais perto para chamar minha atenção. - O que você está pensando *agora*?

Levando a garrafa até minha boca, eu murmurei:

- Nada.

- Se eu fosse uma mulher violenta, minha mão estaria dando um tapa no seu rosto agora mesmo.

Isso me fez rir.

- Certo. Eu estava pensando que parece um pouco... incomum você ter transado antes, mas nunca ter feito ou recebido sexo oral.

- Quer dizer - ela começou, endireitando-se um pouco no banco -, acho que, tipo, eu chupei um cara uma vez, mas eu literalmente não sabia como fazer, então acabei simplesmente voltando para a área do rosto.

- Homens funcionam de um jeito muito fácil: você sobe e desce e a gente goza.

- Não, eu quero dizer... isso eu entendo. Mas, tipo, como respirar e não ficar preocupada em morder, entende? Você já entrou numa loja que vende porcelana chique e de repente sente um pânico momentâneo achando que vai tropeçar e quebrar tudo?

Comecei a rir. Essa garota era totalmente *irreal*.

- Então você fica preocupada que se tiver um pau na boca você vai... morder?

Ela riu também e então, sem que eu percebesse, estávamos gargalhando juntos. Mas, quase ao mesmo tempo, nossa risada diminuiu e eu a flagrei olhando para minha boca.

- Alguns homens gostam de dentes - eu disse quase em silêncio.

- Alguns homens... tipo você?

Engolindo em seco, eu admiti.

- Sim, eu gosto quando as garotas se tornam um pouco selvagens.

- Tipo, arranhar, morder e afins?

- Sim.

Um arrepio carregado de excitação percorreu meu corpo só de ouvi-la dizendo aquelas palavras. Eu engoli em seco, pensando quanto tempo se passaria até que eu conseguisse tirar da minha cabeça a imagem dela *fazendo* essas coisas.

- Com quantos caras você já transou? - eu perguntei.

Ela tomou um gole do chá gelado antes de responder.

- Cinco.

- Você nunca fez sexo oral, mas já transou com *cinco caras*?

Meu estômago caiu num abismo e, embora eu soubesse que minha irritação era totalmente hipócrita, eu não conseguia controlar.

- Puta merda, Ziggs, *quando*?

Ela revirou os olhos, rindo na minha cara.

- Perdi minha virgindade quando eu tinha dezesseis anos. Na verdade, foi no verão que você trabalhou com meu pai.

Cobrindo minha boca quando comecei a protestar, ela acrescentou:

- Nem começa, Will. Sei que você provavelmente perdeu a sua quando tinha uns treze anos.

Fechei a boca e relaxei no banco. Ela acertou. Com um sorriso de cumplicidade, ela continuou:

– E *por favor*. Cinco não é muito. Transei com mais alguns caras nos anos seguintes e então percebi que eu estava fazendo errado. Não era nada interessante. Tive um namorado na faculdade por um tempo, mas... sinto que deve ter algo de errado comigo. Sexo parece divertido até chegar a hora de transar de verdade. Daí meu cérebro entra em modo científico e eu fico pensando: "Humm, será que tenho células suficientes na placa para atingir a dosagem de resposta de que eu preciso para amanhã?".

– Isso é patético.

– Eu sei.

– Sexo *não* é entediante.

Ela estudou meu rosto e depois deu de ombros.

– Eu não acho que *deve* ser entediante. Acho entediante porque a maioria dos caras da minha idade não faz ideia do que fazer com o corpo feminino.

Ela balançou a cabeça quando Jack perguntou se queria mais alguma coisa.

– Mas não estou culpando eles. Nós mulheres somos bem complicadas lá embaixo – ela fez um gesto apontando para sua cintura. – É que faz tempo que não conheço ninguém que me faça querer saber realmente o que estou perdendo.

Ela olhou para meus lábios antes de virar o rosto e começar a estudar a prateleira de bebidas do bar.

Jack deslizou outra cerveja para mim, e eu fiquei virando o copo sem saber o que fazer. É claro que ela estava certa, e eu conhecia muitas mulheres que transavam por outros motivos que não tinham nada a ver com prazer. Kitty me disse uma vez que se sentia mais próxima de mim sempre que a gente transava. Ela disse isso no momento em que eu começava a mentalmente catalogar minha geladeira. Eu me sentia mais próximo da Hanna agora do que já me senti com Kitty antes, durante ou depois do sexo.

Algo sobre ela me fazia sentir faminto, como se quisesse ser tão honesto e calmo sobre tudo em minha vida do mesmo jeito que ela era. Eu queria conhecer Hanna e ouvir seus pensamentos sobre *tudo*.

Parei com a cerveja no meio do caminho até minha boca e percebi que pensei nela como Hanna. Senti como se tivesse soltado um longo suspiro.

Ziggy era a irmã de Jensen. *Ziggy* era a menina que eu conhecia.

Hanna era essa mulher engraçada e bem resolvida na minha frente que agora eu tinha certeza de que iria provocar um terremoto em meu mundo.

Cinco

Cheguei a uma decisão: se eu iria mesmo monopolizar o tempo de Will e insistir em treinar com ele, então eu teria que... você sabe... *treinar* de verdade.

Decidi levar tudo a sério, parar de pensar nisso como se fosse um jogo e começar a realmente tratar tudo como um experimento. Comecei a ir dormir num horário decente para levantar, correr com ele e ainda conseguir chegar cedo ao trabalho para um dia inteiro de experimentos. Expandi minha coleção de roupas esportivas com itens de qualidade e um par extra de tênis de corrida. Parei de pensar no Starbucks como um grupo alimentício e parei de reclamar. E com muita insegurança da minha parte e muito incentivo da parte dele, nós nos inscrevemos para uma meia-maratona em abril. Eu estava apavorada.

Mas, no fim, Will estava certo: as coisas ficaram mais fáceis. Com apenas algumas semanas, meus pulmões já não queimavam mais, minhas canelas já não pareciam duas varas finas, e eu já não queria vomitar quando chegávamos ao final da trilha. Na verdade, nós conseguimos aumentar a distância e começamos a correr em sua trilha de sempre. Will disse que se eu conseguisse aguentar dez quilômetros por dia e correr dezesseis quilômetros duas vezes por semana, ele não precisaria treinar sem mim.

Não é que apenas comecei a me sentir bem. Comecei a *ver* a diferença também. Graças à genética, sempre fui relativamente magra, mas nunca fui o que se chamaria de *em forma*. Minha barriga era meio mole, meus braços pareciam gelatina quando eu acenava e sempre havia os pneus saltando para fora do jeans se eu não os puxasse para dentro. Mas agora... as coisas estavam mudando, e eu não fui a única que notou.

– Então, o que está acontecendo aqui? – Chloe perguntou, olhando para mim de dentro do meu closet. Ela apontou um dedo e girou no ar. – Você parece... diferente.

– Diferente? – eu perguntei.

O objetivo do Projeto Ziggy na verdade não era passar o máximo de tempo com Will – mesmo ele se tornando rapidamente minha pessoa favorita –, mas me ajudar a encontrar equilíbrio e ter uma vida fora do laboratório. Nas últimas duas semanas, Chloe e Sara tinham se tornado uma parte importante do projeto, arrastando-me para jantares ou me visitando só para conversar por algumas horas no meu apartamento.

Nesta quinta-feira em particular, elas me trouxeram comida chinesa e nós acabamos no meu quarto, onde Chloe assumiu a tarefa de mexer no meu guarda-roupa, decidindo o que deveria ficar ou o que seria jogado fora.

– Diferente de um jeito bom – ela esclareceu, e então se virou para Sara, que estava deitada na minha cama folheando documentos do seu trabalho. – Você não acha?

Sara olhou para cima e seus olhos se estreitaram enquanto ela considerava meu corpo.

– Definitivamente bom. Feliz, talvez?

Chloe já estava concordando.

– Eu ia dizer isso. Definitivamente você tem um brilho aí no seu rosto. E a sua bunda está fantástica nessa calça.

Olhei para meu reflexo, chequei a parte da frente e me virei para olhar a parte de trás. Minha bunda parecia mesmo muito feliz. Minha frente também não estava nada mal.

– Minha calça está um pouco frouxa – eu notei, checando o tamanho. – E olha, nada de barriguinha!

– Bom, isso sempre é lucro – Sara riu, balançando a cabeça e voltando para seus documentos.

Chloe começou a colocar algumas roupas em cabides e outras em sacos plásticos.

– Você está entrando em forma. O que vocês dois estão aprontando?

– Estamos apenas correndo. E fazendo muito alongamento. Will acredita muito em se alongar. Semana passada ele adicionou flexões para a nossa rotina, e tenho que dizer o quanto odeio aquilo – continuei olhando meu reflexo e acrescentei: – Não consigo me lembrar da última vez que comi bolacha, e isso parece um crime.

– Ainda está treinando com Will, humm? – Chloe perguntou, e eu não pude deixar de perceber a troca de olhares entre ela e Sara. O tipo de olhar de quem adorou saber de uma novidade picante e vai analisar tudo até eu implorar por misericórdia.

– Pois é. Todas as manhãs.

– Will treina com você *todas* as manhas? – Chloe perguntou. E mais uma troca de olhares.

Eu confirmei e comecei a recolher algumas coisas pelo chão.

– Nós nos encontramos no parque. Você sabia que ele faz triatlo? Ele está muito em forma.

Parei de falar imediatamente, gemendo por dentro. Aparentemente, minha falta de filtro vocal não acontecia exclusivamente com Will.

Chloe ergueu uma sobrancelha e ajeitou uma grossa mecha de seu cabelo escuro.

– Então, sobre o William.

– O que tem ele? – eu disse, dobrando um par de meias.

– Você se encontra com ele fora dessa rotina de exercícios?

Eu podia sentir a atenção delas como se fosse um raio laser no meu rosto, então eu apenas assenti sem olhar ninguém.

– Ele é muito bonito – Chloe acrescentou.

Perigo, perigo, meu cérebro alertava.

– É, sim.

– Vocês já se viram pelados?

Meus olhos disparam em direção a Chloe.

– O quê?

– Chloe – Sara disse com uma voz séria.

– Não – eu insisti. – Somos apenas amigos.

Chloe riu, andando até o closet com algumas roupas penduradas no braço.

– Sei.

– Nós corremos pela manhã e às vezes nos encontramos para tomar café. Às vezes é café da manhã – eu disse, dando de ombros e ignorando a maneira como meu medidor de honestidade parecia apontar o vermelho. Ultimamente, estávamos tomando café da manhã quase todos os dias, e conversávamos pelo menos mais uma vez durante o dia. – Apenas amigos.

Olhei para Sara. Seus olhos estavam colados nos papéis, mas ela estava sorrindo e balançando a cabeça.

– Mentirosa – Chloe disse quase cantarolando. – Will Sumner não possui nenhuma mulher em sua vida que é *apenas* amiga, com exceção da família e de nós duas.

Ela apontou para si mesma e para Sara.

– Isso é verdade – Sara concordou com relutância.

Eu não falei mais nada, apenas me virei e comecei a procurar uma blusa em minhas gavetas. Mas eu podia sentir Chloe me olhando, podia sentir a pressão de seu olhar contra minha nuca. Nunca tive muitas amigas mulheres – e definitivamente nunca tive uma amiga como Chloe Mills –, mas até mesmo eu era esperta o bastante para ter um pouco de medo dela. E tinha a forte impressão de que até o Bennett tinha um pouco de medo dela.

Encontrei meu suéter de lã favorito e o vesti, fazendo o melhor para manter minha expressão neutra e a mente livre de qualquer coisa relacionada a Will que escapasse da zona de amizade. Algo me dizia que essas duas iriam perceber o quanto eu estava transparente.

– Desde quando vocês dois se conhecem? – Sara perguntou. – Ele e Max são amigos faz muito tempo, mas eu só o conheço desde que me mudei para Nova York.

– Eu também – Chloe acrescentou. – Abre o jogo, Bergstrom. Ele é convencido demais e nós precisamos de um pouco de munição.

Comecei a rir, aliviada pela mudança de assunto.

– O que vocês querem saber?

– Bom, você o conhecia quando ele estava na faculdade. Ele era nerd? Por favor, diga que ele frequentava o clube de xadrez ou algo assim – Chloe disse com um tom esperançoso.

– Há! Não *mesmo*. Ele era o tipo de cara que faz dezoito anos e de repente todas as mães dos amigos querem pegar – franzi a testa, considerando. – Na verdade, acho que foi o Jensen quem me contou essa história...

– Max me contou que ele ficou com a sua irmã, é verdade? – Sara perguntou.

Mordi meu lábio e balancei a cabeça.

– Eles ficaram uma vez no Natal, mas acho que só se beijaram. Ele conheceu meu irmão mais velho, o Jensen, no primeiro dia da faculdade, e depois de formado trabalhou com o meu pai. Eu era a irmã mais nova, então não ficava muito com eles.

– Pare de fugir do assunto – Chloe disse, cerrando dos olhos. – Você deve saber muito mais.

Eu ri.

– Vejamos, ele também é o irmão mais novo. Ele tem duas irmãs que são bem mais velhas que ele, mas eu nunca as encontrei. Tenho a impressão de que ele sempre foi muito mimado. Eu me lembro quando ele contou que seus pais são médicos e se divorciaram bem antes de ele nascer. Anos mais tarde, eles se encontraram numa conferência médica, beberam muito e tiveram uma última noite juntos...

– E pronto. Will veio ao mundo – Sara acrescentou.

Confirmei lentamente.

– Isso. Então, suas irmãs são doze e quatorze anos mais velhas. Ele foi o bebezinho delas.

– Bom, isso explica por que ele acha que as mulheres existem apenas para satisfazê-lo – Chloe disse, sentando na cama ao lado de Sara.

Isso não me pareceu correto, então eu também sentei, balançando a cabeça e olhando para o nada.

– Não sei se isso é verdade. Acho que ele simplesmente gosta, tipo, *muito* de mulheres. E elas parecem gostar dele também. Ele cresceu cercado de mulheres, então sabe como elas pensam, o que gostam de ouvir.

– Ele definitivamente sabe como jogar o jogo – Sara disse. – Nossa, o Max me contou cada história dele.

Eu me lembrei do casamento de Jensen, quando vi Will escapar sem ser notado com duas mulheres ao mesmo tempo. Eu tive certeza de que aquela não foi a primeira nem a última vez que algo desse tipo aconteceu.

– As mulheres sempre o adoraram – eu disse. – Eu me lembro de ouvir algumas amigas da minha mãe conversarem sobre ele quando ele trabalhava com meu pai. Deus, as coisas que elas fariam com ele...

– Tigresas! – Chloe gritou, divertindo-se. – Adoro!

Rindo, eu disse:

– É, todas as garotas eram apaixonadas por ele. Tive algumas amigas na escola – eu tinha doze anos quando ele ficou em casa com o Jensen –, e elas ficavam arranjando os motivos mais malucos para me visitar. Umas delas fingiu que precisava devolver uma blusa na noite de Natal, só que a blusa era *dela*. Quer dizer, imagine o Will agora, mas como um cara de dezenove anos, cheio de charme, falsa inocência e aquele maldito sorriso presunçoso. Ele tocava numa banda, tinha tatuagens... ele era puro sexo ambulante.

Acordei de minhas lembranças e percebi que Sara e Chloe estavam me olhando com um sorriso de orelha a orelha.

– O que foi?

– Sua descrição foi bem lasciva, Hanna – Sara disse.

Sorrindo maliciosamente para ela, eu perguntei:

– Por acaso você acabou de usar a palavra "lasciva"?

– Ela com certeza usou – Chloe disse. – E eu concordo. Parece que acabei de assistir a um filme pornô.

Eu gemi, levantando da cama.

– Então, claramente, a Hanna adolescente tinha uma quedinha pelo Will – Sara disse. – Porém, mais importante, o que a Hanna de vinte e quatro anos pensa do Will hoje?

Tive que pensar nisso por um momento, pois, sendo sincera, eu pensava bastante sobre o Will, de todo jeito possível. Pensava sobre seu corpo e sua boca suja e, é claro, todas as coisas que poderia fazer com ela, mas também pensava sobre seu cérebro e seu coração.

– Eu acho que ele é surpreendentemente doce. Ele é, sim, um jogador, mas, debaixo disso tudo, ele é genuinamente um cara legal.

– E você nunca pensou em transar com ele?

Olhei para Chloe.

– Como é?

Ela me encarou de volta.

– Como é o quê? Vocês dois são jovens, bonitos e têm uma história em comum. Aposto que seria uma transa incrível.

Centenas de imagens surgiram em minha mente em apenas alguns segundos. Tive que me esforçar para responder.

– Eu absolutamente *não* vou transar com Will.

Sara deu de ombros.

– Ainda.

Eu me virei para ela.

– Achei que você era a pessoa decente entre nós.

Uma risada explodiu na boca de Chloe, e ela balançou a cabeça, lançando um olhar brincalhão para Sara.

– Decente? Acredite em mim, as mais depravadas são aquelas que *parecem* as mais santinhas.

– Bom, de qualquer maneira – eu disse –, Will me considera apenas como uma irmãzinha.

Chloe se endireitou e lançou um olhar sério para mim.

– Posso dizer por experiência própria que, quando um homem encontra uma mulher, ele a coloca em duas categorias: amiga inequívoca ou possível candidata para o sexo.

– Mas ele tem suas parceiras regulares, não é? – eu perguntei, franzindo meu nariz. Eu gostava da ideia de encontros casuais, mas não estava certa quanto à estrutura e os limites de algo tão fluido e sem forma como o sexo. Era a única área da minha amizade com Will onde meu filtro na verdade funcionava... ou quase.

Sara confirmou.

– Nas terças-feiras é a vez da Kitty. Nos sábados é a vez da Alexis. E tenho certeza de que outras aparecem aqui e ali.

Chloe lançou um olhar para Sara, que a encarou de volta.

– Não estou sugerindo que ela se apaixone – Chloe disse. – Apenas que transe loucamente com ele de vem em quando.

– Apenas estou me certificando de que todo mundo sabe qual é situação por aqui – Sara respondeu, com um desafio nos olhos.

– Bom – eu comecei –, isso não importa, na verdade. Por ele ser o melhor amigo do meu irmão, acho que podemos concordar que estou presa definitivamente no território da amizade.

– Ele já conversou com você sobre os seus peitos? – Chloe perguntou.

Senti um rubor subir pelo pescoço. Will conversava, olhava e parecia idolatrar meus seios.

– Humm... sim.

Chloe sorriu, toda convencida.

– Eu encerro meu caso.

Na manhã seguinte, eu tive certeza de que Will pensava que eu estava tomando algum remédio que altera o humor... ou que eu precisava tomar. Eu estava distraída em nossa corrida, pensando sobre minha conversa com Sara e Chloe. Não apenas eu estava pensando sobre o quanto Will olhava os meus peitos, gesticulava para os meus peitos, falava com meus peitos, eu também estava, infelizmente, pensando nele com as outras mulheres em sua vida: o que ele fazia com elas, como se sentiam quando estavam juntos, e se elas se divertiam com ele tanto quanto eu. Além disso, eu pensava no fato de que ele provavelmente passava muito tempo... pelado com elas.

Isso, é claro, me fez pensar sobre Will nu, o que não ajudou em nada na minha concentração, ou minha habilidade de correr numa linha reta. Will provavelmente pensou que eu estava bêbada.

Forcei meus pensamentos para longe do homem correndo num silêncio fácil ao meu lado, e comecei a pensar no trabalho que me esperava no laboratório, o relatório que eu precisava terminar, os exames que eu precisava fazer para Liemacki.

Mais tarde, quando Will pairou sobre mim para me ajudar a alongar minha perna, depois de eu basicamente ter sentado na trilha sentindo câibras, ele me encarou de um jeito tão intenso, com os olhos se movendo lentamente sobre meu rosto, que fez os pensamentos que eu tentava banir voltarem todos de uma só vez. Meu estômago se apertou, e um calor delicioso se espalhou do meu peito até a ardência que eu negligenciava entre minhas pernas. Senti como se estivesse derretendo no chão gelado.

– Você está bem? – ele perguntou em voz baixa.

Só consegui assentir. Suas sobrancelhas se juntaram.

– Você está tão quieta hoje.

– Estou apenas pensando – murmurei.

Seu pequeno sorriso sexy apareceu, e eu senti meu coração acelerar em meu peito.

– Bom, espero que você não esteja pensando em pornografia, ou chupadas, ou como você quer experimentar com sexo, porque se acha que vai conseguir esconder isso de mim, você está encrencada. Agora nós estamos em sincronia, Ziggs.

Tomei um banho particularmente longo depois daquela corrida.

Nunca fui de enviar mensagem de texto – na verdade, antes de Will, minhas únicas mensagens consistiam de palavras únicas para a família e colegas de trabalho.

Você já está chegando? `Sim.`

Você pode pegar um vinho no mercado? `Claro.`

Você vai trazer um convidado? `Ignore.`

Até a semana passada – quando eu finalmente abri o iPhone que Niels me deu no Natal –, eu ainda usava um celular velho que Jensen dizia que era o primeiro celular do mundo. Quem tem tempo de ficar digitando centenas de mensagens quando eu podia ligar e encerrar o assunto em menos de um minuto? Definitivamente, não parece muito eficiente.

Mas com Will era divertido, e eu tinha que admitir, o novo celular facilitava as coisas. Ele me enviava pensamentos aleatórios durante o dia, enviava fotos de seu rosto quando eu fazia alguma piada sem graça ou uma foto de seu almoço quando o peito de frango em seu prato parecia um pênis. Então, depois do meu... banho relaxante, quando meu celular vibrou no outro quarto, não fiquei surpresa ao ver que era Will.

Mas o que me surpreendeu foi a pergunta.

`O que você está vestindo?`

Senti minhas sobrancelhas se juntarem, confusas. Era algo aleatório, mas nem de longe a coisa mais estranha que ele já me perguntou. Nós iríamos nos encontrar para o café da manhã em meia hora, e talvez ele estivesse preocupado que eu fosse aparecer como uma universitária desleixada, como ele costumava dizer.

Olhei para a toalha ao redor do meu corpo e digitei:

`Jeans preto, top amarelo, suéter azul.`

`Não, Ziggy. Estou dizendo [insinuação aqui] O QUE VOCÊ ESTÁ VESTINDO?`

Agora eu realmente estava confusa.

`Heim??? Não entendi.`

`Estou tentando começar uma seção de sexting, sua tonta.`

Parei e fiquei olhando para o celular por alguns segundos antes de responder.

`Como é?`

Ele digitava muito mais rápido do que eu, e sua resposta apareceu quase imediatamente.

`Isso não é nem um pouco sexy se eu tenho que explicar, mas lá vai. Nova regra: você precisa pelo menos ter alguma competência na arte do sexting.`

De repente uma luz se acendeu no meu cérebro e eu entendi o que ele estava fazendo.

`Ah! Saquei. "Sexting." Faz sentido, Will.`

Embora eu agradeça seu entusiasmo e o fato de pensar que eu sou esperto o bastante para criar esse termo, eu não inventei essa palavra. Ela faz parte da cultura popular faz um tempo, sabe? Agora, responda a pergunta corretamente.

Andei de um lado para o outro, pensando. Certo. Era uma tarefa. Eu consigo fazer isso. Tentei pensar em todas as insinuações que já ouvi nos filmes, mas, é claro, não consegui criar nada. Tentei me lembrar de todas as cantadas que meu irmão Eric usava... e então franzi a testa.

Tive um branco total.

Bom, na verdade eu ainda não estou vestida. Eu estava aqui tentando decidir se ficar sem roupa de baixo vai contra as regras, pois acho que minha saia fica toda marcada, mas eu odeio usar fio dental.

Fiquei encarando o celular enquanto os pontinhos indicavam que ele estava respondendo.

Isso até que não foi nada mal, garota. Mas não diga roupa de baixo. Isso não é sexy.

Não tire sarro de mim. Eu não sei o que dizer. Eu me sinto uma tonta aqui pelada trocando mensagens com você.

Fiquei esperando a resposta.

Alguns momentos se passaram até meu celular se acender novamente.

Ok. Então você obviamente já pegou o jeito. Agora diga algo safado.

Safado?

Estou esperando.

Oh, Deus. Será que dava tempo de usar o Google? Não. Vasculhei minha mente e digitei a primeira coisa meio safada que pensei:

Às vezes, quando estamos correndo e você fica controlando a respiração todo concentrado, eu fico pensando que tipo de som você faz quando está transando.

Certo, talvez isso tenha sido um pouco mais do que "meio safado". Ele ficou uma eternidade sem responder. Oh, Deus. Baixei meu celular, convencida de que Will se afastaria e nunca mais falaria comigo. Ele provavelmente queria algo que fosse de brincadeira e não algo tão... *honesto*.

Entrei no banheiro, escovei meus cabelos e os prendi acima da cabeça. No quarto, ouvi o celular vibrar em cima da escrivaninha.

A primeira mensagem:

UAU.

A segunda mensagem:

Dessa vez você... acertou em cheio. Ok, vou precisar de um minuto por aqui. Talvez cinco.

MEDUSDESSCUPA, comecei a digitar, com meus dedos idiotas tremendo, pronta para me enterrar num buraco e morrer. QUERDIZER DESCULPA NAOACREDITOQUEESCREVIISSO.

Você está brincando? Isso foi melhor que um presente de Natal. Claramente eu preciso ficar à sua altura. Espera um pouco, acho que preciso me alongar primeiro.

Girei meus olhos.

Estou esperando.

Seus seios estavam demais hoje.

Só isso?

Honestamente, ele já tinha dito coisas bem mais depravadas para mim. E para os meus *seios*.

Sério? Você não gostou?

Zzzzzzzzzzzzzzzzz

Então posso pelo menos ver os seios na próxima vez?

Certo. Senti um calor em meu rosto, mas de jeito nenhum eu admitiria.

Você está me dando sono, digitei. Eu sorria como uma idiota olhando para o celular.

A bolha de texto apareceu na janela mostrando que ele começou a digitar. Eu esperei. E esperei. Finalmente, ele postou:

Posso tocar? Posso morder?

Ajeitei a toalha em meu peito e engoli em seco, tremendo. Meu rosto já não era mais a única coisa que estava se aquecendo. Eu respondi:

Isso foi um pouco melhor.

Posso lamber e depois foder?

Deixei o celular cair e me atrapalhei toda para pegar de volta.

Agora sim, eu digitei, com as mãos trêmulas. Fechei os olhos, tentando *não* imaginar os quadris de Will se movendo em meu peito, seu pau deslizando entre os seios.

Eu quase podia sentir sua determinação através do celular quando ele disse:

Me avise quando precisar de um minuto SOZINHA. Já está pronta?

Não. Absolutamente não.

Sim.

`Você usou uma camiseta no outro dia. Uma camiseta rosa. Os seios estavam fantásticos naquele dia. Cheios e macios. Eu podia ver os mamilos quando o vento soprava mais forte. Tudo que eu podia pensar era como seria tomar você em minhas mãos e sentir os mamilos na minha língua. Como seria o meu pau raspando na sua pele e como seria gozar por todo o seu pescoço.`

Puta meeerda.

`Will? Posso te ligar?`

`Por quê?`

`Porque é difícil digitar com uma mão.`

Ele não respondeu por um minuto inteiro, e eu me permiti imaginar que desta vez foi *ele* quem deixou cair o celular. Mas então ele enviou:

`SIM! Você está se tocando?`

Eu ri e digitei: `Te peguei!`, e então joguei o celular para o lado e fechei os olhos.

Porque, sim. Eu absolutamente estava.

Quando terminamos de brincar, concordei em encontrá-lo para o café da manhã na Sarabeth's. Apesar da temperatura e da neve que começava a cair, senti meu rubor durante todo o caminho até a Rua 93, e fiquei imaginando se era possível eu me sentar na frente dele e fingir que não tinha me masturbado lendo suas mensagens. As coisas pareciam estar saindo do rumo e tentei pensar quando isso aconteceu. Será que foi na corrida de hoje de manhã, quando ele me alongou, como se estivesse pronto para montar em cima de mim? Ou tinha sido algumas semanas atrás, naquele bar, quando começamos a conversar sobre pornografia e sexo? Talvez tenha sido até antes disso, no primeiro dia que saímos para correr e ele colocou um gorro na minha cabeça, mostrando um sorriso que me fez sentir como se tivesse sido bem comida contra uma parede.

Isso não estava indo bem. *Amigos*, eu me lembrei. *Missão de agente secreto. Aprenda as estratégias do ninja e depois escape ilesa.*

Mantive minha cabeça abaixada enquanto pisava nas camadas brancas de gelo que cobriam o chão, praguejando contra o frio de março, sentindo flocos de neve se agarrarem nas pontas dos meus cabelos. Um jovem casal estava saindo do restaurante, e eu entrei pela porta que eles abriram.

– Zig.

Ouvi meu nome e olhei para Will, que estava sorrindo para mim sentado na área de descanso. Acenei antes de andar até as escadas, tirando meu gorro e cachecol no caminho.

– Que bom ver você de novo – ele disse, levantando-se quando me aproximei da mesa.

Comecei a ficar cada vez mais irracionalmente irritada com suas boas maneiras, e ainda mais com seu cabelo ainda úmido e a maneira como sua blusa dobrava no meio de seu torso gigantesco. Ele usava uma camiseta branca por baixo, e com as mangas enroladas até o cotovelo, as linhas das tatuagens apareciam debaixo do tecido. Um *filho da mãe* lindo.

– Bom dia – eu disse.

– Parece um pouco mal-humorada? Talvez um pouco tensa?

Fiz uma careta e respondi:

– Não.

Ele riu enquanto nós sentávamos.

– Já pedi sua comida.

– O quê?

– Seu café da manhã. Panquecas de limão com amoras, não é? E aquele suco de flores?

– Certo – respondi, olhando para ele do outro lado da mesa. Peguei meu guardanapo e o desdobrei antes de deitá-lo no colo.

Ele se abaixou para encontrar meus olhos, parecendo um pouco ansioso.

– Você queria outra coisa? Posso chamar a garçonete.

– Não...

Respirei fundo, abri a boca e fechei de novo. Eram coisas tão pequenas – a comida que eu sempre pedia, o tipo de suco de que eu gostava, a maneira como ele soube exatamente como alongar minha perna hoje de manhã –, mas tudo isso parecia gigante, importante. Eu me senti um pouco mal por ele ser tão doce comigo e eu não conseguir parar de pensar em sexo com ele.

– Não acredito que você se lembrou disso tudo.

Ele deu de ombros.

– Não é grande coisa. É só o café da manhã, Ziggs. Não estou doando um rim.

Tentei não me concentrar na atitude cretina em sua voz.

– Bom, foi realmente legal. Às vezes você me surpreende.

Ele pareceu um pouco surpreso.

– Como assim?

Suspirei, murchando um pouco em minha cadeira.

– Apenas pensei que você me trataria mais como uma criança.

Quando eu disse isso, percebi que ele não gostou. Ele se recostou na cadeira e soltou um longo suspiro, então eu continuei tagarelando:

– Sei que você está sacrificando sua paz ao me deixar correr com você. Sei que cancelou planos com suas não namoradas e precisou rearranjar as coisas para ter tempo para mim, e eu apenas... quero que saiba que estou agradecida. Você é um ótimo amigo, Will.

Suas sobrancelhas se juntaram, e ele começou a olhar para a sua água gelada em vez de olhar para mim.

– Obrigado. Você sabe, só quero ajudar a... irmãzinha do Jensen.

– Certo – eu disse, sentindo minha irritação se acender novamente. Eu queria pegar a água e derramá-la inteira na minha cabeça. O que era essa irritação?

– *Certo* – ele repetiu, lançando os olhos para mim e mostrando um sorrisinho brincalhão que imediatamente dissolveu minha loucura e fez minhas partes femininas acordarem de novo. – Pelo menos essa é a história que vamos contar para todo mundo.

Seis

Eu não conseguia me lembrar da última vez que passei uma noite de sábado sozinho. Era como se toda a minha rotina tivesse sido quebrada, começando com minhas corridas matinais com Hanna.

Algo havia mudado nos últimos dias e agora havia um peso invisível entre nós. Começou numa de nossas corridas, quando ela parecia quieta e distraída, e acabou se abaixando no chão quando sentiu cãibras. No café da manhã, ela claramente estava irritada, mas foi fácil entender: ela estava lutando contra alguma coisa. Estava irritada como eu, como se estivéssemos lutando contra a força de um imã que parecia nos puxar para um lugar diferente.

Um lugar fora da zona de amizade.

Meu celular vibrou na mesa de centro, e eu quase dei um pulo quando vi a foto de Hanna na tela acesa. Tentei ignorar o quente zumbido que senti ao ver que era ela quem estava ligando.

- Oi, Ziggs.

- Venha para uma festa comigo hoje - ela disse simplesmente, pulando qualquer cumprimento tradicional. Era o sinal clássico de seu nervosismo. Ela fez uma pausa e depois acrescentou num tom de voz baixo: - A não ser que... merda, hoje é sábado. A não ser que você esteja com uma das suas não namoradas.

Ignorei a segunda pergunta implícita e considerei apenas a primeira, imaginando uma festa numa sala de conferência no departamento de biologia da faculdade, com garrafas de refrigerante de dois litros, salgadinhos e docinhos.

- Que tipo de festa?

Ela ficou em silêncio por um instante do outro lado da linha.

- Uma festa de estreia de uma nova casa.

Eu sorri ao telefone, cada vez mais desconfiado.

- Casa de *quem*?

Do outro lado, ela soltou um gemido de rendição.

- Tá bom, certo. É uma festa numa república da faculdade. Um cara do meu departamento e seus amigos acabaram de se mudar para um apartamento. Tenho certeza de que é uma espelunca. Eu quero ir, mas quero que você vá comigo.

Rindo, eu perguntei:

- Então vai ser uma festa de *república*? Vai ter barril de cerveja e Baconzitos?

- Will - ela suspirou. - Não seja tão esnobe.

- Não estou sendo esnobe - eu disse. - Estou apenas sendo um cara de trinta anos que já passou do tempo da faculdade e agora considera uma noite de farra quando consegue convencer o Max a gastar mais de mil dólares numa garrafa de uísque.

- Apenas vá comigo, prometo que você vai se divertir.

Suspirei, olhando para a garrafa de cerveja quase vazia na minha frente.

- Eu vou ser a pessoa mais velha nessa festa?

- Provavelmente - ela admitiu. - Mas tenho certeza de que também vai ser o mais gostosão.

Tive que rir, e depois considerei minha noite sem essa opção. Eu tinha cancelado com Alexis, mesmo sem saber exatamente por quê.

Isso é mentira. Eu sabia exatamente a razão. Eu me sentia estranho, como se talvez estivesse sendo injusto com Hanna ficando com outra mulher quando ela parecia estar se dedicando tanto a mim. Quando eu disse para Alexis que precisava desmarcar, eu sei que ela percebeu algo na minha voz. Ela não perguntou a razão, nem tentou remarcar para outro dia, como Kitty faria. Suspeitei de que eu não dormiria mais com essa loira em particular.

- Will?

Suspirando, eu me levantei e andei até onde tinha deixado meus sapatos, ao lado da porta da frente.

- Certo, então tá, eu vou. Mas use uma camisa que mostre bem os seus seios para eu ter algo para me entreter se eu ficar entediado.

Ela riu, conseguindo soar ao mesmo tempo sapeca e sedutora.

- Combinado.

—

Era exatamente o que eu esperava: um apartamento barato para estudantes sem dinheiro e uma cena bem familiar. Fui atingido por uma pequena onda de nostalgia quando entramos naquele lugar apertado. Os dois "sofás" eram apenas colchões velhos no chão, cobertos com lençóis manchados. A televisão ficava em cima de uma tábua equilibrada entre duas caixas de madeira. A mesa de centro parecia que tinha visto dias melhores, e só *depois* foi doada para esses caras a estragarem ainda mais. Na cozinha, uma horda de estudantes *hipsters* barbados cercava um barril de cerveja, e havia uma variedade de garrafas de bebida barata pela metade no balcão.

Mas, pela expressão no rosto de Hanna, qualquer um poderia pensar que tínhamos acabado de entrar no céu. Ao meu lado, ela deu um pulinho e agarrou minha mão.

- Estou tão feliz por você ter vindo comigo!

- Falando sério, você já esteve em alguma festa antes? - eu perguntei.

- Uma vez - ela admitiu, puxando-me para o meio da confusão. - Na faculdade. Bebi quatro doses de Bacardi e vomitei no sapato de um cara. Até hoje não sei como voltei para casa.

A imagem fez meu estômago embrulhar. Já vi esse tipo de garota - ingênua, tentando ser *selvagem* - em virtualmente todas as festas que frequentei no tempo da faculdade. Odiei pensar em Hanna como esse *tipo de garota*. Aos meus olhos, ela sempre era mais esperta e consciente do que isso.

Ela ainda estava falando e eu precisei me inclinar para ouvir.

- ... a gente passava a maioria das noites jogando Magic no salão da moradia e bebendo ouzo. Bom, todo mundo bebia, menos eu. Mal podia sentir o cheiro sem ficar com vontade de vomitar - ela olhou de volta para mim e esclareceu: - Minha colega de quarto era grega. Ouzo é uma bebida típica da Grécia.

Hanna me apresentou para um grupo de pessoas, a maioria homens. Tinha um Dylan, um Hau, um Aaron, e acho que um Anil, ou algo assim. Um deles entregou um coquetel feito com um saquê de ameixa que estava na moda e água com gás.

Eu sabia que Hanna não era de beber muito, e senti meu instinto protetor me dominar.

- Você não prefere tomar algo não alcoólico? - eu perguntei, alto o bastante para os outros ouvirem. Que babacas, achando que ela queria ficar bêbada.

Eles esperaram sua resposta, mas ela tomou um gole e soltou um assobio.

- Isso é bom. *Caramba*! - aparentemente, ela gostou. - Apenas não me deixe passar de um - ela sussurrou para mim, encostando-se ao meu lado. - Ou não serei responsável pelos meus atos.

Oh, merda. Com essa única frase, ela conseguiu destruir meu plano de agir como um irmão mais velho protetor no resto da noite.

Hanna bebeu seu coquetel mais rápido do que eu esperava. Um rubor se espalhou em seu rosto e seu sorriso parecia não acabar mais. Ela me olhou nos olhos, e eu podia ver sua felicidade como uma aura ao seu redor. *Deus, ela é linda*, eu pensei, desejando que estivéssemos a sós em meu apartamento assistindo a um filme. Fiz uma anotação mental para fazer isso acontecer algum dia. Olhei ao redor da sala e percebi que a festa estava bem mais cheia agora. A cozinha estava cada vez mais lotada. Outra estudante se juntou ao nosso círculo no meio de uma conversa sobre os professores mais malucos do departamento. Ela se apresentou para mim e se enfiou à minha direita, entre Dylan e eu. À minha esquerda, eu podia sentir Hanna observando minha reação. Eu me senti meio travado, enxergando a mim mesmo através dos olhos dela. Hanna estava certa quando disse que eu sempre notava as mulheres, mas, embora essa garota fosse bonita, ela não me causava nada, principalmente com Hanna por perto. Será que ela realmente pensava que eu transava com alguém sempre que saía de casa?

Encontrei os olhos de Hanna e devolvi um olhar bravo.

Ela riu e disse apenas movimentando os lábios:

– Eu conheço você.

– Não, não conhece – eu murmurei. E, merda, não aguentei e disse: – Você ainda tem muito o que aprender.

Ela ficou olhando para mim por vários e pesados segundos. Eu podia ver a pulsação em seu pescoço, a maneira como seu peito subia e descia com a respiração que acelerava. Ela olhou para baixo, colocou a mão no meu braço e correu a ponta dos dedos sobre a tatuagem de um fonógrafo que eu fiz quando meu avô morreu.

Juntos, deixamos o grupo para trás, compartilhando um sorrisinho secreto. *Merda, essa garota faz eu me sentir transtornado.*

– Me conte sobre essa aqui – ela sussurrou.

– Fiz essa tatuagem no ano passado, quando meu avô morreu. Foi ele quem me ensinou a tocar baixo. Ele ouvia música todos os dias, em todas as horas.

– Conte sobre alguma que eu ainda não vi – ela disse, voltando sua atenção para meus lábios.

Fechei os olhos por um instante, pensando.

– Tenho a palavra *não* escrita debaixo da última costela do meu lado esquerdo.

Rindo, ela chegou mais perto, o suficiente para eu sentir o cheiro de ameixa em seu hálito.

– Por quê?

– Fiz quando estava bêbado na faculdade. Eu estava numa fase antirreligiosa e não gostava da ideia de que Deus fez Eva com a costela de Adão.

Hanna jogou a cabeça para trás, soltando minha risada preferida, aquela que vinha de sua barriga e tomava todo o seu corpo.

– Você é linda *demais* – murmurei, sem pensar, passando meu polegar em seu rosto.

Ela subiu a cabeça novamente, começando a abrir um sorriso. Com um olhar suspenso em minha boca, Hanna me puxou para fora da cozinha, com aquele pequeno sorriso no rosto que a fazia parecer uma diabinha.

– Para onde estamos indo? – perguntei, deixando-a me conduzir por um corredor cheio de portas fechadas.

– Shh. Vou perder a coragem se eu disser antes de chegarmos lá. Apenas venha comigo.

Mal sabia ela que eu a seguiria mesmo que o corredor estivesse pegando fogo. Afinal de contas, até aceitei vir nessa festa de república.

Numa porta fechada aleatória, Hanna parou, bateu e esperou. Pressionou o ouvido contra a porta, sorriu para mim e, ao não ouvirmos nada, girou a maçaneta e soltou um gritinho de excitação.

O quarto estava escuro, felizmente vazio e ainda relativamente intocado pela mudança recente. Uma cama estava feita no meio do quarto, e um guarda-roupa estava encostado num canto, mas a parede oposta ainda estava cheia de caixas alinhadas.

– De quem é este quarto? – eu perguntei.

– Acho que é do Denny, mas não tenho certeza.

Passando o braço por trás de mim, ela trancou a porta e então começou a me encarar, sorrindo.

– Oi.

– Oi, Hanna.

Sua boca se abriu e seus lindos olhos se arregalaram.

– Você não me chamou de Ziggy.

Sorrindo, eu sussurrei:

– Eu sei.

– Fala de novo?

Sua voz parecia rouca, como se estivesse pedindo para eu *tocá-la* de novo, para eu beijá-la. E talvez, quando a chamei de Hanna, foi quase como um beijo. Com certeza, foi assim que me senti. E parte de mim – uma grande parte de mim – decidiu que eu já não me importava mais. Eu não me importava por ter beijado sua irmã doze anos atrás e por seu irmão ser um dos meus amigos mais próximos. Eu não me importava que Hanna fosse sete anos mais nova que eu e, de muitas maneiras, uma garota inocente. Eu não me importava que eu provavelmente fosse estragar tudo, ou que meu passado pudesse incomodá-la. Nós estávamos sozinhos num quarto escuro, e cada centímetro da minha pele parecia zumbir com a necessidade de sentir o toque dela sobre mim.

- Hanna - eu disse num tom de voz baixo. As duas sílabas preencheram minha cabeça e tomaram minha pulsação.

Ela soltou um sorriso todo secreto e então olhou para minha boca. Sua língua molhou seus lábios.

- O que você está pensando? - eu sussurrei. - O que estamos fazendo neste quarto tão escuro, trocando olhares maliciosos?

Ela ergueu as mãos e soltou palavras com a respiração ofegante.

- Este quarto é Las Vegas. Entendeu? O que acontece aqui, permanece aqui. Ou, melhor dizendo, o que é *dito* aqui não sai daqui.

Eu ri.

- Certo...?

- Se ficar estranho, ou se eu cruzar um limite da nossa amizade que por algum milagre eu ainda não tenha cruzado, apenas me diga, e daí vamos embora, e tudo vai voltar ao mesmo nível de ridículo que era antes.

Eu suspirei e assenti, dizendo "Certo", e fiquei observando enquanto ela respirava fundo. Hanna já estava um pouco alta, e com certeza nervosa. Uma ansiedade subia por minhas costas.

- Eu fico tão atrapalhada quando estou perto de você - ela disse em voz baixa.

- Apenas comigo? - eu disse, sorrindo.

Ela deu de ombros.

- Eu quero você... me ensinando coisas. Não apenas sobre como me comportar na presença de outros homens... mas como *ficar* com um homem. Penso nisso o tempo todo. E sei que você é bom nessas coisas sem precisar estar num relacionamento e... - ela perdeu a voz, olhando para mim no meio do quarto escuro. - Somos amigos, não é?

Eu sabia exatamente para onde isso estava indo, então murmurei:

- Seja lá o que for, eu farei.

- Você nem sabe o que estou pedindo.

Rindo, eu sussurrei:

- Então, *peça*.

Ela chegou mais perto, colocou a mão em meu peito e eu fechei os olhos enquanto a palma de sua mão quente deslizava por minha barriga. Eu me perguntei por um segundo se ela podia sentir meu coração acelerando. *Eu* sentia minha pulsação por toda parte, batendo em meu peito e reverberando em minha pele.

- Eu assisti outro filme - ela disse. - Outro pornô.

Meus olhos se abriram com surpresa. Talvez eu não estivesse tão certo de onde isso estava indo, afinal.

- Aqueles filmes são bem ruins, na verdade - ela disse baixinho, como se estivesse preocupada em não ofender minhas sensibilidades masculinas.

Rindo, eu concordei.

- É mesmo.

- As mulheres são muito exageradas. Na verdade - ela disse, reconsiderando -, os homens também são, na maior parte do tempo.

- Na maior parte do tempo?

- Não no final - ela disse, com a voz quase sumindo de vez. - Quando o cara gozou, ele tirou de dentro dela e gozou *em cima* dela.

Seus dedos se moveram para debaixo da minha camisa, acariciando a linha de pelos que descia da minha barriga até dentro da calça. Ela segurou a respiração e subiu a mão até meu peito, onde começou a explorar.

Merda. Eu estava tão excitado que mal conseguia manter minhas mãos longe de seus quadris. Mas eu queria que ela liderasse a conversa. Ela me trouxe até aqui, ela começou tudo isso. Eu queria que ela confessasse tudo antes de me entregar o bastão. E então, eu não iria me conter.

- Isso é bem comum em filmes pornôs - eu disse. - Os caras não gozam dentro das mulheres.

Ela olhou para mim.

- Eu *gostei* daquela parte.

Senti minha ereção acordar de vez dentro da minha calça e minha garganta secou imediatamente.

- É mesmo?

- Acho que estou apenas agora descobrindo essas coisas. Nunca realmente tentei antes... ou, talvez, acho que nunca quis explorar com os caras com quem eu fiquei. Mas desde que comecei a sair com você, não consigo parar de pensar nesse tipo de coisa.

- Isso é bom.

Estremeci no meio do quarto escuro, querendo não ter respondido tão rápido, parecendo tão desesperado. Eu queria mais do que qualquer coisa que ela me pedisse para carregá-la até a cama e transar com ela tão alto que a festa inteira saberia onde estávamos e o que ela estava recebendo.

- Eu não sei do que os homens realmente gostam. Sei que você diz que os homens são fáceis, mas não é verdade.

Ela tomou minha mão e, com os olhos colados em meu rosto, levou-a até os seios. Debaixo da minha palma, ela era exatamente como imaginei centenas de vezes. Cheia de curvas macias e pele cremosa sob as minhas carícias. Era tudo que eu podia fazer para tentar resistir à tentação de erguê-la e esmagá-la com meu corpo contra a parede.

- Eu quero que você me mostre como fazer - ela disse.

- Como fazer o *quê*?

Ela fechou os olhos por um segundo, engolindo em seco.

- Quero tocar você até você gozar.

Respirei fundo e olhei para a cama no meio do quarto.

- Aqui?

Ela seguiu meus olhos e balançou a cabeça.

- Não ali. Ainda não numa cama. Apenas... - ela hesitou, e depois disse quase sem voz: - Isso é um *sim*?

- Humm, é claro que estou dizendo sim. Não sei se conseguiria dizer não para você mesmo se eu devesse.

Ela mordeu o lábio tentando evitar um sorriso e deslizou minha mão até sua cintura.

- Você quer bater uma para mim? É isso que você está pedindo?

Dobrei meus joelhos para olhar em seus olhos. Eu me senti um idiota sendo tão direto, e essa conversa parecia *completamente* irreal, mas eu precisava deixar claro o que estava acontecendo antes de eu me soltar e levar isso longe demais.

- Só quero ter certeza de que estou entendendo.

Ela ficou tímida de repente, e então assentiu.

- É isso mesmo.

Cheguei mais perto e, quando o leve aroma botânico de seu xampu me atingiu, percebi o quanto eu estava realmente ansioso. Nunca fiquei nervoso antes, mas agora eu estava apavorado. Eu não me importava se seria bom para mim - ela podia ser atrapalhada e desastrada, muito devagar ou muito rápida, muito mole ou muito apertada -, mas eu sabia que iria gozar muito em suas mãos. Apenas queria que ela continuasse sendo tão aberta assim comigo em todos os momentos. Eu queria que o sexo fosse *divertido* para ela.

- Você pode me tocar - eu disse, tentando equilibrar cuidadosamente minha necessidade de ser gentil com minha tendência a ser dominador.

Ela tocou meu cinto, abriu a fivela, e eu deslizei meus dedos de sua cintura, subindo até o botão de sua camisa. Seu sorriso era quase brincalhão - ela tentou abaixar a cabeça para escondê-lo, mas não conseguiu. Eu não tinha ideia de como *eu* parecia, mas imaginei meus olhos arregalados, boca aberta e mãos trêmulas abrindo os botões. Puxando sua camisa pelos ombros, notei a maneira como ela hesitou na minha braguilha, com dedos incertos, antes de dar um passo para trás e deixar a camisa cair no chão.

E lá estava ela, na minha frente vestindo um simples sutiã branco de algodão. Levei minhas mãos até suas costas, olhando-a nos olhos como se pedisse permissão antes de abrir o fecho e deslizar a peça de roupa íntima por seus braços. Eu não estava preparado para a visão de seus seios nus, então apenas fiquei ali parado, olhando, feito um bobo.

– Só para você saber – ela sussurrou –, você não precisa fazer nada para mim.

– Só para você saber – eu disse, também sussurrando –, manter minhas mãos afastadas de você seria algo impossível agora.

– Quero prestar atenção.

Soltei um gemido; ela estava me matando.

– Que aluna obediente – eu disse, abaixando para beijar a junção do ombro com o pescoço. – Mas de jeito nenhum eu vou ficar aqui parado sem olhar para esses peitos. Acho que você já percebeu que sou um pouco obcecado por eles.

Sua pele era macia e tinha um cheiro maravilhoso. Abri a boca e mordi gentilmente, testando. Ela ofegou e pressionou o corpo contra mim; foi a *melhor* reação possível. Minha mente foi inundada por imagens de suas unhas cravando nas minhas costas, minha boca aberta, pressionando com força e com fome seus seios.

– Me toque, Hanna.

Tomei o peso de um seio nas mãos, subi e apertei. *Puta merda, eu podia mordê-la por inteiro.*

Ela voltou a colocar as mãos na minha braguilha, mas apenas ficou por lá, imóvel.

– Você me mostra como é que se faz?

Foi provavelmente a coisa mais sexy que já ouvi uma mulher dizer. Talvez fosse o tom de sua voz, um pouco rouca, um pouco faminta. Talvez fosse saber o quanto ela é inteligente e o quanto essa tarefa era tão fora de sua zona de conforto, mas ela pediu para *eu* ajudar. Ou talvez fosse simplesmente porque eu estava louco por ela, e mostrar para Hanna como me dar prazer me fez sentir como se estivesse gritando para o universo: "Esta aqui pertence a mim".

Movi suas mãos para a cintura do meu jeans, e juntos descemos a calça e a cueca pelos meus quadris, libertando meu pau entre nós.

Deixei que ela me observasse enquanto eu passava seus cabelos para trás do pescoço e me abaixava para beijar sua garganta.

– Seu sabor é incrível.

Eu estava tão duro que até sentia a pulsação em meu pau. Eu precisava de alívio para essa tensão.

- Merda, Hanna, agora me agarre.

- *Mostre* como, Will - ela implorou, correndo as duas mãos em minha barriga e depois abaixando-as, apenas raspando a ponta da minha ereção.

Tomei sua mão quente e a envolvi no meio meu do pênis. Depois a fiz subir e descer pela extensão, soltando um longo e intenso gemido.

Ela também gemeu, discreta - um som contido e excitado -, e eu quase gozei ali mesmo. Mas ao invés disso, fechei os olhos com força, abaixei de novo para beijar um caminho subindo pelo pescoço, e a guiei. Bem devagar. Fazia muito tempo desde que recebi uma punheta, e cem por cento das vezes eu preferia uma chupada ou sexo propriamente dito, mas isso, neste instante, era a coisa mais sexy que fiz em muitos anos.

Na verdade, era *a* coisa mais sexy.

Seus lábios estavam muito próximos. Eu podia sentir sua respiração, podia sentir a doçura do coquetel de ameixa que ela tomou.

- Você acha estranho eu tocar você desse jeito sem nem ter te beijado ainda? - ela sussurrou.

Neguei com a cabeça, olhando para onde seus dedos me envolviam. Engoli em seco, mal conseguindo pensar.

- Não existe certo nem errado aqui. Não existem regras.

Ela ergueu os olhos, saindo de minha boca até encontrar meu olhar.

- Você não precisa me beijar.

Fiz uma expressão de surpresa.

- Oh, Hanna. Sim, eu preciso.

Ela molhou os lábios.

- Se você quer mesmo.

Foi isso mesmo que eu quis dizer, mas ao mesmo tempo não era. De um modo geral, era estranho ter uma garota querendo me fazer gozar num quarto qualquer sem nem mesmo trocarmos uns beijos. Porém, mais do que isso, era estranho ficar com Hanna desse jeito tão honesto e íntimo e *não* beijar. Eu queria beijá-la fazia muito tempo.

Eu me abaixei de novo, ainda guiando sua mão para cima e para baixo, apenas aproveitando. Seus lábios estavam a alguns centímetros dos meus, soltando pequenos sons sempre que ela chegava até a ponta do meu pau e eu gemia. Estava bom demais para ser apenas uma punheta. Tudo isso, de repente, transformou-se em algo íntimo demais para apenas dois *amigos*.

Olhei para seus olhos, depois para a sua boca, antes de me acabar com aquele último centímetro e finalmente beijá-la.

Ela era tão doce e quente, nosso primeiro beijo foi surreal: apenas um toque dos meus lábios sobre os dela, como se eu pedisse: *Deixe-me fazer isso. Deixe-me fazer isso,* e *deixe-me ser gentil* e *cuidadoso com cada parte do seu corpo*. Eu a beijei algumas vezes, apenas com os lábios, com todo o cuidado para que ela soubesse que eu faria tudo no ritmo dela.

Quando abri minha boca o bastante para sugar seu lábio inferior, uma excitação correu meu corpo ao som de seu gemido contido. *Deus*, eu queria erguê-la, foder sua boca com minha língua e tomá-la contra a parede, com a festa acontecendo lá fora e meus olhos grudados em seu rosto, observando cada reação.

Quando afastou a cabeça, ela estudou minha boca, meus olhos, minha testa. Ela *me* estudou; eu não sabia se era uma fascinação geral com aquilo que estava aprendendo ou se era algo específico deste momento. Mas nada me arrancaria do meu transe. Nem fogos de artifício lá fora, nem um incêndio no corredor. Minha necessidade de algum dia entrar nela – de possuí-la por inteiro – preencheu meu corpo todo e começou a pressionar dentro do meu peito.

– Me avise se não estiver bom, certo? – ela pediu, num tom de voz baixo.

Eu ri, praticamente sem fôlego.

– Ah, não se preocupe. Está bom demais, e você só está usando a mão.

Parecendo insegura, ela perguntou:

– As... outras não fazem isso?

Engoli em seco, odiando a menção de outras mulheres. Antes, eu quase queria que a presença delas fosse sentida, como uma lembrança para as partes envolvidas sobre o que poderia ou não acontecer num momento como este. Mas com Hanna, eu queria apagar aquelas sombras da existência.

- Shh.

- Quer dizer, você geralmente faz apenas sexo?

- Eu gosto do que nós estamos fazendo. Não quero mais nada agora. Por favor, apenas se concentre no pinto que você está segurando.

Ela riu, e eu estremeci em sua mão, adorando o som de sua risada.

- Certo - ela sussurrou. - Acho que eu preciso começar do básico.

- Eu gosto de saber que você quer aprender como me tocar.

- Eu gosto de tocar você - ela murmurou contra minha boca.

Agora estávamos nos mexendo mais rápido; mostrei a força que ela podia usar, ensinando até onde apertar e dizendo que eu precisava que ela começasse a ir mais rápido e mais forte que pensava.

- Aperte - eu sussurrei. - Eu gosto que você aperte forte.

- Isso não machuca?

- Não, isso está me *matando*.

- Vou tentar - ela sussurrou de volta, gentilmente tirando meu braço com sua mão livre.

Isso me permitiu tocar seus seios, então me abaixei para chupar um mamilo, soprando de leve por cima.

Ela gemeu, desacelerando seu ritmo por um momento antes de acelerar de novo.

- Posso continuar fazendo isso até você gozar? - ela perguntou.

Eu ri silenciosamente em sua pele. Eu estava praticamente vibrando, lutando para não me perder a cada vez que sua mão deslizava para baixo e depois subia até a ponta do meu pau.

- Era isso mesmo que eu queria.

Chupei seu pescoço, fechando os olhos e pensando se ela me deixaria marcá-la, para eu poder ver no dia seguinte. Para que todo mundo pudesse ver. O mundo inteiro parecia girar ao meu redor. Sua mão era fantástica, é claro, mas a realidade de ser *ela* era absolutamente incrível para mim. O sabor e o cheiro de sua pele firme e macia, os sons de prazer que ela fazia apenas por estar me tocando, tudo isso era inebriante. Ela era uma criatura sexual, sensível e curiosa, e eu não sabia se alguma vez já fiquei mais excitado do que agora.

A familiar tensão se acumulou em minha barriga e comecei a estocar em sua mão.

- Hanna. Oh, merda, um pouco mais rápido, por favor.

As palavras pareciam tão mais íntimas dessa maneira: sussurradas em sua pele, com minha respiração acelerada.

Ela hesitou apenas por um segundo antes de reagir, acelerando cada vez mais, e eu estava muito próximo - constrangedoramente próximo -, mas não me importava nem um pouco. Seus longos dedos magros me agarravam com força, e ela me deixou chupar seu lábio inferior, seu queixo, seu pescoço. Eu sabia que ela teria um sabor incrível em *qualquer lugar*.

Eu queria mostrar a ela como era ser fodida de verdade.

Com esse pensamento, de agarrá-la e entrar dentro dela, fazendo-a gozar com meu corpo, eu me inclinei sobre ela, implorei para me morder, morder meu pescoço, meu ombro... *qualquer coisa*. Não me importava como soava; de algum jeito eu sabia que ela não iria recusar, nem fugir da realidade dessa confissão.

Sem hesitar, ela inclinou-se, abriu a boca em meu pescoço e pressionou os dentes em mim. Meus pensamentos se tornaram um borrão, tudo parecia quente e selvagem; por um momento, senti como se todas as sinapses do meu corpo tivessem queimado e se apagado. Sua mão deslizava em mim rapidamente, meu orgasmo represado não aguentou mais e eu gozei com um gemido silencioso, com o calor subindo por minhas costas e derramando em sua mão e sobre sua barriga nua.

Bem quando eu precisava, ela parou de mexer, mas não soltou. Eu podia sentir seus olhos colados onde sua mão me agarrava, e eu estremeci quando ela se mexeu para baixo novamente, como se estivesse experimentando.

- Não mais - eu disse ofegando, quase sem voz.

- Desculpe.

Ela deslizou o polegar da mão livre onde eu havia gozado em sua mão e esfregou sobre sua cintura, com olhos arregalados e fascinados. Ela respirava com tanta força que seu peito quase tremia com o movimento.

- Puta merda - eu disse soltando o ar dos pulmões.

- Isso foi...?

O quarto ficou preenchido com sua pergunta inacabada e minha respiração pesada. Senti um pouco de tontura, e desejei deitar no chão com ela e desmaiar.

- Isso foi incrivelmente irreal, Hanna.

- Adorei seu gemido quando você gozou.

O mundo caiu dentro de um abismo quando ela disse isso, porque aqui estou eu, amolecendo em sua mão, e tudo que eu queria era descobrir se isso tudo a deixou molhada.

Eu me inclinei em seu pescoço e perguntei contra sua pele macia:

- Agora é a minha vez?

Com um suspiro trêmulo, ela sussurrou:

- Sim, por favor.

- Você quer as minhas mãos? Ou prefere outra coisa?

Ela soltou uma risada nervosa.

- Acho que ainda não estou pronta para outra coisa... mas acho que as mãos também não funcionam comigo.

Eu me afastei apenas o suficiente para mostrar meu olhar mais cético, enquanto desabotoava o primeiro botão de sua calça, como se a desafiasse a me impedir.

E ela não impediu.

- Só acho que não sei se consigo gozar com dedos, tipo, lá dentro - ela esclareceu.

- Bom, é claro que não, apenas com dedos lá dentro. Seu clitóris não fica lá dentro - deslizei minha mão debaixo de sua calcinha de algodão e quase congelei com a sensação de sua pele macia e nua. - Humm, Hanna? Nunca pensei que você gostava de se depilar.

Ela tremeu um pouco, constrangida.

– Chloe estava falando sobre isso. Fiquei curiosa...

Deslizei um dedo entre seus lábios; *Deus do céu*, ela estava encharcada.

– Nossa – eu gemi.

– Gostei disso – ela admitiu, beijando meu pescoço. – Gostei da sensação.

– Você está brincando? Você é tão macia; quero lamber cada parte disso.

– *Will*...

– Eu cairia de boca em você em dois segundos se não estivéssemos no quarto de uma festa de república.

Ela tremeu com meu toque, soltando um gemido silencioso.

– Nem sei quantas vezes eu sonhei com isso.

Caralho. Senti meu pau endurecer de novo.

– Acho que você iria derreter igual açúcar na minha língua. O que acha disso?

Ela riu um pouco, apoiando-se nos meus ombros.

– Acho que estou derretendo agora mesmo.

– Acho que está mesmo. Acho que você vai derreter inteira na minha mão, e eu vou lamber tudo depois. Você grita alto, minha pequena Ameixa? Você grita alto quando está gozando?

Um pequeno som sufocado escapou antes de sua resposta.

– Quando estou sozinha, eu sou bem silenciosa.

Merda. Era isso que eu queria ouvir. Eu poderia criar fantasias por uma década apenas pensando em Hanna, com as pernas abertas no sofá ou deitada na cama, tocando a si mesma.

– Quando você está sozinha, como você faz? Apenas toca o clitóris?

– Sim.

– Com um brinquedo ou...?

– Às vezes.

– Aposto que consigo fazer você gozar desse jeito – eu disse, deslizando cuidadosamente dois dedos dentro dela, sentindo seus músculos me apertarem. Raspei meu nariz contra o dela. – Diga. Você gosta dos meus dedos aqui? Fodendo você?

– Will... você é tão *safado*.

Eu ri, mordiscando seu queixo.

– Eu acho que você *gosta* de safadeza.

– Eu acho que gostaria da sua boca safada no meio das minhas pernas – ela disse suavemente.

Eu grunhi e comecei a mover minha mão cada vez mais rápido e mais forte nela.

– *Você* pensa sobre isso? – ela perguntou. – Pensa em me beijar ali?

– Sim, penso muito – admiti. – Penso nisso e fico imaginando todas as técnicas que posso usar.

Tão molhada. Ela estava tremendo inteira em minha mão, soltando pequenos sons desesperados que me faziam querer devorá-la. Tirei os dedos, ignorando sua reclamação, e tracei uma linha molhada subindo por seu queixo até os lábios, seguindo quase imediatamente com minha língua e cobrindo sua boca com a minha.

Caralho.

Seu sabor era todo feminino, suave e inebriante, e sua língua ainda estava açucarada por causa do coquetel. Era um sabor de ameixa madura, macia, pequenina em minha boca. Eu me senti como um maldito rei quando ela implorou para eu continuar, soltando um pequeno som de surpresa quando disse que estava quase gozando.

Voltando a ela, arranquei com força sua calça e sua calcinha. Agora ela estava completamente nua, e meus braços tremiam com a necessidade de deslizar para dentro de sua maciez e de seu calor.

Ela agarrou meu braço e levou minha mão de volta para o meio de suas penas.

– Mas que garota faminta.

Seus olhos se arregalaram com constrangimento.

– Eu apenas...

- Shh - eu a calei com minha boca, chupando seus lábios e lambendo sua doce língua. Então, sussurrei: - Eu gosto disso. Quero fazer você explodir.

- Eu vou mesmo - ela tremeu novamente em minha mão quando deslizei meus dedos entre suas pernas e por cima do clitóris. - Nunca senti isso.

- Tão molhada.

Sua boca se abriu num grito silencioso quando enfiei os dedos novamente. Ela encarava meus lábios, meus olhos, cada reação minha. Eu adorava ela ser tão curiosa que não conseguia nem desviar os olhos.

- Quero um favor seu - eu pedi. Ela assentiu. - Quando estiver para gozar, me diga. Eu vou saber, mas quero ouvir as palavras.

- Sim - ela disse, ofegando. - Eu falo, eu vou... por favor.

- Por favor o quê, minha pequena Ameixa?

- Por favor, não pare.

Enfiei mais fundo, mais rápido, pressionando o polegar contra seu clitóris em círculos cada vez menores. *Sim, caralho, ela está tão perto.*

Eu estava ereto novamente, esfregando meu pau em sua barriga nua onde eu já tinha me derramado um minuto atrás, e agora estava quase chegando lá mais uma vez.

- Agarre meu pau. Apenas segure. Você está tão molhada, e seus gemidos, eu...

E então, ela obedeceu, segurando meu pau com tanta força que eu consegui foder seu punho cerrado, e todos os meus pensamentos foram sequestrados pela sensação macia de sua pele em meus dedos, e o sabor de ameixa dos lábios e língua, e os dedos apertando com força.

Ela começou a se dissolver, com o corpo se desmanchando na minha frente. Ela ofegava discretamente, dizendo a mesma coisa de novo e de novo - "Ah, meu Deus" -, e eu estava pensando a mesma coisa.

- Diga.

– Eu vou... – ela hesitou, apertando meu pau ainda mais enquanto eu a fodia de volta.

– *Diga*!

– Will. Meu Deus – suas coxas começaram a tremer, e eu envolvi sua cintura com meu braço livre para não deixá-la cair. – Vou gozar.

E com um violento movimento dos quadris, ela gozou, tremendo e molhada, o orgasmo enviando ondas através dos meus dedos enquanto ela gritava, cravando as unhas nos meus ombros. Era exatamente o que eu precisava, *como ela sabia disso*? Com um grunhido profundo, senti meu segundo orgasmo explodir, quente e líquido, em sua mão.

Merda. Minhas pernas fraquejaram, e eu me inclinei sobre ela, pressionando-a contra a parede.

Fizemos muito barulho. Barulho demais? Estávamos no final do corredor, separados da festa por vários quartos, mas eu ainda não tinha noção de que existia um mundo exterior, pois o meu mundo havia se desfeito nos braços de Hanna.

Sua respiração saía quente e adocicada em meu pescoço, e eu cuidadosamente retirei meus dedos, passando levemente a mão em seu sexo macio, aproveitando mais alguns momentos de sua pele sensível e convidativa.

– Foi bom? – murmurei em seu ouvido.

– Sim – ela sussurrou, envolvendo os braços em meus ombros e pressionando o rosto em meu pescoço. – *Deus*, foi muito bom.

Deixei minha mão onde estava, com minha mente ainda em marcha lenta enquanto eu gentilmente corria meus dedos em seu clitóris, passando de volta por sua entrada e sentindo todas as curvas. Possivelmente, esta foi a melhor primeira vez que tive com uma mulher.

E tudo aconteceu apenas com nossas mãos.

– Provavelmente é melhor a gente voltar para a festa – ela disse, com a voz abafada em minha pele.

Relutantemente, eu retirei minha mão, e imediatamente estremeci quando ela acendeu a luz. Enquanto eu vestia minha calça, fiquei olhando para ela, que ainda estava completamente nua no meio do quarto.

Meu Deus. Seu corpo estava em forma e saudável, com seios fartos e uma gentil curva nos quadris. A pele ainda brilhava por causa do sexo. Não pude deixar de reparar o rubor que se espalhou em seu rosto quando eu olhei para sua barriga molhada com meu orgasmo.

- Não fique olhando - ela disse, abaixando-se para pegar uma caixa de lenços de papel. Hanna olhou para sua barriga, limpou-se e depois jogou o lenço numa lata de lixo.

Fechei meu cinto e então sentei na ponta da cama, observando enquanto ela se vestia. Ela era incrivelmente sexy, mas nem sabia disso.

O quarto cheirava a sexo, e eu sabia que ela podia sentir minha atenção, mas nem por isso se apressou. Na verdade, ela parecia perfeitamente contente em me deixar olhá-la de cada ângulo, cada curva, enquanto subia a calcinha pelas pernas, entrava na calça apertada, vestia o sutiã, abotoava vagarosamente a camisa.

Olhando para mim, ela lambeu os lábios e meu coração acelerou quando registrei que ela podia sentir o próprio sabor. Fiquei pensando que eu mesmo iria me lembrar daquele gosto pelo resto dos meus dias.

- E agora? - eu perguntei, levantando da cama.

- Agora... - ela buscou meu braço, tracejando a dupla hélice do meu cotovelo até o pulso. - Nós voltamos para a festa e tomamos outro drinque.

Meu sangue esfriou um pouco ao ouvir sua voz voltar ao normal. Não estava mais ofegante e excitada, hesitante e esperançosa. Ela voltou ao seu modo atrapalhado de sempre, a mesma Hanna que todo mundo enxergava. Não era mais a minha Hanna.

- Então tá.

Ela olhou para meu rosto por vários segundos, nos meus olhos, boca e queixo.

- Obrigada por não deixar ficar estranho.

- Você está brincando? - eu me abaixei e beijei seu rosto. - O que poderia ser estranho nisso?

- Acabamos de tocar as partes privadas um do outro - ela sussurrou.

Eu ri, arrumando o colarinho de sua camisa.

- Isso eu percebi.

- Acho que eu gostaria de tentar essa coisa de ter uma amizade colorida. Parece tão fácil, tão relaxado. Vamos simplesmente voltar para lá - ela disse, sorrindo abertamente para mim. E com uma piscadela, acrescentou: - E apenas nós dois vamos saber que você gozou na minha barriga e eu gozei na sua mão.

Ela girou a maçaneta, abriu a porta e deixou os sons da festa entrarem no quarto. Ninguém poderia ter nos escutado. Nós poderíamos fingir que nada aconteceu.

—

Já fiz isso antes, dezenas de vezes. Fiquei com uma mulher e depois voltei para uma festa, entrando na multidão e me perdendo em outro tipo de diversão. Mas apesar do grupo genuinamente divertido de pessoas, eu não conseguia parar de seguir Hanna com meu olhar para saber onde ela estava e o que estava fazendo. Primeiro foi na sala de estar, falando com um cara asiático e alto que eu lembrava ser o Dylan. Depois, entrou pelo corredor, acenando para mim antes de entrar no banheiro. Então, foi tomar água na cozinha. Agora, olhava para mim do outro lado da sala.

Dylan encontrou Hanna novamente, sorriu ao se abaixar e disse algo em seu ouvido. Ele tinha um sorriso largo, roupas que sugeriam que tinha uma vida fora da faculdade, e também parecia realmente gostar dela. Observei o sorriso dela aumentar, e depois se tornar um pouco hesitante. Ela o abraçou e ficou olhando enquanto ele entrava na cozinha. Eu não sabia o que estava acontecendo, apenas adorava vê-la se divertindo com os amigos. Mas o desejo de algo mais começou a se espalhar em minha pele, e depois de duas horas de festa pós-sexo manual, eu percebi que queria levá-la para casa, onde poderíamos sentir um ao outro de verdade pelo resto da noite.

Tirei meu celular do bolso e escrevi uma mensagem para ela.

Vamos sair daqui. Venha para minha casa e fique comigo esta noite.

Movi meu polegar para o botão "Enviar", antes de notar que ela também estava escrevendo algo em nossa janela do iMessage. Então apenas esperei.

O Dylan acabou de me chamar para sair.

Fiquei olhando para meu celular antes de levantar a cabeça para encontrar seus olhos ansiosos do outro lado da sala.

Apaguei o que escrevi e pensei em outra mensagem.

O que você disse para ele?

Seu celular vibrou e ela abaixou o olhar, então respondeu.

Eu disse que responderia na segunda-feira.

Ela estava pedindo orientação, talvez até pedindo permissão. Apenas algumas semanas atrás, eu estava transando regularmente com duas ou três mulheres diferentes por semana. Agora eu não tinha ideia de onde minha cabeça estava em relação a Hanna; meus pensamentos estavam bagunçados demais para que eu pudesse ajudá-la a traduzir as próprias emoções.

Meu celular vibrou novamente, e eu olhei para baixo.

Isso é estranho demais, depois do que fizemos?? Não sei o que fazer, Will.

É disso que ela precisa, eu disse a mim mesmo. *Amigos, encontros, uma vida fora da faculdade. Você não pode ser a única coisa nessa equação.*

Pela primeira vez em minha vida eu estava buscando algo complicado, enquanto ela queria algo simples.

Não é estranho. Assim é o mundo dos encontros.

Sete

Bem debaixo da minha janela, havia um maldito gato no cio. Os sons – os miados, a choradeira, os gemidos – começaram há uma hora e apenas pioraram desde então, até que o gato sexualmente frustrado chegasse a praticamente arranhar a janela do meu quarto.

E eu sabia exatamente como ele se sentia.

Com um lamento, eu me revirei na cama, procurando um travesseiro para abafar o som. Ou usar para me sufocar e acabar com essa miséria. Já fazia três horas que tinha voltado do meu encontro com Dylan, e não consegui dormir nem um minuto.

Eu estava acabada, revirando na cama desde que cheguei, encarando o teto como se o segredo para todos os meus problemas estivesse escondido em algum lugar no meio do reboco. Por que tudo tinha que ser tão complicado? Não era isso que eu queria? Encontros? Uma vida social? Ter orgasmos na companhia de outra pessoa?

Então, qual era o problema?

A maneira como Dylan acionava a vibração *apenas-amigos* era o problema. O fato de que fomos a um dos meus restaurantes favoritos e eu fiquei com a cabeça completamente em outro lugar, pensando sobre Will quando deveria estar suspirando por Dylan, era outro grande problema. Eu não estava pensando no sorriso de Dylan quando ele foi me buscar, ou na maneira como ele abriu a porta para mim ou em seu adorável olhar durante todo o jantar. Em vez disso, eu estava obcecada com o sorriso provocador de Will, a expressão em seu rosto quando ele me viu tocar seu pau, os sons que fez quando gozou, e como eu fiquei toda coberta depois.

Irritada, deitei de costas e chutei o cobertor. Estávamos em março, choveu o dia todo e eu estava *suando*. Eram duas horas da madrugada, e eu estava completamente acordada e frustrada. *Realmente* frustrada.

A parte mais difícil de digerir era o jeito como Will foi doce comigo na festa, o quanto foi gentil e carinhoso, e como eu tinha certeza de que aquilo tudo acabaria facilmente em sexo. Ele era encorajador, dizendo tudo que eu precisava ouvir, mas nunca pressionando, nunca pedindo mais do que eu estava disposta a dar. E, nossa, ele era gostoso... aquelas mãos. Aquela boca. A maneira como chupava minha pele, beijando como se estivesse há muito tempo sem transar. Eu queria que ele me comesse, provavelmente mais do que qualquer coisa que já desejei, e era o mais lógico próximo passo do mundo: estávamos os dois juntos, estava escuro, ele estava excitado e Deus sabe que eu estava prestes a explodir, havia uma cama... mas não parecia correto. *Eu* não me sentia pronta.

E ele não fez pressão. Na verdade, quando eu esperava que fosse ficar estranho, não ficou. Ele era a única pessoa com quem eu queria falar sobre Dylan: e ele me encorajou. Dentro do táxi, na viagem de volta para casa, ele me disse que eu precisava sair e me divertir. Disse que não iria a lugar algum, e o que fizemos foi perfeito. Disse para eu explorar e ser feliz. *Deus,* isso me fez gostar ainda mais dele.

Admitindo que meu sono era uma batalha perdida, eu me levantei e fui até a cozinha. Olhei dentro da geladeira, fechando os olhos quando o ar frio atingiu minha pele aquecida. Eu estava molhada entre as pernas, e apesar de terem se passado seis dias desde que Will me tocou, eu ainda sentia o *desejo*. Ainda podia sentir o eco de cada movimento de seus dedos.

Andei até a sala de estar e olhei pela janela. O céu estava escuro, mas com um tom acinzentado, e os telhados cintilavam com a geada que caía. Contei as luzes dos postes da rua e calculei quantos havia entre a minha casa e a dele. Fiquei imaginando se havia alguma chance de ele também estar acordado, sentindo ao menos uma fração daquilo que eu sentia agora.

Meus dedos encontraram a pulsação em meu pescoço, e eu fechei os olhos, sentindo a batida constante debaixo da minha pele. Eu disse a mim mesma que deveria voltar para a cama. Talvez agora fosse uma boa oportunidade para experimentar o conhaque que o meu pai sempre guardava na sala. Eu disse a mim mesma que ligar para Will era uma péssima ideia e que nada de bom poderia sair disso. Sempre fui uma pessoa racional e lógica que nunca agia por impulso.

Eu estava tão cansada de pensar.

Ignorando os alarmes em minha mente, peguei minhas coisas, saí lá fora e comecei a andar. A neve que caiu durante o dia formava uma grossa camada por cima da calçada. Minhas botas faziam barulho a cada passo, misturando-se com a bagunça que povoava minha cabeça.

Quando percebi, eu já estava em frente ao prédio de Will. Nem me lembro de andar tanto.

Minhas mãos tremiam quando peguei meu celular e digitei a única coisa que consegui pensar: `Você está acordado?`

Quase deixei o celular cair quando uma resposta apareceu apenas alguns segundos depois: `Infelizmente.`

`Me deixa entrar?`

Honestamente, será que eu queria que ele dissesse sim? Ou será que era melhor ele me mandar de volta para casa? A essa altura, eu nem sabia direito.

`Onde você está?`

Eu hesitei.

`Em frente ao seu prédio.`

`O QUÊ? Estou descendo.`

Mal tive tempo de considerar o que estava fazendo – olhei para o caminho que eu havia percorrido até aqui e fiquei sem saber o que pensar. De repente, a porta se abriu e Will apareceu.

– Caramba, está muito frio! – ele gritou, e então olhou para a calçada vazia atrás de mim. – Meu Deus, Hanna, pelo menos você veio de táxi?

Tremendo, eu admiti.

– Vim andando.

– *Às três da manhã?* Você está maluca?

– Eu sei, eu sei. É que...

Ele balançou a cabeça e me puxou para dentro.

– Entre aqui. Você é maluca, sabia? Quero estrangular você agora. Você não pode andar por essa parte de Manhattan sozinha às três da manhã, Hanna.

Meu estômago se aqueceu quando o ouvi dizer meu nome, e fiquei pensando em maneiras de fazê-lo dizer novamente, talvez de um jeito mais desesperado. Mas Will me lançou um olhar de aviso, e eu assenti enquanto ele me guiava até o elevador. As portas se fecharam, e ele ficou me encarando na parede oposta.

– Então, você chegou agora do seu encontro? – ele perguntou, com um visual todo sonolento e sexy que era demais para meu estado de espírito. – Na sua última mensagem, você estava entrando no táxi para ir encontrá-lo no restaurante.

Balancei minha cabeça e pisquei olhando para o tapete, tentando entender o que exatamente eu estava pensando quando decidi vir até aqui. Acontece que eu não estava pensando, esse era o problema.

– Cheguei lá pelas nove horas.

– *Nove*? – ele perguntou, parecendo não estar nem um pouco impressionado.

– Pois é.

– E?

Seu tom de voz era neutro, seu rosto estava impassível, mas a velocidade de suas perguntas me disse que ele estava irritado com alguma coisa.

Passei o peso do meu corpo de pé em pé, sem saber exatamente o que dizer. O encontro não foi um completo desastre – longe disso, na verdade. Dylan foi amável e interessante, mas eu estava totalmente com a cabeça na lua.

Fui salva de precisar responder quando o elevador chegou ao seu andar. Eu o segui pelo corredor, observando suas costas e ombros se flexionarem a cada passo. Ele vestia uma calça de pijama azul, e era possível ver o desenho de algumas de suas tatuagens debaixo do tecido fino de sua camiseta branca. Tive que me controlar para não tracejar aquelas linhas com meu dedo e arrancar sua camiseta para vê-las por inteiro. Obviamente havia mais tatuagens do que naqueles anos atrás, mas o que significavam? Que histórias se escondiam debaixo da tinta em sua pele?

– Então, você vai me contar? – ele perguntou.

Paramos em frente à sua porta, e meus olhos encontraram os dele.

– Contar o quê? – eu perguntei, confusa.

– Sobre o encontro, Hanna.

– Ah – desviei os olhos tentando organizar o caos em minha mente. – Saímos para jantar e bla, bla, bla, peguei um táxi e voltei para casa. Você tem certeza de que eu não te acordei?

Ele soltou um longo e profundo suspiro, gesticulando para eu entrar.

– Infelizmente, não – depois de me seguir para dentro, ele me jogou um cobertor que estava no sofá. – Ainda não consegui dormir.

Eu queria prestar atenção, mas de repente me vi cercada por várias peças da vida de Will. Seu apartamento ficava num dos prédios mais recentes da vizinhança – era moderno, mas modesto. Ele apertou um interruptor e uma pequena lareira se acendeu, jogando uma iluminação alaranjada pelas paredes da sala.

– Se esquente um pouco enquanto eu preparo algo para você beber – ele disse, mostrando o tapete em frente à lareira. – E conte mais sobre esse encontro que terminou às nove horas.

Era possível ver a cozinha da sala de estar, e fiquei observando-o abrir e fechar armários, encher uma chaleira antiga e acender o fogo. Seu apartamento era menor do que eu imaginava, com chão de madeira e estantes lotadas de livros. Dois sofás de couro dominavam a sala de estar e quadros de molduras simples preenchiam as paredes. Havia revistas numa cesta no chão, uma pilha de correspondências em cima da lareira e um jarro de vidro cheio de tampinhas de garrafa sobre uma prateleira.

Tentei me concentrar apenas em uma coisa, mas tudo parecia tão interessante, como se fossem pequenas peças do quebra-cabeça de seu passado.

– Não tenho muito para contar – eu disse, distraída.

– Hanna.

Soltei um gemido, tirei meu casaco e o dobrei em cima do encosto de uma cadeira.

– Minha cabeça estava fora do ar, sabe? – eu disse, parando ao ver a expressão em seu rosto. Seus olhos estavam arregalados, a boca aberta e seu olhar se movia lentamente sobre meu corpo. – O que foi?

– O que você está ves... – Will limpou a garganta. – Você andou até aqui vestindo *isso*?

Olhei para mim mesma e, se é que isso era possível, fiquei ainda mais horrorizada do que já estava. Antes de ir para a cama eu usava apenas shorts e camiseta regata e, quando saí, só coloquei uma calça de pijama, minhas botas peludas e o casaco gigante de Jensen. Minha camiseta não deixava nada para a imaginação e meus mamilos estavam eretos, completamente visíveis debaixo do tecido fino.

– Ah. Ops – e cruzei os braços sobre meu peito, tentando esconder o fato de que estava muito, *muito* frio lá fora. – Eu provavelmente deveria ter prestado mais atenção, mas acontece que... eu só queria ver você. Isso é estranho? É estranho, não é? Provavelmente estou quebrando umas doze regras agora.

Ele piscou.

– Eu... humm... acho que temos uma cláusula em algum lugar que aceita uma roupa dessas como justificativa para qualquer coisa – ele disse, conseguindo tirar os olhos dos meus seios tempo suficiente para terminar o que estava fazendo na cozinha. Senti uma estranha sensação de poder quando percebi o quanto ele ficou desconcertado, e tentei não parecer muito convencida quando ele voltou para a sala carregando duas canecas fumegantes. – Quer conversar sobre isso?

Sentei no chão em frente à lareira, com as pernas esticadas à minha frente.

– Eu tinha outras coisas em mente.

– Tipo?

– Tiiiiipo... – eu disse, arrastando a palavra tempo suficiente para decidir se realmente queria entrar no assunto. – Decidi que sim. Tipo a festa.

Um momento de longo e pesado silêncio se estendeu entre nós.

– Sei.

– Pois é.

– Bom, caso você não tenha notado – ele disse, olhando para mim –, eu não estava exatamente dormindo aqui.

Assenti e me virei para o fogo, sem saber como proceder.

– Sempre fui capaz de controlar meus pensamentos, sabe? Se é hora de estudar, então eu estudo. Se é hora de trabalhar, então me concentro no trabalho. Mas, ultimamente – eu disse, balançando a cabeça –, minha concentração está uma porcaria.

Ele riu baixinho ao meu lado.

– Sei exatamente como você se sente.

– Não consigo me concentrar.

– U-humm.

Ele coçou a nuca, olhando para mim por trás daqueles grossos cílios negros.

– Não estou dormindo bem.

– Idem.

– Estou tão ansiosa que não consigo parar quieta – admiti.

Ouvi o som de seu longo e comedido suspiro, e apenas então percebi o quanto tínhamos nos tornado próximos. Levantei o rosto e o flagrei olhando para mim. Seus olhos percorriam cada centímetro do meu rosto, e fiquei imaginando o que ele enxergava, o que se passava em sua mente.

– Não sei... se já fiquei tão distraído assim por causa de uma mulher – ele disse.

Eu estava *tão perto*, perto o bastante para enxergar cada um de seus cílios debaixo da luz da lareira, perto o bastante para enxergar as pintinhas espalhadas acima do seu nariz. Sem pensar, eu me inclinei, raspando meus lábios nos dele. Seus olhos se arregalaram, e ele ficou tenso, congelado por um instante antes de relaxar os ombros.

– Eu não deveria querer isso – ele disse. – Não tenho ideia do que estamos fazendo.

Não estávamos nos beijando, não de verdade, estávamos apenas provocando e respirando o mesmo ar. Eu podia sentir o cheiro de seu sabonete e o aroma da pasta de dente. Podia ver meu próprio reflexo em sua pupila. E então, ele intensificou as carícias, mais forte, mais longo, e eu tive que agarrar sua camiseta para não perder o equilíbrio.

Ele inclinou a cabeça e fechou os olhos, aproximando-se o suficiente para me beijar uma vez, com os lábios separados.

– Diga para eu parar, Hanna.

Eu não podia. Em vez disso, envolvi seu pescoço com meus braços e o trouxe para mais perto. Ele abriu a boca, chupando meu lábio inferior, minha língua. Um calor surgiu em minha barriga e senti como se fosse dissolver, derreter, até eu não ser mais nada além de um coração acelerado e membros que se retorciam junto aos membros dele, puxando nós dois para o lado até cairmos de vez no chão.

Senti o formato de sua ereção raspar contra minha cintura e imaginei por quanto tempo ele estava assim, se estava pensando nisso tanto quanto eu. Eu queria tocá-lo e observá-lo gozar como na festa, como ele fazia em minhas fantasias sempre que eu fechava os olhos.

Passei minha mão debaixo de sua camiseta e senti os músculos fortes de suas costas e de seus braços enquanto ele nos virava e ficava por cima de mim. Eu disse seu nome, odiando a maneira como minha voz parecia fraca e diferente, mas havia algo diferente agora, algo selvagem e desesperado, e eu queria mais.

– Eu sempre ficava imaginando isto – admiti, sem saber de onde vinham as palavras. Ele deitou seu corpo sobre mim, acomodando os quadris entre minhas pernas abertas. – Quando você ficava conversando com meu irmão na sala de estar. Quando tirava a camiseta lá fora para lavar o carro.

Ele gemeu, passando a mão em meus cabelos, usando o polegar para acariciar meu rosto.

– Não me fale essas coisas.

Mas era *só isso* que eu conseguia pensar no momento: as lembranças que eu tinha dele naquela época, comparadas com a realidade dele *agora*. Perdi a conta do número de vezes que imaginei como ele seria sem roupa, os sons que faria quando estivesse dentro de mim. E aqui estava ele, pesado sobre mim, ereto entre minhas pernas. Eu queria catalogar cada tatuagem, cada linha de seus músculos, cada centímetro de seu queixo quadrado.

– Eu costumava ficar observando você da janela do meu quarto – eu disse, ofegando quando ele se ajeitou e sua ereção pressionou exatamente contra meu clitóris. – Deus, quando eu tinha dezesseis anos, você era a estrela de todos os meus sonhos eróticos.

Ele se afastou apenas o suficiente para me olhar nos olhos, claramente surpreso.

Engoli em seco.

– Eu não deveria ter contado isso?

– Eu... – ele começou a falar e lambeu os lábios. – Não sei – Will parecia confuso e atordoado. Eu não conseguia tirar os olhos de seus lábios. – Sei que não deveria achar isso sexy, mas, caramba, Hanna. Se eu gozar na minha calça você será a única culpada.

Eu conseguia fazer isso? Suas palavras agiram como uma centelha em meu peito, e eu quis contar tudo a ele.

– Eu me tocava debaixo do cobertor – admiti num sussurro. – Às vezes eu podia ouvir você conversando... e então eu ficava fantasiando... e imaginando como seria se você estivesse comigo. Eu gozava e fingia que era você.

Ele praguejou, abaixando-se novamente para me beijar, mais forte e mais intenso, arrastando os dentes em meu lábio inferior.

– O que eu dizia?

– Como eu era gostosa e o quanto você me queria – murmurei. – Eu não era muito criativa na época, e tenho quase certeza de que você tem uma boca bem mais suja do que aquilo.

Ele riu, o som saindo tão grave e repentino que era como uma pressão física sobre meu pescoço onde ele respirava.

– Então, vamos fingir que você tem dezesseis anos – ele disse, movendo a boca por cima da minha, com a voz saindo um pouco hesitante. – Mostre como seria.

Eu não sabia direito o que responder, pois queria tanto isso, imaginei por tanto tempo como seria tê-lo nu em cima de mim, dentro de mim. Passei minha mão em seus cabelos e puxei-os com força, ouvindo sua respiração enquanto ele embalava contra mim, cada vez mais rápido.

– Droga, Hanna – ele disse, puxando minha camiseta acima do meu peito. Ele agarrou um seio, apertou e tomou o mamilo em sua boca. O ar escapou dos meus pulmões, e meus quadris se arquearam, buscando, desejando. Arranhei sua pele, ouvindo-o praguejar contra minha pele a cada deslizar das minhas unhas.

– Isso – ele disse. – Não para.

Sua boca seguia suas mãos por toda parte e eu fechei os olhos, sentindo o calor de sua língua que se movia sobre mim. Ele beijou meus lábios, minha garganta. O desejo entre minhas pernas aumentou, e eu podia sentir o quanto eu estava molhada, o quanto eu me sentia vazia, querendo muito sua boca em mim, seus dedos lá dentro. Seu pau.

– Muito perto – eu ofeguei, surpresa ao vê-lo olhando para mim, com a boca aberta e o cabelo caindo sobre sua testa.

Seus olhos se arregalaram, ardendo de excitação.

– Está? Então, gosta assim?

Confirmei, sentindo o resto do mundo desaparecer enquanto a sensação entre minhas pernas crescia, tornando-se mais quente, mais urgente. Eu queria cravar minhas unhas em minha pele e implorar para ele tirar minhas roupas, para me foder e me fazer continuar implorando.

– Não acredito que estamos nos beijando no chão da minha sala. Isso deve ser a coisa mais sexy que já fiz na vida – ele disse, mexendo os quadris contra mim, fazendo a perfeita combinação de pressão e calor exatamente onde eu precisava. – Parece ser um tema recorrente quando estou com você.

Soltei um gemido e agarrei sua camiseta quando senti um orgasmo iminente que subia por minhas costas até explodir em meu peito. Dei um grito, dizendo seu nome e sentindo-o acelerar os movimentos. Seus dedos pressionavam com força minha cintura enquanto ele estocava uma, duas vezes, gemendo em meu pescoço até finalmente gozar também.

Meus membros foram acordando de sua dormência um a um. Eu me sentia pesada e acabada, tão exausta que mal conseguia manter os olhos abertos. Will desabou ao meu lado, soltando sua respiração quente em meu pescoço, com sua pele úmida de suor aquecida pelo fogo da lareira.

Ele se apoiou nos cotovelos e olhou para mim, com o rosto sonolento e uma expressão doce e um pouco tímida.

– Oi – ele disse, mostrando seu sorriso característico.

Soprei as mechas de cabelo em minha testa e sorri de volta.

– Oi.

– Eu... humm – ele começou, e depois riu. – Não quero apressar nada, mas, tipo... preciso ir me limpar.

O absurdo de toda a situação surgiu do nada, e eu comecei a rir. Estávamos deitados em seu chão, acho que um dos meus sapatos estava debaixo das minhas costas e ele tinha gozado na calça.

– Ei – ele disse. – Não ria. Eu disse que a culpa seria toda sua.

Senti uma repentina sede e então lambi meus lábios.

– Então vai logo – eu disse, dando um tapinha em suas costas.

Ele me beijou suavemente, duas vezes nos lábios, antes de se levantar e ir até o banheiro. Fiquei no chão por um momento, sentindo o suor secar em minha pele e meu coração voltar a bater normalmente. Eu me sentia ao mesmo tempo bem e mal.

Will voltou para a sala vestindo um pijama diferente, cheirando a sabonete e pasta de dente.

– Chamei um táxi – eu disse, jogando um olhar do tipo *não se preocupe*. Seu rosto de repente mostrou uma decepção imensa – mas aconteceu tão rápido que eu não sabia se podia acreditar em meus olhos.

– Bom – ele murmurou, andando até mim e me entregando minha blusa –, acho que agora vou conseguir dormir.

– Precisava apenas do orgasmo – eu disse, sorrindo.

– Na verdade – ele disse, com a voz grave –, isso não estava funcionando até você chegar...

Puta merda. Essa imagem de Will se tocando iria ficar grudada na minha cabeça para o resto da noite. Acho que nunca mais vou conseguir dormir.

Ele me acompanhou até o saguão, beijou minha testa e ficou olhando enquanto eu saía na rua e entrava no táxi.

Meu celular se acendeu com uma mensagem dele.

`Me avise quando você chegar em casa.`

Eu morava a apenas alguns quarteirões de distância do seu prédio; cheguei em casa em questão de minutos. Subi na cama e abracei meu travesseiro.

`Já cheguei, sã e salva.`

Oito

Como eu vivia muito perto da Universidade Columbia, a promessa de multidões sempre foi uma realidade, mas, misteriosamente, o Dunkin' Donuts perto do meu prédio sempre parecia mais cheio nas quintas-feiras. Mas mesmo num dia menos agitado, eu provavelmente não teria reconhecido Dylan esperando na fila, bem à minha frente.

Quando ele se virou, então, arregalando os olhos ao me reconhecer e soltando um amistoso: "Ei! Você é o Will, não é?", eu levei um susto.

Hesitei por um segundo, completamente despreparado para esse encontro. Apenas duas noites atrás eu estava pensando em levar as coisas com Hanna para outro nível, quando ela apareceu de repente no meu apartamento no meio da noite e nós acabamos transando – e gozamos sem tirar a roupa. A lembrança dessa noite se tornou um dos meus passatempos preferidos: praticamente em cada momento silencioso que eu tinha eu revivia aqueles momentos, fantasiando sobre outras possibilidades, outros caminhos, outras conclusões. Fazia anos que eu não transava de roupa, mas, caramba, quase me esqueci do quanto isso podia ser excitante e proibido.

Mas a visão desse garoto na minha frente – o cara com quem Hanna estava *saindo* – foi como um balde de água gelada na minha cabeça.

Dylan parecia como qualquer outro estudante universitário do lugar: vestido de maneira que você não sabia se ele tinha acabado de sair da cama ou se era um mendigo mesmo.

– É, sou eu – eu disse, estendendo a mão para cumprimentá-lo. – Oi, Dylan. Como é que vai?

Demos um passo para frente quando a fila andou, e o constrangimento foi lentamente tomando conta da situação. Eu não tinha percebido na festa o quanto ele parecia jovem: ele tinha aquele jeito de quem está sempre animado com alguma coisa. Ele balançava muito a cabeça e olhava para mim como se estivesse falando com um superior.

Olhando entre nós, percebi o contraste entre as duas maneiras de se vestir: de repente eu me senti tão formal no meu terno. Desde quando eu era o cara que veste ternos? Desde quando eu era o cara que não tinha paciência para estudantes idiotas de vinte anos? Provavelmente, desde o dia em que Hanna tocou uma para mim numa república tosca e acabou sendo o melhor sexo da minha vida.

- Você se divertiu no Denny?

Fiquei olhando para ele por um longo momento, tentando lembrar quando foi a última vez que estive num restaurante Denny's.

- Eu...

- A festa, não o restaurante - ele completou, rindo. - Aquele apartamento era de um cara chamado Denny.

- Ah, certo. A festa.

Eu imediatamente me lembrei do rosto de Hanna enquanto eu deslizava meus dedos por baixo de sua calcinha e entre sua pele molhada. Eu me lembrava com perfeita clareza de sua expressão quando estava prestes a gozar, parecendo como se eu tivesse feito algo mágico, como se ela estivesse descobrindo uma sensação pela primeira vez.

- É, a festa foi legal.

Ele começou a mexer no celular enquanto olhava para mim, e parecia que estava se preparando para dizer algo.

- Sabe - ele disse, chegando mais perto -, essa é a primeira vez que eu converso com alguém que, tipo, está saindo com a mesma garota que eu estou saindo. Isso é meio estranho, você não acha?

Eu segurei uma risada. Bom, ele certamente tinha a mesma cara de pau de Hanna.

- O que faz você pensar que eu estou saindo com ela?

Dylan imediatamente ficou branco.

- Eu achei que... tipo, na festa parecia...

Eu mostrei um sorriso torto e me aproximei antes de dizer:

- E mesmo assim você convidou ela para sair?

Ele riu como se também não acreditasse na própria audácia.

- Eu estava tão bêbado que nem pensei no que estava fazendo.

Eu quis dar um soco nele. E então percebi que eu era o maior hipócrita do mundo. Eu não tinha absolutamente nenhum direito de me sentir indignado sobre nada daquilo.

- Tudo bem - eu disse, tentando me acalmar.

Nunca estive deste lado da conversa antes, e por um instante imaginei se as minhas amantes já trombaram entre si em lugares como este. Isso seria constrangedor. Tentei imaginar o que Kitty ou Lara - que estão sempre alegrinhas - e Natalia ou Kristy - que estão sempre ranzinzas - fariam se estivessem numa situação como esta.

Dando de ombros, eu disse a ele:

- Hanna e eu temos muita história juntos. Só isso.

Ele riu, assentindo como se isso respondesse todas as suas questões implícitas.

- Ela disse que apenas quer continuar saindo por enquanto. Eu entendo isso. Ela é uma garota muito divertida, faz tempo que eu queria chamá-la para sair, então eu aceito qualquer coisa que vier, entende?

Eu olhei para a garota no caixa, implorando silenciosamente para que a maldita fila andasse depressa. Infelizmente, eu sabia exatamente o que ele queria dizer.

- Sei.

Ele assentiu novamente, e eu fiquei com vontade de dizer para ele a regra do silêncio: *às vezes, um silêncio constrangedor é bem menos embaraçoso do que uma conversa forçada.*

Então finalmente chegou a vez dele na fila, e eu pude voltar para a segurança da tela do meu celular. Eu não olhei em seus olhos enquanto ele pagava e se afastava, mas eu sentia que meu estômago estava revestido de chumbo.

Que merda eu estava fazendo?

A cada passo até meu escritório, eu me sentia cada vez mais desconfortável. Na última década, os limites sempre foram estabelecidos antes do sexo com todas as minhas amantes. Às vezes, a conversa acontecia enquanto nós saíamos de um evento juntos, outras vezes o assunto surgia casualmente quando elas perguntavam se eu tinha namorada, e então eu respondia: "Estou apenas saindo, mas não exclusivamente com uma pessoa só". Nas poucas vezes em que o sexo se tornou algo mais, sempre fiz questão de deixar claro qual era minha posição, qual era a opinião dela, e então discutíamos - abertamente - o que nós dois queríamos.

Só agora percebi o quanto fui surpreendido pelo surgimento de Dylan - no meu mundo e, principalmente, no mundo de Hanna. Pela primeira vez na vida, eu tinha pensando que, quando ela me puxou para aquele quarto, ela queria explorar sexo comigo... e *apenas* comigo.

Carma é mesmo uma merda.

—

Naquela manhã, eu mergulhei no trabalho, destrinchando três documentos de prospecção e uma pilha de papéis que eu estava evitando há mais de uma semana. Retornei ligações e fiz os preparativos de uma viagem de negócios para Bay Area, em São Francisco, onde eu visitaria algumas empresas novas de biotecnologia. Eu mal parei para respirar.

Mas quando a tarde caiu - e eu estava sem comer fazia tempo, com meu nível de cafeína no chão -, Hanna deu um jeito de voltar aos meus pensamentos.

A porta do meu escritório se abriu e Max entrou, jogando um enorme sanduíche na minha mesa antes de desabar na cadeira à minha frente com seu próprio sanduíche.

- O que está acontecendo, William? Parece que você acabou de descobrir que o DNA é uma dupla hélice.

- Uma dupla hélice torta para a esquerda - eu respondi com ironia.

- Igual o seu pau?

- Exatamente.

Peguei o sanduíche e abri a embalagem. Só percebi o quanto estava com fome quando senti aquele cheiro delicioso.

- Eu estava só pensando bastante.

- Então por que você está com essa cara de quem comeu e não gostou? Pensar muito é o seu superpoder, meu amigo.

- Não sobre esse assunto - esfreguei o rosto, optando por honestidade em vez de mais piadas. - Estou meio confuso sobre uma coisa.

Ele deu uma mordida em seu sanduíche e me estudou. Após alguns longos instantes, Max perguntou:

- Você está falando da Peitos, não é?

Olhei para seu rosto, com uma expressão séria.

- Você *não* pode chamá-la assim, Max.

- É claro que não. Pelo menos não na cara dela. Quer dizer, eu chamo a minha Sara de Linguinha, mas ela também não sabe disso.

Apesar do meu péssimo humor, eu tive que rir.

- Não, você não faz isso.

- Não - seu sorriso deu lugar a uma testa franzida com ironia. - Isso seria de mau gosto, não é?

- *Muito* mau gosto.

- Mas eu não consigo deixar de notar que Hanna possui um fantástico par de peitos.

Rindo novamente, eu murmurei:

- Maximus, você não faz ideia.

Ele se ajeitou na cadeira.

- Não, não faço. Mas pelo jeito *você* faz. Você já viu os peitos dela? Eu não sabia que as coisas tinham progredido para além daquela coisa de você ensiná-la a viver e tal.

Quando olhei para ele, eu sabia que Max conseguia enxergar tudo em meu rosto: eu estava afogado até o pescoço em Hanna.

- Sim, eu vi. As coisas... humm... *progrediram* na outra noite. E então aconteceu de novo, uns dias atrás - peguei meu sanduíche. - Nós não transamos, mas... Bom, veja que ótimo, hoje ela vai sair de novo com um cara.

- Então ela está cumprindo a missão de sair mais em encontros, humm?

Eu assenti.

- Pois é, parece que sim.

- Ela sabe que você está andando por aí com uma nuvem cinza de paixonite em cima da cabeça?

Dei uma mordida no sanduíche e lancei um olhar sério para ele.

- Não - eu murmurei. - Idiota.

- Ela parece ser bem legal - ele disse cuidadosamente.

Limpei minha boca no guardanapo e me recostei na cadeira. *Legal* não parecia ser um adjetivo suficiente para Hanna. Na verdade, nunca conheci nenhuma garota igual a ela.

- Max, ela é uma mulher completa. Engraçada, doce, honesta, linda... Eu me sinto muito fora da minha zona de conforto com ela.

Assim que as palavras saíram da minha boca eu senti o quanto elas pareciam esquisitas ditas por mim. Um estranho silêncio preencheu a sala, e eu sabia que uma montanha de piadas estava prestes a desabar sobre mim. Estava evidente no sorrisinho de Max.

Merda.

Ele ficou me encarando por mais um tempo antes de pedir para eu esperar enquanto puxava seu celular de dentro do casaco.

- O que você está fazendo? - eu perguntei, desconfiado.

Ele disse para eu ficar quieto e apertou o botão do viva voz, para que nós dois pudéssemos ouvir a chamada. A voz de Bennett surgiu do outro lado da linha:

- Max.

- Ben - Max respondeu, recostando-se na cadeira com um sorriso gigante no rosto. - Finalmente aconteceu.

Eu gemi, apoiando minha cabeça com as mãos.

- Você menstruou? - Bennett perguntou. - Parabéns.

- Não, seu cretino - Max disse, rindo. - Estou falando do Will. Ele está apaixonado por uma garota.

Ouvimos um som alto ao fundo, e eu imaginei Bennett dando um tapa entusiasmado em sua mesa.

- Fantástico! Ele parece todo miserável?

Max fingiu me estudar.

- Com toda a certeza, sim. E - e! - ela vai sair com outro cara hoje à noite.

- Uau, isso é foda. E o que nosso amigo vai fazer? - Bennett perguntou.

- Andar por aí cabisbaixo e deprimido, eu acho - Max respondeu por mim, e então ergueu as sobrancelhas mostrando que agora eu podia falar.

- Vou ficar em casa - eu disse. - E assistir a NBA. Tenho certeza de que Hanna vai me contar tudo sobre o encontro depois. Amanhã. Na hora da nossa corrida matinal.

Bennett disse do outro lado da linha:

- Humm, acho que é melhor eu informar as garotas.

Eu gemi.

- *Não* informe as garotas.

- Elas vão querer ir até seu apartamento para cuidar de você - Bennett disse. - E eu e Max temos um jantar de negócios. Não podemos deixar você sozinho nesse estado patético em que você se encontra.

- Eu não estou patético. Estou bem! Deus... - eu murmurei. - Por que eu fui abrir a minha boca?

Ignorando minha reclamação, Bennett disse:

- Max, pode deixar que eu cuido disso. Obrigado por me deixar informado.

E então ele desligou.

—

Chloe praticamente invadiu meu apartamento. Ela estava carregando um monte de pacotes de comida.

- Por acaso você vai dar uma festa no meu apartamento hoje? - eu perguntei.

Ela me lançou um olhar sobre o ombro e desapareceu na cozinha.

Atrás dela, Sara hesitava no corredor, segurando um pacote de cerveja e água com gás.

– Eu estava com fome – ela admitiu. – Fiz Chloe pedir uma coisa de cada.

Empurrei mais a porta para deixá-la entrar e a segui até a cozinha, onde Chloe estava ocupada abrindo pacotes de comida para umas setenta pessoas.

– Eu já comi – admiti. – Eu não sabia que você estava trazendo jantar.

– Como você pôde achar que a gente não traria o jantar? Bennett disse que você está na pior. Quando a gente fica na pior a gente precisa de comida tailandesa, *cupcake* de chocolate e cerveja. Além disso, eu sei como você se alimenta – ela disse, mostrando o armário onde eu guardo os pratos. – Você deve comer mais.

Resignado, eu peguei três pratos, talheres e uma cerveja. Andei até a sala de estar e arrumei tudo na mesa de centro. As garotas se juntaram a mim: Chloe se sentou no chão, Sara se espremeu ao meu lado no sofá, e então atacamos a comida. Sentamos e comemos em frente à TV, assistindo ao basquete no meio de uma confortável conversa intermitente.

Depois de tudo, fiquei feliz por elas aparecerem. Elas não me importunaram com um milhão de perguntas sobre meus sentimentos: apenas chegaram, jantaram comigo e fizeram companhia. Conseguiram manter minha mente longe de tudo. Eu sabia que não era a primeira vez que alguém com quem eu estava ficando saía com outra pessoa, mas era a primeira vez que eu me importava.

Eu estava feliz por Hanna estar saindo e se divertindo. Essa era a parte mais estranha disso tudo – eu queria que ela tivesse aquilo que ela queria. Só que eu queria que ela quisesse *apenas* a mim. Isso faz sentido? Eu queria que ela viesse até meu apartamento hoje, admitisse que preferia apenas transar comigo e parasse com essa besteira de sair em encontros casuais. Só isso. É pedir demais? Eu sei, isso é ridículo e eu sou o maior idiota do mundo por pensar nisso, principalmente porque no passado eu fiz uma centena de garotas se sentirem da mesma maneira. Mas era isso que eu queria.

E, merda, eu me sentia inquieto. Assim que terminei de comer, comecei a checar o relógio e meu celular obsessivamente. Por que ela ainda não me enviou uma mensagem? Ela não tinha nenhuma pergunta para fazer? Nem mesmo queria dizer "oi"?

Deus, eu me odeio.

- Ela já se manifestou hoje? - Chloe perguntou, percebendo minha ansiedade.

Neguei com a cabeça.

- Está tudo bem. Tenho certeza de que ela está bem.

- Então, como Kitty e Kristy reagiram? - Sara perguntou, pousando seu copo de água na mesa.

- Reagiram a quê? - eu perguntei.

O silêncio preencheu o espaço entre nós, e eu pisquei, confuso.

- Reagiram a quê? - eu repeti.

- A você *terminar* com elas - Sara finalmente disse.

Merda. Meeeerrrda.

- Ah - eu disse, coçando o queixo. - Na verdade, tecnicamente, eu ainda não terminei com elas.

- Então você está caidinho pela Hanna, mas ainda não contou para as suas duas amantes que está começando a ter sentimentos reais por outra pessoa?

Peguei minha cerveja e fiquei olhando para o fundo da garrafa. Não era só o aborrecimento de ter aquela conversa constrangedora com Kitty e Kristy. Se eu fosse honesto comigo mesmo, também tinha a ver com a segurança de saber que elas poderiam me oferecer uma distração se essa coisa com Hanna fosse por água abaixo.

Deus, isso soou mais babaca do que o meu normal.

- Ainda não - admiti. - Tudo entre nós é tão casual. Talvez nem seja preciso ter essa conversa.

Chloe se inclinou para frente, colocou sua garrafa sobre a mesa e esperou até que eu olhasse em seus olhos.

- Will, eu te amo. Amo mesmo. Você será parte do nosso casamento. Será parte da nossa vida. Quero que tudo de bom aconteça com você – então ela cerrou os olhos, e eu senti minhas bolas se preparando para levar um chute. – Mas mesmo assim eu nunca diria para uma amiga minha tentar alguma coisa com você. Eu diria para ela transar loucamente com você, mas deixar os sentimentos longe disso, porque você é um maldito idiota que não sabe de nada.

Eu estremeci, tentei rir um pouco, e então balancei a cabeça.

– Agradeço a honestidade.

– Estou falando sério. Sim, você sempre abre o jogo com suas amantes. Não, você não tem nada para esconder. Mas de onde vem toda essa neura com relacionamentos?

Joguei meus braços para cima e disse:

– Eu não tenho nada contra relacionamentos!

Sara entrou na conversa:

– Você já toma por certo desde o primeiro dia que não vai querer nada mais sério do que apenas sexo conveniente – então, ela acrescentou: – E me deixa dizer uma coisa do ponto de vista de uma mulher. Quando você é jovem, você quer o garoto que sabe jogar o jogo, mas, quando você fica mais velha, você quer o homem que sabe quando isso não é mais um jogo. E você ainda nem sabe disso, e já tem quantos, trinta e um anos? A Hanna pode ser jovem, mas ela é muito madura para a idade e logo vai perceber que o seu modelo não é o melhor para ela. Você está ensinando à Hanna como equilibrar vários amantes, mas você deveria ensinar a ela como é se sentir *amada* de verdade.

Eu sorri para ela, e então esfreguei o rosto com as duas mãos, gemendo.

– Vocês duas vieram até aqui para me dar sermão?

Sara disse "Não" ao mesmo tempo em que Chloe disse "Sim".

Então, Sara riu e corrigiu:

– Sim – ela se aproximou e pousou a mão no meu joelho. – É verdade que você não sabe de nada, Will. Você é tipo nosso mascote bobão que nós adoramos.

– Isso é horrível – eu disse, rindo. – Nunca repita isso.

Voltamos a assistir ao jogo. Aquilo não foi embaraçoso. Eu não me sentia defensivo. Eu sabia que elas estavam certas; eu só não sabia direito o que eu poderia fazer sobre isso, já que Hanna estava agora mesmo num encontro com o maldito *Dylan*. Era fantástico que eu conseguisse admitir que eu queria algo mais com ela e que também não queria que ela ficasse com mais ninguém, mas tudo isso não importava nem um pouco enquanto eu e ela estivéssemos em páginas diferentes sobre esse assunto. E a verdade era que eu queria que ela transasse apenas comigo, mas também não queria que as coisas entre nós mudassem.

Ou queria?

Olhei pela milésima vez meu celular para ter certeza de que não tinha perdido nenhuma mensagem nos últimos dois minutos.

– Deus, Will. Envia logo uma mensagem para ela! – Chloe disse, jogando um guardanapo em mim.

Eu me levantei abruptamente, menos para obedecer a Chloe Mandona e mais para apenas *fazer alguma coisa*. O que Hanna estaria fazendo agora? Onde eles estavam? Já eram quase nove horas. O jantar deles já não deveria ter terminado?

Na verdade, levando em conta o histórico dele, ela provavelmente já estava em casa... a não ser que eles tivessem ido para a casa dele.

Senti meus olhos se arregalarem. Será possível que ela esteja na cama dele? Transando com ele? Fechei os olhos, apertando meu queixo enquanto me lembrava de como foi sentir seu corpo debaixo do meu, suas curvas, a sensação de seus joelhos apertando minhas laterais. E pensar que agora ela poderia estar com aquele garoto idiota? *Nua*?

Foda-se isso.

Virando-me, cruzei o corredor em direção ao meu quarto, parando quando o celular vibrou na minha mão. Acho que nem o reflexo do meu joelho seria tão rápido quanto minha reação à tela se acendendo. Mas era apenas Max.

Sua garota está aqui no restaurante comigo e o Ben. Parabéns pelo Projeto Hanna, Will. Ela está uma gostosa.

Eu gemi, encostando-me na parede enquanto digitava.

`Ela está beijando o cara?`

`Não,` Max respondeu. `Mas ela fica olhando para o celular a toda hora. Pare de enviar mensagens para ela, seu idiota. Lembre-se que agora ela está "explorando a vida".`

Ignorando sua óbvia tentativa de me irritar, eu olhei para a mensagem de novo e de novo. Eu sabia que era a única pessoa que constantemente enviava mensagens para ela, e eu não tinha enviado nada até agora. Seria possível que ela estava checando o celular tão obsessivamente quanto eu?

Continuei pelo corredor e entrei no banheiro, com a desculpa de usá-lo normalmente, mas acabei apenas sentando na beira da banheira. Isso *não* era um jogo com ela. Sara estava errada nesse ponto; eu *sabia* que não era um jogo. Acredite em mim, não havia nada de divertido nesse momento. Meu tempo longe de Hanna variava muito entre alegria maluca e ansiedade obsessiva. É assim que as coisas acontecem? Correr esse tipo de risco, abrir seu coração e esperar que a outra pessoa tenha bastante cuidado para não destroçar os seus sentimentos?

Meus polegares pairaram sobre as letras por vários longos segundos enquanto meu coração batia forte. Então, digitei uma única frase que li e reli, checando o ritmo, o tom, e tentando ter certeza de que não passaria a sensação de *meu-deus-eu-estou-totalmente-obcecado-com-a-sua-noite*.

Finalmente, fechei os olhos e enviei a mensagem.

Nove

Eu não vou enviar uma mensagem para o Will.

– ... e daí talvez morar no exterior algum dia...

Eu não vou enviar uma mensagem para o Will.

– ... talvez na Alemanha. Ou talvez na Turquia...

Pisquei de volta para a conversa e assenti para Dylan, que estava sentado à minha frente e que praticamente tinha citado o planeta inteiro durante nossa conversa.

– Isso parece realmente fascinante – eu disse, com um sorriso esticado no rosto.

Ele olhou para a toalha da mesa, com o rosto levemente corado. Certo, ele até que era fofo. Como um cachorrinho.

– Eu costumava pensar que gostaria de morar no Brasil – ele continuou. – Mas adoro viajar para lá, sabe, e eu não queria que se tornasse um lugar familiar, entende?

Assenti novamente, tentando ao máximo prestar atenção e controlar meus pensamentos, focando no meu encontro e não no fato de que meu celular esteve silencioso por toda a noite.

O restaurante que Dylan escolheu era legal, não romântico demais, porém muito confortável. Iluminação suave, janelas grandes, nada muito sério ou muito sóbrio. Nada que gritasse *namoro*. Pedi o linguado; Dylan pediu um filé. Seu prato estava praticamente vazio; eu mal toquei no meu.

Sobre o que ele estava falando? Um verão no Brasil?

– Quantas línguas você disse que fala mesmo? – eu perguntei, torcendo para ainda estar dentro do assunto.

Provavelmente estava, pois ele sorriu, obviamente contente por eu ter me lembrado desse detalhe. Pelo menos, que esse detalhe existia.

– Três.

Eu me recostei na cadeira, genuinamente impressionada.

– Uau, isso é... realmente incrível, Dylan.

E eu nem estava exagerando. Ele *era* incrível. Dylan era bonito, inteligente, e tinha tudo que uma garota esperta procuraria num homem. Mas quando o garçom parou em nossa mesa para encher nossas bebidas, nada daquilo impediu que eu olhasse rapidamente para o celular de novo, franzindo a testa ao ver a tela ainda apagada.

Nada de mensagens, nada de ligações perdidas – nada. Que droga.

Passei o dedo sobre o nome de Will e reli algumas de suas mensagens anteriores.

```
Pensamento aleatório: eu adoraria ver você chapada. Maconha amplifica traços de personalidade, então você provavelmente falaria tanto que sua cabeça explodiria, embora eu ache impossível você falar coisas mais malucas do que já fala normalmente.
```

E outra:

```
Acabei de ver você no cruzamento da Rua 81 com a Amsterdam. Eu estava num táxi com Max e vi você atravessando a rua na nossa frente. Você estava usando calcinha debaixo daquela saia? Eu planejo colocar sua resposta na minha lista de mensagens safadas, então cuidado com o que vai responder.
```

A última mensagem veio pouco depois da uma hora da tarde, mais de seis horas atrás. Olhei mais algumas antes de apertar o botão para escrever uma nova mensagem. O que ele poderia estar fazendo agora? Ou com *quem* ele poderia estar? Senti minha testa franzir ainda mais.

Comecei a digitar e apaguei quase imediatamente. *Eu não vou enviar uma mensagem para o Will. Eu não vou enviar uma mensagem para o Will. Sou uma ninja. Um agente secreto. Vou roubar os segredos e escapar ilesa.*

– Hanna?

Tirei os olhos do celular; Dylan estava me encarando.

– Humm?

Suas sobrancelhas se juntaram por um momento antes de soltar uma pequena risada hesitante.

– Você está bem? Parece um pouco distraída.

– Pois é – eu disse, horrorizada por ter sido flagrada. Mostrei meu celular. – Estou apenas esperando uma mensagem da minha mãe.

Eu menti. Horrivelmente.

– Mas está tudo bem?

– Com certeza.

Com um pequeno suspiro de alívio, Dylan pôs o prato de lado e se inclinou para frente, apoiando os braços na mesa.

– Então, e quanto a você? Parece que só eu estou falando. Conte um pouco da sua pesquisa.

Pela primeira vez na noite, eu relaxei a força com que segurava o celular. Isso eu poderia fazer. Conversar sobre meu trabalho, faculdade e ciência em geral? Com certeza.

Tínhamos acabado de terminar a sobremesa e minha explicação de como eu estava colaborando com outro laboratório para criar vacinas para o *Trypanosoma cruzi*, quando senti alguém tocando meu ombro. Era Max, de pé, atrás de mim.

– Oi! – eu disse, surpresa por vê-lo.

Ele tinha quase dois metros, mas mesmo assim não parecia desengonçado nem quando se abaixou para beijar meu rosto.

– Hanna, você está absolutamente linda hoje.

Uau. Aquele sotaque britânico iria acabar comigo ali mesmo. Eu sorri.

– Bom, você pode passar o elogio para a Sara; foi ela quem escolheu este vestido.

Achei que era impossível ele ficar ainda mais atraente, mas o sorriso orgulhoso que se espalhou em seu rosto realizou o impensável.

– Pode deixar. E quem é esse? – ele disse, virando-se para Dylan.

– Ah! Desculpe, Max, esse é Dylan Nakamura. Dylan, esse é Max Stella, o sócio do meu amigo Will.

Os dois apertaram as mãos e trocaram umas palavras, e eu tive que me segurar para não perguntar sobre Will. Eu estava no meio de um encontro, afinal de contas. Não deveria nem estar pensando nele em primeiro lugar.

– Bom, vou deixar vocês dois a sós.

– Mande um "oi" para a Sara por mim.

– Pode deixar. Aproveitem o resto da noite.

Observei Max voltando para sua mesa, onde um grupo de homens o esperava. Fiquei imaginando se ele estava num jantar de negócios e, se fosse esse o caso, por que Will não estava junto. Percebi que eu não sabia muito sobre seu trabalho, mas eles não faziam esse tipo de coisa juntos?

Alguns minutos depois, assim que a conta chegou, meu celular vibrou no meu colo.

`Como vai sua noite, minha pequena Ameixa?`

Fechei os olhos, sentindo aquela palavra vibrar através do meu corpo como uma corrente elétrica. Lembrei-me da última vez em que ele me chamou assim e senti meu interior se liquefazer.

`Tudo certo. Max está aqui, você o enviou para me espionar?`

`Há! Como se ele fosse fazer isso por mim. Ele acabou de me enviar uma mensagem. Disse que você está bonita hoje.`

Não sabia que eu ficava tão corada até conhecer Will, mas desta vez *senti* o calor se espalhar em meu rosto.

`Ele também está bonitão hoje.`

`Isso não é engraçado, Hanna.`

`Você está em casa?`

Um segundo depois de enviar a mensagem, eu segurei minha respiração. O que eu faria se ele dissesse que não?

`Sim.`

Eu realmente precisava ter uma conversa comigo mesma; saber que Will estava em casa e falando comigo não deveria me deixar tão feliz assim.

`Corrida amanhã?`

`Claro.`

Tirei rapidamente o sorriso do meu rosto quando percebi que Dylan estava olhando para mim e guardei o celular. Will estava em casa, e eu podia descansar e tentar aproveitar o resto da minha noite.

– Então, como foi o seu encontro? – ele perguntou, se alongando ao meu lado.

– Tudo bem – eu disse. – Normal.

– Normal?

– Isso – dei de ombros, sem conseguir dar uma resposta mais animada. – Normal – repeti. – Tudo bem.

Decididamente, eu me senti pior sobre minha dependência de Will nesta manhã do que na noite passada. Eu tinha que me recompor e lembrar: *agente secreto. Ninja. Aprender com o melhor.*

Ele balançou a cabeça.

– Que avaliação entusiasmada.

Não respondi, apenas andei até uma árvore próxima para pegar a água que eu havia guardado. Estava frio – tão frio que a água já estava congelando. Estávamos fazendo o alongamento pós-corrida, quando Will fazia um discurso incentivador e depois falava algo inapropriado sobre meus peitos, daí eu reclamava do frio e da falta de banheiros acessíveis em Manhattan.

Mas eu não estava a fim de ter essa conversa hoje, ou de admitir que, embora eu até gostasse de Dylan, eu não passava os dias sonhando em beijar sua boca ou chupar seu pescoço ou vê-lo gozar na minha cintura, como eu fazia com certa pessoa. Eu não queria contar que ficava constantemente distraída em nossos encontros e tinha dificuldade em me importar. E eu também me recusava a admitir que estivesse falhando nessa coisa de encontros, e que talvez eu nunca aprendesse como levar a vida casualmente, apenas aproveitando, sendo jovem e experimentando as mesmas coisas que Will fazia.

Ele se abaixou para encontrar meus olhos, e eu percebi que ele estava repetindo uma pergunta.

– Que horas você voltou?

– Um pouco depois das nove, acho.

– Nove? – ele disse, rindo. – De novo?

– Acho que foi um pouco mais tarde. Por que isso é tão engraçado?

– Dois encontros seguidos terminando às nove horas da noite? Por acaso ele é o seu avô? Por acaso ele te levou para assistir à matinê?

– Para sua informação, eu tive que passar no laboratório logo cedo pela manhã. E quanto à sua noite selvagem, playboy? Participou de alguma orgia? Talvez uma festa ou duas? – perguntei, decidida a mudar de assunto.

– Fiz algo tipo Clube da Luta – ele disse, coçando o queixo. – Só que sem homens e sem socos – ao ver meu olhar confuso, ele esclareceu: – Basicamente, jantei em casa com Chloe e Sara. Ei, você está dolorida?

Eu imediatamente me lembrei da deliciosa dor que seus dedos deixaram após a festa da república e de como minha pélvis ficou depois de cavalgá-lo no chão de seu apartamento.

– Dolorida? – repeti, piscando rapidamente em sua direção.

Ele sorriu com malícia.

– Dolorida por causa da *corrida* de ontem. Deus, Hanna. Você tem a mente muito suja. Você chegou em casa às nove horas, sobre o que *mais* eu poderia estar falando?

Tomei outro gole da minha água e estremeci ao sentir o frio nos dentes.

– Tudo bem.

– Outra regra, minha Ameixa. Você só pode usar *tudo bem* algumas vezes numa conversa antes de ficar evidente que você está tentando fugir do assunto. Encontre adjetivos melhores para descrever seu estado de espírito pós-encontro.

Eu não sabia exatamente como lidar com Will nesta manhã. Ele parecia um pouco inquieto. Eu achava que já tinha sacado ele por inteiro, mas meus pensamentos também estavam meio rebeldes, um problema que só aumentava quando ele estava por perto. Ou, julgando pela noite passada, quando ele estava longe também. Será que ele não se importava nem um pouco por eu estar saindo com Dylan?

E será que eu queria que ele se importasse?

Droga. Encontros casuais são muito complicados, e eu nem podia dizer se Will e eu estávamos tecnicamente saindo. Parecia uma das poucas coisas que eu *não* conseguia perguntar a ele.

– Bom – ele disse, deslizando seu olhar até mim com um sorrisinho diabólico. – Só para deixar clara a teoria dos encontros casuais, talvez você devesse sair com outra pessoa. Só para ter uma ideia de como funciona. Que tal outro cara daquela festa? Aaron? Ou o Hau?

– O Hau tem namorada. O Aaron...

Ele assentiu me encorajando.

– Ele parecia apto.

– Ele é apto – concordei, ainda meio hesitante. – Mas ele é um pouco... SN2...

As sobrancelhas de Will se juntaram.

– Como é?

– Você sabe – eu disse, gesticulando para todo lado. – Tipo quando acontece a quebra de uma ligação C-X, e o nucleófilo ataca o carbono num ângulo de 180 graus em relação ao grupo lábil.

Minhas palavras saíram numa única frase esbaforida.

– Meu Deus. Você acabou de usar uma referência de química orgânica para me dizer que o Aaron parece melhor de costas do que de frente?

Eu gemi e desviei os olhos.

– Acho que acabei de bater algum recorde nerd.

– Não, isso foi sensacional – ele disse, parecendo genuinamente impressionado. – Eu queria ter pensando nisso anos atrás.

Sua boca se dobrou para baixo enquanto ele considerava o que tinha falado.

– Mas, de verdade, quando você diz uma coisa dessas é sensacional. Se fosse eu, soaria como se eu fosse um idiota gigante.

Engoli em seco, definitivamente *não* olhando torto para seu calção.

Apesar da baixa temperatura e do horário, mais pessoas do que o normal decidiram enfrentar o frio. Dois universitários bonitinhos chutavam uma bola, com gorros pretos cobrindo as cabeças e dois copos de café fumegante esperando ao lado. Uma mulher com um carrinho de bebê gigante passou por nós, e mais um punhado de gente corria nas outras trilhas. Olhei bem a tempo de observar Will se abaixar na minha frente até tocar a ponta do pé.

– Tenho que admitir. Estou mesmo impressionado com o quanto você está se dedicando e trabalhando duro – ele disse para mim por cima do ombro.

– Pois é – murmurei, alongando os tendões da maneira que ele me ensinou, e definitivamente não para olhar sua bunda. – Duro.

– Como é?

– Trabalho duro – repeti. – Duro mesmo.

Ele se endireitou, e eu segui seu movimento, forçando meus olhos a se desviarem para outro lugar.

– Não vou mentir para você – ele disse, alongando as costas. – Fiquei surpreso por você não desistir na primeira semana.

Eu deveria encará-lo e ficar irritada por ele achar que eu desistiria tão rapidamente, mas, em vez disso, apenas assenti, tentando olhar para qualquer coisa além do pedaço da barriga que ficou exposta quando ele alongou os braços acima da cabeça, ou dos músculos que dividiam os dois lados de seu abdômen.

– Talvez você até consiga chegar entre os cinquenta primeiros na corrida se continuar assim.

Meus olhos grudaram na pequena faixa de pele e no panorama de músculos abaixo. Engoli em seco novamente, lembrando-me de como me senti com seus dedos dentro de mim.

– Definitivamente vou continuar assim – murmurei, desistindo de disfarçar e olhando direto para seu corpo.

Limpando minha garganta, eu me virei e voltei a andar no sentido oposto da trilha, porque, francamente, aquele corpo era simplesmente *obsceno*.

– Então, que horas vai ser o seu encontro hoje? – ele perguntou, aumentando as passadas para me alcançar.

– Amanhã – eu disse.

Ele riu ao meu lado.

– Certo, que horas vai ser o seu encontro *amanhã*?

– Humm... às seis?

Cocei meu nariz, tentando me lembrar.

– Não, às oito.

– Você está animada?

Dei de ombros.

– É, um pouco.

Rindo, ele envolveu meus ombros com o braço.

– Ele trabalha com o quê mesmo?

– Com drosófilas e afins – murmurei.

Ele me deu uma deixa para falar sobre ciência, e eu nem isso conseguia fazer hoje. Eu estava acabada.

– Um cara da genética! – ele disse, num tom brincalhão. – Thomas Hunt Morgan nos deu o cromossomo, e agora os laboratórios ao redor do mundo dão mosquinhas de fruta para outros laboratórios pequenos – ele estava tentando ser jovial, mas sua voz era tão grave e sensual que, mesmo quando ele tentava falar algo nerd, meu corpo inteiro se arrepiava. – E Dylan, é legal? É engraçado? É bom de cama?

– Claro.

Will parou, com um olhar explosivo.

– *Claro*?

Olhei seu rosto.

– Quer dizer, claro que é.

Então, a ficha caiu.

– Bom, exceto a parte de ser bom de cama. Ainda não testei essas qualidades dele.

Will voltou a andar, em silêncio, e eu dei outra olhada nele.

– Falando nisso, posso perguntar uma coisa?

Ele olhou para mim com o canto do olho, desconfiado.

– Sim – ele disse lentamente.

– O que significa "etiqueta do terceiro encontro"? Pesquisei no Google, mas...

– Você *pesquisou* no Google?

– *Sim*, e o consenso parecia dizer que o terceiro encontro é quando acontece o sexo.

Ele parou, e eu tive que me virar para encará-lo. Seu rosto estava vermelho.

– Ele está pressionando você para transar?

– O quê?

Fiquei olhando para ele, desnorteada. De onde ele tirou essa ideia?

– É claro que não.

– Então por que você está perguntando sobre sexo?

– Calma – eu disse. – Eu posso ficar na expectativa sem que ele me pressione. Caramba, Will, só quero estar *preparada*.

Ele suspirou e balançou a cabeça.

– Você me deixa maluco às vezes.

– Idem – e fiquei olhando para o horizonte, pensando alto. – É que parece que existem etapas de progressão. Tipo, os dois primeiros encontros foram quase iguais. Mas como a gente passa daquilo para o sexo? Um manual de instruções com certeza facilitaria muito.

– Você não precisa de um manual – ele tirou o gorro da cabeça e puxou o cabelo para trás. Eu praticamente podia ver as catracas girando em seu cérebro. – Certo, então... o primeiro encontro é tipo uma entrevista. Ele estudou o seu currículo – Will jogou um olhar cheio de insinuação e ergueu as sobrancelhas, com os olhos caindo direto em meus peitos –, e agora é hora de saber se você está à altura do cargo. Primeiro tem uma seção de perguntas e respostas, depois a análise do tipo "Essa pessoa pode ser um *serial killer*?", depois, é claro, tem a outra decisão crucial, "Eu quero transar com essa pessoa?". E sejamos honestos: se um homem convidou você para sair, ele já sabe se quer transar com você.

– Certo – eu disse, olhando para ele com ceticismo. Tentei imaginar Will nesse cenário: conhecendo uma mulher, levando-a para sair, decidindo se queria ou não transar com ela. Eu tinha 97% de certeza de que eu não gostava disso. – E o segundo encontro?

– Bom, o segundo encontro é a etapa seguinte no processo de seleção. Você passou da triagem preliminar. Então o outro lado obviamente gosta do que você tem para oferecer, e agora é hora de dar sequência. É hora de levar para os recursos humanos para saber se as suas respostas charmosas e personalidade magnética eram apenas fogo de palha ou não. E também para ter certeza de que eles ainda querem transar com você. E, de novo, isso já é óbvio.

– E o terceiro encontro?

– Bom, aí é quando as coisas ficam sérias. Vocês já saíram duas vezes e obviamente gostam um do outro; a outra pessoa possui todos os requisitos necessários, então agora é hora de colocar tudo em ação. Vocês são compatíveis em algum nível, e geralmente é nesse ponto que vocês tiram a roupa, para ver se "funcionam bem juntos". Os homens geralmente tentam caprichar: flores, elogios, restaurantes românticos.

– Então... sexo.

– Às vezes. Mas nem sempre – ele reforçou. – Você não precisa fazer nada que não queira, Hanna. Em nenhum momento. Eu vou arrancar as bolas de qualquer pessoa que pressionar você.

Senti meu interior se aquecer e tremer. Meus irmãos diziam quase a mesma coisa em diferentes ocasiões, e posso assegurar que soava bem diferente ouvir isso da boca de Will.

– Eu sei disso.

– Você *quer* transar com ele?

Will tentou soar casual, mas falhou miseravelmente. Ele mal conseguia olhar para mim, então apenas ficou olhando para o cordão que puxava na gola de sua camisa. Senti um arrepio descer por minhas costas ao perceber que talvez ele não estivesse ok quanto a isso.

Respirei fundo e pensei um pouco. Meu primeiro instinto foi dizer *não* automaticamente, mas apenas dei de ombros, tentando parecer desinteressada. Dylan era bonito, e eu o deixei me dar um beijo de boa-noite em frente ao meu prédio, mas aquilo não foi *nada* comparado ao que experimentei com Will. E isso era cem por cento problema meu. Eu tinha certeza de que a razão por me sentir tão bem com Will era sua experiência. Mas também era exatamente por isso que ele estava fora do meu alcance.

– Honestamente – admiti. – Não tenho certeza. Acho que vou decidir na hora.

Qualquer dúvida que eu tivesse sobre o protocolo de Will sobre terceiros encontros se esclareceu rapidamente assim que eu e Dylan entramos no restaurante que escolhi.

Dylan queria me levar para algum lugar em que eu nunca estive – algo não muito difícil, já que passei três anos em Nova York e praticamente nunca saí do laboratório. Ele sorriu orgulhoso quando o táxi estacionou e nós descemos em frente ao restaurante Daniel, na Rua 65.

Se me pedissem para descrever um restaurante romântico, o resultado seria exatamente o seguinte: paredes cor de creme, com tons prateados e marrons, arcos e colunas gregas que envolviam o salão principal. Mesas redondas com toalhas suntuosas, vasos cheios de plantas viçosas em toda parte, e tudo isso debaixo de lustres de cristal gigantescos. Era o completo oposto do local do nosso segundo encontro. Agora era para valer.

Mas eu não estava preparada.

O jantar começou bem. Escolhemos os aperitivos, e Dylan pediu uma garrafa de vinho, mas a partir daí tudo foi por água abaixo. Prometi a mim mesma que não trocaria mensagens com Will, mas, perto do fim, quando Dylan pediu licença para ir ao banheiro, eu cedi.

Acho que vou tomar bomba na matéria sobre o terceiro encontro.

Ele respondeu quase imediatamente.

Como assim? Impossível. Você não confia no seu professor?

Ele pediu um vinho caro e daí ficou ofendido quando eu não quis tomar. Você nunca se importou por eu não beber.

O ícone mostrou que ele estava digitando – e parecia ser bastante coisa, pois a resposta estava demorando –, então esperei e olhei ao redor para ter certeza de que Dylan não estava voltando.

Isso é porque eu sou um gênio e entendo das coisas: eu ofereço meia taça e você finge tomar pelo resto da noite, então o resto da garrafa é minha. Aí está, é a prova de que sou o cara mais esperto do mundo.

Tenho certeza de que ele não enxerga a situação dessa maneira.

Então diga que você é muito mais divertida quando está acordada e não babando de sono. E por que você está falando comigo? Onde está o príncipe encantado?

Banheiro. Já estamos indo embora.

Um minuto inteiro se passou antes de sua resposta.

Ah, é?

Pois é, vamos para minha casa. Ele está voltando. Depois eu conto como foi.

A viagem até meu apartamento foi constrangedora. Eu estava odiando aquelas regras estúpidas, e as minhas expectativas estúpidas, e o Google estúpido, e, claro, em primeiro lugar, o idiota do Will por mexer com a minha cabeça.

Eu não entendia o que estava acontecendo. Eu não *queria* Will de verdade. Will tinha um monte de amantes e um passado nebuloso. Will não queria compromissos nem relacionamentos, mas eu queria ao menos estar aberta à possibilidade. Will não era uma opção ou parte do plano. Eu gostava de sexo e queria fazer de novo com outra pessoa. E não era assim que isso acontecia? Garoto encontra garota, garota gosta do garoto, garota decide deixar o garoto fazer coisas com ela. Eu definitivamente estava pronta para deixar alguém fazer coisas comigo. Então, onde estava a excitação, o calor subindo por minhas pernas, o desejo que eu sentia só de pensar em levar Will para o banheiro? O sentimento que me fez sair pela rua às três da manhã e a sensação de que eu poderia explodir no momento em que seus dedos tocavam minha pele?

Eu certamente não sentia nada disso agora.

A neve estava começando a cair lá fora quando chegamos ao meu prédio. Após subirmos, acendi um abajur, e Dylan parou à porta, constrangido, até eu convidá-lo para entrar. Eu estava agindo no piloto automático. Sentia um nó no estômago, e minha mente estava tão cheia que eu quis colocar a música mais chata possível só para bloquear meus pensamentos.

Será que eu devo? Será que eu não devo? Será que eu quero mesmo?

Ofereci uma saideira – eu até disse a palavra "saideira" –, e ele aceitou. Fui até a cozinha, tirei algumas taças, enchi com um pouco para mim e muito para ele, torcendo para que ele ficasse com sono. Eu me virei para entregar sua taça e fui surpreendida quando vi que Dylan já estava quase em cima de mim, completamente dentro do meu espaço. Uma estranha sensação de que aquilo estava errado surgiu em meu peito.

Dylan tirou a taça da minha mão sem dizer nada e a colocou no balcão. Dedos suaves acariciaram meu rosto e meu nariz. Ele tomou meu rosto nas mãos. Os primeiros beijos foram inseguros, demorados, exploradores. Depois um pequeno estalinho antes de voltar para outro beijo. Fechei os olhos com força no primeiro toque de sua língua, senti meu coração acelerar e desejei que fosse por excitação, e não por aquela sensação de pânico que estava subindo pela minha garganta.

Sua língua era macia demais e insegura demais. Lábios meio moles. Seu hálito cheirava a batatas. Minha mente se concentrava no som do relógio na mesa e em alguém gritando lá fora. Quando beijei Will não me lembro de notar mais nada ao redor. Notei apenas seu cheiro, sua pele e como pensei que fosse explodir se ele não me tocasse fundo *lá*. Mas nada tão comum quanto o barulho do caminhão de lixo andando na rua.

– O que foi? – Dylan perguntou, dando um passo para trás. Toquei meus lábios; eles estavam bem, nem inchados nem abusados. Não estavam completamente arruinados.

– Acho que isso não vai dar certo – eu disse.

Ele ficou em silêncio por um momento, com os olhos procurando os meus, obviamente confuso.

– Mas eu pensei que...

– Eu sei. Desculpe.

Ele assentiu, dando outro passo para trás antes de passar as mãos no cabelo.

– Acho que... se isso é por causa do Will, diga a ele parabéns por mim.

Fechei a porta depois que Dylan saiu e me encostei na madeira fria. Meu celular parecia pesado no meu bolso, então eu o peguei, busquei o nome *Daquele-que-efetivamente-sequestrou-meu-cérebro* e comecei a digitar.

Digitei e apaguei uma dezena de vezes antes de finalmente escolher uma mensagem. Digitei e esperei um momento antes de enviar.

`Onde você está?`

Dez

Honestamente, eu não tinha ideia do que estava fazendo. Eu estava andando – andando como quem precisa ir a algum lugar. Mas, na realidade, eu não precisava ir a lugar algum, e eu *realmente* não precisava ir direto para o prédio de Hanna.

Pois é, vamos para minha casa. Ele está voltando. Depois eu conto como foi.

Fechei meus punhos com força só de me lembrar da mensagem – as palavras estavam impressas na minha memória – e da imagem dela com Dylan. Isso fazia meu peito literalmente doer. E me deixava com vontade de sair quebrando tudo pela frente.

Estava frio; tão frio que eu podia ver minha própria respiração, e a ponta dos meus dedos estavam ficando dormentes mesmo dentro do bolso da calça. Assim que recebi sua mensagem, saí correndo de casa, sem luvas, com um casaco fino demais, tênis de corrida e nada de meias.

Por sete quarteirões, fiquei furioso por ela fazer isso comigo. Minha vida estava ótima até ela aparecer toda desastrada com sua boca grande e olhar malicioso. Tudo estava indo *bem* até ela se infiltrar na minha rotina, e eu quase queria que Dylan sumisse de seu apartamento para eu poder subir e dizer o quanto ela era um pé no saco e o quanto eu estava irritado por ela tirar meu chão, que era tão estável até então.

Mas quando me aproximei e vi as luzes acesas em sua janela e sombras de pessoas andando de lá para cá, senti apenas alívio por ela ainda não estar na cama, debaixo dele.

Puxando meu gorro para baixo, eu grunhi entre os dentes, procurando alguma cafeteria na rua ou qualquer outra coisa para fazer. Mas havia apenas mais prédios residenciais, lojas que já haviam fechado e, ao longe, um pequeno bar. A última coisa de que eu precisava agora era álcool. E se fosse para ficar a dois quarteirões do prédio dela, então era melhor ficar em casa.

Por quanto tempo eu esperaria aqui? Até ela enviar outra mensagem? Até de manhã, quando eles saíssem juntos, cansados e sorrindo com as lembranças da noite passada – da perfeição de Hanna e da inexperiência patética de Dylan?

Soltei um gemido e olhei bem no momento em que um homem saiu do prédio, com a cabeça abaixada por causa do vento e o colarinho para cima. Meu coração quase parou. Definitivamente era Dylan, e embora meu sangue tenha se aquecido sentindo um alívio, o fato de eu conseguir reconhecê-lo tão facilmente à distância fez eu me sentir o maior esquisitão do mundo. Esperei para ver se ele voltaria, mas continuou andando sem nunca diminuir o ritmo.

É isso, eu disse para mim mesmo. *Você cruzou um limite e agora precisa achar um jeito de voltar para o outro lado.*

Mas e se ela precisasse de mim? Eu provavelmente deveria ficar para ter certeza de que ela estava bem antes de voltar para casa. Olhei para meu celular, franzindo a testa. Se eu fosse embora, iria para o parque correr um pouco. Eu não me importava por já serem quase onze horas da noite e o clima estar congelante; eu iria correr por vários malditos quilômetros. Eu estava tão elétrico com alívio, frustração, nervosismo, que eu mal conseguia parar de tremer e abrir uma caixa de mensagens no celular.

Respirei fundo quando vi que ela já estava escrevendo uma mensagem.

Senti o tempo passar em câmera lenta enquanto esperava e segurava o celular com toda a força do meu corpo. Finalmente, a mensagem chegou, e em vez dos parágrafos que eu estava esperando, havia apenas uma frase.

Onde você está?

Tive que rir, passando as mãos no cabelo.

Certo, não fique brava. Estou na frente do seu prédio.

–

Hanna desceu até a rua vestindo um casaco pesado sobre um vestido leve azul, com as pernas de fora e pantufas do Caco, o sapo. Ela se aproximou, e eu não conseguia me mexer, não conseguia nem respirar.

- O que você está fazendo aqui? - ela perguntou, parando na minha frente e se apoiando num hidrante.

- Não sei - murmurei.

Estendi meus braços e a puxei para perto, pousando minhas duas mãos em sua cintura. Ela tremeu de leve quando eu a apertei - *que diabos eu estou fazendo?* -, mas, em vez de se afastar, ela se recostou no meu corpo.

- Will.

- Sim?

Finalmente olhei em seu rosto. Ela estava linda *demais*. Usava só um pouco de maquiagem e seus cabelos estavam soltos em grandes ondas macias. Os olhos estavam pesados com a mesma luxúria de quando eu estava por cima dela no chão do meu apartamento, ou de quando deslizei meus dedos sobre a gentil curva de seu clitóris. Quando minha atenção se voltou para sua boca, a língua fez uma aparição, molhando seus lábios.

- Eu *realmente* preciso saber por que você está aqui.

Dando de ombros, eu me inclinei para frente, pousando minha testa em seu peito.

- Eu não tinha certeza se você gostava mesmo dele, e saber que ele voltou com você estava me deixando inquieto.

Ela deslizou os dedos para dentro da minha blusa e acariciou minha nuca.

- Acho que o Dylan pensou que iríamos transar hoje.

Sem pensar, apertei ainda mais minhas mãos em sua cintura.

- Tenho certeza de que sim.

- Mas... bom, eu não sei como lidar com isso, pois deveria ser uma coisa fácil, não é? Deveria ser fácil curtir um tempo com as pessoas que eu gosto. Quer dizer, eu acho ele atraente. Eu me divirto com ele! Ele é legal e atencioso. Ele é engraço e bonito.

Permaneci em silêncio, tentando esconder qualquer reação.

- Mas, sabe, quando ele me beijou eu não me senti perdida igual eu me sinto com você.

Eu me afastei e olhei em seu rosto. Ela deu de ombros, como se pedisse desculpas.

- Ele foi legal comigo, hoje - ela sussurrou.

- Acho bom mesmo.

- E nem ficou bravo quando eu pedi para ele ir embora.

- Ainda bem, Hanna. Se ele fizesse alguma coisa, eu juro que...

- Will.

Fechei a boca, mais calmo por causa de sua interrupção. Eu faria qualquer coisa que ela quisesse, mesmo que tivesse que engatinhar. Se ela pedisse para eu ir embora, eu iria. Se pedisse para ajudar com seu zíper, eu também ajudaria.

- Sobe comigo?

Meu coração subiu até minha garganta. Fiquei observando-a por alguns segundos, e ela não desviou o olhar. Apenas me estudou, esperando uma resposta. Eu me endireitei, e ela deu um passo para trás me dando espaço, mas não muito. Então correu suas mãos em minhas laterais, até chegar à minha cintura.

- Se eu subir com você...

Ela já estava concordando.

- Eu sei.

- Não sei se vou conseguir ir devagar.

Seus olhos se tornaram sombrios, e ela me abraçou.

- Eu *sei*.

—

Uma das luzes do elevador estava queimada, lançando uma estranha sombra no interior. Hanna estava encostada num dos cantos, olhando para mim em silêncio no lado mais escuro.

- O que você está pensando? - ela perguntou. Sempre bancando a cientista, tentando me dissecar.

Eu estava pensando *tudo*: desejando tudo e sentindo um pânico, imaginando se estava perdendo a última linha de controle das minhas emoções que ainda me restava. Pensava sobre o que eu faria com esta mulher quando a levasse para cama.

- Muitas coisas.

Mesmo nas sombras, eu podia ver seu pequeno sorriso.

- Pode ser mais específico?

- Não gostei daquele cara subir até seu apartamento.

Ela inclinou a cabeça, analisando meu corpo.

- Achei que isso fazia parte do protocolo dos encontros. Em algum momento um cara vai subir até meu apartamento.

- Eu sei disso - murmurei. - Mas foi você quem perguntou o que eu estava pensando.

- Ele é um cara legal.

- Tenho certeza de que é. E ele pode continuar sendo um cara legal sem beijar você.

Ela se endireitou um pouco.

- Você está com *ciúmes*?

Eu a encarei de volta e confirmei.

- Do *Dylan*?

- Não gosto da ideia de outras pessoas ficando com você.

- Mas durante todo esse tempo você continuou se encontrando com Kitty e Kristy.

Achei melhor não corrigi-la por enquanto.

- O que você estava pensando durante seu encontro com ele hoje?

O sorriso dela murchou.

- Fiquei pensando basicamente em você. Imaginando se você estaria com alguém.

- Não encontrei ninguém hoje.

Ela pareceu abalada com isso e ficou quieta por um bom tempo. Chegamos ao seu andar, as portas se abriram, ficaram abertas, depois se fecharam. O silêncio tomou o elevador, que ficou parado esperando ser chamado de novo.

- Por quê? - ela perguntou. - É sábado. É sua noite com a Kristy.

- Por que você sabe disso? - eu rebati, tentando controlar minha frustração com seja lá quem tivesse passado essa informação a ela. - E eu fiquei com você nos dois últimos sábados.

Ela olhou para seus próprios pés, pensando por um momento, e então voltou a olhar em meu rosto.

- Hoje fiquei pensando nas coisas que eu quero que você faça comigo. E nas coisas que eu quero fazer com você. E como eu não queria nada disso com o Dylan.

Dei um passo para frente na penumbra e passei minha mão em sua lateral até a curva do seio.

- Diga o que você quer agora. Diga o que você está pronta para receber.

Eu podia sentir o subir e descer de seu peito enquanto sua respiração acelerava. Passei a ponta do polegar sobre seu mamilo ereto.

- Quero ver você me chupando - ela disse, com a voz um pouco trêmula. - Quero gozar na sua boca.

- Obviamente - sussurrei, rindo um pouco. - Quando eu chupar, você vai gozar mais de uma vez.

Sua boca se abriu levemente, e ela agarrou meu pulso, pressionando minha mão mais forte em seu seio.

- Quero que você suba em cima de mim, se masturbando, e então quero que goze no meu peito.

Eu já estava muito duro, mas aquilo foi demais.

- Continue.

Balançando a cabeça, ela acabou dando de ombros e desviando os olhos.

- Quero *tudo*. Sexo em todos os lugares do meu corpo. Quero morder você e sentir o quanto isso é bom. Vamos transar e eu vou fazer tudo que você quiser, e não quero que seja bom apenas para mim, quero que seja bom para você também.

Fiquei sem palavras, surpreso com aquilo.

- Você está preocupada com isso? Que talvez eu esteja apenas tentando *agradar* você?

Ela ergueu os olhos.

- É *claro*, Will.

Eu me aproximei ainda mais até encostar em seu corpo e ela precisar inclinar a cabeça para manter contato com os olhos. Mostrei um sorriso e empurrei minha ereção contra sua barriga.

- Hanna. Não sei se alguma vez já quis algo mais do que quero você. Na verdade, eu tenho certeza disso. Eu penso em ficar beijando você por horas. Sabe esse tipo de beijo? Quando é o suficiente para você passar um bom tempo sem pensar em fazer qualquer outra coisa?

Ela balançou a cabeça, e eu senti sua respiração rápida em meu pescoço.

- Eu também não conhecia esse tipo de beijo, porque eu nunca quis isso com outra pessoa.

Hanna deslizou as mãos debaixo da minha blusa e da minha camiseta. As mãos estavam quentes, e os músculos do meu abdômen ficaram tensos sob seus dedos.

- Eu penso em você em cima do meu rosto - eu disse. - E depois penso em tomar você no chão da sala do meu apartamento, porque não consigo esperar para te levar a um lugar mais confortável. Ultimamente, não quero ficar com mais ninguém, e isso significa que passo muito tempo saindo para correr em horários aleatórios, ou com a mão no meu pau imaginando que é você.

- Vamos sair do elevador - ela disse, empurrando-me gentilmente pela porta até o corredor.

Ela se atrapalhou um pouco com a chave, e minhas mãos também tremiam enquanto passeavam por seu corpo. Precisei de todo o meu autocontrole para não tomar a chave e eu mesmo abrir logo aquela porta.

Quando ela finalmente conseguiu abrir, eu a empurrei para dentro, fechando a porta atrás de mim com violência e pressionando-a contra a parede mais próxima. Eu me abaixei, chupei seu pescoço, seu queixo e corri as mãos por baixo de sua saia para sentir a pele macia de suas coxas.

– Você vai precisar pedir para eu parar se estiver indo rápido demais.

Ela passou as mãos nos meus cabelos e agarrou com força.

– Não vou pedir.

Beijei subindo pelo queixo até a boca, chupando e lambendo, degustando cada milímetro de seus lábios macios e a doce língua faminta. Eu queria que ela me lambesse, deixasse marcas em meu peito e queria sentir a força de seus dentes na minha cintura, coxas, dedos. Eu me sentia como um criminoso que fugiu da cadeia, chupando e mordendo, dando um passo para trás apenas tempo o suficiente para arrancar nossas blusas, tirar minha camiseta, abrir o zíper de seu vestido e puxá-lo até o chão. Com um movimento dos meus dedos, seu sutiã se abriu e ela o tirou, voltando em seguida para meus braços. Os seios se apertaram contra a minha pele, e eu quis apenas me esfregar nela e depois *entrar* fundo de uma vez.

Ela me puxou pela mão e me guiou pelo corredor até seu quarto, jogando um sorriso por cima do ombro.

O quarto estava arrumado e era espaçoso. Uma grande cama ficava encostada numa parede, e com exceção da própria Hanna, era tudo que eu podia enxergar no momento. Lá estava ela, apenas de calcinha, o cabelo solto e macio sobre os ombros enquanto olhava vidrada em meu peito, subindo até o pescoço para chegar no meu rosto.

O quarto estava inteiro preenchido por um silêncio ansioso.

– Imaginei isso tantas vezes – ela disse, correndo as mãos em minha barriga e depois arranhando de leve os pelos em meu peito. Ela traçou as curvas da minha tatuagem em meu ombro esquerdo, depois desceu pelo braço raspando a ponta do dedo. – Deus, parece que passei uma eternidade pensando nisso. Mas ter você aqui de verdade... me deixa muito nervosa.

- Não precisa ficar nervosa.

- Ajuda quando você me diz o que fazer - ela admitiu, com a voz quase sumindo.

Tomei um seio com a mão, levantando-o e me abaixando para chupar com vontade. Ela ofegou, e suas mãos desceram em meus cabelos. Eu sorri enquanto mordia a curva abaixo do mamilo.

- Você pode começar tirando minha calça.

Ela abriu meu cinto e desabotoou a calça. Eu estava obcecado com a maneira como suas mãos tremiam quando ela estava excitada desse jeito, até um pouco nervoso. Observei seu corpo nu banhado pela leve luz da rua que invadia o quarto: o pescoço e os seios, a curva da cintura e as longas e macias pernas. Estendi o braço e corri dois dedos pelo umbigo até o meio das coxas, raspando de leve sobre o tecido da calcinha.

Deslizando a ponta do dedo debaixo da renda e no meio da inebriante pele, eu sussurrei:

- Amo sua pele, amo sentir você tão molhada.

- Termina de tirar a calça - ela disse, com um jeito tímido. - E você pode me tocar a noite toda.

Pisquei de volta à realidade, percebendo que minha calça estava abaixada até os tornozelos e que eu estava ali de pé apenas de cueca. Ela não havia tocado nesse último limite; fosse por estar ainda nervosa, ou por ter mais uma peça de roupa para tirar depois, para mim estava ótimo. Chutei a calça para o lado e a puxei para a cama. Ela se deitou e se espalhou até a cabeceira enquanto eu rastejava por cima dela. Os olhos cinzentos de Hanna estavam arregalados e atentos - como se fosse minha bela e ofegante presa.

Sua calcinha era azul claro, acentuando a brancura de sua pele, fazendo-a parecer feita de cristal. Apenas uma pequena pinta no umbigo denunciava que ela era real.

- Você escolheu essa calcinha para ele? - perguntei, antes de meu cérebro ter tempo de pensar no que estava dizendo.

Ela olhou em meu rosto, e eu levantei meus olhos até seus belos e espetaculares seios, enquanto ela dizia:

– Eu nem deixei ele tirar minha camisa. Então, não, eu não escolhi para ele.

Beijei sua barriga e desci até a barra da calcinha. Hanna nunca foi tímida ou defensiva, mas agora tudo era novo. Ela se apoiou nos cotovelos e ficou observando. Debaixo de mim, ela tremia e seu coração batia tão rápido que eu podia ver a pulsação em seu pescoço. Isso não parecia nosso joguinho de sempre do professor-e-aluna-do-sexo. Agora tudo parecia real, e Hanna estava perfeita deitada quase nua na minha frente. Eu chutaria meu próprio traseiro por uma eternidade se estragasse esta noite.

– Bom, então vou fingir que você escolheu a calcinha para mim.

– Talvez seja verdade.

Puxei a faixa de elástico com os dentes e soltei deixando estalar em sua pele.

– E também vou fingir que, vestida ou nua, você sempre pensa em mim.

Ela me olhou com aqueles grandes olhos cheios de revelações.

– Ultimamente, acho que isso é verdade também. Isso preocupa você?

Eu não sabia o que ela queria dizer com isso; na verdade, eu não sabia o que isso entre nós poderia ou não ser, e pela primeira vez eu não queria definir antes de começar. Subindo um pouco para que meu rosto pairasse acima do dela, eu me abaixei e a beijei, sussurrando:

– Não sei por onde começar.

Eu me sentia selvagem e um pouco rude, querendo chupá-la e fodê-la e sentir aqueles lábios me envolvendo. Tive um lampejo de medo de que isso fosse apenas uma loucura de momento, uma única noite de sexo sem compromisso onde eu tivesse poucas horas para fazer tudo que queria.

– Não vou deixar você dormir hoje.

Seus olhos se arregalaram, e ela mostrou um pequeno sorriso.

– Eu não quero dormir – e inclinando a cabeça, ela acrescentou: – E comece com a primeira coisa que eu pedi no elevador.

Beijei o caminho entre seu pescoço, peitos, costela, barriga. Cada pedaço dela estava tenso e macio e trêmulo debaixo dos meus lábios, *querendo*. Ela não fechou os olhos, nem uma única vez. Já fiquei com mulheres que gostavam de observar, mas nunca dessa maneira tão intensa e sentindo uma conexão como essa.

Enquanto eu me aproximava do meio de suas pernas, eu podia ver seus músculos se apertando, podia ouvir sua respiração acelerando. Virei o rosto e chupei o interior de sua coxa.

- Vou perder minha cabeça com você na minha boca.

- Will, me diga o que fazer - ela disse, com a voz presa na garganta. - Eu nunca...

- Eu sei. Você é perfeita. Gosta de assistir?

Ela confirmou, meio tímida.

- Por que, minha pequena Ameixa? Por que você observa tudo que eu faço?

Ela hesitou, segurando alguma verdade enquanto engolia em seco.

- Você sabe como...

Ela deixou as palavras morrerem e terminou o pensamento apenas dando de ombros.

- Você quer dizer que gosta de me observar porque sei como fazer você gozar muito?

Ela confirmou novamente, arregalando ainda mais os olhos quando eu comecei a tirar sua calcinha, puxando-a pela cintura abaixo.

- Você pode gozar com a mão. Você observa sua mão quando toca a si mesma?

- Não.

Puxei a calcinha até o fim de suas pernas e a joguei atrás de mim antes de voltar para meu lugar entre suas pernas.

- Você tem um vibrador?

Ela confirmou, com olhos vidrados.

- *Isso* pode fazer você gozar bastante. Olhar para seu vibrador deixa você molhada assim?

Mergulhei um dedo lá dentro, levantando meu corpo e subindo por cima dela de novo, oferecendo o mesmo dedo para ela chupar. Hanna gemeu, chupando forte e me puxando para me beijar. Seus lábios tinham sabor de sexo, e eu já não aguentava mais de vontade de saboreá-la diretamente.

- É porque você gosta de me observar fazendo isso com você?

- Will...

- Não fique tímida agora - eu a beijei, chupando seu lábio inferior. - Você está usando sua mente científica? Está imaginando a mecânica de como um homem chuparia sua boceta? Ou é apenas a imagem da *minha* boca fazendo isso?

Ela correu as mãos em meu peito e agarrou meu pau por cima da cueca, apertando devagar e forte.

- Eu gosto de observar *você*.

Gemendo, quase não consegui responder.

- Gosto quando você fica me olhando. Nem consigo pensar direito quando vejo seus dois grandes olhos grudados em mim.

- Por favor...

- Agora, me solte e volte a olhar minha boca.

- Will.

Sua voz parecia ainda mais trêmula.

- Sim?

- Depois de hoje... por favor, não me machuque.

Fiz uma pausa, tentando entender sua expressão. Ela parecia com medo de que eu fosse machucá-la emocionalmente, porém seu rosto estava ainda mais faminto.

- Não vou - eu disse, beijando e descendo por seu pescoço, passando pelos seios, chupando e mordiscando. Desci ainda mais por seu corpo, e suas coxas tremeram quando as separei e soprei diretamente em sua pele quente.

Ela se apoiou novamente nos cotovelos, e eu sorri antes de mergulhar a cabeça e abrir minha boca sobre sua doce entrada. Meus olhos se fecharam ao sentir seu calor, e eu gemi, chupando gentilmente.

Com um gritinho afogado, sua cabeça caiu para trás, e os quadris se arquearam sobre a cama.

- Oh, *Deus*.

Eu sorri enquanto a lambia de cima a baixo antes de cobrir o clitóris com minha língua, circulando várias vezes.

- Não pare - ela sussurrou.

Eu não pararia nem se pudesse. Acrescentei meus dedos à brincadeira, deslizando para onde ela estava mais molhada e doce, e a pressão de dois dedos a fez cair para trás e agarrar a cabeceira da cama com todas as forças. Enquanto eu a observava, ela virou a cabeça e tomou a fronha do travesseiro com os dentes. Pequenos sons de súplica e prazer escapavam de seus lábios, e eu fiz tudo que podia para não diminuir a intensidade nem por um maldito segundo.

Ela estava à beira do abismo. Fodendo com dois dedos, eu entrei ainda mais fundo e chupei ainda mais forte, olhando para os seios perfeitos e seu longo pescoço. Girei meu punho, e ela pressionou os quadris contra minha boca. Hanna começou a gritar de novo e de novo enquanto se contraía em meus dedos.

Foi o primeiro de muitos desta noite.

Eu estava tão duro que praticamente estava fodendo o colchão. Eu podia sentir os tendões de suas coxas se apertando, ouvia sua voz se tornando aguda e trêmula, sentia suas mãos agarrando meus cabelos, e então ela começou a se esfregar em mim, com as pernas abertas e os quadris rápidos, fodendo meu rosto de um jeito quase inconsciente por vários e perfeitos minutos. Nunca senti o sexo oral parecer tanto quanto sexo de verdade. E eu me dediquei totalmente, devorando-a com toda a vontade acumulada nesses últimos tempos.

Com um grito, ela gozou de novo, agarrando meus cabelos tão forte que pensei que até fosse gozar com ela. Eu não conseguia fechar meus olhos, não conseguia desviar o olhar nem por um segundo. Eu chupei e chupei sua pele aveludada, completamente perdido em seu sabor delicioso.

- Por favor - ela ofegou, com as pernas tremendo e com os olhos sombrios e pesados de um jeito que eu nunca tinha visto.

Ela colocou seu peso num dos cotovelos e me puxou pelo cabelo.
- Venha aqui.

Tirei minha cueca e arrastei o peso do meu pau por cima de sua perna, beijando e lambendo seu umbigo, os seios e os mamilos eretos.

Eu queria foder cada parte dela: o vale entre os seios e sua boca gostosa, a bunda redonda e macia, e aquelas mãos habilidosas. Mas agora, o que eu mais queria era deslizar para dentro de seu sexo quente. Suas pernas se abriram ainda mais quando ela se esticou para pegar uma caixa de camisinhas no criado-mudo. Fiquei olhando a pele corada entre os seios, tocando meu pau sem nem perceber até que ela me entregou a caixa.

- Vamos começar com uma - ela disse, rindo um pouco.

Empurrando a caixa na minha mão, ela acenou com a cabeça, com olhos arregalados e suplicantes.

- Então, pegue uma - eu disse.

- Não sei como colocar - ela reclamou de um jeito adorável, tentando abrir a caixa toda atrapalhada. Quando abriu, rasgando o papelão de um jeito desastrado, várias camisinhas caíram sobre sua barriga.

Rasguei a embalagem de uma e entreguei a ela, jogando as outras para o lado.

- Não é difícil. Tire da embalagem e desenrole no meu pau.

Suas mãos tremiam, e eu esperava que fosse de antecipação e não de nervosismo, mas rapidamente fiquei aliviado quando ela se aproximou do meu pau e cobriu a cabeça com a camisinha.

Mas imediatamente percebi que estava do lado errado; ela não estava conseguindo desenrolar. Hanna só percebeu depois de alguns dolorosos segundos, jogando a camisinha fora e pegando outro pacote enquanto praguejava baixinho.

Eu estava duro e inchado e tão pronto que até podia sentir meus dentes raspando uns nos outros enquanto ela tirava outra camisinha, estudando com cuidado, e desta vez colocando do lado certo. Suas mãos estavam quentes e seu rosto estava tão perto do meu pau que eu podia sentir sua respiração excitada em minhas coxas.

Eu precisava fodê-la desesperadamente.

Ela desenrolou desajeitada, com dedos hesitantes e leves, e o processo pareceu levar uma eternidade. Foi cobrindo com pequenos avanços, como se eu fosse feito de vidro e não estivesse prestes a transar com ela de um jeito que faria a cama cair no apartamento de baixo.

Quando ela alcançou a base, Hanna suspirou aliviada, deitando-se novamente e encostando os quadris em mim. Mas com um sorriso maldoso, eu tirei a camisinha e joguei para o lado.

Apertando os dentes em agonia, eu disse:

– Faça de novo. Não hesite tanto. Coloque a camisinha no meu pau para eu poder foder você logo.

Ela me encarou, com olhos cheios de confusão. Então, relaxou, como se pudesse ouvir meus pensamentos: *Eu não quero que você tenha um segundo sequer de incerteza. Nunca estive tão duro quanto agora na minha vida. Acabei de te chupar até você gritar, e eu não sou um cara delicado.*

Com os olhos colados aos meus, ela ergueu a embalagem até a boca, rasgou com os dentes e tirou a camisinha. Sentindo o formato, ela virou em sua mão e desenrolou em meu pau, de uma só vez, apertando forte quando chegou na base. A mão desceu ainda mais e raspou gentilmente em meu saco até chegar na coxa.

– Melhor assim? – ela sussurrou, acariciando a pele sensível, sem sorrir, sem franzir a testa, genuinamente querendo saber.

Confirmei, estendendo o braço e tocando seu rosto.

– Você é perfeita.

Com um sorriso de alívio, nós nos ajeitamos, e eu deslizei meu pau pelo calor de seu sexo, provocando a nós dois, sentindo uma tontura de tanto desejo por ela. Meus quadris estavam tensos, pronto para estocar e explodir dentro dessa mulher.

Eu estava despreparado para a sensação do meu peito nu sobre o dela e das suas coxas envolvendo minha cintura. Aquilo era demais. *Hanna* era demais.

– Me coloque para dentro.

Ela ofegou, colocando a mão entre nós, mas eu não cedi muito espaço. Soltei todo o meu peso sobre ela, pele contra pele, mas ela me encontrou e me guiou até eu sentir sua entrada. Então me direcionou mais para cima, deslizando e provocando meu pau sobre seu clitóris e as dobras macias de seu sexo.

– Acho que não vou conseguir ser gentil.

Ela respirou fundo e disse:

– Bom. Bom.

Fiquei olhando enquanto ela me esfregava sobre sua pele. Seus olhos se fecharam e um pequeno gemido escapou de sua boca.

– É que... faz tempo – ela sussurrou.

Subi os olhos até seu rosto e a flagrei lambendo os lábios, com os olhos semicerrados para poder enxergar o espaço entre nós e observar a si mesma brincando comigo.

– Quanto tempo? – perguntei.

Seu olhar voltou para meu rosto, enquanto sua mão continuou trabalhando.

– Uns três anos – ela franziu a testa levemente e completou: – Transei com cinco caras, mas provavelmente foram só umas oito transas. Eu realmente não sei o que estou fazendo, Will.

Engoli em seco, abaixando para beijar seu queixo.

– Então é melhor eu não pegar tão pesado – sussurrei, mas ela riu, balançando a cabeça.

– Também não quero que você seja gentil.

Olhei para os seios, a barriga e a mão que me segurava entre suas pernas. Eu queria sentir sua pele nua no meu pau. Nunca transei sem camisinha, mas desta vez eu queria tanto senti-la por inteiro que acabei ficando ainda mais ereto.

– Vou fazer direito – eu disse em seu pescoço. – Apenas deixe eu te sentir.

Hanna se ajeitou e me pressionou em sua entrada, fechando os olhos quando sentiu meu movimento para frente.

Um arrepio subiu por seu pescoço e seus lábios se abriram num suspiro demorado. Para mim, aquilo era demais, ver sua ficha caindo e entendendo que *realmente* iríamos transar de verdade. Quando abriu os olhos novamente, seu olhar pousou em meus lábios e se acalmaram momentaneamente. Ela subiu as mãos por meu peito e então tocou meu pescoço.

– Oi.

Aquele olhar, aquela ternura nos olhos, me fizeram perceber pela primeira vez o que estava acontecendo comigo: eu estava me apaixonando.

– Oi – eu disse com voz rouca, antes de abaixar e beijar sua boca.

Foi um alívio tão grande que fez o ar em meus pulmões sumirem. Intensifiquei o beijo, imaginando se ela podia sentir em meus toques que acabei de entender que estávamos *fazendo amor*, ou se ela simplesmente sentia seu próprio sabor em minha língua e não percebeu que meu mundo inteiro havia saído de órbita.

Afastei meu rosto, mas empurrei meus quadris para frente, desejando sentir a maciez de seu corpo pressionado ao meu; eu apenas queria entrar nela e permanecer lá no fundo.

Merda.

Puta que o pariu, caralho!

Ela olhou para mim enquanto eu deslizava fundo, mas Hanna não parecia capaz de enxergar meu rosto. Seus olhos estavam vidrados, sobrecarregados, e sua respiração imediatamente se tornou entrecortada. Uma leve indicação de dor passou por sua expressão. Entrei apenas alguns centímetros, senti o quanto ela era apertada, e aquilo foi bom demais.

Ouvi minha própria voz no ar, mas parecia vir de muito longe.

– Se abra para mim, minha pequena Ameixa. Mexa junto comigo.

Hanna relaxou, subindo mais as pernas por minha cintura, facilitando para eu ir mais fundo, e então nós dois soltamos um gemido ao mesmo tempo. Ela experimentou mexer os quadris, puxando-me inteiramente para dentro, e a sensação de suas coxas quentes pressionadas contra meus quadris me fez soltar um gemido alto.

- Não acredito que estamos fazendo isso - ela sussurrou, parando de repente em baixo de mim.

- Eu sei - e beijei seu queixo, o rosto, o canto dos lábios.

Ela concordou e me puxou para cima, inconscientemente dizendo com seu corpo que desejava que eu me mexesse.

Comecei num ritmo fácil, mergulhando na sensação de seu calor. Aumentei a passada, chupando seu pescoço com força, gemendo como um selvagem, então diminuí a velocidade até parar, beijando-a profundamente, sentindo a maneira como suas mãos exploravam minhas costas, minha bunda, meus braços, meu rosto.

- Você está bem? - eu perguntei, voltando a me mexer devagar. - Está doendo?

- Estou bem - ela sussurrou, virando o rosto em minha mão quando eu arrumei uma mecha de cabelo molhado em sua testa.

- Você está tão perfeita debaixo de mim.

Eu queria intensificar seu desejo e fazê-la gozar com uma explosão. Ela começou a tremer quando acelerei, mas gemeu frustrada quando diminuí a velocidade novamente. Mas eu sabia que ela confiava em mim, e eu queria mostrar o quanto poderia ser melhor se não houvesse pressa, se não tivéssemos mais nada para fazer além de sexo nas próximas *horas*.

Eu a beijei, chupei sua língua, roubei cada som de sua boca, engolindo-os com toda a minha ganância. Eu adorava seus gemidos roucos, suas súplicas intermináveis e a maneira como ela me deixava conduzir nossa transa. A realidade de *estar com ela*, suada e solícita, acabou com minha calma, e eu tive que acelerar dentro dela de um jeito desesperado. Ela respondeu espelhando meus movimentos, se arqueando em mim, e eu sabia que ela estava chegando perto de outro orgasmo, mas agora eu não conseguia parar nem ir mais devagar.

- Está gostando? - eu disse entre meus dentes, pressionando meu rosto em seu pescoço.

Ela apenas confirmou com a cabeça, sem conseguir usar palavras, com as mãos agarrando minha bunda e as unhas cravadas em minha pele. Puxei sua perna para cima até o joelho chegar ao ombro, então enfiei o mais rápido e forte e próximo de seu corpo que eu conseguia.

A maneira como seu orgasmo se anunciou foi selvagem, irreal, *explosiva*, primeiro como um rubor, depois com seus músculos tencionando até ela tremer, suada e implorando com palavras ininteligíveis.

- É isso - sussurrei, lutando para segurar meu próprio prazer. - Vai, minha Ameixa, você está quase lá...

Vi seus olhos se fecharem com força, sua boca se abrir e seu corpo se arquear enquanto ela gritava no clímax. Continuei me mexendo, dando a ela o máximo de prazer que eu conseguia arrancar do meu corpo.

Seus braços caíram para o lado, pesados, e eu me apoiei em minhas mãos, olhando agora para onde nos juntávamos, sentindo seus olhos sobre meu rosto.

- Will - ela disse ainda ofegando, com um tom de felicidade sensual em sua voz. - Meu *Deus*.

- Oh, merda, isso é bom demais. Você está tão molhada.

Hanna estendeu um braço e deslizou um dedo na minha boca para eu sentir seu sabor. Levei minha mão entre nós e massageei seu clitóris, sabendo que ela logo ficaria dolorida, mas precisando senti-la gozar comigo mais uma vez.

Após apenas alguns minutos, ela se dobrou novamente e seus quadris começaram a se mexer mais rápido com meu ritmo.

- Will... eu...

- Shh - eu sussurrei, olhando para a minha mão se movendo sobre ela e meu pau deslizando para dentro e para fora. - Me dê mais um.

Fechei os olhos, deixando minha mente mergulhar nas sensações de suas coxas tremendo agarradas a mim e dos apertos rítmicos de seu sexo, enquanto ela gozava de novo com um grito rouco e surpreso. Soltei meu último limite de autocontrole, entrando mais fundo e mais forte, prolongando o orgasmo dela com meu polegar em seu clitóris. Hanna jogou a cabeça para trás no travesseiro, ainda com as mãos na minha bunda, puxando-me para frente enquanto ela se mexia contra mim. Seus olhos estavam fechados com força, os lábios bem abertos e os cabelos se derramavam para todos os lados pelo travesseiro. Nunca vi nada mais lindo em toda a minha vida.

Hanna arrastou as unhas pelas minhas costas, olhando meu rosto, fascinada. Aquele toque áspero, o corpo macio e os olhos arregalados e extasiados foram demais para mim.

– Diga que isso é bom – ela sussurrou, com lábios inchados e molhados, rosto corado e cabelos úmidos de suor.

– Muito bom – respondi, quase grunhindo como um animal. – Não consigo... não consigo nem pensar direito.

Ela cravou ainda mais as unhas, e com aquela dor e prazer que ela me proporcionava eu sabia que não aguentaria por muito mais tempo. Senti o orgasmo chegando pelas minhas veias, quente e frenético.

– Mais forte – implorei.

Ela se inclinou em mim, mordendo meu ombro até chegar ao peito.

– Goze agora – ela disse, ofegando e arranhando as unhas em minhas costas de uma maneira possessiva. – Quero *sentir* você gozando.

Foi como se eu fosse ligado a uma tomada, cada centímetro da minha pele se acendeu com uma eletricidade fantástica. Olhei subindo por seu corpo: os seios se movendo com a força das minhas estocadas, a pele perfeita molhada de suor, marcas vermelhas dos meus dentes por todo o pescoço, ombros e queixo. Mas quando olhei em seus olhos, eu me perdi de vez. Ela estava me encarando, aquela garota que eu via todas as manhãs, por quem eu me apaixonava cada vez mais sempre que ela abria a boca.

Aquilo era *real*. Com um grito, eu desabei sobre ela, cheio de um prazer tão intenso que eu mal registrei o calor de seus braços envolvendo meus ombros, nem seu beijo em meu pescoço, quando fiquei imóvel em cima dela, ou o sussurro em meu ouvido:

– Quero que você fique assim para sempre.

– Nunca deixe de ser tão sincera – eu murmurei, arrastando meu olhar para seu rosto. – Nunca deixe de pedir tudo que você quer.

– Pode deixar – ela sussurrou. – Hoje eu te peguei de jeito, não é mesmo?

E assim, de repente, Hanna se tornou minha dona.

Onze

Acordei com o colchão se movendo e o som das molas chiando enquanto Will se levantava da cama.

Uma luz azul fraca entrava pela janela, e eu pisquei na escuridão, tentando reconhecer o espaço ao redor – enxerguei a porta, o armário e a silhueta de Will desaparecendo no banheiro.

Sem acender nenhuma luz, ouvi a água correndo e a porta do chuveiro abrindo e fechando. Considerei me juntar a ele, mas eu não conseguia me mexer: meus músculos pareciam de borracha, meu corpo estava pesado e afundando no colchão. Havia uma sensação profunda e diferente entre minhas pernas, e eu me espreguicei, apertando as coxas juntas para sentir aquilo de novo. Para lembrar depois. Meu quarto tinha cheiro de sexo e de Will: eu sentia até uma tontura com o perfume inebriante e a ideia de que ele estava nu tão perto de mim, apenas do outro lado da parede. Braços, pernas e barriga, duros como granito. Qual era o protocolo para momentos como este? Será que eu teria sorte o bastante para ele voltar e começarmos tudo de novo? É assim que isso funciona?

Meus pensamentos voaram até Kitty e Kristy, e fiquei imaginando se nossa noite juntos foi igual a todas as noites que ele passou com tantas outras mulheres. Se ele pegou do mesmo jeito, fez os mesmo sons, ofereceu as mesmas promessas. Will não passava *todas* as noites comigo, mas é verdade que nos encontrávamos bastante. Então, quando ele se encontrava com elas? Uma parte de mim queria perguntar, para que eu soubesse especificamente como ele encaixava todas nós em sua vida. Mas uma parte maior achava melhor não saber.

Passei a mão em meus cabelos emaranhados e pensei na noite passada: em Dylan e no nosso encontro desastroso, em Will e em como eu me senti ao perceber que ele ficou o tempo todo na frente do meu prédio. Preocupado. Esperando. Querendo. Pensei nas coisas que fizemos e em como ele fez eu me sentir. Eu não sabia que sexo podia ser assim tão bom: ao mesmo tempo rude e carinhoso e demorando uma *eternidade*. Foi algo selvagem; suas mãos e dentes me deixaram deliciosamente marcada, e houve momentos em que pensei que fosse me despedaçar em milhões de pedaços se não o sentisse entrar ainda mais fundo.

Ouvi o som familiar da torneira se fechando e virei meu rosto em direção à porta do banheiro. O barulho da água se extinguiu, e o silêncio voltou a tomar o quarto. Fiquei ouvindo enquanto ele pegava uma toalha e secava o corpo.

Não consegui tirar os olhos dele quando ele apareceu, seu corpo nu movendo-se por uma faixa de luz da lua. Eu me sentei na beira da cama. Ele parou bem na minha frente, com seu pau acordando enquanto eu olhava vidrada.

Will estendeu o braço e acariciou meus cabelos bagunçados. Depois correu a ponta do dedo por meu rosto até chegar aos lábios, onde tracejou cada curva. Ele não se abaixou para me olhar nos olhos. Era como se ele soubesse que eu estava estudando-o. Como se *quisesse* que eu apenas olhasse.

Juro que podia ouvir meu próprio coração batendo forte. Eu queria tocá-lo. Mais do que isso, eu queria sentir seu *sabor*.

– Parece que você quer colocar sua boca em mim – ele disse, com a voz rouca e grave.

Engolindo em seco, eu confirmei.

– Quero saber qual é o seu gosto.

Ele deslizou a mão por sua extensão e deu um passo a frente, raspando a cabeça do pau nos meus lábios, pintando minha pele com a umidade que havia ali. Quando estiquei a língua para sentir o gosto, ele soltou um gemido grave, passando a mão para cima e para baixo em sua base enquanto eu envolvia a cabeça com minha boca, lambendo de leve.

– Isso – ele sussurrou. – Assim... isso é *muito* bom.

Não sei o que eu estava esperando, mas não era isto: ficar tão excitada pelo ato em si, ou o quanto eu me senti poderosa por ser a pessoa que fazia este homem lindo gemer tanto. As mãos dele mergulharam no meu cabelo, e eu fechei os olhos. Sua respiração se tornou entrecortada enquanto eu movia a boca engolindo-o cada vez mais. E então, ouvi Will engolir e perder a respiração ofegando fortemente.

– Pare, pare – ele disse, dando um passo para trás. Parecia que ele tinha acabado de correr uma maratona. – Você não faz ideia do quanto gosto de ver você brincando desse jeito. Essa sua boca, a língua, Hanna... – ele acariciou meu queixo com o polegar. – Mas quero ter cuidado com você na primeira vez que você me toma na boca, e agora estou me sentindo maluco demais, e egoísta demais.

Eu sabia exatamente como ele se sentia. Meu corpo todo vibrava, minha pulsação batia forte em meu pescoço e apertei minhas coxas juntas novamente, sentindo aquele desejo impaciente voltar a crescer a cada segundo.

Ele se abaixou e me beijou, sussurrando:

– Vire-se, minha Ameixa. Quero você com o rosto no travesseiro e a bunda para cima.

Só consegui assentir, girando meu corpo de barriga para baixo, com minha mente enevoada demais para formular alguma resposta. O colchão afundou e senti Will atrás de mim, ajeitando-se entre minhas pernas abertas. Suas mãos deslizaram pelo interior das minhas coxas e sobre minha bunda. Ela agarrou minha cintura, pressionado os dedos na minha pele enquanto me puxava até eu me apoiar nos joelhos e ficar na posição que ele queria. Eu podia sentir o quanto estava molhada, sentia nas pontas de seus dedos enquanto ele os movia pelo meu corpo. Meu coração batia com força em meu peito e tentei desligar qualquer outra sensação além do calor de sua pele, o raspar de seus lábios e os cabelos nas minhas costas.

Sempre entendi por que as mulheres queriam Will. Ele não era bonito como Bennett ou carinhoso como Max. Will era visceral e imperfeito, sombrio e *conhecedor*. Ele passava a impressão de que olhava para uma mulher e entendia imediatamente todas as necessidades dela.

Mas agora eu sabia por que as mulheres realmente perdem a cabeça por causa dele. Porque no final, ele *conhece mesmo* todas as necessidades de uma mulher, inclusive as minhas. Ele me arruinou para qualquer outro homem, mesmo antes do primeiro toque. E quando se inclinou atrás de mim, raspando os lábios na minha orelha – não exatamente num beijo –, e perguntou: "Você acha que vai gritar de novo quando gozar dessa vez?", eu *enlouqueci* completamente.

Will estendeu o braço e pegou uma camisinha. Ouvi a embalagem sendo rasgada e o desenrolar em seu pau. Eu ainda lembrava os detalhes daquela fina camada de látex tão impossivelmente apertada cobrindo toda a extensão de seu membro. Eu queria que ele se apressasse. Queria que fosse logo e me comesse, que apagasse esse fogo que eu sentia.

– Posso ir mais fundo desse jeito – ele disse, abaixando-se para beijar minhas costas novamente. – Mas me avise se estiver machucando, certo?

Assentindo freneticamente, empurrei meu corpo para trás em suas mãos, implorando para ele matar a minha fome.

A palma de sua mão estava mais fria do que eu esperava, e eu ofeguei surpresa quando ele pressionou a base das minhas costas, estabilizando meu corpo. Eu estava tremendo? Na escuridão, eu podia ver minha mão contra a brancura do lençol, agarrando o tecido com toda a força que eu tinha.

– Quero que você apenas aproveite – ele disse, como se pudesse ouvir meus pensamentos, com a voz tão grave que parecia mais vibração do que som. – Agora quero você só para mim.

Senti os músculos sólidos de suas pernas e a ponta de seu pau enquanto ele se ajeitava. Em cada raspar de nossas peles, eu me arqueava mais, erguendo minha bunda para mudar o ângulo e torcendo para que desta vez, *desta vez* ele pudesse entrar dentro de mim.

Senti também sua boca em meu ombro, descendo pelas costas e arranhando as costelas. Ainda era muito cedo, meu quarto estava muito frio, e eu tremia quando o ar tocava a pele onde ele havia acabado de beijar, lamber e morder.

E quando ele sussurrou em meu ouvido dizendo o quanto eu ficava incrível nessa posição e o quanto ele me desejava, pensei que meu coração fosse explodir em meu peito. Era tão diferente dessa maneira, com ele atrás de mim, longe da minha vista. Eu não conseguia avaliar sua expressão nem tinha a segurança de seu olhar vidrado em meu rosto. Tive que fechar os olhos e prestar atenção em suas mãos, no quanto elas tremiam, em quão rígidas pareciam quando ele acariciava meu clitóris. Ouvi atentamente sua respiração acelerada e seus curtos grunhidos, pressionei meu corpo nele e senti meu peito se contorcer de prazer quando o contato entre suas coxas e minha bunda o fez soltar um longo gemido.

Ele era tão grosso, tão *duro*. Quase perdi minha respiração enquanto ele se posicionava contra minha pele sensível e – *finalmente* – entrava devagarinho em mim.

– *Ah*!

Foi um som que parecia arrancado da minha garganta, pois era a única palavra que eu conseguia pensar.

Ah, eu não sabia que seria assim.

Ah, dói, mas de um jeito delicioso.

Ah, por favor, não pare nunca. Quero mais, mais.

Como se ele ouvisse essas palavras, Will se ajeitou ainda mais contra minha pele, movendo-se mais devagar, mais fundo. Estávamos apenas começando, mas já era bom demais, perfeito demais. Eu o sentia se arrastar até o fundo, muito perto daquele ponto especial, deixando-me à beira de uma pequena explosão.

– Você está bem? – ele perguntou, e eu confirmei em silêncio, completamente em êxtase.

Will começou a se mover novamente, desta vez com pequenas estocadas do quadril que me empurravam cada vez mais para frente no colchão, levando-me para o ponto onde tudo dentro de mim ameaçava se despedaçar.

– Merda, olhe para você.

Senti sua mão em meu ombro e depois em meus cabelos, com os dedos entrelaçando nas mechas e puxando para me manter exatamente onde ele queria.

– Abra mais as pernas – ele gemeu. – Apoie nos cotovelos.

Obedeci imediatamente, soltando um grito com a profundidade da posição. Um calor se acumulou em meu estômago e entre minhas pernas diante da ideia de Will usar meu corpo do jeito que quisesse para sentir prazer. Eu tinha absoluta certeza de que nunca em minha vida me senti tão sexy.

– Eu sabia que seria assim – ele disse.

Eu nem conseguia compreender direito as palavras. Eu sentia como se fosse desmaiar, então deslizei os braços para frente, pressionei meu rosto no travesseiro e levantei ainda mais minha bunda enquanto ele continuava me comendo. A fronha estava fria contra meu rosto, e fechei os olhos, lambendo os lábios enquanto ouvia os sons de nossos corpos se movendo juntos. Ele era tão bom. Estiquei meus braços e agarrei com força a cabeceira da cama: eu sentia meu corpo tão alongado debaixo dele que era como se fosse se partir em dois quando eu gozasse.

Seus cabelos molhados raspavam minhas costas, e fiquei imaginando como ele estaria: pairando sobre mim, com os braços suportando seu peso enquanto ele se inclinava sobre meu corpo trêmulo, entrando em mim repetidamente, fazendo minha cama balançar debaixo de nós.

Eu me lembro de quando costumava me esconder debaixo dos lençóis e imaginar exatamente isto, tocando a mim mesma, ainda inexperiente, até gozar. Parecia igual – tão safado e proibido, mas ainda melhor do que qualquer fantasia ou sonho secreto.

– Diga o que você quer, minha Ameixa – ele disse, com a voz tão rouca que estava quase inaudível.

– Mais – eu disse sem nem perceber. – Mais *fundo*.

– Toque a si mesma – ele respondeu. – Não vou gozar sem você.

Deslizei minha mão entre o colchão e meu corpo suado e encontrei meu clitóris, macio e inchado. Ele estava tão perto de mim, perto o bastante para eu sentir o calor de sua respiração e sua pele molhada. Podia sentir os músculos tremendo, as mudanças na respiração e os sons cada vez mais altos enquanto ele mudava o ângulo dos quadris e entrava tão fundo que minhas costas se arquearam até o limite, quase involuntariamente.

– Goze para mim, Hanna – ele disse, acelerando os movimentos.

Levou apenas um instante e mais algumas carícias dos meus dedos para eu gozar, com sons presos na garganta, e tomada por uma onda que se abateu em mim tão fortemente que juro que senti até meus ossos tremendo.

Um zumbido surgiu em meus ouvidos, mas então senti a batida de sua pele contra a minha e como seus músculos tencionaram atrás de mim um pouco antes de soltar um longo gemido em meu pescoço.

Eu estava exausta; sentia os membros soltos e as juntas prestes a se partirem. Minha pele formigava de calor, e eu estava tão cansada que nem conseguia abrir os olhos. Senti Will segurar a base da camisinha antes de sair de mim. Ele se levantou da cama e foi até o banheiro. Então, ouvi novamente o barulho da água.

Quando o colchão afundou e o calor de seu corpo retornou, eu mal estava consciente.

Abri meus olhos ao sentir o cheiro de café e ouvir o som da louça tilintando na cozinha. Pisquei olhando para o teto enquanto os últimos resquícios do meu sono profundo davam lugar à realidade da noite passada.

Ele ainda está aqui, foi meu primeiro pensamento, seguido de: *E agora, o que é que eu faço?*

A noite passada aconteceu naturalmente; eu desliguei meu cérebro e fiz o que era gostoso, fiz o que eu queria. E o que eu queria era *ele*, e por algum motivo ele me queria de volta. Mas agora, com o sol entrando pela janela e o mundo acordado e girando lá fora, eu fui preenchida por incertezas, sem saber quais eram os novos limites entre nós.

Meu corpo estava dolorido nos lugares mais aleatórios possíveis. Sentia como se tivesse feito mil flexões. Minhas coxas e ombros doíam. Minhas costas estavam travadas. E entre minhas pernas eu estava sensível e latejando, como se Will tivesse entrado em mim por horas e horas durante o breu da noite.

Quem diria.

Saí lentamente da cama, entrei no banheiro na ponta dos pés e cuidadosamente fechei a porta, estremecendo quando o clique da fechadura pareceu mil vezes mais alto do que o normal.

Eu não queria que as coisas ficassem estranhas entre nós, nem queria arruinar o clima confortável que sempre sentimos um com o outro. Não sei o que seria de mim se eu perdesse isso.

Depois de escovar os dentes e pentear o cabelo, vesti um calção e uma camiseta regata e andei até a cozinha, decidida a dizer que eu conseguia fazer isso e nada precisava mudar.

Will estava de pé em frente ao fogão vestindo apenas sua cueca preta, com as costas viradas para mim, preparando o que pareciam ser panquecas.

– Bom dia – eu disse, cruzando a cozinha e indo direto para o café.

– Bom dia – ele disse, sorrindo para mim. Will se aproximou e agarrou o tecido da minha camiseta, puxando meu corpo para me dar um rápido beijo nos lábios. Ignorei o calor em meu estômago e peguei uma caneca, tomando cuidado para manter um bom espaço entre nós.

Minha mãe fazia nosso café da manhã todos os domingos nesta cozinha quando passávamos as férias juntas, e sempre insistiu que fosse espaçosa o bastante para acomodar a crescente família. A cozinha era duas vezes maior do que qualquer outro local do prédio, com armários cor de cereja e piso acolhedor. As grandes janelas tinham vista para a Rua 101; o balcão era enorme e acomodava bancos para todos. O topo de mármore do balcão sempre me pareceu grande demais para o apartamento e um desperdício de espaço, agora que apenas eu morava aqui. Mas com a memória da noite passada se repetindo em minha mente, e com seu corpo quase nu tão perto de mim, eu sentia como se estivesse dentro de uma caixa de sapatos, como se as paredes estivessem se fechando e me empurrando para cada vez mais perto desse homem estranho e sexy. Eu definitivamente precisava de um pouco de ar.

– Faz tempo que você acordou? – eu perguntei.

Ele deu de ombros, flexionando os músculos dos ombros e costas. Eu podia ver a ponta da tatuagem que envolvia suas costelas.

– Um pouco.

Olhei para o relógio. Ainda era cedo, cedo demais para acordar num domingo, principalmente depois de uma noite como a nossa.

– Não conseguiu dormir?

Ele virou uma das panquecas e colocou mais duas num prato.

– Mais ou menos.

Enchi minha caneca de café sem desviar os olhos do líquido negro que fumegava em meio a um raio de sol. A mesa do balcão estava posta, com dois pratos e copos de suco de laranja. A imagem de suas outras *não namoradas* me atingiu por um instante e fiquei pensando se isto era parte de sua rotina lapidada com o passar dos anos: preparar o café da manhã antes de deixá-las sozinhas em seus apartamentos vazios com pernas bambas e um sorriso bobo no rosto.

Sacudi minha cabeça de leve e ajeitei meus ombros.

– Estou feliz por você ainda estar aqui – eu disse.

Ele sorriu e raspou o resto da massa de panquecas da tigela.

– Legal.

Ficamos num silêncio confortável enquanto eu adicionava creme e açúcar antes de me sentar num dos bancos.

– Quer dizer, eu me sentiria ridícula se você tivesse ido embora. Assim é mais fácil.

Will virou a última panqueca e falou sobre o ombro:

– Mais fácil?

– Menos embaraçoso.

Eu sabia que precisava manter a casualidade e impedir que isso se tornasse uma *coisa* entre nós. Eu não queria que ele pensasse que eu não conseguiria lidar com o que fizemos.

– Não sei se estou entendendo, Hanna.

– É mais fácil fazer essa parte agora, a parte constrangedora do *eu-vi-você-pelado*, em vez de fazer depois, vestidos e tentando esconder a vergonha.

Eu o vi parar e olhar para a tigela vazia, obviamente confuso. Will não concordou ou riu, nem agradeceu por eu falar isso antes que ele precisasse dizer. E agora era eu quem estava claramente confusa.

– Você me acha um cafajeste, não é? – ele disse, finalmente se virando para me encarar.

– Por favor. Você sabe que para mim você praticamente caminha sobre as águas. Não quero que você fique encanado ou pensando que eu espero que as coisas mudem entre nós.

– Eu *não* estou encanado.

– Estou só dizendo que eu sei que a noite passada significou coisas diferentes para nós dois.

Ele franziu a testa.

– E o que significou para você?

– Para mim, foi algo maravilhoso. Um lembrete de que, mesmo falhando miseravelmente com o Dylan, eu consigo me divertir com um homem. Eu consigo me desprender e apenas aproveitar. Sei que provavelmente isso não mudou quem você é, mas sinto que alguma coisa mudou para mim. Então, eu agradeço.

Os olhos de Will se arregalaram.

– E quem exatamente você acha que eu sou?

Andei até ele e me estiquei para beijar seu queixo. Seu celular tocou em cima do balcão, e o nome "Kitty" apareceu na tela. Então, *isso* foi a resposta que ele queria. Respirei fundo e tomei um tempo para encaixar tudo em minha mente.

E então eu comecei a rir, acenando para o celular que continuava a vibrar.

– Um homem que é bom de cama por uma razão.

Sua expressão estava séria quando pegou o celular e o desligou.

– Hanna – ele disse, puxando-me de volta e beijando demoradamente meu rosto. – A noite passada...

Suspirei com a facilidade com que nossos corpos se encaixavam e o quanto meu nome soava perfeito em sua boca.

– Você não precisa explicar, Will. Desculpa por deixar as coisas esquisitas.

– Não, eu...

Pressionei dois dedos em seus lábios.

– Deus, você deve odiar o clima pós-sexo, mas juro que eu não preciso de nada. Eu consigo lidar com isso, Will.

Seus olhos buscaram meu rosto, e fiquei imaginando o que ele enxergava. Será que não acreditava em mim? Beijei suavemente seu queixo, sentindo a tensão sumir de seu corpo.

Suas mãos pousaram na minha cintura.

– Estou feliz por você estar bem – ele finalmente disse.

– Estou, prometo. Sem clima estranho.

– Sem clima estranho – ele repetiu.

Doze

Eu só deixava de correr se estivesse mortalmente doente ou se tivesse um avião para pegar logo cedo. Então, na segunda-feira de manhã, eu me odiei um pouco por desligar o alarme e continuar na cama. Eu simplesmente não queria encontrar Hanna.

Mas assim que esse pensamento me veio, tive que reconsiderar sua validade. Eu não queria encontrar *Ziggy*, com seus peitos pulando e falando pelos cotovelos, como se não tivesse me destruído no sábado com seu corpo e palavras e necessidades, tudo isso disfarçado de *Hanna*. E eu sabia que se Ziggy aparecesse agindo como se nada tivesse acontecido, isso iria me levar ainda mais para o fundo do poço.

Fui criado por mãe solteira, com duas irmãs mais velhas que não me davam outra escolha a não ser entender as mulheres, conhecer as mulheres, *amar* as mulheres. Em um dos meus dois relacionamentos sérios que já tive, conversei com minha namorada sobre a possibilidade de esse conforto com as mulheres ter funcionado muito bem para mim quando cheguei à adolescência e por isso acabei querendo transar com todas as garotas que eu encontrava. Acho que essa namorada tentou me dizer de um jeito não muito discreto que eu manipulava as mulheres fingindo que ouvia os problemas delas. Não pensei muito nisso desde então; nós terminamos o namoro pouco depois.

Mas esse conforto com o sexo oposto parecia que não ajudava muito em relação a Hanna. Ela parecia uma criatura diferente, de uma *espécie* diferente. Tornava toda a minha experiência completamente inútil.

Por algum motivo, quando voltei a dormir, comecei a sonhar que estava transando com ela em cima de uma pilha gigante de material esportivo. Um taco de lacrosse batia em minhas costas, mas eu não me importava. Apenas fiquei observando ela me cavalgar, com olhos colados aos meus, as mãos se movendo por todo meu peito.

Meu celular tocou ao meu lado e eu acordei de repente. Olhando para o relógio, percebi que dormi demais; eram quase oito e meia. Atendi sem olhar, pensando que era Max perguntando onde diabos eu estava.

- Calma, cara. Vou chegar dentro de uma hora.

- Will?

Merda.

- Ah, oi.

Meu coração se apertou tanto que eu soltei um grunhido que precisei abafar com a mão.

- Você ainda está dormindo? - Hanna perguntou. Ela parecia sem fôlego.

- Eu *estava*.

Ela fez uma pausa, onde pude até ouvir o vento do outro lado da linha. Ela estava ao ar livre e sem fôlego. Foi correr sem mim.

- Desculpa te acordar.

Fechei os olhos e pressionei meu punho em minha testa.

- Esquece.

Ela permaneceu quieta por um longo e doloroso tempo, e nesse intervalo imaginei várias conversas entre nós. Uma em que ela me dizia que eu era um idiota. Uma em que ela se desculpava por insinuar que eu fui insensível em relação à nossa noite juntos. Uma em que ela tagarelava sem nenhum assunto em particular, bem ao estilo Ziggy. E uma em que perguntava se podia vir até meu apartamento.

- Acabei de correr um pouco - ela disse. - Achei que você já tinha começado e então pensei em encontrar você pela trilha.

- Você achou que eu começaria sem você? - eu perguntei, rindo. - Isso seria uma falta de educação.

Ela não respondeu, e então percebi que o que eu fiz - não aparecer e nem avisar - era tão ruim quanto.

- Merda, Ziggs, desculpa.

Ela ofegou de um jeito exagerado.

- Ah, então eu sou a Ziggy hoje. Interessante.

- Pois é - murmurei, e então odiei a mim mesmo imediatamente. - Não. *Merda*, não sei quem você é hoje - e chutei meus lençóis para longe, forçando meu cérebro a acordar de uma vez. - Minha cabeça fica bagunçada quando chamo você de Hanna.

Me faz pensar que você é minha, pensei, sem dizer em voz alta.

Rindo alto, ela começou a andar novamente, fazendo o vento bater ainda mais forte no telefone.

- Supere logo sua ansiedade masculina, Will. Nós transamos. Você é o cara que sabe melhor do que ninguém como lidar com nossa situação. Não estou pedindo uma chave do seu apartamento.

Ela fez uma pausa e meu coração quase parou quando percebi como ela estava avaliando o meu distanciamento. Ela achava que eu estava esfriando as coisas. Abri minha boca para esclarecer tudo, mas as palavras dela surgiram antes.

- Não estou nem pedindo para repetirmos a dose, seu idiota egocêntrico.

E com isso, ela desligou.

—

Pedi para mudarmos nosso almoço de sempre das terças-feiras para a segunda-feira dizendo que eu tinha perdido minha coragem e minha cabeça, e ninguém reclamou. Cheguei num nível de coração partido que já não era mais engraçado para meus amigos.

Encontramo-nos no Le Bernardin, pedimos o de sempre, e a vida parecia prosseguir normalmente. Max beijava Sara até ela o afastar. Bennett e Chloe fingiam odiar um ao outro por causa da salada que ela insistia em oferecer a ele, encenando aquela esquisita sessão de preliminares que eles sempre faziam. A única coisa que parecia diferente era minha bebida alcoólica, que terminava em menos de cinco minutos, e o garçom me olhava feio quando eu pedia outra.

- Acho que eu sou Kitty - eu disse, assim que o garçom foi embora. Quando a conversa parou de repente, percebi que meus amigos estavam conversando alegremente sobre qualquer coisa enquanto meu cérebro lentamente derretia ao lado.

- Com a Hanna - esclareci, buscando algum tipo de compreensão em seus rostos. - *Eu* sou Kitty. Eu sou a pessoa dizendo que não se importa em apenas transar sem nada mais sério, só que na verdade eu me importo sim. Eu sou a pessoa dizendo que aceita transar só nas terças-feiras, em dias ímpares, só para ter um tempo com ela. *Ela* é a pessoa dizendo que não precisa de um relacionamento sério.

De repente, Chloe colocou a palma da mão na frente do meu rosto.

- Espera aí, William. Você está *transando* com ela?

Eu me ajeitei na cadeira, arregalando os olhos num tom defensivo.

- Ela tem vinte e quatro anos, não é mais nenhuma adolescente, Chloe. Qual é o problema?

- Eu não me importo que você esteja transando com ela, eu me preocupo porque vocês transaram e ela não ligou para nós imediatamente. Quando isso aconteceu?

- Calma. Foi no sábado. Dois dias atrás - eu murmurei.

Ela se recostou e sua expressão se acalmou um pouco.

Relaxando, estendi o braço para pegar meu drinque assim que o garçom o colocou na mesa. Mas Max foi mais rápido, tirando-o do meu alcance.

- Temos uma reunião hoje à tarde com Albert Samuelson e preciso que você esteja sóbrio.

Concordei, esfregando os olhos.

- Eu odeio todos vocês.

- Por estarmos certos? - Bennett resumiu corretamente.

Eu o ignorei.

- E você afinal terminou com Kitty e Kristy? - Sara perguntou gentilmente.

Merda. De novo isso?

Balancei a cabeça.

- Por que eu terminaria? Não existe nada entre Hanna e eu.

– Não existe nada, exceto os seus *sentimentos* por ela – Sara pressionou, juntando as sobrancelhas. Eu odiava sua reprovação. De todos os meus amigos, Sara só me repreendia quando eu realmente merecia.

– Só acho que é melhor não criar mais drama – eu disse, mesmo sabendo que era uma desculpa esfarrapada.

– A Hanna disse mesmo que não quer nada sério com você? – Chloe perguntou.

– Isso ficou bem óbvio depois do jeito que ela se comportou no domingo de manhã.

Max acrescentou:

– Odeio dizer o óbvio, meu amigo, mas por que você não fez aquilo que sempre faz e deixou as coisas claras antes de transar? Não é isso que você sempre diz sobre seus encontros casuais? Que é melhor discutir tudo antes para não sofrer depois?

– Não fiz isso porque é fácil ter essa conversa quando você sabe o que quer e o que não quer.

– Bom, então o que você *sabe*? – Max perguntou, virando de lado para dar espaço para o garçom colocar seu pedido na mesa.

– Sei que não quero que Hanna transe com mais ninguém – eu disse entredentes.

– Bom – Bennett interrompeu –, e se eu disser que vi Kitty claramente saindo com outro cara?

Senti um alívio me atingir.

– Você viu?

Ele balançou a cabeça.

– Não. Mas a sua reação diz muita coisa. Conserte as coisas com Hanna. Esclareça tudo com Kitty – e apanhando seu garfo, ele terminou dizendo: – E agora cale a boca e deixe a gente comer.

—

No dia seguinte, eu já estava de pé às cinco e quinze da manhã na frente do prédio de Hanna. Eu sabia que agora que ela tomou gosto pela corrida, ela não deixaria de sair para correr. Eu tinha que consertar as coisas com ela... apenas não sabia direito como fazer isso.

Ela parou de repente quando me viu, arregalando os olhos antes de vestir uma expressão calma no rosto.

- Ah. Oi, Will.

- Bom dia.

Ela começou a passar por mim, sem tirar os olhos da calçada. Seu ombro raspou no meu, e eu percebi que não foi de propósito.

- Espera - eu disse. Ela parou, mas não se virou para mim. - Hanna.

Ela suspirou.

- E hoje sou a Hanna de novo.

Andei até onde ela parou, fiquei em sua frente e pousei as mãos em seus ombros. Não deixei de notar a maneira como ela tremeu um pouco com meu contato. Era raiva ou a mesma excitação que eu sentia?

- Você *sempre* foi a Hanna.

Os olhos dela ficaram sombrios.

- Mas não ontem.

- Ontem eu estraguei tudo, certo? Quero me desculpar por não ter aparecido para nossa corrida e por ter feito papel de idiota.

Ela ficou me observando, com olhos desconfiados.

- Um idiota *épico*.

- Sei que sou eu quem deveria saber como me comportar nessa situação, mas eu preciso admitir que o sábado foi uma noite diferente para mim - ela suavizou o olhar e os ombros relaxaram. Eu continuei, com a voz num tom mais baixo: - Foi algo intenso, certo? E eu sei que parece loucura, mas fui pego de surpresa quando você agiu toda casual na manhã seguinte.

Soltei seus ombros e dei um passo para trás. Ela me olhou como se um chifre tivesse saído da minha cabeça.

- E como é que eu deveria agir? Esquisita? Raivosa? *Apaixonada*? - e balançando a cabeça, ela disse: - Não sei o que fiz de errado. Achei que tinha lidado bem demais. Achei que tinha agido exatamente como você me diria para agir se eu tivesse transado com qualquer outra pessoa.

Seu rosto ficou vermelho, e eu tive que me segurar para não abraçá-la.

Respirei fundo. Este era o momento em que eu poderia dizer: *Eu estou gostando de você de um jeito novo para mim. Estou lutando contra esses sentimentos desde o primeiro dia que te vi. Não sei o que esses sentimentos significam, mas quero descobrir.*

Mas eu não estava pronto para isso. Olhei para o céu. Eu me sentia perdido, sem saber o que fazer. Até onde eu sabia, talvez isso tudo viesse apenas do fato de que eu conhecia sua família há séculos: um sentimento de proteção, um desejo de ser cuidadoso com nossos sentimentos. Eu precisava de mais tempo para entender tudo isso.

– Conheço sua família há tanto tempo – eu disse, voltando a olhar em seus olhos. – É diferente de quando eu fico com uma garota qualquer, não importa o quanto quisermos que tudo seja casual. Você é mais para mim do que uma simples mulher com quem eu quero transar e... – esfreguei o rosto. – Estou apenas tentando ser cuidadoso, entende?

Eu queria chutar meu próprio traseiro. Eu estava agindo como um covarde. Tudo que eu disse era verdade, mas era apenas uma meia-verdade. Não era apenas porque eu a conhecia fazia tanto tempo. Era porque eu queria continuar a conhecê-la, desse jeito, por muitos anos.

Ela fechou os olhos por um instante e, quando os abriu de novo, estava olhando para o lado, para um ponto qualquer no horizonte.

– Certo – ela murmurou.

– Certo?

Finalmente ela olhou para mim e sorriu.

– Isso.

Hanna acenou com a cabeça para começarmos a andar. Nossos passos logo encontraram o mesmo ritmo, mas eu não fazia ideia de qual era a conclusão a que chegamos com essa conversa.

Pela primeira vez em meses, o dia estava lindo e, embora ainda estivesse muito frio, a sensação de primavera já estava no ar. O céu estava limpo, sem nuvens, apenas luz, sol e ar fresco. Após três quarteirões, comecei a ficar com calor e diminuí o passo, tirando minha camisa de manga longa e amarrando-a na cintura.

Ouvi o som de um tropeço e, antes de entender o que aconteceu, Hanna já estava estatelada no chão e parecia não conseguir respirar.

- Caramba, você está bem? - perguntei, ajoelhando ao seu lado e ajudando-a a sentar.

Levaram vários segundos desesperadores para ela conseguir respirar direito. Odiei a sensação mais do que qualquer coisa. Ela tropeçou num grande buraco na calçada e caiu feio, com os braços pressionados contra as costelas. A calça se rasgou no joelho e sua mão segurava o tornozelo.

Ela começou a gemer sem parar.

- Merda - eu murmurei, passando o braço debaixo dos joelhos e ao redor da cintura para erguê-la do chão. - Vou levar você para casa e colocar gelo nesse machucado.

- Estou bem - ela conseguiu dizer, tentando impedir que eu a carregasse.

- *Hanna.*

Agarrando minha mão, ela implorou:

- Não me carregue, Will, você vai quebrar os braços.

Eu tive que rir.

- Duvido. Você não é pesada, e o seu prédio fica logo ali.

Ela cedeu e envolveu os braços ao redor do meu pescoço.

- O que aconteceu, como você caiu?

Hanna ficou em silêncio, e quando abaixei a cabeça para olhar em seu rosto, ela riu.

- Você tirou a camisa.

Confuso, eu murmurei:

- Eu estava usando outra camiseta por baixo, sua boba.

- Não, estou falando das tatuagens - ela deu de ombros. - Fez frio nas últimas semanas. Eu apenas vi suas tatuagens algumas vezes, mas no sábado pude olhar *bastante* e fiquei pensando... e agora fui olhar de novo...

- E por isso você caiu? - eu perguntei, rindo, apesar da situação.

Gemendo, ela sussurrou:

- Sim. E cale a boca.

- Bom, você pode olhar as tatuagens enquanto eu te carrego - eu disse. - E sinta-se livre para mordiscar minha orelha enquanto isso - eu sussurrei, sorrindo. - Você sabe que eu gosto dos seus dentes.

Ela riu, mas não por muito tempo, e assim que eu percebi o que acabei de dizer, a tensão entre nós se tornou algo pesado. Carreguei Hanna pela calçada, e a cada passo, em silêncio, a tensão monstruosa crescia. Eu tinha citado tão casualmente o fato de que ela sabia do que eu gostava na cama, e agora nós dois sabíamos exatamente que estávamos indo até seu apartamento, onde transamos loucamente apenas três dias atrás.

Tentei pensar em alguma coisa para dizer, mas as únicas palavras que surgiam tinham a ver com *nós*, e *aquela noite*, e *ela*. Eu a coloquei no chão quando chegamos ao elevador e apertei o botão. As portas se abriram, e ajudei Hanna a mancar para dentro.

As portas se fecharam, apertei o botão do vigésimo terceiro andar e o elevador começou a subir. Hanna se encostou no mesmo canto da última vez em que estivemos nesta mesma situação.

- Você está bem? - eu perguntei num tom de voz baixo.

Ela assentiu, e tudo aquilo que dissemos neste mesmo elevador parecia preencher o silêncio como fumaça subindo do chão. *Quero ver você me chupando. Quero gozar na sua boca.*

- Você consegue mexer o tornozelo? - perguntei de repente, sentindo meu peito se apertar de tanto desejo de agarrá-la.

Ela assentiu novamente, com os olhos colados em mim.

- Está doendo, mas acho que está tudo bem.

- Mesmo assim - eu sussurrei. - É melhor colocar gelo.

- Certo.

As engrenagens do elevador chiavam; algo acima de nós se encaixou com um grande ruído.

Quero que você suba em cima de mim, masturbando-se, e então quero que goze no meu peito.

Lambi os lábios, finalmente deixando meus olhos se moverem até sua boca, com minha mente divagando com a lembrança de seus beijos. O eco de suas palavras era tão alto que parecia que eu as ouvia de verdade: *Sexo em todos os lugares do meu corpo. Quero morder você e sentir o quanto isso é bom.*

Eu me aproximei, imaginando se ela se lembrava de dizer: *Vamos transar e eu vou fazer tudo que você quiser, e não quero que seja bom apenas para mim, quero que seja bom para você também.* E se lembrava, fiquei pensando se ela podia ver em meus olhos que foi, *sim*, bom demais para mim; e isso me fazia querer ajoelhar na sua frente agora mesmo.

Chegamos ao seu andar e acabei deixando-a mancar sozinha pelo corredor, depois de muita insistência sua; foi uma maneira de tentar quebrar a tensão entre nós. Dentro do apartamento, peguei um saco de ervilha congelada e levei até seu quarto, fazendo-a se sentar no banheiro enquanto eu procurava debaixo da pia por algum antisséptico. Acabei achando apenas água oxigenada.

Sua calça estava rasgada apenas em um joelho, mas o outro joelho estava sujo o bastante para eu ter certeza de que os dois estavam machucados. Subi cada perna da calça, ignorando quando ela deu tapas na minha mão porque ainda não tinha se depilado.

– Eu não sabia que você iria tocar minhas pernas hoje – ela disse, rindo um pouco.

– Ah, para com isso.

Cuidando dos machucados com algodão, fiquei aliviado ao ver que não era tão grave. Estava sangrando, mas nada que não cicatrizasse em alguns dias sem deixar marcas.

Finalmente, ela olhou para baixo, esticando uma perna enquanto eu cuidava da outra.

– Parece que eu estava andando por aí de joelhos. Que desastre.

Peguei mais algumas bolas de algodão e passei a água oxigenada, tentando - mas falhando - esconder um sorriso.

Ela se abaixou um pouco para ter uma vista melhor do meu rosto.

- Você é tão pervertido, sorrindo para os meus joelhos machucados.

- *Você* que é pervertida, pensando por que estou sorrindo.

- Você gosta da ideia de deixar meus joelhos machucados? - ela perguntou, aumentando seu próprio sorriso safado.

- Desculpa - eu disse, balançando a cabeça com absoluta insinceridade. - Mas eu gosto, *sim*.

Seu sorriso se dissolveu lentamente, e ela correu um dedo em meu queixo, estudando a pequena cicatriz que eu tenho.

- O que aconteceu aqui?

- Foi na faculdade. Uma garota estava me chupando e de repente ela ficou maluca e mordeu meu pau. Daí eu bati a cabeça na cabeceira da cama.

Os olhos dela se arregalaram, horrorizados: era seu pior pesadelo sexual.

- *Sério*?

Comecei a rir, sem conseguir levar a história mais longe.

- Não, sua boba. Um cara me acertou com um taco de lacrosse no colegial.

Ela fechou os olhos, fingindo que não tinha achado graça, mas eu podia perceber que ela estava segurando uma risada. Então, ela olhou para mim.

- Will?

- Sim?

Joguei o último algodão fora e fechei o frasco de água oxigenada antes de soprar gentilmente seus joelhos. Depois da minha limpeza, achei que nem iria precisar de Band-Aid.

- Entendo o que você quis dizer sobre ser cuidadoso por causa da nossa história. E peço desculpas por ter agido de um jeito casual demais.

Eu sorri para ela, acariciando sua perna distraidamente, antes de perceber o quanto isso parecia familiar.

Ela mordeu o lábio inferior por um momento antes de sussurrar:

– Não consigo parar de pensar sobre sábado desde então.

Na rua, alguém buzinou, os carros andavam com pressa e as pessoas corriam para o trabalho. Mas no apartamento de Hanna, o mundo parecia feito apenas de silêncio. Nós dois apenas encarávamos um ao outro. Seus olhos pareciam cada vez mais ansiosos, e percebi que ela estava constrangida por eu demorar tanto para responder.

Eu não conseguia passar nenhum ar por minha garganta. Só depois de muito tentar, consegui apenas dizer:

– Eu também.

– Nunca pensei que poderia ser daquele jeito.

Eu hesitei, preocupado que ela não fosse acreditar quando repeti:

– Eu também.

Hanna ergueu a mão, fez uma pausa no ar e então estendeu o braço. Deslizando os dedos em meus cabelos, ela se aproximou e, com olhos abertos, pressionou a boca sobre a minha.

Meu coração batia com toda a força, minha pele esquentava e meu pau endurecia; meu corpo inteiro ficou tenso instantaneamente.

– Tudo bem? – ela perguntou, afastando-se com um olhar ansioso.

Eu a desejava com tanta força que até fiquei com medo de não conseguir ser gentil com ela.

– Merda, sim, está tudo bem. Eu estava preocupado que nunca mais teria você para mim.

Ela se levantou com as pernas trêmulas e tirou a camiseta. Sua pele brilhava com uma fina camada de suor, seus cabelos estavam desarrumados, mas eu não queria mais nada neste mundo além de me enterrar nela e senti-la se entregando para mim por horas.

– Você vai se atrasar para o trabalho – eu sussurrei, olhando vidrado enquanto ela tirava o sutiã.

– Você também.

- Dane-se.

Em seguida, ela tirou a calça. Rebolando para mim, ela se virou e mancou até o quarto.

Eu tirei minhas roupas enquanto andava atrás dela, chutando a calça para o lado e deixando tudo em pilhas pelo corredor. Hanna deitou na cama por cima das cobertas.

- Você precisa de mais primeiros socorros? - perguntei, sorrindo enquanto subia por cima dela, beijando o caminho entre a barriga e os seios. - Sente dor em mais algum lugar?

- Sim. E dou uma chance para você adivinhar onde.

Sem precisar pedir, estiquei o braço até o criado-mudo onde ficavam as camisinhas. Em silêncio, abri uma embalagem e entreguei a ela. Sua mão já estava aberta esperando.

- A gente devia fazer umas preliminares antes - eu disse em seu pescoço, mesmo sentindo ela começar a desenrolar a camisinha em mim.

- Na minha mente, estamos nas preliminares desde o domingo de manhã - ela sussurrou. - Acho que não preciso criar mais nenhuma expectativa.

Ela estava certa. Depois de me posicionar, Hanna voltou a me beijar e me puxou para dentro num único e demorado movimento dos quadris, agarrando minha bunda e me conduzindo cada vez mais rápido e forte.

- Gosto quando você está faminta assim - murmurei em sua pele. - Sinto que minha dose de você nunca é suficiente. Quero você sempre assim, por baixo, por cima, de todo jeito.

- Will...

Ela continuou me conduzindo, agora com as mãos em meus ombros.

Eu ouvia o farfalhar dos lençóis e os sons dos nossos corpos. Nada mais. O resto do mundo parecia não existir.

Hanna também estava quieta, olhando fascinada para onde eu entrava e saía dentro dela.

Deslizei a mão entre nós e acariciei onde ela era mais sensível, amando a maneira como arqueou as costas para fora da cama e agarrou a cabeceira procurando por algum apoio.

Com minha mão livre, agarrei seus pulsos e senti meu corpo se dissolver dentro dela, nós dois trabalhando no mesmo ritmo, totalmente molhados de suor. Chupei e mordi um seio, apertando seus pulsos e sentindo a familiar pressão do meu orgasmo surgindo de um jeito incontrolável. Comecei a estocar ainda mais forte e mais rápido, adorando o som dos meus quadris batendo contra suas coxas.

– Ah, minha Ameixa.

Seus olhos se abriram, cheios de excitação ao saber que meu orgasmo estava próximo.

– Quase – ela sussurrou. – Estou quase lá.

Massageei seu clitóris mais rápido, esfregando com três dedos, ouvindo seus pequenos gritos roucos cada vez mais altos e presos, o pescoço cada vez mais vermelho. Hanna livrou os pulsos para então gozar com um grito agudo, movendo os quadris loucamente junto comigo.

Eu me segurei por um fio, entrando fundo e forte até ela amolecer e relaxar, e só então eu me soltei, pronto para gozar.

Saí de dentro dela, tirei rapidamente a camisinha e a joguei para o lado antes de agarrar meu pau e começar a me masturbar.

Os olhos de Hanna ardiam com antecipação; ela se apoiou nos cotovelos, olhando diretamente para onde minhas mãos trabalhavam. Sua atenção e o óbvio prazer que sentia ao me observar... tudo isso foi demais para mim.

Um calor queimou subindo por minhas pernas, e eu dobrei minhas costas num movimento repentino. Meu orgasmo pulsou através de mim com uma força incrível, causando um grunhido em minha garganta enquanto eu gozava. Em minha mente, eu enxergava imagens de Hanna, com as coxas separadas debaixo de mim, a pele molhada, os olhos abertos dizendo sem palavras o quanto isso era bom. O quanto ela me queria.

Pulsando sem parar... até meu corpo não ter mais nada a oferecer.

Minhas mãos pararam e abri os olhos, sentindo tontura e perdendo o fôlego.

Seus olhos pareciam perdidos, cinzentos e sombrios. Hanna estava fascinada enquanto passava os dedos pela barriga e estudava meu orgasmo em sua pele.

- Will.

Meu nome surgiu em sua boca como uma súplica. Com certeza não iríamos parar agora de jeito nenhum.

Apoiei a mão no travesseiro ao lado de sua cabeça e a olhei de cima.

- Você gostou?

Ela assentiu, com o lábio inferior preso maliciosamente entre os dentes.

- Mostre. Toque a si mesma para mim.

Ela hesitou inicialmente, mas então sua incerteza se transformou em determinação. Fiquei olhando sua mão descer por seu corpo, encostando brevemente em meu pau ainda duro antes de deslizar dois dedos em seu clitóris, gemendo com o contato.

Passei minha mão lentamente pela lateral de seu corpo até chegar aos seios, onde chupei com vontade antes de dizer em seu ouvido para gozar para mim.

- Me ajuda - ela disse, com o olhar pesado.

- Eu não ajudo quando você está sozinha. Quero ver como você faz. Acontece que eu também gosto de observar.

- Quero que você observe *enquanto* ajuda.

Ela ainda estava tão quente por causa da fricção de nosso sexo; a pele macia e tão molhada. Com meus dedos dentro e os dela fora, nós encontramos um ritmo - ela esfregava enquanto eu entrava -, e aquilo foi a coisa mais incrível que já vi. Hanna se liberou intensamente, alternando seu olhar entre meu orgasmo em seu corpo e meu pau crescendo novamente.

Não demorou muito para ela chegar lá; logo estava pressionando contra minha mão, as pernas apertadas ao lado e lábios separados, quando explodiu num grito.

Ela ficava linda quando gozava, com a pele brilhando e os mamilos duros. Eu não resistia a tudo isso e precisava sentir o sabor de sua pele, mordiscando a parte de baixo dos seios e diminuindo a velocidade da minha mão enquanto ela relaxava.

Depois de tudo isso, ela tomou consciência de nossa aparência: cobertos de suor e meu orgasmo todo em cima dela.

- Acho que precisamos de um banho.

Eu ri.

- Acho que você está certa.

—

Mas não chegamos nem perto disso. Começamos a levantar, mas então eu beijei seu ombro, ela mordeu meu pescoço, e cada vez que tentávamos sair da cama, nós voltávamos imediatamente. E nessa brincadeira, a manhã se foi e o relógio já marcava onze horas. A essa altura, nós dois já tínhamos desistido de ir trabalhar.

Depois dos beijos pegarem fogo novamente, e depois de gozarmos juntos de novo, eu desabei ao seu lado, e ela ficou olhando para mim enquanto brincava com meu cabelo molhado.

- Você está com fome?

- Um pouco.

Ela começou a se levantar, mas eu a puxei de volta, beijando sua barriga.

- Mas não o suficiente para deixar você sair daqui.

Quando vi uma caneta no criado-mudo, não pensei duas vezes e a peguei, murmurando para ela não se mexer enquanto eu tirava a tampa com a boca e pressionava a ponta em sua pele.

Ela havia deixado uma fresta da janela aberta, e ficamos ouvindo os sons da rua enquanto eu desenhava em sua pele macia abaixo dos quadris. Ela não perguntou o que eu estava fazendo e nem parecia se importar. Suas mãos ainda acariciavam meus cabelos, depois desceram pelos ombros e percorreram meu queixo. Ela cuidadosamente tracejou meus lábios, minhas sobrancelhas, meu nariz.

Seria assim que ela me tocaria se fosse cega, explorando minhas feições para entender como tudo se encaixava.

Quando terminei, eu me afastei para admirar meu trabalho. Escrevi um fragmento da minha frase preferida, descendo pela cintura até quase as coxas.

Raridades para os raros.

Adorei a tinta negra em sua pele branca. Adorei ver minha caligrafia em seu corpo.

- Quero tatuar isto na sua pele.

- Nietzsche - ela sussurrou. - É uma boa citação, até.

- *Até*? - eu repeti, acariciando a pele abaixo, considerando tudo que eu podia fazer ali.

- Ele era um pouco misógino, mas até que escreveu alguns bons aforismos.

Caramba, o cérebro dessa mulher era demais.

- Por exemplo? - perguntei, soprando a tinta ainda molhada.

- A sensualidade ultrapassa muitas vezes o crescimento do amor, de forma que a raiz permanece fraca e arranca-se facilmente.

Uau. Olhei a tempo de ver seus dentes soltando o lábio e os olhos brilhando com satisfação. Isso foi interessante.

- Cite outra.

Ela correu a ponta do dedo na cicatriz em meu queixo e estudou meu rosto cuidadosamente.

- Nem tudo que brilha é ouro. Um brilho suave caracteriza o metal mais precioso.

Senti meu sorriso diminuir um pouco.

- No fim, você ama o desejo, não o desejado - ela inclinou a cabeça enquanto continuava a acariciar meus cabelos. - Você acha que isso é verdade?

Engoli em seco, sentindo-me encurralado. Eu estava perdido demais em meus próprios pensamentos para descobrir se ela estava selecionando frases que descreviam meu passado ou se estava apenas citando um pouco de filosofia clássica.

– Acho que às vezes é verdade.

– Mas "raridades para os raros"... – ela disse quase sussurrando, olhando para a própria cintura. – Gostei.

– Ainda bem.

Eu me debrucei sobre ela novamente para reforçar uma ou outra letra, cantarolando baixinho.

– Você ficou cantando essa música enquanto escrevia em mim – ela sussurrou.

– Fiquei?

Eu nem percebi o que estava fazendo. Depois de pensar um pouco, lembrei que a música se chamava "She talks to angels".

– Humm, é velha, mas é legal – eu disse, soprando sua barriga para secar a tinta.

– Eu me lembro da sua banda tocando essa mesma música.

Olhei para ela, tentando entender como isso podia ser possível.

– Uma gravação? Acho que nem *eu* tenho isso.

– Não – ela continuou sussurrando. – Ao vivo. Eu estava visitando o Jensen em Baltimore no fim de semana em que sua banda tocou. Ele disse que vocês sempre faziam *cover* de uma música diferente em cada show, daí nunca mais tocavam ela de novo. Fui lá só para ouvir essa música.

Havia uma hesitação em seus olhos quando ela disse isso.

– Eu nem sabia que você estava lá.

– Você me cumprimentou antes do show. Você já estava no palco, ajustando os instrumentos – ela sorriu, lambendo os lábios. – Eu tinha dezessete anos, e isso foi logo depois de você trabalhar com meu pai, durante o feriado de outono.

– Ah.

Fiquei imaginando o que a Hanna de dezessete anos pensou sobre aquele show. Até hoje eu me lembro desse dia. Nós tocamos muito bem, e a plateia foi incrível. Provavelmente foi um dos melhores shows que fizemos.

– Você estava tocando baixo – ela disse, traçando pequenos círculos em meu ombro. – Mas foi você quem cantou essa música. Jensen disse que raramente você cantava.

– É verdade.

Nunca fui um bom cantor, mas com essa música eu não me importava. A emoção era tudo.

– Vi você paquerando uma menina gótica na frente do palco. Foi engraçado. Nunca fiquei com tanto ciúme antes na vida. Acho que era porque você morou na nossa casa, e eu sentia que você era só nosso, ou algo assim – ela sorriu. – Deus, naquele dia, eu quis tanto ser aquela garota.

Observei seu rosto enquanto ela revivia aquela memória, esperando ouvir como a noite terminou para ela. E para mim. Não me lembro de encontrar Hanna em Baltimore. Passei milhares de noites como aquela, em algum bar com a banda, com alguma garota gótica, ou uma universitária, ou uma hippie, em baixo ou em cima de mim.

Hanna lambeu os lábios novamente.

– Perguntei se iríamos encontrar você mais tarde, e o Jensen apenas riu.

Balancei a cabeça e subi minha mão por sua coxa.

– Não me lembro do que aconteceu depois daquele show.

Percebi tarde demais o quanto isso soou idiota, mas a verdade era que Hanna iria eventualmente descobrir todo o meu passado selvagem se fôssemos mesmo ficar juntos.

– Aquele era mesmo o tipo de garota de que você gosta? Que pinta os olhos tão pretos como a noite?

Suspirei, subindo em seu corpo para ficarmos cara a cara.

– Eu gostava de todos os tipos de garota. Acho que você sabe disso.

Tentei enfatizar o verbo no passado, mas percebi que falhei quando ela sussurrou:

– Você é um jogador e tanto.

Hanna disse isso com um sorriso, mas eu odiei ouvir. Odiei o tom cínico em sua voz, pois sabia que era assim mesmo que ela me enxergava: um cara que transa com quem aparecer pela frente, e que agora estava transando com *ela*.

No fim, você ama o desejo, não o desejado.

E eu não tinha como me defender. Isso foi verdade durante muito tempo.

Ela esticou o braço e agarrou meu pau semiereto, mexendo e apertando.

– E qual é o seu tipo hoje?

Ela estava me dando uma saída. Hanna também não queria que essa verdade continuasse. Beijei seu rosto e seu queixo.

– Meu tipo hoje tem mais a ver com loiras gostosas que gostam de batida de ameixa.

– Por que você ficou incomodado quando eu te chamei de jogador?

Soltei um gemido, rolando para longe de seu toque.

– Estou falando sério.

Cobri meus olhos com o braço, tentando organizar meus pensamentos. Finalmente, eu disse:

– E se eu não for mais esse cara? Faz mais de doze anos que não sou assim. Eu deixo claro para as minhas amantes o que eu quero. Eu não *jogo* com ninguém.

Ela se afastou um pouco e olhou para mim, com um sorriso divertido no rosto.

– Isso não faz você parecer receptivo e profundo, Will. Ninguém disse que um jogador é necessariamente um idiota.

Esfreguei meu rosto.

– Acontece que eu acho que a palavra "jogador" não se encaixa em mim. Eu sempre tento ser bom com as mulheres e sempre converso sobre nosso relacionamento.

– Bom – ela disse. – Você ainda não conversou *comigo* sobre o que você quer.

Hesitei por um momento, sentindo meu coração bater como louco. Eu ainda não tinha conversado com ela porque tudo parecia tão diferente entre nós. Ficar com Hanna não tinha a ver apenas com um intenso prazer físico; também me deixava mais calmo, animado, e como se alguém me entendesse de verdade. Eu não queria conversar com ela porque não queria que nenhum de nós tivesse a chance de limitar isso.

Respirando fundo, eu murmurei:

- Não conversei porque, com *você*, não sei se o que eu quero é *sexo*.

Ela se afastou e sentou-se lentamente. O lençol descobriu seu corpo, e ela pegou uma camiseta na beira da cama.

- Certo. Isso é... embaraçoso.

Ah, merda. O que eu disse não soou correto.

- Não, não - eu disse, sentando atrás dela e beijando seu ombro.

Tirei a camiseta de suas mãos e a joguei no chão. Lambi suas costas, envolvendo sua cintura com meu braço e pousando minha mão em seu coração.

- Estou tentando encontrar um jeito de dizer que quero *mais* do que sexo. Tenho sentimentos por você que vão muito além de sexo.

Ela ficou completamente congelada.

- Não, isso não é verdade.

- Não é verdade? - perguntei. Fiquei olhando para suas costas rígidas, sentindo meu coração acelerar de raiva em vez de ansiedade. - O que você quer dizer com isso?

Hanna se levantou, enrolando o corpo com o lençol. Gelo preencheu minhas veias, esfriando meu corpo inteiro. Eu me endireitei, olhando fixamente para ela.

- Você... o que você está fazendo?

- Desculpe. Eu tenho... tenho umas coisas para fazer - ela foi até o armário e começou a tirar roupas de uma gaveta. - Preciso ir trabalhar.

- Agora?

- Sim - ela disse.

- Então eu abro meu coração para você, e você me chuta para fora?

Ela girou para olhar em meu rosto.

- Preciso ir agora mesmo, certo?

– Estou vendo – eu disse, e ela mancou até o banheiro.

Eu me senti humilhado e furioso. E morrendo de medo que terminasse aqui. Quem diria que eu estragaria tudo com uma garota me apaixonando por ela? Eu queria sumir logo, queria pular da cama, queria tirá-la do banheiro.

Talvez precisássemos mesmo de um tempo para pensar.

Fechei a porta atrás de mim e comecei a respirar fundo. Eu precisava de espaço. Precisava de um minuto para recompor meus pensamentos e entender o que diabos estava acontecendo. Hoje de manhã achei que fui descartada como uma das muitas conquistas de Will, e agora ele estava dizendo que queria algo mais?

Que merda foi essa?

Por que ele estava complicando tudo? Uma das coisas de que eu gostava em Will era que todo mundo sabe quais são as regras que ele segue. Para o bem ou para o mal, você sempre sabia qual era o jogo. Nada sobre ele era complicado: sexo sem compromisso. Fim da história. Era mais fácil quando eu não tinha a opção de considerar algo mais.

Ele era o *bad boy*, o cara gostosão que ficou com a minha irmã no quintal de casa. Ele era o objeto das minhas primeiras fantasias. E a questão não era que eu passei minha juventude sofrendo por ele – na verdade, foi o contrário –, pois saber que eu podia desejá-lo, mas nunca ter uma chance *de verdade*, facilitava tudo.

Mas agora? Podendo tocá-lo e ser tocada por ele, e depois ouvi-lo dizendo que queria algo mais sem que houvesse qualquer possibilidade de isso ser verdade... apenas complicava tudo.

Will Sumner não conhece o significado de *algo mais*. Não foi ele mesmo quem admitiu que nunca teve um relacionamento monogâmico sério? Não foi ele quem nunca encontrou alguém que o interessasse por tempo suficiente? Não foi ele quem recebeu uma mensagem de uma de suas não namoradas *na manhã seguinte de nossa primeira noite de sexo*? Não, obrigada.

Pois por mais que eu gostasse de passar um tempo com ele, e por mais divertido que fosse fingir que eu poderia aprender com ele, eu sabia que nunca me tornaria uma jogadora. Se eu o deixasse entrar em minha vida de verdade – se eu entregasse meu coração e me apaixonasse –, eu com certeza iria *afundar*.

Percebi que realmente precisava ir trabalhar, então abri o chuveiro e fiquei olhando o vapor preencher o banheiro. Soltei um gemido quando entrei debaixo da água, deixando meu queixo cair em meu peito e o som do banho afogar o caos em meus pensamentos. Abri os olhos e olhei para meu corpo e a mancha de tinta que escorria pelas minhas pernas.

"Raridades para os raros."

As palavras que ele escreveu com tanto cuidado em minha cintura estavam agora escorrendo umas nas outras. Havia outras marcas de tinta que borraram em sua mão em todo meu pescoço, entre os seios, nas costelas, e até mais embaixo.

Por um momento, eu me permiti admirar o gentil desenho de sua caligrafia, lembrando-me da expressão determinada em seu rosto enquanto ele escrevia. Suas sobrancelhas se juntaram, o cabelo caiu em cima de um olho. Fiquei surpresa por ele não arrumar a mecha rebelde – um hábito que eu achava encantador –, mas ele estava determinado, concentrado naquilo que fazia, meticulosamente escrevendo cada letra em minha pele. E então ele arruinou tudo perdendo a cabeça. E eu me apavorei.

Peguei minha esponja e a cobri com sabonete demais. Comecei a esfregar as marcas; metade delas já tinha desaparecido com a água do chuveiro, o resto se dissolvia junto ao sabonete e descia por meu corpo até o ralo.

Com os traços de Will e sua tinta fora da minha pele e a água esfriando, eu saí do chuveiro e me arrumei rapidamente em meio ao ar frio.

Abri a porta e o encontrei andando de um lado para o outro em meu quarto, já vestido com as roupas de corrida e o gorro na cabeça. Parecia que estava considerando ir embora ou não.

Will tirou o gorro e ficou de frente para mim.

– Até que enfim – ele murmurou.

– Como é? – eu disse, começando a ficar nervosa de novo.

– Você não é a única que tem direito a ficar brava aqui – ele disse.

Meu queixo caiu.

– Eu... você... *como é?*

– Você sumiu – ele disse num tom ríspido.

– No banheiro – esclareci.

– Mas não acertamos as coisas, Hanna.

– Eu precisava de *espaço*, Will.

E para ilustrar meu argumento, saí do quarto e entrei no corredor. Ele me seguiu.

– Você está fazendo de novo – ele disse. – Regra importante: não se apavore e deixe alguém falando sozinho *na sua própria casa*. Você sabe o quanto isso foi difícil para mim?

Parei na cozinha.

– Para *você*? Você tem ideia do tamanho da bomba que você soltou de repente? Eu precisava pensar!

– Não dava para pensar no quarto?

– Você estava pelado.

Ele balançou a cabeça.

– O quê?

– Não consigo pensar quando você está pelado! – eu gritei. – Aquilo era demais – fiz um gesto para seu corpo, mas rapidamente percebi que foi uma péssima ideia. – Eu estava... eu me apavorei, certo?

– E como você acha que eu me senti?

Ele encarou meu rosto, apertando os músculos do queixo. Quando eu não respondi, ele balançou a cabeça e olhou para baixo, enfiando as mãos nos bolsos. Isso foi uma péssima ideia. A cintura da calça se abaixou, e a barra da camiseta subiu. E aquele pedaço de barriga sarada definitivamente não ajudou.

Forcei a mim mesma a me concentrar na conversa.

– Você acabou de me dizer que não sabe o que quer. E depois falou que tem sentimentos por mim que vão além do sexo. Tenho que ser honesta, acho que você não está entendendo nada do que se passa entre nós. Na primeira vez que transamos você logo me afastou, e agora você diz que quer *algo mais*?

– Ei! – ele gritou. – Eu não afastei você. Eu já disse, fiquei abalado quando você agiu toda casual...

– Will – eu disse, com a voz firme. – Por doze anos eu vivi ouvindo as histórias sobre você e meu irmão. Eu vi como a Liv ficou depois que você foi embora. Ela sofreu por *meses* e aposto que você nem sabia disso. Vi você escapar com damas de honra e desaparecer de reuniões de família. *Nada* mudou. Você passou a maior parte da sua vida adulta agindo como um cara de dezenove anos, e agora você acha que quer algo mais? Você nem sabe o que isso significa!

– E *você* sabe? De repente, você sabe de tudo? Por que você está tão certa de que eu sabia que essa coisa com a Liv tinha sido tão monumental assim? Não é todo mundo que discute seus sentimentos e sexualidade e sei lá mais o quê igual você. Nunca conheci uma mulher como você.

– Bom, estatisticamente falando, isso que você acabou de dizer é realmente alguma coisa.

Eu nem sabia de onde isso surgiu, e no instante em que as palavras saíram da minha boca eu sabia que fui longe demais.

De uma só vez, sua vontade de discutir desapareceu: seus ombros caíram e o ar sumiu de seus pulmões. Ele me encarou por um longo momento, com os olhos perdendo o fogo até ficarem totalmente... sem vida.

E então, ele foi embora.

Andei de um lado para o outro no velho tapete da sala de jantar por tantas vezes que praticamente deixei um rastro no caminho. Minha mente estava uma bagunça, meu coração acelerava a cada minuto. Eu não entendia direito o que acabou de acontecer, mas meu corpo inteiro estava tenso, com medo de ter arruinado a melhor amizade e o melhor sexo que já tive.

Eu precisava de algo familiar. Precisava da minha família.

O telefone chamou quatro vezes antes de Liv atender.

– Ziggy! – minha irmã disse. – Como é que vai minha rata de laboratório preferida?

Fechei os olhos, recostando no batente da porta entre a sala e a cozinha.

– Bem, bem. Como vai a fábrica de bebês? – perguntei, acrescentando rapidamente: – E eu definitivamente não estou me referindo à sua vagina.

Ela explodiu em risadas do outro lado da linha.

– Então você ainda não aprendeu a filtrar as palavras. Algum dia você ainda vai deixar algum homem por aí superconfuso.

Ah, se ela soubesse.

– Como você está? – perguntei, levando a conversa para águas mais calmas. Liv estava casada e muito grávida do primeiro e muito esperado neto da família Bergstrom. Eu até estava surpresa por minha mãe sair do lado dela por mais de dez minutos.

Liv suspirou, e eu pude imaginá-la sentada à mesa de jantar em sua cozinha amarela junto de seu labrador gigante deitado a seus pés.

– Estou bem – ela disse. – Cansada, mas bem.

– A criança está te tratando bem?

– Sempre – ela respondeu. Pude praticamente ouvir o sorriso em sua voz. – O bebê vai ser perfeito. Espera só.

– Claro que vai. Quer dizer, veja só a tia dele.

Ela riu.

– Exatamente o que eu estava pensando.

– Vocês já escolheram o nome?

Liv estava decidida a não saber o sexo do bebê até o nascimento. Assim ficava mais difícil paparicar meu novo sobrinho ou sobrinha.

– Acho que chegamos a algumas alternativas.

– E?

Eu estava intrigada. A lista de nomes unissex da minha irmã e seu marido era totalmente cômica.

– Nem vem, não vou contar.

– O quê? Por quê?

– Porque você sempre encontra algo de errado com os nomes.

– Isso é ridículo.

Embora... ela até que estava certa. Suas escolhas eram péssimas. Por algum motivo eles tiveram a brilhante ideia de que nomes de pássaros e árvores eram unissex e, portanto, cabíveis. Alguém precisava defender essa criança, e esse alguém sou eu.

– Mas e você? O que conta de novo? – ela perguntou. – Como sua vida melhorou desde seu confronto épico com o chefão no mês passado?

Eu ri, sabendo que ela estava falando de Jensen e não do meu pai, nem mesmo de Liemacki.

– Comecei a praticar corrida de manhã e estou saindo mais de casa. Quer dizer, nós chegamos a um... acordo?

Liv não perdeu tempo:

– Um acordo. Com o Jensen?

Conversei com Liv algumas vezes nas últimas semanas, mas não citei minha crescente amizade, relacionamento ou *sei lá o quê*, entre eu e Will. Por razões óbvias. Mas agora eu precisava da opinião da minha irmã sobre tudo isso, e meu estômago se apertava numa grande bola de ansiedade.

– Bom, você sabe que Jens sugeriu que eu precisava sair mais – fiz uma pausa, correndo os dedos na madeira entalhada da cristaleira antiga na sala de jantar. Então fechei os olhos, tomei coragem e disse: – Ele sugeriu que eu deveria ligar para o Will.

– Will?

Um instante de silêncio se passou em que fiquei imaginando se ela estava se lembrando do mesmo universitário lindo de que eu me lembrava.

– Espera... Will *Sumner*?

– Esse mesmo.

Só de falar nele meu estômago dava nó.

– Uau. Por essa eu não esperava.

– Nem eu – murmurei.

– Então, e aí?

– E aí o *quê*? – perguntei, imediatamente me arrependendo do jeito que soou.

– Você *ligou* para ele? – ela disse, rindo.

– Liguei. E é meio por causa disso que estou ligando para você agora.

– Humm, isso parece *deliciosamente* perigoso – ela disse.

Eu não sabia como fazer isso, então comecei com o detalhe mais simples e inócuo.

– Bom, ele mora aqui em Nova York.

– Acho que me lembro disso. E então? Faz séculos que eu não o vejo, tipo, adoraria saber como ele está hoje. Ele continua bonito?

– Ah, ele continua... bonito – eu disse, tentando soar o mais neutra possível. – A gente tem se encontrado de vez em quando.

Houve uma pausa do outro lado da linha, um momento em que eu praticamente podia ver Liv franzindo a testa e cerrando os olhos enquanto tentava encontrar o significado oculto do que acabei de dizer.

– Se encontrado? – ela repetiu.

Eu gemi, esfregando o rosto.

– Oh, meu Deus, Ziggy! Você está transando com o Will?

Gemi de novo, e Liv começou a rir. Afastei o telefone do ouvido e olhei para o chão.

– Isso não é engraçado, Liv.

– Sim, é engraçado, sim.

– Ele era... seu namorado.

– Ah, não, não era. Nem mesmo um pouquinho. Acho que no máximo ficamos por uns dez minutos.

– Mas... você sabe, existe um código de honra entre as garotas.

– É verdade, mas também existe um limite de tempo. Ou um limite de bases. Tipo, acho que a gente mal passou da primeira base. Apesar de que, na época, eu estava completamente preparada para deixar ele ir até o montinho do rebatedor, se é que você me entende.

– Eu achava que você tinha ficado devastada depois daquele feriado.

Ela começou a rir muito.

– Calma lá. Em primeiro lugar, nós nunca fomos um casal. Apenas demos uns beijos safados escondidos no quintal de casa. Deus, eu mal me lembro daquilo.

– Mas eu lembro que você ficou tão abalada que nem apareceu em casa no verão em que ele trabalhou com o papai.

– Eu não apareci em casa porque passei o ano inteiro empurrando minhas notas com a barriga e precisei correr atrás de créditos no verão – ela disse. – E eu não contei para você porque a mãe e o pai iriam descobrir e iriam me matar.

Pressionei a mão em meu rosto.

– Estou tão confusa.

– Não fique – ela disse, mostrando preocupação na voz. – Apenas me diga o que está acontecendo entre vocês.

– Estamos passando muito tempo juntos. Eu realmente gosto dele, Liv. Quer dizer, ele provavelmente é meu melhor amigo aqui. Daí nós transamos, e ele ficou todo esquisito no dia seguinte. Depois começou a falar sobre sentimentos, e parecia que ele estava me usando como cobaia de algum experimento emocional. Tipo, eu achava que ele não tinha um bom histórico com as garotas Bergstrom.

– Então você chutou o traseiro dele porque na sua mente ele era o homem dos meus sonhos e despedaçou meu coraçãozinho e nunca mais olhou para mim, a coitadinha.

Suspirei.

– É, isso fez parte dos meus motivos.

– E o que mais?

– Bom, o fato de que ele é um galinha. O fato de que não se lembra de nem uma fração das mulheres que já comeu. O fato de que vinte e quatro horas depois de me dar um gelo ele veio falando de sentimentos e que queria algo mais do que sexo.

– Certo – ela disse, considerando meus argumentos. – Mas ele quer mesmo algo mais? E *você* quer?

Suspirei.

– Não sei, Liv. Mas mesmo que ele queira... e mesmo se *eu* quisesse... como eu poderia confiar nele?

– Não quero que você seja uma idiota, então vou compartilhar um pouco de sabedoria aqui. Está pronta?

– Nem um pouco.

Ela continuou mesmo assim:

– Antes de eu conhecer o Rob, ele era um tremendo galinha. Juro por Deus que o pau dele esteve em todos os lugares possíveis. Mas hoje? Ele simplesmente é outro homem. Ele venera o chão onde eu piso.

– Sim, mas ele queria casar – eu disse. – Você não estava apenas transando com ele.

– Quando ficamos pela primeira vez era, sim, só uma transa qualquer. Olha, Ziggy, um monte de coisas acontecem com uma pessoa entre os dezenove e os trinta e um anos. Tudo muda.

– *Nisso* eu acredito – murmurei, imaginando a voz mais grave de Will, seus dedos se tornando especialistas, seu peito mais largo e másculo.

– Não estou falando apenas do corpo dele, sua tonta – ela fez uma pausa e depois acrescentou: – Embora isso também mude, é verdade. E agora que pensei nisso, você precisa me enviar uma foto do Will Sumner de trinta e um anos o mais rápido possível.

– Liv!

– Brincadeira! – ela riu por um tempo. – Mas então, estou falando sério. Mande uma foto. Mas eu realmente odiaria ver você perder a oportunidade de passar um tempo com ele só porque espera que ele aja como um garoto de dezenove anos. E fale a verdade. Você não acha que também mudou bastante desde que passou dos dezenove?

Eu não disse nada, apenas mordi os lábios e continuei tracejando a madeira da cristaleira da minha mãe.

– E isso foi apenas há cinco anos para você. Pense em como ele se sente. Will já tem trinta e um anos. Você ganha muita experiência em doze anos, Ziggs.

– Humm. Odeio quando você está certa.

Ela riu.

– Pelo jeito você está usando seu cérebro como um escudo protetor contra o charme do Will.

– Mas aparentemente não estou sendo bem-sucedida.

Fechei os olhos e me recostei na cadeira.

– Ai, Deus, isso é incrível. Estou tão feliz por você ter me ligado. Minha barriga está gigante, e estou morrendo de tédio. E você me dá uma história sensacional dessa?

– Você não acha estranho conversar sobre ele?

– Bom... acho que até poderia ser estranho, mas honestamente? Will e eu... ele foi o primeiro garoto que me deixou excitada de verdade, mas ficou só nisso. Superei ele dois segundos após o Brandon Henley colocar um *piercing* na língua.

Apertei meus olhos com a mão.

– Ah, *credo*.

– Pois é, não contei sobre esse caso porque não queria arruinar sua vida, e não queria que *você* arruinasse meu caso pesquisando como o *piercing* pode inflamar e tal...

– Bom, essa conversa está fazendo um estrago emocional no meu cérebro. Posso ir agora?

– Ah, para com isso.

– Eu realmente estraguei tudo – eu disse gemendo e esfregando os olhos. – Liv, eu fui uma idiota com ele.

– Parece que você vai ter que puxar um pouco de saco. Ele gosta desse tipo de coisa hoje em dia?

– Ai, meu Deus! Vou desligar!

– Certo, certo. Olha, Zig. Não olhe para o mundo com os olhos de uma garota de doze anos. Ouça o que ele tem para dizer. Tente lembrar que Will tem um pinto, e isso faz dele um idiota por definição. Mas um idiota fofo. Até mesmo você não pode negar isso.

– Pare de fazer tanto sentido.

– Impossível. E agora vá vestir sua calcinha de gente grande e corra para consertar as coisas.

Passei a caminhada inteira até o prédio de Will tentando dissecar cada lembrança que eu tinha daquele Natal e tentando juntá-las com as coisas que Liv disse.

Eu tinha doze anos e era fascinada por ele, fascinada pela ideia dos dois juntos. Mas agora que ouvi a versão de Liv dos eventos daquela semana e do que veio depois, fiquei imaginando o que era real e o quanto meu cérebro melodramático aumentou os acontecimentos. E ela tinha razão. Essas memórias facilitaram muito eu classificar Will como um garanhão cafajeste e deixaram quase impossível eu enxergá-lo de outro jeito. Então será mesmo que ele queria algo mais? Será que era capaz disso? Será que eu era?

Eu tinha muitas desculpas para pedir.

Will não atendeu a porta quando eu bati. Também não respondeu nenhuma das mensagens que enviei enquanto estava de pé ali.

Então fiz a única coisa que consegui pensar e comecei a enviar mensagens com piadinhas sujas e sem graça.

Qual é a diferença em um pênis e um cartão de crédito?

Quando ele não respondeu, eu continuei.

Uma mulher sempre vai querer o seu cartão de crédito.

Nada.

O que um seio disse para o outro?

De novo, nada de resposta.

Somos amigas do peito.

Deus, o que eu estava fazendo? Decidi tentar mais uma.

O que vem depois de um 69?

Usei seu número favorito, torcendo para ele morder a isca. Quase derrubei o celular quando a pergunta "O quê?" apareceu na tela.

Cepacol.

Caramba, Hanna. Essa piada foi horrível. Entre logo e para de deixar a gente constrangido.

Eu praticamente corri até o elevador.

A porta estava destrancada, e quando entrei, vi que ele estava preparando o jantar, com panelas fumegando e o balcão da cozinha cheio de ingredientes. Will vestia uma velha camiseta da banda Primus e um jeans velho e rasgado – mais sexy impossível. Ele não tirou os olhos do que estava fazendo quando eu entrei, apenas continuou usando a faca na tábua de carnes.

Meus pés hesitantes me levaram da sala até a cozinha, onde parei atrás dele e encostei meu queixo em seu ombro.

– Não sei como você me aguenta – eu disse.

Respirando fundo, eu queria memorizar seu cheiro. E se eu realmente tivesse estragado tudo? E se ele já não aguentasse mais a tonta da Ziggy e suas perguntas idiotas e seu sexo desastrado e suas conclusões precipitadas? Eu mesma teria dado um pé na minha bunda há tempos.

Mas ele me surpreendeu baixando a faca e se virando para me encarar. Will parecia acabado. Senti uma culpa me consumindo por dentro.

– Você pode ter interpretado mal as coisas com a Liv – ele disse –, mas isso não significa que não houve outras. Algumas eu nem lembro direito – sua voz era sincera, até mesmo com um tom de desculpa. – Fiz algumas coisas de que não me orgulho. Acho que tudo está voltando agora.

– Acho que foi por causa disso que fiquei tão aterrorizada com a ideia de você querer algo mais – eu disse. – Você teve tantas mulheres no passado que tenho certeza de que nem sabe quantos corações você partiu. Talvez não tenha nem ideia de como *não* partir corações. Quero pensar que eu sou esperta demais para cair nessa armadilha.

– Eu sei – ele disse. – E tenho certeza de que isso faz parte do seu charme. Você não está aqui para me transformar. Você está aqui apenas para ser minha amiga. Você me faz pensar mais sobre minhas decisões, e isso é uma coisa boa – ele hesitou. – E admito que me animei um pouco demais em nosso momento pós-coito... Eu me empolguei.

– Tudo bem.

Eu me estiquei para beijar seu queixo.

– Apenas amigos está bom para mim – ele disse. – Amigos que transam de vez em quando fica ainda melhor – seus olhos encontraram os meus. – Mas acho que esse é um bom lugar para ficarmos por enquanto, certo?

Tentei decifrar sua expressão e entender por que ele estava considerando tão cuidadosamente cada palavra que usava.

– Desculpe pelas coisas que falei – eu disse. – Entrei em pânico e falei uma coisa maldosa. Eu sou uma idiota.

Ele estendeu a mão e enganchou um dedo no meu cinto, puxando-me para mais perto. Soltei meu corpo e senti o peso de seu peito contra o meu.

– Nós dois somos idiotas – ele disse, baixando os olhos para minha boca. – E só para você saber, estou prestes a te beijar.

Fiquei na ponta dos pés. Não foi exatamente um beijo, mas não sei que outra palavra usar para descrever. Seus lábios rasparam nos meus, a cada passada com mais pressão do que a anterior. Sua língua lambeu de leve, mal tocando antes de me puxar para mais perto. Senti seus dedos entrarem debaixo do tecido da minha camiseta e pousarem na minha cintura.

Minha mente começou a girar de repente com ideias sobre o que eu queria fazer com ele, o quanto eu queria estar mais perto dele. Eu queria sentir seu sabor por inteiro. Queria memorizar cada linha e cada músculo.

– Quero chupar você – eu disse. Ele afastou o rosto, apenas o suficiente para analisar minha expressão. – De verdade, desta vez. Tipo, fazendo você gozar e tudo mais.

– Quer mesmo?

Confirmei, passando a ponta dos dedos na linha de seu queixo.

– Me ensina como fazer de um jeito incrível?

Rindo, ele disse num tom baixo entre os beijos:

– Meu *Deus*, Hanna.

Eu podia sentir sua ereção contra minha cintura e então deslizei a mão por seu corpo até chegar ao seu pau.

– Pode ser?

Com olhos arregalados e confiantes, ele tomou minha mão e me conduziu até o sofá. Will hesitou um momento antes de se sentar.

– Vou acabar desmaiando se você continuar me olhando desse jeito.

– Mas não é esse o objetivo?

Não esperei sua deixa e me ajoelhei no chão entre suas pernas.

– Diga como você quer que eu faça.

Seus olhos ficaram pesados olhando para mim. Ele me ajudou com seu cinto, ajudou-me a puxar e tirar a sua calça, e depois ficou olhando enquanto eu me abaixava e beijava a ponta de seu pau.

Ele fez uma pausa quando eu me ajeitei esperando suas ordens. Will estudou meu rosto e então agarrou a base do pau.

– Quero ver você lambendo da base até a ponta. Comece devagar. Provoque um pouco.

Eu me debrucei, subindo minha língua por toda sua extensão, passando pela grossa veia e vagarosamente lambendo a ponta endurecida. Ele vazava um pouco no topo e sua doçura me surpreendeu. Beijei a ponta, chupando por mais.

Ele gemia.

– De novo. Comece na base. E chupe um pouco na ponta de novo.

Beijei seu pau e sussurrei com um sorriso no rosto:

– Que ordens específicas.

Mas ele parecia incapaz de sorrir de volta; seus olhos azuis começaram a arder de intensidade.

– Foi *você* quem pediu – ele grunhiu. – Estou descrevendo passo a passo aquilo que imaginei centenas de vezes.

Comecei de novo, amando cada segundo, amando vê-lo desse jeito. Ele parecia um pouco perigoso. Ao seu lado, sua mão livre se fechou num punho. Eu queria que ele se liberasse, agarrando meus cabelos e enfiando com força em minha boca.

– Vai, continue chupando.

Ele assentiu quando eu o envolvi com meus lábios, depois com toda minha boca, usando também a língua.

– *Chupa* mais. Com força.

Fiz o que ele pediu, fechando os olhos por um momento e tentando não entrar em pânico, com medo de engasgar e perder o controle. Mas, aparentemente, eu estava fazendo certo.

– Ah, merda, sim, desse jeito – ele gemeu quando apertei os lábios. – Bem molhado... use um pouco dos dentes.

Olhei em seu rosto para confirmar antes de raspar meus dentes em sua pele. Will praticamente soltou um rugido e jogou os quadris para frente, acertando a parte de trás da minha garganta.

– Isso. Tudo que você faz é *bom* demais.

Era o elogio que eu precisava ouvir para me dedicar ainda mais e liberar a *mim mesma*.

– Sim, ah...

Seus quadris se moviam com rapidez e intensidade. Os olhos estavam grudados em meu rosto, e as mãos agarravam meus cabelos exatamente do jeito que eu queria.

– Mostre o quanto você está gostando disso.

Fechei os olhos, soltando sons de prazer enquanto chupava com toda a vontade. Eu sentia meus próprios gemidos escaparem da minha garganta, e tudo que eu podia pensar era *sim, mais, goze para mim.*

Seus gemidos graves e sua respiração entrecortada eram como uma droga para mim, e senti meu próprio desejo se intensificando enquanto seu prazer crescia e crescia. Entramos num único ritmo, minha boca e minha mão trabalhando com os movimentos de seus quadris. Percebi que ele estava se segurando, tentando durar o máximo que podia.

– *Dentes* – ele me lembrou num tom áspero, e então gemeu de alívio quando obedeci.

Com uma mão, ele usou a ponta do dedo para traçar meus lábios. A outra mão permaneceu enterrada em meus cabelos, guiando minha cabeça e eventualmente me segurando no lugar enquanto ele cuidadosamente estocava em minha boca. Contra minha língua, ele inchou, e sua mão puxou meus cabelos com força.

– Vou gozar, Hanna. Vou gozar.

Eu podia sentir os músculos de sua barriga e das coxas se tencionarem. Chupei uma última e longa vez antes de tirar a boca, tomando-o em minhas mãos e subindo e descendo rapidamente, agarrando e apertando do jeito que ele gostava.

– Ah, merda.

Ele soltou o ar numa respiração pesada e gozou em minhas mãos. Eu o conduzi por todo o processo, continuando a apertar lentamente até ele não aguentar mais e tirar minhas mãos, sorrindo enquanto me puxava para cima.

– Caramba, você aprende rápido – ele disse, beijando minha testa, meu rosto, os cantos da minha boca.

– É claro. Tenho um excelente professor.

Ele riu, pressionando seu sorriso ao meu.

– Posso assegurar que não aprendi *isso* por experiência própria – Will afastou o rosto e seus olhos vagaram por todo o meu rosto. – Fique e jante comigo, por favor?

Eu me aninhei em seus braços e concordei. Não havia outro lugar no mundo em que eu preferia estar.

Quatorze

Fazia tanto tempo que eu não ficava deitado no sofá com uma mulher que até tinha esquecido o quanto isso é bom. Mas com Hanna, era algo divino poder curtir ao mesmo tempo uma cerveja, um jogo de basquete, uma conversa nerd e uma garota linda cheia de curvas. Terminei a cerveja com um longo gole e então olhei para Hanna, que parecia estar caindo no sono.

Fiquei decepcionado comigo mesmo por ter recuado diante de sua reação hoje de manhã. Mas eu estava descobrindo rapidamente que faria tudo por esta mulher. Se ela quisesse manter as coisas num tom casual, então eu faria isso. Se ela quisesse uma amizade colorida, então eu poderia fingir ser apenas amigo. Eu posso ser paciente. Posso dar tempo a ela. Tudo que eu quero é estar com ela. E por mais patético que seja, eu me contento com o que ela quiser me dar.

Por ora, eu estava satisfeito em ser a Kitty desta relação.

– Tudo bem? – murmurei, beijando o topo de sua cabeça.

Ela assentiu, apertando a garrafa de cerveja em sua mão com mais força. Sua garrafa estava praticamente cheia e, a essa altura, provavelmente quente, mas achei legal ela pedir uma mesmo assim.

– Não gostou da cerveja? – perguntei.

– Essa aqui tem gosto de folha seca.

Rindo, tirei meu braço de baixo dela e me estiquei para colocar minha garrafa no chão.

– É por causa do lúpulo.

– Isso é aquela coisa que eles usam para fazer roupas de maconha?

Tive que rir.

– Não, eles usam cânhamo, Hanna. Caramba, você é incrível.

Quando olhei para ela, Hanna estava sorrindo, e eu percebi, claro, que ela estava brincando.

Ela deu tapinhas na minha cabeça como se eu fosse um cachorrinho.

– Esqueci por um segundo que você provavelmente decorou os nomes de todas as plantas que existem.

Hanna se espreguiçou, tremendo de leve os braços acima da cabeça enquanto soltava um gemido de prazer. Naturalmente, aproveitei a deixa para olhar seus peitos. Ela estava usando uma camiseta do *Doctor Who* que eu nem tinha notado antes.

– Está checando o material? – ela disse, abrindo um dos olhos e me flagrando.

Balancei a cabeça.

– Sim.

– Peitos sempre foram sua preferência? – ela perguntou.

Aquilo estava claramente se tornando um padrão, então ignorei a pergunta implícita sobre minhas outras mulheres, decidindo que eu não iria falar mais nada sobre esse assunto delicado... pelo menos por enquanto. Ao meu lado, ela ficou totalmente parada e em silêncio. Eu sabia que a mesma pergunta implícita pairava em nossas mentes: *já encerramos esse assunto?*

Fomos salvos pelo gongo ou, no caso, pelo meu celular vibrando em cima da mesa. Uma mensagem de Max apareceu na tela.

`Estou indo na Maddie tomar uma cerveja. Topa?`

Mostrei o celular para Hanna, em parte porque queria mostrar que não era uma mulher tentando falar comigo numa noite de terça-feira, e em parte para ver se ela queria ir junto. Ergui minhas sobrancelhas numa pergunta silenciosa.

– Quem é Maddie?

– Maddie é uma amiga do Max que tem um bar chamado Maddie's, no Harlem. É um lugar geralmente vazio, mas tem ótimas cervejas. Max gosta por causa da comida horrível típica de pub inglês.

– Quem mais vai?

Dando de ombros, eu disse:

- O Max. Provavelmente a Sara.

Fiz uma pausa, considerando a situação. Era uma terça-feira: Sara e Chloe provavelmente queriam saber se eu estava com Kitty. Então eu tive quase certeza de que essa mensagem era uma armadilha para saber o que eu estava fazendo.

- Aposto que Chloe e Bennett também vão aparecer.

Hanna inclinou a cabeça, analisando meu rosto.

- Vocês frequentam bares no meio da semana? É um hábito estranho para homens de negócios como vocês.

Suspirei, fiquei de pé e a puxei junto comigo.

- Acho que eles estão querendo saber da minha vida sexual.

Se ela sabia que os sábados eram reservados para Kristy, então provavelmente também sabia que as terças-feiras geralmente eram de Kitty. Achei melhor ser honesto sobre o quanto meus amigos são abelhudos.

Sua expressão continuou indecifrável, e eu não sabia se ela tinha ficado irritada, ciumenta, nervosa ou apenas realmente neutra. Eu queria tanto entender o que se passava em sua mente, mas eu não podia recomeçar o *assunto* e assustá-la de novo. Sou um homem; um homem perfeitamente capaz de aceitar sexo de uma mulher mesmo sob as mais delicadas circunstâncias emocionais. Principalmente quando essa mulher era Hanna.

Eu me abaixei para apanhar as duas garrafas de cerveja.

- Vai ser estranho se eu for junto? Eles sabem sobre nós?

- Sim, eles sabem. Não, não vai ser estranho.

Ela parecia cética. Então envolvi seu ombro com meu braço e disse:

- Aqui vai uma regra: as coisas apenas ficam estranhas se você deixar que fiquem.

—

Como o bar ficava perto do meu prédio, nós decidimos ir andando. O final de março em Nova York geralmente é cinza e frio, mas por sorte a neve já havia desaparecido e estávamos vivendo uma primavera confortável.

Após andarmos um quarteirão, Hanna segurou minha mão.

Entrelacei meus dedos nos dela e apertei nossas mãos juntas. Por algum motivo, sempre esperei que o amor fosse primariamente um estado mental, então eu ainda estava desacostumado com as manifestações físicas dos meus sentimentos por ela: o jeito como meu estômago dava nó, minha pele sentia a necessidade de seu toque, meu peito se apertava, meu coração batia rápido e forte.

Ela também apertou nossas mãos e perguntou:

- E afinal, você gosta de meia-nove? Tipo, falando sério.

Olhei para ela incrédulo, se possível me apaixonando ainda mais e rindo muito.

- Sim. Adoro.

- Mas... eu sei que você vai odiar o que vou dizer agora...

- Você vai arruinar isso para mim, não é?

Ela olhou em meu rosto, quase tropeçando num buraco na calçada de novo.

- E isso é possível?

Pensei um pouco.

- Provavelmente, não.

Abrindo a boca, ela começou a falar, mas então desistiu. Finalmente, ela disse de uma só vez:

- Seu rosto fica praticamente na *bunda* da outra pessoa.

- Não, não fica. O rosto fica no pau ou na xana, dependendo do ponto de vista, é claro.

Ela já estava balançando a cabeça antes mesmo que eu terminasse de falar.

- Não. Vamos dizer que eu estou por cima de você e...

- Gostei dessa hipótese.

Fiquei esperando ela morder a isca e responder com algo safado. Na verdade, gostei tanto de ouvir isso que precisei discretamente me arrumar dentro da minha calça.

Ignorando minha dica, ela continuou:

- Então isso significa que você fica embaixo de mim. Minhas pernas ficam abertas no seu rosto, então minha bunda... fica ao nível dos *olhos*.

- Por mim tudo bem.

- É a minha *bunda*. Na altura dos seus *olhos*.

Soltei sua mão e arrumei uma mecha de seu cabelo atrás da orelha.

- Isso não vai ser uma surpresa, mas eu tenho zero aversão a bundas. Acho que a gente deveria experimentar isso.

- Não é constrangedor?

Virei meu rosto para olhar em seus olhos.

- Por acaso fizemos alguma coisa até agora que foi constrangedora?

Seu rosto ficou vermelho, e Hanna começou a olhar para o chão, murmurando um "Não".

- E você acredita em mim quando digo que vou fazer *tudo* ser bom para você?

Ela voltou a olhar para mim, com olhos suaves e confiantes.

- Sim.

Segurei sua mão novamente, e continuamos a andar.

- Então, está combinado. Um meia-nove estará no seu cardápio no futuro.

Caminhamos em silêncio por vários quarteirões, ouvindo os pássaros, o vento, os carros passando pelas ruas.

- Você acha que algum dia eu vou ensinar alguma coisa para *você*? - ela perguntou um pouco antes de chegarmos ao bar.

Eu sorri para ela.

- Com certeza.

Então abri a porta do bar e fiz um gesto para Hanna entrar.

Meus amigos, sentados numa mesa ao lado da pista de dança, nos viram assim que entramos. Chloe, de frente para a porta, foi a primeira a notar, formando um "O" com a boca que quase imediatamente escondeu. Bennett e Sara se viraram e se esforçaram para não mostrar reação nenhuma. Mas o maldito do Max tinha um sorriso enorme no rosto.

- Olha só - ele disse, levantando-se para dar um abraço em Hanna. - Veja só quem apareceu.

Hanna sorriu, cumprimentado a todos com pequenos abraços e acenos. Então puxou uma cadeira e sentou-se no fim da mesa. Fiz Max se mexer para eu poder me sentar ao lado dela, e não deixei de perceber seu sorrisinho e a palavra "apaixonado" dita no meio de uma tossida.

Maddie em pessoa se aproximou da mesa, jogando dois porta-copos na nossa frente e perguntando a Hanna o que ela iria tomar. Ela ouviu as marcas de cerveja, e como eu sabia que ela não iria gostar de nenhuma, eu me aproximei e disse:

- Eles também têm outros tipos de drinques, ou refrigerante.

- Refrigerante é expressamente proibido - Max interrompeu. - Se você não gosta de cerveja, pode pedir uísque.

Hanna riu, fazendo uma careta.

- Você tomaria vodca com 7-Up? - ela perguntou para mim, antecipando nossa rotina em que ela pedia, mas eu quem tomava no final.

Balancei a cabeça e também fiz uma careta, praticamente encostando minha testa na dela.

- Provavelmente não.

Ela pensou mais um pouco.

- Jack e Coca-Cola?

- Isso eu beberia - e olhei para Maddie e disse: - Jack e Coca-Cola para a moça, e para mim um Green Flash.

- Uau, o que é isso? - Hanna perguntou.

- É uma cerveja bem amarga - eu disse, beijando o canto de sua boca. - Você não iria gostar.

Assim que Maddie nos deixou, eu me afastei de Hanna e olhei ao redor, encontrando quatro rostos muito interessados olhando para nós na mesa.

- Vocês dois parecem bem confortáveis um com o outro - Max disse.

Com um pequeno aceno, Hanna explicou:

– Faz parte do nosso sistema: eu só tomo uns goles do meu drinque e depois ele termina. Ainda estou aprendendo o que ele gosta de tomar.

Sara soltou um sonzinho animado, e Chloe sorriu como se nós fôssemos a coisa mais fofa do mundo. Eu respondi com um olhar ameaçador. Quando Hanna perguntou onde ficava o banheiro e depois seguiu na direção, eu me debrucei sobre a mesa e olhei cada um deles nos olhos.

– Gente, isso aqui não é o show do Will e da Hanna. Nós estamos num momento esquisito. Apenas ajam normalmente.

– Certo – Sara disse, mas então ela cerrou os olhos. – Mas só para constar, vocês dois ficam muito bem juntos, e já que todo mundo sabe que vocês estão transando, ela realmente é corajosa por sair com você numa noite com seus amigos.

– Eu sei.

Maddie voltou com minha cerveja, e eu tomei um longo gole. O sabor amargo desceu quase imediatamente com um final forte e agradável. Fechei os olhos, gemendo um pouco enquanto os outros conversavam.

– Will? – Sara chamou, desta vez com voz mais discreta, para que apenas eu ouvisse. Ela se virou e olhou ao redor antes de continuar: – Por favor, apenas faça isso com Hanna se tiver certeza de que é o que você quer.

– Eu agradeço a intromissão, Sara, mas pare de se intrometer.

O rosto dela ficou sério de repente, e eu percebi meu erro. Hanna era um pouco mais velha do que Sara era quando ela começou a namorar aquele congressista idiota de Chicago, mas eu tinha a mesma idade que ele tinha: trinta e um. Sara provavelmente sentia ser seu dever proteger outras mulheres que poderiam cair na mesma armadilha.

– Ah, Sara, desculpe. Eu entendo a intromissão. Acontece que... agora é diferente. Você sabe disso, não é?

– Sempre é *diferente* no começo. Isso é o que a paixão faz com a pessoa. Você acaba prometendo qualquer coisa.

Não era como se eu nunca tivesse me apaixonado por uma mulher; eu tinha. Mas sempre mantive meus pensamentos para mim mesmo, sabendo até onde eu podia levar as coisas fisicamente, mas mantendo o lado emocional sob controle. Mas com Hanna? Eu sentia vontade de abandonar esse modelo e mergulhar de cabeça na relação, onde as coisas são mais incríveis e aterrorizantes ao mesmo tempo.

Hanna voltou, sorrindo para mim antes de se sentar e tomar um gole de seu drinque. Ela quase engasgou e então olhou para mim, com olhos lacrimejando como se a garganta estivesse queimando.

– Ah, é – eu disse, rindo. – Maddie capricha nos drinques. Eu deveria ter avisado.

– Continue bebendo – Bennett sugeriu. – Fica mais fácil depois que sua garganta se acostuma.

– Isso é o que ele acha – Chloe brincou.

A risada de Max ecoou pela mesa enquanto eu revirava os olhos, torcendo para Hanna não perceber a piada interna deles.

Aparentemente, ela não percebeu, tomando outro gole e reagindo de um jeito normal dessa vez.

– Certo. Nada mal. Putz, vocês devem achar que estão assistindo a alguém tomar álcool pela primeira vez na vida. Juro que às vezes eu bebo, só que...

– Só que não de um jeito muito eficiente – eu completei, rindo.

Por baixo da mesa, Hanna pousou a mão em meu joelho e subiu pela coxa. Ela encontrou minha mão, e nós entrelaçamos os dedos novamente.

– Eu me lembro da primeira vez que bebi – Sara disse, balançando a cabeça. – Eu tinha quatorze anos e fui até o bar no casamento da minha prima. Pedi uma Coca-Cola, e a mulher ao meu lado pediu uma Coca com algum tipo de destilado. Eu acidentalmente peguei a bebida dela e voltei para minha mesa. Eu não entendi por que meu refrigerante tinha um gosto estranho, mas, no fim, aquela foi a primeira vez em que esta garota aqui tentou dançar break numa pista de dança.

Todos riram, principalmente por causa da imagem da doce e reservada Sara dançando como uma louca na frente de todo mundo. Quando as risadas diminuíram, pareceu que havia apenas um assunto faltando, pois todos se viraram de uma vez para Chloe.

– Como estão os preparativos do casamento? – eu perguntei.

– Sabe de uma coisa, Will – ela disse, com um sorrisinho irônico. – Acho que essa é a primeira vez que você pergunta sobre o casamento.

– Passei quatro dias em Las Vegas com esses caras – eu disse, acenando para Bennett e Max. – Eu sei muito bem o que está se passando. O que mais você quer? Que eu dê o nó nos lacinhos dos arranjos de flores?

– Não – ela disse, rindo. – E os preparativos estão... indo bem.

– Ou quase isso – Bennett murmurou.

– Quase bem – Chloe concordou.

Eles trocaram um olhar, e ela começou a rir novamente, recostando-se em seu ombro.

– O que isso quer dizer? – Sara perguntou. – Vocês ainda estão discutindo o fornecedor dos comes e bebes?

– Não – Bennett disse, antes de tomar um gole de sua cerveja. – O fornecedor já está decidido.

– Graças a Deus – Chloe acrescentou.

Bennett continuou:

– É inacreditável o que um casamento faz com as famílias. Todo tipo de drama surge por causa dos detalhes. Juro por Deus, se conseguirmos casar sem que aconteça um banho de sangue nós deveríamos ganhar um prêmio.

Ponderando aquilo, eu apertei a mão de Hanna.

Após uma pequena pausa, ela apertou de volta, virando-se para me encarar. Seus olhos encontraram os meus, e então se acenderam num pequeno sorriso.

Eu estava pensando sobre nós dois. Pensei sobre sua família e como nos últimos anos eles se tornaram minha família postiça na costa leste, e como eu conseguia enxergar um futuro em que eu me apaixonava, casava e começava uma família.

Soltei sua mão esfregando minha coxa, sentindo minha pulsação explodir em meu pescoço. *Puta merda, o que aconteceu com minha vida?* Em apenas alguns meses, quase tudo mudou.

Bom, nem tudo. Meus amigos continuavam os mesmos, minha vida financeira também. Eu ainda corria (quase) todos os dias e ainda assistia ao basquete na TV. Mas...

Eu me apaixonei. Isso não é algo que se pode prever.

- Você está bem? - ela perguntou.

- Sim, tudo bem - eu sussurrei. - É só que... - mas não consegui dizer mais nada. Concordamos em continuar apenas amigos. Eu disse que também queria isso. - É estranho ver seus amigos passando por essas coisas - eu disse, mostrando Chloe e Bennett. - Para mim isso é outro mundo.

E com isso, todos estavam olhando para nós de novo, com olhos vidrados em cada gesto e olhar que se passava entre nós dois. Olhei para cada um deles e então me levantei. Minha cadeira chiou alto, deixando meu constrangimento ainda mais evidente. Eu não me importava em ser o centro das atenções desse grupo, fosse tirando sarro deles ou vice-versa. Mas agora parecia diferente. Eu podia rir das piadas sobre minha agenda romântica ou sobre meu passado nebuloso, mas agora eu me sentia *vulnerável* nesta nova situação com Hanna. Eu não estava acostumado a ficar deste lado dos olhares curiosos.

Limpei minhas mãos suadas na minha calça.

- Vamos... sei lá.

Olhei para o bar desesperado. Nós deveríamos ter ficado em meu sofá, talvez transado de novo na minha sala. Deveríamos nos manter discretos até as coisas entre nós ficarem menos em evidência.

Hanna olhou para mim, com uma expressão divertida no rosto.

- Vamos...?

- Vamos dançar.

Eu a tirei da cadeira e a puxei para a pista de dança vazia, percebendo tarde demais que isso seria bem pior que aquilo de que eu estava tentando escapar. Eu nos tirei da segurança de uma mesa e nos coloquei num *palco*. Ela se aproximou, colocou meus braços ao redor de sua cintura e depois correu as mãos em meu peito e cabelos.

- Respire, Will.

Fechei meus olhos e respirei fundo. Nunca me senti tão constrangido em minha vida. Para falar a verdade, nunca me senti constrangido antes.

- Você está engraçado - ela disse, rindo em meu ouvido. - Nunca te vi tão desconcertado. Tenho que admitir, isso é muito fofo.

- Estou tendo um dia realmente estranho.

Maddie estava tocando uma música lenta qualquer. Era uma melodia instrumental bonita, quase um pouco melancólica, mas que tinha o ritmo perfeito para o tipo de dança que eu queria ter com Hanna: uma dança lenta e agarradinha. Do tipo que eu podia fingir que dançava, mas na verdade estava apenas de pé a abraçando por alguns minutos fora da mesa.

Numa volta lenta, eu me virei e pude ver que meus amigos já não estavam mais olhando para nós; tinham voltado a conversar. Chloe estava falando animada sobre alguma coisa, agitando os braços acima da cabeça. Eu tinha certeza de que ela estava encenando algum fiasco do casamento. Agora que a Patrulha do Will havia terminado, fiquei dividido entre continuar ali com Hanna ou voltar para a mesa e me atualizar com as aventuras de Bennett e Chloe. Eu tinha certeza de que eles tinham histórias épicas para contar.

- Gosto de estar com você - Hanna disse, interrompendo meus pensamentos.

Talvez fosse a luz do bar, ou talvez fosse seu humor, mas seus olhos pareciam mais azuis do que o normal. Isso me fez pensar que a primavera havia chegado com toda a força em Nova York. Eu queria o inverno longe daqui. Acho que precisava que tudo ao meu redor se transformasse, para que eu não sentisse que era o único passando por mudanças.

Ela fez uma pausa, e seus olhos focaram meus lábios.

– Desculpe por dizer aquelas coisas.

Rindo, eu sussurrei:

– Você já se desculpou. Se desculpou com palavras. E depois se desculpou com a boca no meu pau.

Ela riu, mergulhando o rosto em meu pescoço. Eu fingia que estávamos sozinhos, apenas dançando na minha sala de estar ou no meu quarto. Só que se isso fosse verdade, não estaríamos dançando. Apertei meus dentes, tentando evitar que meu corpo reagisse a esse lembrete de que ela estava pressionada contra mim e tinha me dado a melhor chupada da minha vida, e que eu poderia ainda convencê-la a voltar comigo para meu apartamento mais tarde. Mesmo que só quisesse dormir abraçada comigo. Depois de todo o drama de hoje, eu realmente não queria que ela fosse para casa sozinha.

– Acho que não sei realmente o que fazer – ela admitiu. – Sei que já conversamos, mas tudo parece ainda meio estranho.

Suspirei.

– Mas por que tem que ser tão complicado? – perguntei.

As luzes da pista jogavam sombras em seu rosto. Ela estava tão linda, eu sentia que estava perdendo minha cabeça. Uma pergunta ficou presa em minha garganta até eu não aguentar mais:

– Não está bom do jeito que está agora?

Eu sorri para que ela soubesse que eu achava que sim; talvez até acreditasse que eu não estava inseguro e precisava de sua confirmação.

– Sim, na verdade isso é maravilhoso – ela sussurrou. – Sinto como se não conhecesse você de verdade antes, embora *achasse* que sim. Você é um cientista brilhante, com todas essas tatuagens incríveis e cheias de significados. Você corre em triatlos e tem uma relação muito próxima com suas irmãs e sua mãe – suas unhas arranharam de leve meu pescoço. – Sei que você sempre foi um animal sexual, realmente sexual. Desde a primeira vez que te conheci, quando você tinha dezenove anos, até hoje, doze anos depois. Eu realmente gosto de passar meu tempo com você também por essa razão, porque você me ensina coisas que eu nem sabia sobre meu próprio corpo. Eu acho que o que temos agora é mesmo perfeito.

Eu estava a um milímetro de beijá-la, correndo a mão ao seu lado e sentindo as curvas de sua cintura. Eu queria jogá-la no chão e senti-la debaixo de mim. Mas estávamos num bar. *Will, seu maldito idiota.* Desviei os olhos e sem querer olhei para meu grupo de amigos. Os quatro tinham voltado a nos observar. Bennett e Sara até viraram suas cadeiras para não precisarem torcer o pescoço enquanto assistiam ao show. Mas assim que perceberam que eu os flagrei, eles desviaram a atenção: Max olhou para o bar, Sara para o teto, Bennett para seu relógio. Apenas Chloe continuou nos observando, com um grande sorriso no rosto.

– Vir até aqui foi uma péssima ideia – eu disse.

Hanna deu de ombros.

– Acho que não. Acho que foi bom sair de casa e conversar um pouco.

– Foi isso que fizemos? – eu perguntei, sorrindo. – Conversamos sobre o quanto não precisamos conversar sobre isso?

Sua língua molhou seus lábios.

– Exatamente. Mas acho que agora quero voltar para seu apartamento e fazer *coisas* enquanto nós conversamos.

—

Tirei as chaves do meu bolso e procurei a chave certa.

– Você não vai subir apenas para tomar um chá e voltar para casa.

Ela concordou.

– Eu sei. Mas preciso ir trabalhar amanhã. Acho que nunca faltei sem explicação igual fiz hoje.

Abri a porta e a deixei entrar. Ela foi direto para a cozinha.

– Lado errado.

– Não vou embora depois de tomar chá – ela disse sobre o ombro. – Mas eu quero, sim, tomar um pouco. Aquele drinque me deixou com sono.

– Você tomou só *dois* goles.

Deixamos seu Jack com Coca praticamente intocado na mesa, enquanto Bennett e os outros tentavam nos convencer a ficar não apenas para terminar o drinque, mas para pedir outros.

- Acho que isso é o meu equivalente a sete doses.

Andei até o fogão, peguei a chaleira e comecei a encher com água.

- Então você não aguenta nada. Se eu tomasse sete doses eu acabaria tirando a roupa em cima da mesa.

Ela riu, abrindo a geladeira e analisando o conteúdo até escolher uma cenoura. Hanna andou até o balcão e sentou-se em cima dele, ao meu lado, com um pulinho. Apesar dessa situação tão nova, parecia que ela já era da casa.

Seu penteado começou a se desfazer e algumas mechas caíram em pequenas ondas ao lado do rosto e atrás do pescoço. O calor dentro do bar, ou talvez os dois goles do drinque, deixaram seu rosto corado e seus olhos pareciam brilhar ainda mais. Ela piscou lentamente enquanto me observava.

- Você está bonita - eu disse, debruçando-me sobre o balcão ao lado dela.

Ela mordeu a cenoura.

- Obrigada.

- Acho que vou comer você loucamente daqui a alguns minutos.

Dando de ombros e fingindo desinteresse, ela murmurou:

- Beleza.

Mas então ela esticou a perna e me puxou para o meio de suas coxas.

- Apesar daquele aviso que eu dei sobre *trabalhar amanhã*, acho que você provavelmente vai conseguir me manter acordada por toda a noite de novo, se é isso mesmo que você quer.

Estendi a mão e abri o primeiro botão de sua camisa.

- O que você quer que eu faça hoje?

- Qualquer coisa.

Ergui uma sobrancelha.

- Qualquer coisa?

Ela reconsiderou, e então sussurrou:

- Tudo.

- Adoro isso - eu disse, dando um passo à frente e raspando a ponta do meu nariz em seu pescoço. - O tipo de sexo no qual eu posso aprender tudo que você gosta. Posso descobrir todos os seus sons.

- Não sei... - hesitando, ela fez um círculo no ar com a cenoura. - O melhor sexo não é aquele que você faz com a pessoa com quem já está há tempos? Tipo, ela vai para cama, adormece, e então ele entra no quarto, e ela por instinto rola para ele, entende? E, tipo, o rosto dela procura o pescoço quente dele, e as mãos dele fazem carinho nas costas dela, daí ela tira a calça e ele começa a entrar nela antes mesmo dela tirar a camisa. Ele sabe o que tem ali embaixo. Talvez ele nem consiga esperar para entrar nela. E nem precisa mais tirar toda a roupa dela.

Afastei meu rosto e fiquei olhando enquanto ela dava outra mordida na cenoura. Aquela foi uma imagem realmente vívida. Pessoalmente, eu nunca diria que sexo familiar é o melhor tipo de sexo. Claro, é um bom tipo. Mas o jeito como ela descreveu... o jeito como sua voz baixou o tom e seus olhos quase se fecharam... sim, ela me convenceu que poderia ser o *melhor* sexo. Eu conseguia enxergar uma vida assim com Hanna, onde dividíamos uma cama, uma cozinha, as contas da casa, e até discutíamos juntos. Eu podia enxergar um cenário onde ela ficava brava comigo, e então eu a encontrava mais tarde e compensava com algum ataque repentino que eu teria aprendido com o tempo porque ela era *minha*, e sendo a Hanna, ela não conseguia evitar e botava para fora todos os pensamentos e desejos e loucuras.

Ela não era sexy em nenhum jeito convencional. Ela era sexy porque não se importava que eu estivesse vendo-a comer uma cenoura, ou que seu cabelo estivesse com um rabo de cavalo todo desarrumado. Hanna se sentia tão confortável sendo ela mesma, tão confortável sendo *observada* - nunca conheci uma mulher como ela. Hanna nunca pensava que eu estava olhando e julgando. Ela pensava que eu estava olhando porque estava ouvindo com interesse. E eu estava mesmo. Eu podia ouvi-la tagarelando sobre sexo familiar e sexo anal e pornografia para todo o sempre.

– Você está olhando para mim como se eu fosse comida – ela mostrou a cenoura, sorrindo com ironia. – Quer uma mordida?

Balancei a cabeça.

– Quero você.

Hanna começou a desabotoar a camisa até tirá-la pelos ombros.

– Diga do que você gosta – eu disse, chegando ainda mais perto e beijando sua garganta.

– Eu gosto de quando você goza em mim.

Deixei escapar uma risada baixinha em seu pescoço.

– Disso eu sei. E o que mais?

– Gosto de quando você fica olhando quando enfia em mim.

Balancei a cabeça novamente, dizendo:

– Diga algo de que você gosta que eu faça em *você*.

Hanna deu de ombros, correndo a ponta dos dedos por meu peito antes de puxar minha camisa sobre minha cabeça.

– Gosto quando você me pega e me joga na cama. Gosto quando usa meu corpo como se fosse seu.

A chaleira começou a apitar, ecoando pela cozinha, e eu me afastei apenas o suficiente para pegar uma caneca e jogar um pouco de água quente sobre um saquinho de chá.

– Quando eu toco em você – eu disse, baixando a chaleira –, seu corpo é meu. É meu para beijar, para foder, para chupar.

Hanna ergueu uma sobrancelha e sorriu para mim.

– Bom, quando *eu* toco em *você*, seu corpo também é meu, sabe?

Perdi completamente minha cabeça quando ela se debruçou no balcão, pegou o mel e despejou um pouco na caneca.

Tirando o mel de sua mão, limpei um pouco de excesso na tampa do frasco e depois passei meu dedo melado na ponta de um seio. Ela ficou apenas olhando, aparentemente se esquecendo do chá por inteiro.

– Então assuma o controle – eu disse, beijando seu queixo. – Diga o que eu devo fazer em seguida.

Ela hesitou por apenas um segundo.

- Limpe com a língua.

Gemi ao ouvir sua ordem, lambendo o mel antes de chupar sua pele com tanta força que até deixei uma pequena marca vermelha.

- O que mais?

Suas mãos alcançaram o fecho do sutiã em suas costas, soltando-o no momento em que minha língua passava por sua pele. Segui para o mamilo, soprando de leve antes de tomá-lo em minha boca. Ofegando, ela sussurrou:

- Deixe bem molhado.

Chegando mais perto, fiz exatamente o que ela pediu, lambendo os seios, chupando com força, usando minha língua até deixar sua pele brilhando.

- Logo vou foder essas duas maravilhas.

- Dentes - ela suspirou. - Use os dentes.

Com um gemido, fechei os olhos, mordendo pequenos círculos nos mamilos, encontrando vestígios de mel ainda em sua pele. Minhas mãos desceram devagar até sua cintura, onde abri o zíper e desci a calça e a calcinha até seus calcanhares para que ela pudesse chutar os dois para longe.

Suas mãos agarram meus ombros, as pernas se abriram completamente.

- Will?

- Sim?

Continuei provocando em suas costelas, erguendo os dois seios em minhas mãos. Eu já conhecia seu tom de voz; sabia o que ela estava prestes a implorar.

- Por favor.

- Por favor, o quê? - eu perguntei, pressionando os dentes com cuidado em seu mamilo. - Por favor, me passe o chá?

- Me toque.

- *Estou* tocando você.

Ela soltou um pequeno grunhido raivoso.

- Me toque entre minhas pernas.

Mergulhei meu dedo no frasco de mel e depois pressionei seu clitóris, esfregando em sua pele enquanto mordia o seio delicado. Ela gemeu, jogando a cabeça para trás e trazendo os pés até o balcão, com as pernas totalmente abertas.

Eu me abaixei e passei a língua sobre ela, mas não provocando, pois eu nem conseguiria. O mel estava quente em sua pele, e o sabor era incrível.

- Puta merda - sussurrei, chupando gentilmente sua pele macia.

Sua mão encontrou meus cabelos, puxando, agarrando, mas não por prazer. Ela me ergueu até seu rosto e me beijou. Ela havia colocado mel em sua língua, e eu soube num instante que para sempre esse sabor me lembraria de Hanna.

Seus pequenos gemidos preencheram o espaço entre nossos lábios e línguas, ecoando levemente, cada vez mais agudos quando deslizei meus dedos sobre sua pele novamente, brincando onde ela estava mais molhada e quente. O balcão era um pouco maior do que a altura da minha cintura, mas eu conseguiria dar um jeito se ela quisesse transar ali mesmo.

- Vou pegar uma camisinha.

- Certo - ela disse, tirando a mão dos meus cabelos.

Entrei no corredor enquanto desabotoava minha calça. Peguei um pacote no armário e me virei para voltar à cozinha, mas Hanna estava de pé na porta do meu quarto.

Estava completamente nua e, sem dizer nada, andou até minha cama e subiu nela. Hanna sentou-se no meio da cama, apoiando a mão num joelho, apenas esperando por mim.

- Quero que seja aqui.

- Certo - eu disse, tirando minha calça de vez.

- Na sua cama.

Entendi, pensei. *Está óbvio que você quer transar na minha cama, é só olhar a camisinha na minha mão e a sua completa falta de roupas*. Mas então entendi que ela estava tentando me perguntar algo. Queria saber se minha cama estava fora dos limites, se eu era algum tipo de *playboy* que nunca levava as garotas para a própria cama.

Será que seria sempre assim? Com perguntas implícitas, com sua incerteza sobre aquilo que eu oferecia? Não era suficiente eu secretamente oferecer a chance de partir meu coração?

Eu me juntei a ela na cama, começando a abrir a embalagem da camisinha com os dentes até que ela a tomou de minhas mãos.

- Merda - murmurei, observando enquanto ela se abaixava e passava de leve a língua na ponta do meu pau. - Puta merda, eu adoro essa sua boca safada.

Ela beijou a ponta, correndo a língua sobre a extensão e me tomando inteiro em sua boca.

- Adoro observar você - balbuciei. Eu estava tão duro, e a visão dela fazendo isso... eu não sabia se conseguiria aguentar muito. - Acho que vou gozar.

- Eu mal estou tocando você - ela disse, claramente orgulhosa de si mesma.

- Eu sei. Mas eu... isso é demais.

Hanna pegou a camisinha e a desenrolou em mim, depois se deitou na cama.

- Está pronto?

Subi por cima dela, olhando para nossos corpos antes de me posicionar e entrar dentro dela. Hanna estava tão quente, tão molhada, e eu queria durar e estender o momento ao máximo. Puxei levemente meus quadris para trás, batendo gentilmente meu pau contra seu clitóris.

- Will - ela gemeu, arqueando os quadris.

- Você tem ideia do quanto está molhada?

Com a mão trêmula, ela alcançou entre nós e começou a se tocar.

- Ah, Deus.

- Isso é por minha causa? Acho que nunca estive tão duro.

Eu sentia meu pulso reverberando por meu pau.

Ela me agarrou e parecia nem conseguir respirar quando sussurrou:

- Por favor.

- Por favor, o quê?

Seus olhos se abriram e ela sussurrou:

- Por favor... entre.

Eu sorri, adorando sua agonia urgente.

- Você já não aguenta mais de tesão?

- *Will.*

Debaixo de mim, ela se movia, procurando com suas mãos e quadris. Levei seus dedos para minha boca e chupei cada um para sentir sua doçura. Então, levei minha mão entre nós, circulando um dedo ao redor de sua entrada molhada.

- Perguntei se você já não aguenta mais.

- Sim...

Ela se ergueu, tentando usar meu dedo, mas eu o deslizei por cima do clitóris, provocando um gemido alto em sua garganta. Desci o dedo novamente e entrei naquela inacreditável umidade.

- Está sentindo o desejo aqui entre suas coxas? E aqui em cima? - comecei a chupar um mamilo, provocando com minha língua. - Está pronta e querendo também?

Meu Deus, esses peitos. Tão macios e tão quentes.

- Deus, Hanna - sussurrei, sentindo um desespero tomar conta de mim. - Hoje vai ser tão bom. Vou fazer você gozar *muito*.

Ela se arqueou quase totalmente para fora da cama, com as mãos puxando meu cabelo, arranhando meu pescoço, marcando minhas costas. Descendo o dedo por seu clitóris e mais para baixo, eu pressionei onde sabia que ela queria.

- Aposto que você faria qualquer coisa agora. Eu poderia até enfiar aqui.

- Qualquer coisa - ela concordou. - Por favor...

- Você... está implorando?

Ela assentiu freneticamente e então se virou para meu rosto, com olhos arregalados e selvagens. Seu pulso retumbava em seu pescoço.

- Will. Sim.

– Então, aquelas garotas nos filmes pornôs que você gosta tanto – eu sussurrei, sorrindo enquanto movia meus quadris. Soltamos um gemido ao mesmo tempo quando a cabeça do meu pau passou por cima de seu clitóris. – Aquelas que imploram. Elas dizem que *precisam*...

Inclinei minha cabeça, apertando o queixo, tentando resistir minha urgência de entrar nela e fodê-la até afundar na cama.

– Você diria agora que também *precisa*?

Ela gemeu, arrastando as unhas em meu peito e descendo tão forte que até deixou um rastro de marcas vermelhas.

– Vou fazer qualquer coisa que você quiser hoje, apenas me faça gozar logo.

Sem conseguir continuar provocando, eu apenas sussurrei:

– Me coloque para dentro.

Suas mãos voaram até meu pau, agarrando minha ereção e esfregando por toda parte antes de me deslizar para dentro, empurrando seus quadris para me receber cada vez mais fundo. Minha pele se aqueceu, e com um grunhido inesperado comecei a acompanhar seu ritmo, entrando fundo e empurrando suas pernas para cada lado, pressionado até o fim, esfregando onde eu sabia que ela precisava.

Fechei meus punhos agarrando o lençol acima de seus ombros, lutando para me controlar. Ela estava tão molhada. Estava *tão* quente. Fechei meus olhos com força, sentindo meu sangue bombear em minhas veias enquanto eu entrava e saía repetidamente.

Seus sons – pequenos gemidos e grunhidos que me enlouqueciam – me faziam querer mergulhar mais fundo, mais forte, e fazê-la gozar de novo e de novo até ela nunca mais querer outra pessoa dentro dela. Agora ela sabia que eu continuaria a noite toda: a nossa primeira vez não foi uma exceção. Eu *sempre* a manteria acordada por horas. Com Hanna, eu raramente deixaria que tudo acabasse rapidamente.

Ela era perfeita, linda, selvagem – as mãos em meu rosto, polegar na minha boca, implorando com pequenos gemidos e grandes olhos suplicantes.

Mas quando aqueles olhos se fecharam, eu parei, rosnando alto e ordenando:

- Abra os olhos. Quero que você olhe para mim. Não vou ser gentil hoje.

Hanna olhou em meu rosto - não para meu pau -, então a deixei observar cada sensação que eu sentia: a maneira como minhas estocadas não eram suficientes e eu sentia a necessidade de arranhar toda a sua pele; a maneira como eu adorava os movimentos que ela fazia contra mim, começando a mexer de um jeito *perfeito* que me fez até rir no meio de um grunhido enquanto seu primeiro orgasmo se anunciava; a maneira como eu queria desacelerar, aproveitar o longo deslizar do meu pau dentro dela, sentindo a vibração em meu sangue, correndo meu dedo entre os seios, desfrutando seu suor, esperando ela me implorar novamente por muito, muito mais.

Ela agarrou meus ombros, querendo que eu fosse mais *rápido*.

- Tão mandona - eu sussurrei, tirando meu pau e virando-a de bruços para lamber suas costas, morder sua bunda, suas coxas. Deixei um caminho de marcas vermelhas por toda a sua pele.

Eu a puxei para a ponta da cama, dobrando-a sobre o colchão, então mergulhei nela novamente, tão fundo que nós dois gritamos ao mesmo tempo. Fechei meus olhos, precisando me controlar um pouco. Antes, com todas as outras mulheres, eu sempre mantinha os olhos abertos. Eu precisava desse estímulo visual quando estava pronto para gozar. Mas, com Hanna, isso era demais para mim. *Ela* era demais. Eu não conseguia olhar para ela quando estava perto assim. Era como ela se arqueava, ou quando olhava para mim por cima do ombro, com olhos cheios de dúvidas e esperança e aquela doce adoração que me atingia diretamente no meio do peito.

Hanna começou a se apertar em mim, e me perdi na sensação de como ela ficou ainda mais molhada quando agarrei seus cabelos, depois agarrei os seios em minhas mãos famintas, e ainda dei um tapa em sua bunda para ouvir o estalo alto, seguido por seu gemido de prazer. Seus sons passaram de gritos agudos para uma respiração difícil enquanto eu mordia seu ombro e dizia para *gozar agora*. E quando ela começou, tentei me segurar, tentei bloquear a imagem de nós dois juntos. Apertei com uma mão sua cintura, a outra mão empurrando seu ombro enquanto eu enfiava com força em cada estocada até eu chegar tão perto que podia sentir meu orgasmo na iminência de se derramar.

Ela gritou meu nome, pressionou contra meu corpo e de repente senti como se estivesse caindo numa escuridão sem fim. Abri rapidamente os olhos, com minhas duas mãos agarrando-a com força enquanto eu gozava e enchia a camisinha com um urro. Continuei estocando dentro dela, fodendo enquanto ela ainda gozava, sentindo minhas pernas queimarem e minha cabeça latejar. Senti como se eu fosse feito de borracha e mal conseguia sustentar meu próprio corpo.

Tirei meu pau e joguei a camisinha fora, assistindo enquanto ela se derramava no colchão. Ela parecia tão perfeita em minha cama, sua pele toda marcada por meus dentes, corada e suada, ainda com alguns vestígios do mel espalhados aqui e ali. Subi na cama, desabando atrás dela e envolvendo sua cintura com meus braços. Havia algo tão familiar nisso. Era a primeira vez que ela dormia em minha cama, mas a sensação era de que esse sempre foi o seu lugar.

Quinze

Acordei na manhã seguinte numa cama estranha e o cheiro de Will ainda marcando minha pele. A cama parecia uma zona de guerra. Os lençóis não encaixavam no colchão e se enrolavam em meu corpo; os travesseiros estavam jogados no chão. Minha pele estava coberta de marcas de mordidas e dedos poderosos, e eu não tinha a menor ideia de onde estavam minhas roupas.

Uma olhada no relógio me disse que já se passava pouco mais das cinco horas. Virei para o lado, puxando o emaranhado dos meus cabelos e piscando os olhos na penumbra. O outro lado da cama estava vazio e apenas insinuava a marca do corpo de Will. Ergui a cabeça ao som de passos e o vi andando em minha direção, sorrindo e sem camisa, carregando duas canecas fumegantes em cada mão.

– Bom dia, dorminhoca – ele disse, deixando as canecas no criado-mudo. O colchão afundou quando ele se sentou ao me lado. – Tudo certo? Doendo em algum lugar? – sua expressão era afetuosa, com um sorriso no canto da boca. Eu tive que me perguntar se algum dia me acostumaria com a realidade de Will me olhando de um jeito tão íntimo. – Não fui particularmente suave com você ontem.

Fiz uma avaliação mental: além das marcas que ele deixou por todo o meu corpo, minhas pernas estavam fracas, parecia que meu abdômen havia feito centenas de flexões e, entre as pernas, eu ainda sentia o eco de seus quadris me castigando.

– Doendo nos lugares certos.

Ele coçou o queixo, deixando os olhos passearem por meu rosto antes de caírem em meus peitos. Típico.

– O que você acabou de dizer agora é minha frase preferida sua. Você podia até me enviar isso numa mensagem mais tarde. Se estiver se sentindo generosa, podia também incluir uma foto dos seus peitos.

Tive que rir, enquanto Will pegava uma caneca e me entregava.

– Alguém esqueceu o chá ontem.

– Humm. Alguém ficou distraída.

Balancei a cabeça, fazendo um gesto para ele colocar a caneca de volta. Eu queria ter minhas duas mãos livres. Will era predatório e sedutor em cada minuto do dia; mas, pela manhã, deveria haver uma *lei* contra ele.

Ele sorriu, entendendo aonde eu queria chegar, lentamente passando as mãos por meus cabelos, alisando-os pelas costas. Eu tremi ao ver a emoção em seus olhos, ao sentir a eletricidade na ponta de seus dedos, produzindo um calor já familiar entre minhas pernas. Eu gostaria de saber o que exatamente eu enxergava naqueles olhos: amizade, ternura, algo mais? Engoli de volta a pergunta que estava na ponta da minha língua, sem ter certeza se nós dois estávamos prontos para ter uma conversa tão honesta tão cedo, depois daquele último desastre.

Pela fresta na janela, vi o céu num tom azul-escuro e cheio de nuvens, deixando cada linha em sua pele ainda mais delineada, cada tatuagem contrastando com o tom claro de sua pele. O pássaro azul parecia quase negro; as palavras que envolviam suas costelas pareciam quase esculpidas numa escrita delicada. Estendi a mão para tocá-las, pressionando meu polegar nos vales e morros de seu abdômen. Ele respirou fundo quando deslizei um dedo debaixo do elástico de sua cueca.

– Quero desenhar em você – eu disse, piscando rapidamente para medir sua reação. Ele ficou surpreso, mas, mais do que isso, ele parecia *faminto*, com os olhos azuis pesados e escondidos nas sombras.

Ele deve ter concordado, pois se virou para procurar uma caneta no criado-mudo e voltou com um marcador preto. Will passou por cima de mim e se deitou de costas, esticando-se no meio de sua cama.

Eu me sentei, sentindo o lençol escorregar por meu corpo e o ar frio me lembrou do quanto eu estava nua. Não me permiti tempo para pensar no que estava fazendo e engatinhei até subir nele, montando-o com minhas coxas envolvendo seu corpo.

O ar no quarto pareceu condensar. Will engoliu em seco, com olhos arregalados enquanto eu tirava a caneta de sua mão e abria a tampa. Pude sentir sua ereção abrindo caminho em minha bunda. Mordi os lábios segurando um gemido quando ele flexionou as coxas e levantou os quadris numa tentativa de se esfregar em mim.

Olhei para ele, sem saber por onde começar.

– Adoro sua garganta – eu disse, descendo meus dedos por seu pescoço.

– Garganta, humm? – ele repetiu, usando uma voz doce, mas rouca.

Arrastei minhas unhas em seu peito, tentando não mostrar meu sorriso de satisfação por deixar sua respiração acelerada e excitada com meu toque.

– *Adoro* seu peito.

Ele riu, murmurando:

– Posso dizer o mesmo de você.

Mas seu peitoral era perfeito. Definido, mas não musculoso demais. Seu peito era largo, com a pele macia. Tracei uma linha com a ponta do dedo. Ele não raspava o peito como aqueles modelos de revistas. Will era um *homem*, com cabelos negros no peito, barriga lisinha e aquela trilha suave descendo por seu umbigo até...

Eu me abaixei, passando minha língua por aquele caminho da felicidade.

– Bom – ele grunhiu, ajeitando-se impacientemente debaixo de mim. – Ah, Deus, sim.

– E adoro este lugar bem aqui – eu disse, desviando minha boca de onde ele mais queria e voltando para sua cintura. Puxando sua cueca apenas um pouco, escrevi a letra *H* abaixo de seu quadril, e a letra *B* sem seguida. Levantei a cabeça para examinar meu trabalho, abrindo um grande sorriso. – Gostei.

Ele também ergueu a cabeça para ver onde escrevi minhas iniciais em sua pele.

– Também gostei.

Lembrei-me das palavras que esfreguei do meu corpo durante o banho no outro dia e comecei a pintar meu polegar até ficar molhado de tinta. Pressionei em sua pele, logo abaixo do osso do quadril, apertando com tanta força que ele precisou segurar a respiração. Então tirei a mão, deixando a impressão do meu polegar.

Eu me recostei e admirei.

– Merda – ele disse entredentes, com olhos fixos na marca preta. – Isso provavelmente foi a coisa mais sexy que alguém já fez comigo, Hanna.

Suas palavras mexeram em algo dentro do meu peito, como uma lembrança de que havia outras mulheres: outras que fizeram coisas *sexys*, outras que o fizeram sentir prazer.

Desviei meu rosto de seu olhar penetrante, tentando evitar que ele enxergasse os pensamentos que surgiam no fundo da minha mente – pensamentos sobre suas não namoradas. Will era bom para mim. Eu me sentia sexy e divertida; eu me sentia *desejada*. Eu não podia estragar tudo com pensamentos sobre o que se passou antes de mim ou, pior ainda, sobre o que aconteceria a seguir. Inferno, inclusive o que teria acontecido nos dias em que ficamos separados. Ele nunca disse nada sobre terminar com as outras mulheres. Eu o encontrava na maioria das noites da semana, mas não em *todas* as noites. Se existe uma coisa que eu sei sobre Will é que ele gosta de variedade, e era pragmático o bastante para sempre ter um plano de emergência.

Mantenha distância, lembrei a mim mesma. *Agente secreto. Entre e saia, sem nunca ser atingida.*

Will sentou-se debaixo de mim, chupando meu pescoço antes de mover sua boca até minha orelha.

– Preciso comer você.

Deixei minha cabeça cair para trás.

– Você não fez isso na noite passada?

– Mas isso foi há várias *horas*.

Senti um arrepio percorrer meu corpo, e meu chá foi esquecido mais uma vez.

O ar ainda estava gelado, mas já era possível sentir a primavera. Havia folhas verdes e flores se abrindo, pássaros cantando nas árvores e o azul do céu prometendo melhores climas pela frente. O Central Park na primavera sempre foi meu lugar preferido; era incrível como uma cidade deste tamanho e com tanta indústria poderia esconder essa joia cheia de cores, água e vida selvagem bem no meio de seu coração.

Eu queria pensar no que precisava fazer nos próximos dias, ou no fim de semana da Páscoa que se aproximava, mas eu estava dolorida, cansada, e ter Will correndo ao meu lado era algo que me distraía cada vez mais.

O ritmo de seus pés no asfalto, a cadência de sua respiração... tudo que eu conseguia pensar tinha a ver com sexo. Eu me lembrava dos músculos sob minhas mãos, o jeito provocante que ele usava para pedir que eu o mordesse, como se estivesse fazendo por mim, sabendo que eu também precisava liberar algo dentro dele, e que talvez esse algo estivesse debaixo de sua pele. Eu me lembrava de sua respiração perto do meu ouvido no meio da noite, quando ele tentava se segurar por horas enquanto me fazia gozar várias e várias vezes.

Ele ergueu a camiseta e limpou a testa enquanto corria. Meu pensamento imediatamente recordou seu suor em minha barriga e seu orgasmo em minha cintura na festa da república.

Will baixou a camiseta, mas eu não conseguia tirar os olhos do pequeno pedaço onde sua barriga ficou exposta.

– Hanna.

– Humm?

Finalmente, consegui acordar do meu transe e voltei a olhar a pista na nossa frente.

– O que você está pensando? Você está com uma expressão boba no rosto.

Respirei fundo e apertei meus olhos por um instante.

– Não é nada.

Seus pés pararam, e a cadência de seu sexo e quadris estocando em mim foi interrompida de repente. Mas a sensibilidade entre minhas pernas não sumiu quando ele se virou para me olhar nos olhos.

– Não faça isso.

Enchi meus pulmões, e as palavras escaparam com a minha respiração.

– Certo, eu estava pensando em você.

Olhos azuis analisaram meu rosto antes de me olharem por inteiro: mamilos duros sob a camiseta, que era dele e grande demais para mim; pernas quase desabando e, entre elas, músculos tão tensos que eu precisava apertar ainda mais para tentar aliviar um pouco a dor.

Um pequeno sorriso se abriu em seu rosto.

– Está pensando em mim neste exato momento?

Desta vez, quando fechei meus olhos, eu os mantive fechados. Ele disse que a minha força estava na minha honestidade, mas na verdade estava no jeito como ele me fazia sentir quando eu contava a verdade.

– Nunca me senti distraída com uma pessoa desse jeito antes.

Sempre fui regida pela *obstinação*. Mas agora, eu sentia *luxúria*, *vontade*, *desejo*, eu me sentia uma *aluna insaciável*.

Ele ficou em silêncio por tempo demais, e quando olhei de volta, vi que ele estava me observando, considerando suas opções. Eu precisava que ele fizesse alguma piada, que me provocasse, dissesse algo safado e nos trouxesse de volta para os bons tempos de *Will e Hanna.*

– Conte mais – ele sussurrou, finalmente.

Abri os olhos, encarando-o diretamente.

– Nunca tive dificuldade em me concentrar antes em alguma tarefa. Mas... agora fico pensando em você... – parei abruptamente. – Penso em *sexo* com você o tempo todo.

Nunca senti meu coração tão pesado, batendo com tanta força. Eu adorava essas reações que ele causava em meu corpo, lembrando que meu coração é um músculo e meu corpo é, em parte, feito para ser selvagem e animalesco. Mas não para as emoções. Eu definitivamente não me dava bem com emoções.

– E? – ele pressionou.

– E isso é loucura.

Seu lábio tremeu num sorriso reprimido.

– Por quê?

– Porque você é meu amigo... você se tornou meu *melhor* amigo.

A expressão dele suavizou.

– E por acaso isso é uma coisa ruim?

– Eu não tenho muitos amigos, e não quero estragar tudo com você. Para mim, isso é importante.

Ele sorriu, tirando uma mecha molhada de cabelo do meu rosto.

– É sim.

– Tenho medo de que essa coisa de amizade colorida acabe, como diria Max, indo por água abaixo.

Ele riu, mas não respondeu nada.

– Você não tem medo? – perguntei, tentando encontrar seus olhos.

– Não pelos mesmos motivos que você.

E o que isso queria dizer? Eu adorava a habilidade de Will de se manter contido, mas agora fiquei com vontade de estrangular seu pescoço.

– Mas não é estranho que, mesmo você sendo meu melhor amigo, eu não consiga parar de pensar em você pelado? E eu pelada? *Nós dois* pelados, e o jeito que você me faz sentir quando estamos pelados? O jeito como *eu* espero fazer você se sentir quando estamos pelados? Eu fico pensando muito nessas coisas.

Ele chegou mais perto, pousando uma mão na minha cintura e a outra em meu rosto.

– Não é estranho. E Hanna?

Quando ele acariciou meu pescoço com o polegar, eu sabia que estava tentando dizer que entendia o quanto isso me assustava. Engoli em seco e sussurrei:

– Sim?

– Você sabe que eu sempre achei importante deixar as coisas claras.

Assenti.

– Mas... você quer mesmo conversar sobre isso agora? Se você quiser, nós podemos conversar – ele disse, apertando minha cintura para me acalmar –, mas não precisamos necessariamente.

Um pequeno raio de pânico atravessou meu corpo. Já tivemos essa conversa antes, e o final não foi nada bom. Entrei em pânico, e ele retirou o que disse. Seria diferente agora? E como eu responderia se ele dissesse que me queria, mas que não queria *apenas* eu? Mas eu sabia, sim, o que eu diria. Eu diria que isso não funcionava mais para mim. E que eventualmente... eu me afastaria.

Sorrindo, balancei a cabeça.

– Pelo menos, não agora.

Ele se aproximou ainda mais e disse em meu ouvido:

– Certo. Mas nesse caso é melhor eu avisar: *ninguém* me faz sentir como você faz – ele pronunciou cada palavra cuidadosamente, como se precisasse inspecionar cada uma antes de deixá-las sair. – E eu também penso sobre sexo com você. Penso *muito*.

Não é que fiquei surpresa por ele pensar em sexo comigo; isso estava bem claro, considerando os comentários que sempre fez. Mas eu suspeitava de que ele quisesse estar comigo de alguma maneira esclarecida, quase contratual, como faz com suas outras mulheres, com quem discutia tudo com antecedência numa espécie de acordo mútuo estéril. Eu simplesmente não sabia se para Will isso significava um compromisso com sexo ou... sexo sem muito compromisso. Afinal de contas, se ninguém fazia ele se sentir assim, então obviamente havia outras pessoas lá fora tentando, não é?

– Entendo que você possa ter... *planos* para o fim de semana – comecei a dizer, e as sobrancelhas dele se juntaram em frustração ou confusão, eu não tinha certeza de qual, mas continuei mesmo assim: – Mas se tiver e não quiser ter planos, ou se não tiver planos, mas *gostaria* de ter planos, então você poderia viajar comigo para a casa da minha família no feriado da Páscoa.

Ele se afastou apenas o suficiente para olhar meu rosto.

– Como é?

– Quero que você passe o feriado comigo. Minha mãe sempre faz um café da manhã de Páscoa delicioso. Podemos ir no sábado e voltar no domingo de tarde. Você *tem* planos?

– Humm... não. Nada de planos. Você está falando sério?

– Seria estranho para você?

– Não seria estranho. Seria ótimo encontrar Jensen e os seus pais – e um fogo acendeu em seus olhos. – Entendo que a gente não vá contar para sua família sobre nossas recentes aventuras sexuais, mas pelo menos vou poder ver seus peitos enquanto estivermos lá?

– Na privacidade? Talvez.

Ele bateu a ponta do dedo no queixo repetidas vezes, fingindo considerar o acordo.

– Humm. Isso vai soar esquisito, mas... pode ser no seu quarto?

– No quarto da minha *infância*? Você *é* um pervertido – eu disse, balançando a cabeça. – Mas... talvez.

– Então eu topo.

– Só precisa disso? Peitos? Você é *fácil* assim?

Ele se aproximou, beijou minha boca e disse:

– Se precisa perguntar, então você *ainda* não me conhece tão bem.

Will apareceu no meu apartamento no sábado de manhã, estacionando um velho Subaru Outback verde na frente do meu prédio. Ergui minhas sobrancelhas olhando de um para o outro, enquanto ele girava as chaves no dedo com uma expressão orgulhosa.

– Belo carro – eu disse, pegando minha mala em frente à porta.

Ele tirou a mala da minha mão e beijou meu rosto, sorrindo com minha aprovação.

– Não é mesmo? Eu deixo guardado numa garagem. Sinto falta desse carro.

– Quando foi a última vez que você o dirigiu?

Ele deu de ombros.

– Faz um tempo.

Eu o segui pelas escadas, tentando não pensar sobre onde estávamos indo. Convidar Will pareceu uma grande ideia na hora, mas agora, menos de uma semana depois, fiquei pensando como o pessoal iria reagir – e se eu conseguiria esconder meu sorrisinho idiota e manter as mãos longe de sua calça. Quando forcei meus olhos para longe de sua bunda, percebi que as chances não eram muito boas.

Ele estava inacreditável em seu jeans favorito, uma camiseta velha do Star Wars e tênis verdes. Ele parecia tão relaxado quanto eu estava nervosa.

Nós realmente não conversamos sobre o que aconteceria quando chegássemos lá. Minha família sabia que estávamos passando um tempo juntos – foi ideia deles, afinal de contas –, mas isso que está acontecendo entre nós certamente *não* era parte do plano. Eu confiava em Liv para manter segredo, pois se Jensen soubesse as coisas que Will fez com sua irmãzinha, havia uma boa chance de uma briga ou, no mínimo, uma conversa realmente constrangedora. Era fácil manter essa realidade escondida enquanto estávamos aqui em Nova York. Mas lá em casa, a realidade era que Will era o melhor amigo de Jensen. Eu não podia agir da mesma maneira, como se... como se ele pertencesse a *mim*.

Will colocou minha bagagem no porta-malas e depois abriu a porta para mim, mas não sem antes me pressionar contra o carro e me dar um longo beijo.

– Está pronta?

– Sim – eu disse, me recuperando de uma pequena epifania. Eu *gostava* de sentir que ele pertencia a mim. Ele me olhou e sorriu até que nós dois percebemos que tínhamos algumas horas no carro para nos desfazer dessa confortável intimidade.

Ele me beijou mais uma vez, gemendo contra meus lábios e passando gentilmente a língua na minha boca antes de dar um passo para trás para que eu pudesse entrar no carro.

Andando até o outro lado, ele sentou no banco do motorista e imediatamente disse:

– Sabe, a gente podia perder um minutinhos e dar umazinha no banco de trás, o que você acha? Eu posso baixar o banco para facilitar para você. Sei que gosta de ter espaço para abrir bem as pernas.

Revirei os olhos, sorrindo largamente. Jogando os ombros para cima, Will girou a chave e deu a partida. O carro pegou com um rugido e Will engatou a primeira marcha, piscando para mim antes de acelerar. Começamos a andar até o carro parar de repente alguns metros à frente.

Ele franziu a testa, mas deu a partida novamente e conseguiu entrar no trânsito sem problemas. Peguei seu celular no porta-copos e comecei a buscar entre suas músicas. Ele me jogou um olhar desaprovador, mas não disse nada, apenas voltou a olhar a estrada.

– Britney Spears? – perguntei, rindo.

Ele estendeu o braço sem olhar, tentando pegar o celular.

– Minha irmã – ele murmurou.

– *Claaaaaro.*

Paramos num semáforo na Broadway, e o carro morreu de novo. Will tentou dar outra partida, o carro pegou, mas morreu de novo alguns minutos depois.

– Você tem certeza de que consegue dirigir essa carroça? – perguntei, sorrindo com ironia. – Você já é um nova-iorquino há tanto tempo que nem sabe mais dirigir?

Ele me jogou um olhar bravo.

– Seria muito mais fácil se tivéssemos transado no banco de trás. Ajuda a clarear a mente.

Olhei ao redor e de volta para ele, sorrindo enquanto eu me abaixava e começava a abrir o zíper de sua calça.

– Quem precisa do banco de trás?

Dezesseis

Desliguei o carro e o motor tilintou no silêncio que se seguiu. Ao meu lado, Hanna estava dormindo, com a cabeça encostada na janela do passageiro. Estávamos na frente da casa da família Bergstrom, nos subúrbios de Boston. Na frente, havia uma grande varanda branca envolvida por tijolos expostos, venezianas azul-marinho cobriam as janelas da frente, e pesadas cortinas cor de creme eram visíveis lá dentro. A casa era grande, bonita, e continha tantas das minhas próprias memórias que eu sequer podia imaginar o que era para Hanna retornar aqui.

Fazia uns dois anos que eu não vinha até aqui, desde que acompanhei Jensen em sua visita aos pais num fim de semana qualquer. Nenhum de seus irmãos estava na casa naquela ocasião. Foi uma visita relaxante, durante a qual passamos a maior parte do tempo no quintal lendo e tomando gim e tônica. Mas agora eu estava estacionado na frente da casa deles, sentado ao lado da irmã do meu amigo, que havia me dado duas chupadas sensacionais durante a viagem, a última terminando menos de uma hora atrás com minhas mãos segurando o volante com força e meu pau tão enterrado em sua garganta que até senti quanto ela engoliu. Hanna realmente tinha talento com a boca. Ela achava que ainda precisava de mais instruções, e eu não me importei de continuar com a brincadeira enquanto ela praticava em mim mais algumas vezes.

Na cidade, no meio do nosso dia a dia, era fácil esquecer a conexão com Jensen, a conexão *familiar*. A conexão *eles-me-matariam-se-soubessem-o-que-estamos-fazendo*. Fui surpreendido quando ela citou Liv, pois essa era uma história muito antiga. Mas agora eu teria que encarar tudo isso neste fim de semana: minha história como a grande paixão de Liv, como o melhor amigo de Jensen e o estagiário de Johan. E teria que encarar tudo isso tentando esconder minha paixão por Hanna.

Toquei em seu ombro e sacudi de leve.

- Hanna.

Ela se assustou um pouco, mas a primeira coisa que viu quando abriu os olhos foi meu rosto. Hanna estava sonolenta e não totalmente consciente, mas sorriu como se estivesse olhando para a sua coisa favorita no mundo, e então murmurou:

- Oi.

E, com sua reação, meu coração explodiu.

- Oi, minha Ameixa.

Ela sorriu timidamente, virando a cabeça para olhar pela janela enquanto se espreguiçava. Quando viu onde estávamos, ela se assustou novamente, ajeitando-se no assento e olhando ao redor.

- Ah! Já chegamos.

- Estamos aqui.

Quando se virou para mim, seus olhos pareciam levemente em pânico.

- Vai ser esquisito, não é? Vou ficar olhando para a sua braguilha e o Jensen vai perceber e daí você vai olhar para os meus peitos e alguém também vai perceber! E se eu tocar você? Ou... - seus olhos se arregalaram - e se eu *beijar* você?

Sua crise nervosa iminente me acalmou demais. Apenas um de nós podia surtar por vez. Balancei a cabeça e disse:

- Vai dar tudo certo. Estamos aqui como amigos. Estamos visitando sua família como *amigos*. Não vai ter nada de admiração pública de paus ou peitos. Combinado?

- Combinado - ela repetiu sem muito entusiasmo. - Apenas amigos.

- Porque é isso que *somos* - eu a lembrei, ignorando o órgão dentro do meu peito que se retorceu quando eu disse isso.

Endireitando-se, ela assentiu e levou a mão até a maçaneta, cantarolando:

- Amigos! Amigos visitando minha casa na Páscoa! Vamos encontrar seu velho amigo, meu irmão mais velho! Obrigada por me trazer até aqui desde Nova York, amigo Will, meu amigo!

Ela riu enquanto saía do carro e dava a volta para pegar sua bagagem no porta-malas.

- Hanna, acalme-se - sussurrei, pousando suavemente a mão em suas costas. Senti meus olhos baixarem de seu pescoço até chegarem aos peitos. - Não seja lunática.

- Olhos aqui em cima, William. É melhor começar desde já.

Rindo, eu sussurrei:

- Vou tentar.

- Eu também - e com uma piscadela, ela sussurrou: - E lembre-se de me chamar de Ziggy.

—

Helena Bergstrom tinha um abraço tão bom que poderia ser facilmente confundida com alguém do noroeste americano. Apenas seu leve sotaque e as feições europeias denunciavam sua origem norueguesa. Ela me cumprimentou e me puxou logo que entrei pela porta para um familiar abraço. Assim como Hanna, ela era alta, e envelheceu muito bem. Beijei seu rosto, entregando as flores que compramos quando paramos para abastecer.

- Você é sempre tão gentil - ela disse, recebendo as flores e gesticulando para entrarmos. - Johan ainda está trabalhando. Eric não poderá vir. Liv e Rob estão aqui, mas Jensen e Niels ainda estão na estrada - ela olhou para a janela e franziu a testa. - Vai chover, então espero que eles cheguem para o jantar.

Para ela, dizer os nomes de todos os seus filhos era tão fácil quanto respirar. Fico imaginando como foi sua vida criando tantas crianças. E com cada um também se casando e tendo filhos, a casa ficaria cada vez mais cheia.

Senti um desejo estranho de participar de tudo isso de algum jeito, então desviei os olhos tentando limpar minha mente. Este fim de semana tinha potencial para ser estranho o suficiente sem ter essas novas emoções no meio.

Lá dentro, a casa parecia a mesma das minhas memórias, apesar de ter passado por uma reforma. Ainda era confortável, mas, em vez da decoração azul e cinza de que eu me lembrava, agora os tons predominantes eram marrons e vermelhos com sofás macios e paredes cor de creme. Por toda a entrada e corredor eu percebi que, com ou sem reforma, Helena ainda abraçava o estilo de vida americano com uma boa dose de citações posando de arte nas paredes. Eu sabia o que veria pelo resto da casa:

No corredor: "Viva, ria, ame!".

Na cozinha: "Uma dieta equilibrada é ter um biscoito em cada mão!".

Na sala de estar: "Nossos filhos: nós damos as raízes para eles alçarem voo!".

Ao me flagrar lendo a frase perto da entrada – "Todos os caminhos levam para casa" –, Hanna piscou, mostrando um sorriso no canto da boca.

Quando ouvi passos descendo pela escada de madeira ao lado da entrada, ergui o olhar e encontrei os olhos verdes de Liv. Meu estômago esfriou num instante.

Não havia motivo para eu deixar que as coisas ficassem estranhas com Liv; já a encontrei várias vezes desde que ficamos, mais recentemente no casamento de Jensen alguns anos atrás, quando tivemos uma agradável conversa sobre seu emprego numa pequena firma comercial em Hanover. Seu noivo – atual marido – parecia um cara legal. Lembro-me de nem pensar duas vezes sobre qualquer coisa entre nós.

Mas isso era porque eu não considerava que nosso breve romance tivesse significado algo para ela; eu não sabia que Liv tinha ficado com o coração partido quando voltei para Yale naquele Natal. Era como se alguém tivesse reescrito uma grande parte da minha história com os Bergstrom – e me transformado no vilão. Agora que eu estava aqui, percebi que não fiz nada para me preparar mentalmente para isso.

Enquanto fiquei de pé como uma estátua, ela se aproximou e me abraçou.

– Oi, Will – ela disse. Senti a pressão de sua barriga grávida e ela riu, sussurrando: – Me abrace de volta, seu bobo.

Relaxei e envolvi seu corpo com meus braços.

- Olá. Acho que estou um pouco atrasado, mas parabéns mesmo assim.

Ela deu um passo para trás, esfregando a barriga e sorrindo.

- Obrigada.

Liv parecia estar se divertindo com meu embaraço, e então eu me lembrei de que Hanna tinha ligado para ela depois de nossa discussão, ou seja, provavelmente ela sabia *exatamente* o que se passava comigo e sua irmãzinha.

Meu estômago voltou a dar um nó, mas me esforcei para superar o desconforto e não estragar o fim de semana inteiro.

- Você está esperando um menino ou uma menina?

- Vai ser uma surpresa - ela disse. - Rob quer saber, mas eu não. Então, claro, isso significa que não vamos saber até lá.

Rindo, ela abriu espaço para seu marido me cumprimentar.

Trocamos mais algumas amenidades no hall de entrada; Hanna atualizou sua mãe e Liv com as últimas notícias da pós-graduação, Rob e eu conversamos um pouco sobre basquete antes de Helena apontar para a cozinha.

- Preciso voltar para o fogão. Venham tomar um drinque depois de se acomodarem um pouco.

Peguei nossa bagagem e acompanhei Hanna até o andar de cima.

- Ponha Will no quarto amarelo - Helena disse.

- Esse era o meu quarto? - perguntei, enquanto olhava para a bunda perfeita de Hanna. Ela sempre esteve em forma, mas nossas corridas estavam fazendo maravilhas com suas curvas.

- Não, você ficava no quarto de hóspedes branco - ela respondeu, e então se virou para me jogar um sorriso sobre o ombro. - Não que eu me lembre de cada detalhe daquele verão ou algo assim.

Eu ri e entrei no quarto em que eu deveria passar a noite.

- Onde fica o seu quarto? - a pergunta saiu antes mesmo de eu considerar se era bom ou não eu saber, e certamente antes de eu checar se alguém poderia nos ouvir.

Ela olhou sobre o ombro e então entrou no quarto, fechando a porta.

- Na segunda porta do corredor.

O espaço entre nós parecia encolher. Ficamos parados, encarando um ao outro.

- Oi - ela sussurrou.

Foi a primeira vez desde que deixamos Nova York que considerei que talvez isso fosse uma péssima ideia. Eu estava apaixonado por Hanna. Como poderia esconder isso todas as vezes que eu olhava para ela?

- Oi - eu disse, quase sem voz.

Inclinando a cabeça, ela perguntou:

- Tudo bem?

- Sim - e cocei meu pescoço. - Só que... eu quero te beijar.

Ela chegou mais perto até poder passar as mãos debaixo da minha camiseta e sobre meu peito. Eu me abaixei, plantando um único e simples beijo em sua boca.

- Mas eu não deveria - falei contra seus lábios quando ela voltou para outro beijo.

- Provavelmente não.

Sua boca passou para meu queixo, descendo pela garganta, chupando, mordendo. Debaixo da minha camiseta, ela arranhava meu peito e deslizava as unhas suavemente sobre meus mamilos. Em apenas alguns segundos, eu já estava rígido, pronto, sentindo minha pele se aquecer e meus músculos queimarem.

- Não sei se vou conseguir ficar apenas nos beijos - eu disse, ao mesmo tempo alertando para ela parar e incentivando para continuar.

- Temos um pouco de tempo antes do resto do pessoal chegar - Hanna disse, afastando-se apenas o suficiente para desabotoar minha calça. - Podemos...

Eu segurei suas mãos, sentindo meu lado cauteloso vencer minha luta interna.

- Hanna. É melhor não.

- Não vou fazer barulho.

- Esse não é o único problema de *comer* você na *casa dos seus pais* no *meio do dia*. Não acabamos de ter essa conversa lá fora?

- Eu sei, eu sei. Mas e se agora for o único momento que teremos sozinhos? - ela perguntou, com um sorriso malicioso. - Você não quer brincar um pouco comigo aqui?

Ela estava louca.

- Hanna - eu disse, fechando os olhos e soltando um grunhido quando ela abaixou minha calça e cueca e agarrou meu pau com sua mão quente. - Realmente não podemos.

Ela parou, segurando meu pau gentilmente.

- Podemos ser rápidos. Para variar um pouco.

Abri os olhos e a encarei. Eu não gostava de pressa, em nenhuma situação, mas principalmente com Hanna. Gosto de ir devagar. Mas se ela estava se oferecendo a mim e tínhamos apenas cinco minutos, eu poderia usar esses cinco minutos. O resto da família ainda não havia chegado; talvez tudo desse certo. E então eu me lembrei:

- Merda. Não tenho nenhuma camisinha. Não trouxe nenhuma. Por *motivos óbvios*.

Ela praguejou.

- Nem eu.

A pergunta pairou sobre nós quando Hanna me olhou, com olhos arregalados e suplicantes.

- *Não* - eu disse, sem nem precisar ouvir suas palavras.

- Mas eu tomo pílula há anos.

Fechei os olhos e apertei meu queixo. *Merda*. Gravidez era a única coisa que realmente me preocupava. Mesmo nos meus dias mais selvagens, nunca fiz sexo sem camisinha. E de qualquer maneira, fiz testes regulares para tudo nos últimos anos.

- *Hanna*.

- Não, você tem razão - ela disse, passando o polegar na ponta do meu pau, espalhando a umidade ali. - Não é só por causa de gravidez. É uma questão de segurança...

– Nunca transei sem camisinha – respondi imediatamente. O que é que eu estava fazendo?

Ela congelou.

– Nunca?

– Nunca nem esfreguei por fora. Sou muito paranoico.

Seus olhos se arregalaram.

– Nem mesmo "só a pontinha"? Eu achava que todo cara fazia essa coisa de "só a pontinha".

– Sou paranoico e cuidadoso. Sei que só precisa de uma vez para tudo dar errado.

Sorri para ela, sabendo que entenderia a referência: eu mesmo surgi de uma gravidez indesejada. Seus olhos se tornaram sombrios e grudaram na minha boca.

– Will? Então hoje seria sua primeira vez desse jeito?

Ah, merda. Quando ela me olhava desse jeito, quando sua voz ficava nesse tom rouco e sussurrante, eu não conseguia aguentar. Não havia apenas uma atração física entre nós. Claro, já fiquei atraído por mulheres antes. Porém, havia algo mais com Hanna, uma química em nosso sangue, algo entre nós que se acendia como uma centelha, que me fazia sempre querer um pouco mais do que eu poderia ter. Ela me ofereceu sua amizade, eu quis seu corpo. Ela me ofereceu seu corpo, eu quis sequestrar seus pensamentos. Ela me ofereceu seus pensamentos, eu quis seu coração.

E aqui estava ela, querendo me sentir dentro dela – apenas eu, apenas ela –, e era quase impossível dizer não. Mas eu tentei.

– Realmente, acho que não é uma boa ideia. Precisamos ter um pouco mais de cuidado com essa decisão.

Principalmente se você pensa em ter outros caras em seu "experimento", pensei, mas não falei.

– Apenas quero sentir. Eu também nunca transei sem camisinha – ela sorriu e me beijou. – Só um pouco. Só por um segundo.

Rindo, eu sussurrei:

– Só a pontinha?

Ela deu um passo para trás e encostou-se à beira da cama, subindo a saia até a cintura e tirando a calcinha. Hanna me encarou, abriu as coxas e deitou-se no colchão apoiando-se nos cotovelos, deixando os quadris suspensos para fora da cama. Tudo que eu precisava fazer era me aproximar e entrar nela. Ao natural.

- Sei que é loucura e sei que é estúpido. Mas, Deus, é assim que você me faz sentir - sua língua deslizou e molhou o lábio inferior. - Prometo não fazer barulho.

Fechei meus olhos, sabendo que assim que ouvi aquilo, eu me decidi. A pergunta mais importante era se *eu* conseguiria não fazer barulho. Baixei ainda mais minha calça e me posicionei entre suas pernas, segurando meu pau e me inclinando sobre ela.

- Merda. O que estamos fazendo?

- Apenas sentindo.

Meu sangue martelava em minha garganta, em meu peito, em cada centímetro do corpo. Era como a última fronteira do sexo; era até estranho pensar que já fiz de tudo, menos isso. Parecia tão simples, quase inocente. Mas nunca quis sentir nada tanto quanto queria senti-la, pele com pele. Era como uma febre tomando posse da minha mente e minha razão, dizendo como seria bom enterrar nela por apenas um segundo, apenas para sentir um pouco, e isso seria suficiente. Ela poderia voltar para seu quarto, desfazer as malas, descansar, e eu bateria uma, mais forte e mais rápido do que jamais fiz na vida.

Estava decidido.

- Venha aqui - ela sussurrou, estendendo a mão para meu rosto.

Baixei meu peito, abrindo a boca para beijar seus lábios, chupando sua língua, engolindo seus sons. Eu podia sentir sua pele lisa contra a parte de baixo do meu pau, mas não era ali que eu queria sentir. Eu queria senti-la me envolvendo por inteiro.

- Está gostoso? - perguntei, levando a mão entre nós para esfregar seu clitóris. - Posso fazer você gozar primeiro? Não acho que devemos terminar assim.

- Você consegue tirar antes?

– Hanna – sussurrei, mordendo seu queixo. – Não era para ser "só a pontinha"?

– Você não quer saber como é? – ela retrucou, deslizando as mãos até minha bunda e mexendo os quadris. – Você não quer saber como é *me* sentir?

Soltei um grunhido, mordendo seu pescoço.

– Você é uma garota muito safada.

Ela tirou meus dedos de seu clitóris e agarrou meu pau, esfregando por toda a sua pele macia e molhada. Gemi mergulhado em seu pescoço.

E então ela me guiou até sua entrada, segurando e esperando eu mexer meus quadris. Empurrei para frente, depois para trás, sentindo a sutil entrega de seu corpo quando a cabeça do meu pau deslizou alguns centímetros para dentro. Continuei entrando, apenas mais um pouco, até sentir ela se esticar para envolver todo o meu pau, e então parei, gemendo.

– Rápido – eu disse. – Em silêncio.

– Prometo – ela sussurrou.

Eu esperava que ela estivesse quente, mas não estava preparado para o quanto estava macia, quente, *molhada*. Eu estava despreparado para a tontura que senti, a sensação de sua pulsação, músculos apertando, sons famintos e afogados em meu ouvido dizendo o quanto também era diferente para ela.

– Merda – grunhi, sem conseguir resistir a entrar até o fim. – Não posso... não posso transar desse jeito ainda. É bom demais. Vou gozar muito rápido.

Ela segurou a respiração, com as mãos apertando meus braços com tanta força que até doía.

– Tudo bem – ela disse com dificuldade, antes de soltar a respiração de uma vez. – Você sempre aguenta por tanto tempo. Quero que seja tão bom a ponto de você não conseguir se segurar.

– Você é tão malvada – eu disse entredentes. Hanna riu, virando a cabeça para capturar minha boca num beijo.

Estávamos apoiados na beira da cama, ainda vestindo nossas camisetas, minha calça abaixada até os tornozelos e a saia dela erguida até a cintura. Deveríamos estar desfazendo as malas, descansando, nos situando. O que estávamos fazendo era muito *errado*, mas de algum modo não fazíamos nenhum barulho, e eu me convenci de que conseguiria me controlar, talvez transar devagar para impedir que a cama chiasse. Mas então percebi que eu estava *dentro* dela, completamente *ao natural*, na casa dos *pais dela*. Quase gozei só de olhar para onde eu enterrava nela.

Retirei quase tudo para fora – revelando o quanto ela estava molhada – e entrei novamente, então repeti a dose, de novo e de novo. E, *merda*, eu estava arruinado. Nunca mais poderia transar com mais ninguém, nunca mais poderia usar camisinha com esta garota.

– Aqui vai uma decisão executiva – ela sussurrou, com a voz rouca e a respiração acelerada. – Esqueça as corridas matinais. Precisamos fazer *isto* cinco dias por semana.

Sua voz estava tão fraca que precisei encostar meu ouvido em sua boca para ouvir. Mas tudo que eu entendia no meio do meu transe eram frases quebradas com palavras como "duro" e "pele" e "fique dentro depois de gozar".

Foi essa última ideia que me pegou de vez, que me fez pensar sobre gozar dentro dela, beijando-a até ela sentir sua própria urgência, e então ficando duro novamente e sentindo ela se apertar ao redor de mim. Eu poderia foder, ficar por lá, depois foder de novo antes de cair no sono dentro dela.

Aumentei a força, segurando sua cintura, encontrando aquele ritmo perfeito que não balançava a estrutura da cama, nem batia a cabeceira na parede. O ritmo em que ela poderia continuar em silêncio, em que eu poderia tentar me segurar até ela chegar lá... mas era uma batalha perdida, e mal tinham se passado alguns minutos.

– Ah, merda, Hanna – eu grunhi. – Desculpe. Desculpe.

Joguei minha cabeça para trás, sentindo meu orgasmo se acumular entre minhas pernas, chegando rapidamente. Tirei de dentro, socando meu pau com força enquanto ela correu com as mãos entre as pernas, pressionando os dedos em seu clitóris.

Ouvi passos no corredor e meus olhos voaram para o rosto de Hanna para saber se ela também tinha ouvido, apenas uma fração de segundo antes de alguém bater na porta.

Minha visão ficou turva e senti meu orgasmo começando.

Merda. Meeeeeerda.

Jensen gritou:

- Will! Ei, já cheguei! Você está no banheiro?

Hanna sentou-se abruptamente, com olhos arregalados como se pedisse desculpas, mas já era tarde demais. Fechei os olhos, gozando em minha mão e em sua coxa nua.

- Espera um pouco - gritei de volta, olhando para meu pau ainda pulsando em minha mão.

Eu me dobrei sobre a cama, apoiando com a mão livre no colchão. Quando olhei para Hanna, ela parecia não conseguir desviar os olhos de onde meu orgasmo atingiu sua pele e - *ah, merda* - toda sua saia.

- Estou me trocando. Daqui a pouco eu saio - consegui dizer, com o coração quase saindo pela boca com a adrenalina repentina que invadiu meu corpo.

- Beleza. Espero você lá em baixo - ele disse, e então seus passos retrocederam.

- Merda, sua saia...

Eu me afastei, correndo para me vestir logo, mas Hanna não se mexeu.

- Will - ela sussurrou, e eu enxerguei aquela fome familiar em seus olhos sombrios.

- Ah, não.

Aquilo foi por pouco. A porta nem estava trancada.

- Acho que... - comecei.

Mas ela se recostou, puxando-me para cima de seu corpo. Ela estava completamente despreocupada sobre seu irmão nos flagrar. Mas ele *foi* embora, não é mesmo?

Esta garota me deixa maluco.

Com meu coração ainda acelerado, eu me abaixei, enfiando dois dedos dentro dela e passando minha língua entre suas pernas enquanto ela fechava os olhos. Suas mãos buscaram meus cabelos, os quadris se levantaram em minha boca, e em questão de segundos ela começou a gozar, abrindo a boca num grito silencioso. Sob meu toque, ela tremia, erguendo cada vez mais os quadris e agarrando meus cabelos com toda a força.

Com seu orgasmo terminando, continuei lentamente movendo meus dedos dentro dela, mas fui beijando um caminho gentil entre seu clitóris, o interior da coxa e o quadril. Finalmente, deitei minha testa em seu umbigo, ainda tentando recuperar meu fôlego.

- Ah, Deus - ela sussurrou assim que suas mãos soltaram meus cabelos, subindo até os seios. - Você me deixa *maluca*.

Tirei meus dedos de dentro dela e beijei a parte de trás de sua mão, sentindo o cheiro de sua pele.

- Eu sei.

Hanna permaneceu parada na cama durante um minuto silencioso e então abriu os olhos, me encarando como se tivesse recobrado a razão.

- Uau. Essa foi por pouco.

Rindo, eu concordei.

- *Muito* pouco. É melhor nos trocarmos e descermos logo - e acenei para sua saia, dizendo: - Desculpe por isso.

- É só esfregar que sai.

- Hanna - eu disse, segurando uma risada frustrada. - Você não pode descer com uma mancha gigante de porra na sua saia.

Ela considerou a situação por um instante e então me ofereceu um sorriso bobo.

- É verdade. É que... até que gosto dela.

- Tão safada...

Ela sentou-se enquanto eu puxava minha calça de volta e beijou minha barriga através da camiseta. Envolvi seus ombros e a abracei forte, apenas me concentrando em tê-la nos meus braços.

Eu estava perdidamente apaixonado por ela.

Após alguns segundos, o sol passou atrás de uma nuvem, jogando sombras por toda a parte e criando um momento lindo. Sua voz pequenina, quase falhando por inteiro, quebrou o silêncio.

– Você já se apaixonou?

Congelei, com medo de ter falado em voz alta em vez de apenas pensar. Mas quando olhei para baixo, ela estava me observando com genuína curiosidade e olhos calmos. Se fosse qualquer outra mulher que me perguntasse isso após uma rapidinha, eu sentiria um pânico e a necessidade de sumir imediatamente.

Mas, com Hanna, a pergunta parecia até apropriada para o momento, principalmente considerando o quanto fomos descuidados. Nos últimos anos, eu me tornei cada vez mais cauteloso sobre quando e onde eu transava e – com exceção do casamento de Jensen – raramente entrava em situações que precisassem de uma saída rápida ou explicações. Mas, ultimamente, estar com Hanna me fazia sentir levemente em pânico, como se houvesse um número limitado de vezes que eu poderia tê-la dessa maneira. Só de pensar que eu poderia perdê-la fazia meu estômago embrulhar.

Houve apenas duas outras amantes em minha vida por quem senti algo maior do que apenas afeto, mas eu nunca disse "eu te amo" para uma mulher. Sei que é esquisito, e sei que, aos trinta e um anos, essa omissão faz de *mim* um esquisito, mas nunca senti o peso dessa estranheza até este momento.

De repente, pensei em todos os comentários maldosos sobre amor e comprometimento que fiz em conversas com Max e Bennett. Não é que eu não acreditasse nisso; acontece que nunca consegui me identificar com esses sentimentos. Amor era sempre algo que eu achava que encontraria num futuro distante, quando eu estivesse de algum jeito mais sossegado e menos aventuroso. A criação da minha imagem como um jogador era como o depósito de minerais sobre vidro com o passar do tempo: nunca me importei com a formação, até ser tarde demais e impossível enxergar através disso.

– Pelo jeito não – ela sussurrou, sorrindo.

Balancei a cabeça.

– Eu nunca falei *eu te amo* antes, se é isso que você quer saber.

Mas era engraçado. Hanna nunca saberia sobre todas as vezes em que eu disse isso em minha mente para ela, em segredo, quase todas as vezes em que nos tocamos.

- Mas você já se sentiu?

Eu sorri.

- Você já?

Ela deu de ombros, então acenou para a porta do banheiro que eu tinha certeza de que se conectava com o quarto de Eric.

- Vou me limpar.

Concordei, fechando os olhos e desabando na cama depois que ela saiu. Agradeci a todo o universo pela sorte de Jensen não ter simplesmente entrado no quarto. Seria um desastre. Se quiséssemos manter tudo em segredo - e eu tinha certeza de que Hanna ainda queria manter as coisas na base da amizade colorida -, teríamos que ter muito mais cuidado daqui para frente.

—

Chequei meu e-mail do trabalho, enviei algumas mensagens e então me arrumei no banheiro, com água, sabonete e muita esfregação. Hanna me encontrou na sala de estar, com um sorriso tímido no rosto.

- Queria me desculpar - ela disse suavemente. - Não sei o que me deu - ela piscou, pousando a ponta do dedo nos meus lábios antes que eu pudesse fazer uma piada óbvia. - Não diga nada.

Rindo, olhei para a cozinha atrás dela para ter certeza de que ninguém podia nos ouvir.

- Aquilo foi incrível. Mas, caramba, podia ter terminado *muito* mal.

Ela parecia constrangida, então ofereci um sorriso e uma careta boba. Com o canto do olho, vi uma pequena estátua de Jesus numa mesa. Peguei e a segurei entre os peitos de Hanna.

- Ei! Olha! Encontrei Jesus no seu decote, afinal de contas.

Ela olhou para baixo, rindo muito e começando a balançar os peitos, como se estivesse deixando Jesus desfrutar do mais perfeito dos lugares.

– Jesus está no meu decote! Jesus está no meu decote!

– E aí, gente?

Quando ouvi a voz de Jensen pela segunda vez no dia, meus braços dispararam para longe dos peitos de Hanna num reflexo atrapalhado. De repente, como se fosse em câmera lenta e eu estivesse olhando de fora do meu corpo, assisti a pequena estátua de Jesus voar da minha mão, apenas entendendo o que fiz quando a peça atingiu o chão e se despedaçou em milhares de pedaços.

– Ah, meeeerda – gritei, correndo até o massacre. Eu me ajoelhei, tentando apanhar os cacos maiores. Era um esforço inútil. Alguns dos cacos eram tão pequenos que praticamente tinham virado pó.

Hanna também se abaixou, sem conseguir parar de rir.

– Will! Você quebrou o Jesus!

– O que vocês estavam *fazendo*? – Jensen perguntou, ajoelhando-se para me ajudar.

Hanna saiu da sala para buscar uma vassoura, deixando-me sozinho com a pessoa que testemunhou a maior parte das minhas galinhagens na juventude. Dei de ombros para Jensen, tentando não parecer como se tivesse acabado de brincar com os peitos de sua irmãzinha.

– Eu estava só olhando. Quer dizer, olhando para a estátua. Olhando para o formato e... quer dizer, olhando para *Jesus*.

Passei a mão na testa e percebi que estava suando um pouco.

– Sei lá, Jens. Você me assustou.

– E por que você está tão assustado? – ele disse, rindo.

– Acho que é porque vim dirigindo. Fazia tempo que eu não dirigia – e dei de ombros, ainda sem conseguir olhar para ele.

Com um tapa nas minhas costas, Jensen disse:

– Acho que você precisa de uma cerveja.

Hanna voltou e nos afastou para varrer os cacos numa pá, mas não sem antes me jogar um olhar arregalado.

- Eu disse para minha mãe que você quebrou isso, e ela nem se lembrava de qual tia deu o Jesus de presente. Ou seja, não se preocupe.

Gemi de frustração, seguindo-a até a cozinha e pedindo desculpas para Helena com um beijo no rosto. Ela me entregou uma cerveja e disse para eu relaxar.

Em algum momento na última meia hora, quando eu estava lá em cima transando com Hanna, ou talvez quando estava tentando desesperadamente lavar seu cheiro do meu pau e dedos e *rosto*, seu pai havia chegado. *Meu Deus*. Com a cabeça mais clara e longe de Hanna pelada, percebi o quanto isso foi completamente maluco. Que diabos estávamos *pensando*?

Virando-se de onde estava procurando por uma cerveja na geladeira, Johan se aproximou e me cumprimentou com seu jeito embaraçado e acolhedor de sempre. Ele era bom de contato visual, mal com as palavras. Isso geralmente significava que ele ficava encarando a pessoa até ela pensar em algo para dizer.

- Oi - eu disse, apertando sua mão e deixando ele me puxar para um abraço. - Desculpa pelo Jesus.

Ele deu um passo para trás, sorriu e disse "Que é isso", e então parou e começou a pensar em algo.

- A não ser que agora você tenha se tornado religioso.

- Johan - Helena chamou, interrompendo nosso momento. Eu poderia ter dado outro beijo nela. - Querido, você pode checar o assado? O feijão e o pão estão prontos.

Johan andou até o fogão, tirando um termômetro de carnes da gaveta. Senti Hanna aparecer ao meu lado e ouvi seu copo de água bater na minha garrafa de cerveja.

- Tim, tim - ela disse, com um sorriso fácil. - Está com fome?

- Faminto - admiti.

- Não enfie apenas a ponta, Johan - Helena disse para ele. - Enfie até o fim aí dentro.

Eu tossi de repente, sentindo a cerveja queimar em minha garganta quase chegando até o nariz. Com a mão na minha boca, forcei minha garganta a abrir e engolir. Jensen apareceu atrás de mim, batendo nas minhas costas e mostrando um sorrisinho de quem sabe das coisas. Liv e Rob já estavam se sentando à mesa e percebi que estavam segurando uma risada.

– Puta merda, essa vai ser uma longa noite – Hanna murmurou.

—

A conversa se espalhou pela mesa, formando pequenos grupos e depois voltando a incluir a todos. No meio da refeição, Niels chegou. Enquanto Jensen era extrovertido e um dos meus amigos mais antigos, e Eric – apenas dois anos mais velho que Hanna – era o maluquinho da família, Niels era o filho do meio, o irmão silencioso e o único que eu realmente não conhecia direito. Aos vinte e oito anos, ele era um engenheiro numa grande empresa de energia e quase uma cópia carbono de seu pai, com exceção do contato visual e dos sorrisos.

Mas hoje ele me surpreendeu: Niels se abaixou para beijar Hanna antes de se sentar e sussurrou:

– Você parece incrível, Ziggs.

– É mesmo – Jensen disse, apontando o garfo para ela. – O que está diferente?

Eu a analisei do outro lado da mesa, tentando enxergar o que eles viam e sentindo uma misteriosa irritação com a sugestão. Para mim, ela estava do mesmo jeito de sempre: confortável consigo mesma. Sem exagerar nas roupas, cabelos ou maquiagem. E sem *precisar* exagerar. Ela era linda quando acordava de manhã. Era radiante depois de uma corrida. Era perfeita debaixo de mim, suada e satisfeita.

– Humm – ela disse, dando de ombros e espetando uma ervilha com o garfo. – Sei lá.

– Você está mais magra – Liv sugeriu, inclinando a cabeça.

Helena terminou de mastigar e então disse:

– Não, é o cabelo.

– Talvez Hanna esteja apenas *feliz* – eu ofereci, olhando para meu prato enquanto cortava um pedaço de carne. A mesa ficou completamente silenciosa e eu ergui a cabeça, nervoso quando vi a coleção de olhos arregalados olhando para mim. - O que foi?

Só então percebi que usei seu nome em vez do apelido.

Mas ela consertou a situação com habilidade:

- Estou correndo todos os dias, então, sim, estou mais magra. E também estou usando um novo corte de cabelo. Mas tem mais. Adoro meu emprego. E agora eu tenho amigos. O Will está certo. Estou, *sim*, feliz - ela olhou para Jensen e mostrou um sorriso no canto da boca. - No fim, você estava certo. Agora podemos parar com o interrogatório?

Jensen ficou com um ar todo satisfeito, e o resto da família murmurou sua aprovação, voltando então para a comida, mais quietos desta vez. Eu podia ver o sorriso de Liv direcionado a mim, e quando olhei diretamente em seu rosto, ela piscou.

Ah, merda.

- O jantar está delicioso - eu disse para Helena.

- Obrigada, Will.

O silêncio cresceu, e eu me senti como se estivesse sendo *inspecionado*. Fui flagrado. E não ajudava o fato do Jesus decapitado me olhar de um armário num canto, me julgando. Ele sabia. "Ziggy" era um apelido tão arraigado na família como a obsessão de seu pai com o trabalho, ou a tendência de Jensen de ser superprotetor. Eu nem sabia qual era o nome de Hanna quando saímos para correr pela primeira vez, quase dois meses atrás. Mas que se dane. A única coisa que eu podia fazer agora era abraçar a situação. Eu precisava dizer de novo.

- Vocês sabiam que Hanna vai publicar um artigo na revista *Cell*?

Não fui particularmente discreto; seu nome soou mais alto do que as outras palavras, mas agora não tinha volta, então sorri para o resto da mesa.

Johan ergueu o rosto, com olhos arregalados. Virando-se para Hanna, ele perguntou:

- Isso é verdade, *sötnos*?

Hanna confirmou.

– O artigo é sobre o projeto de mapeamento de epítopos que eu estava te falando. Foi uma coisa totalmente aleatória que fizemos, mas acabou ficando algo muito legal.

Isso levou a conversa a um território menos constrangedor, então pude voltar a respirar com calma. Aparentemente, a única coisa mais estressante do que conhecer os pais era esconder tudo da família. Flagrei Jensen me olhando com um sorrisinho, mas eu simplesmente retribuí e voltei para olhar meu prato.

Nada de interessante aqui, meu amigo.

Mas num dos intervalos da conversa, encontrei os olhos de Hanna grudados em mim, e pareciam surpresos e pensativos. Ela discretamente fez um movimento dos lábios:

– Você.

– O quê? – eu respondi, com o mesmo movimento sem som.

Ela balançou a cabeça lentamente, finalmente desviando os olhos para seu prato. Eu queria esticar minha perna e tocar seu pé debaixo da mesa para chamar sua atenção novamente, mas havia um campo minado de pernas que não eram dela, e a conversa já tinha prosseguido.

—

Depois do jantar, Hanna e eu nos oferecemos para lavar a louça enquanto os outros relaxavam na sala de estar. Ela estalou a toalha em mim, e eu joguei espuma nela. Eu estava prestes e me inclinar e beijar seu pescoço quando Niels apareceu para pegar outra cerveja e olhou para nós como se tivéssemos trocado de roupa um com o outro.

– O que vocês estão fazendo? – ele perguntou, com um tom de desconfiança na voz.

– Nada – respondemos juntos e, para piorar, Hanna repetiu: – Nada. Apenas lavando a louça.

Ele hesitou por um segundo antes de jogar a tampinha da garrafa no lixo e voltar para a sala.

– É a segunda vez hoje que você quase foi flagrado – ela sussurrou.

– Terceira – eu a corrigi.

- Seu nerd - ela disse, balançando a cabeça na minha direção. Seus olhos se acenderam com diversão. - Eu provavelmente não deveria arriscar entrar no seu quarto hoje à noite.

Comecei a protestar, mas parei quando percebi a curva maliciosa em seu sorriso.

- Você é diabólica, sabia? - eu murmurei, estendendo a mão para passar o polegar sobre seu mamilo. - Não é à toa que Jesus não quis ficar no seu decote.

Ofegando, ela deu um tapa na minha mão e olhou por cima do ombro.

Estávamos sozinhos na cozinha, podíamos ouvir a conversa na outra sala, e tudo que eu queria era agarrá-la e beijá-la.

- Não faça isso - ela disse. Seus olhos se tornaram sérios e as palavras seguintes saíram trêmulas, como se ela não tivesse ar suficiente nos pulmões: - Não vou conseguir parar.

—

Depois de ficar acordado por algumas horas conversando com Jensen, finalmente fui para a cama. Fiquei olhando para a parede por uma hora antes de desistir de esperar os sons dos passos macios de Hanna no corredor e o chiado da porta enquanto ela entrava no meu quarto.

Então, cochilei e acabei perdendo o momento quando ela fez isso de verdade, depois tirou a roupa e subiu nua na minha cama. Acordei sentindo seu corpo quente se aconchegando ao meu lado.

Suas mãos acariciaram meu peito, a boca chupou meu pescoço, meu queixo, meus lábios. Eu já estava duro e pronto para outra antes mesmo de acordar totalmente, e quando soltei um gemido Hanna pressionou a mão em minha boca, lembrando que deveríamos ficar em silêncio.

- Que horas são? - murmurei, sentindo o doce perfume de seus cabelos.

- Duas e pouco.

- Tem certeza de que ninguém ouviu você?

– As únicas pessoas que poderiam ouvir aqui no fim do corredor são Jensen e Liv. O ventilador do Jensen está ligado, então eu sei que ele está dormindo. Ele não consegue ficar mais do que dez minutos acordado quando aquela coisa está ligada.

Eu ri, porque sabia que ela estava certa. Morei com ele por vários anos e sempre odiei aquele maldito ventilador.

– Rob está roncando – ela murmurou, beijando meu queixo. – E Liv precisa dormir antes que ele comece a roncar.

Satisfeito por ela ter sido sorrateira – e sabendo que era improvável que alguém batesse à porta no meio da nossa transa –, rolei para o lado e a puxei mais para perto.

Ela estava aqui para transar, óbvio, mas não parecia que queria apenas uma rapidinha. Havia algo mais, algo borbulhando debaixo da superfície. Percebi isso na maneira como ela manteve os olhos abertos na escuridão, no jeito como beijava desesperadamente, e em cada toque hesitante, como se estivesse pedindo permissão. Percebi na maneira como ela puxou minha mão para onde mais queria: em seu pescoço, descendo até os seios e pousando em seu coração, que martelava loucamente. Seu quarto ficava perto, ela não estava sem fôlego por causa do esforço de se deslocar. Estava sem fôlego por outro motivo. Sua boca se abria e se fechava debaixo da luz da lua, como se quisesse falar, mas não tivesse ar para isso.

– O que está errado? – sussurrei em seu ouvido.

– Você ainda tem outras? – ela perguntou.

Afastei meu rosto e fiquei olhando para ela, confuso. *Outras mulheres?* Eu quis ter esta conversa antes centenas de vezes, mas sua evasão súbita sempre acabava com minha necessidade de clareza. Era *ela* quem queria continuar se encontrando com outras pessoas, era *ela* quem não confiava em mim, era *ela* quem achava que não deveríamos tentar ser exclusivos. Ou será que eu entendi tudo errado? Para *mim*, não havia mais ninguém.

– Pensei que era isso que você queria – respondi.

Ela se esticou para me beijar. Sua boca já parecia tão familiar, encaixando-se na minha num ritmo fácil de beijos suaves que de repente pegavam fogo, e imaginei por um segundo como ela poderia pensar em ficar com qualquer outra pessoa.

Ela me puxou para perto, buscando com a mão entre nós para me deslizar sobre sua pele.

– Existe alguma regra sobre sexo desprotegido duas vezes no mesmo dia?

Mordi sua orelha e sussurrei:

– Eu acho que a regra deveria ser que *não* podem existir outros amantes.

– Então devemos quebrar essa regra? – ela perguntou, erguendo os quadris.

Dane-se isso. Dane-se essa interferência.

Abri minha boca para protestar, para dizer que eu já não aguentava mais essa discussão em círculos que não chegava a lugar nenhum, mas então ela soltou um som faminto e quieto e se arqueou contra mim para que eu entrasse por inteiro dentro dela. Mordi meus lábios para segurar um gemido. Aquilo era surreal; já transei milhares de vezes, mas nunca, *nunca* foi tão bom assim.

Senti o gosto do meu sangue na boca e senti o fogo em minha pele em cada toque dela. Mas, então, Hanna começou a mexer os quadris em círculos, encontrando seu prazer debaixo de mim, e as palavras se dissolveram em minha mente.

Sou apenas um homem, caramba. Não sou um deus. Não consigo resistir a transar com Hanna agora e deixar todo o resto para depois.

Eu me senti como se estivesse trapaceando; ela não me entregava seu coração, mas me entregava seu corpo, e talvez, se eu tomasse seu prazer o suficiente para acumulá-lo, eu poderia fingir que isso era algo mais.

Agora já não importava o quanto eu poderia me arrepender mais tarde.

Dezessete

Nunca foi assim, nunca. Tão devagar. Quase tão lento que eu nem sabia se um de nós chegaria ao clímax, mas eu não me importava. Nossos lábios estavam quase encostados, compartilhando nossa respiração, sons e os sussurros de *Sentiu isso? Está sentindo isso?*

Eu sentia, sim. Sentia cada uma das batidas de seu coração debaixo da minha mão, e a maneira como seus ombros tremiam por cima de mim. Sentia os vestígios de palavras em seus lábios, como se estivesse tentando dizer algo... talvez até fosse a mesma coisa que eu queria dizer desde que entrei em seu quarto escuro. Mesmo antes disso.

Ele parecia não entender o que eu estava perguntando.

Nunca pensei que seria tão difícil abrir meu coração. Nós fizemos amor – de um jeito que parecia ser o verdadeiro sentido da frase; sua pele, minha pele, nada mais entre nós. Ele me chamou de Hanna na mesa de jantar... acho que ninguém nunca disse esse nome em voz alta nesta casa antes. E embora Jensen – o melhor amigo de Will – estivesse na sala ao lado, Will ficou comigo lavando a louça. Ele me jogou um olhar cheio de significado antes de subir para seu quarto e me enviou uma mensagem de boa-noite, dizendo que a porta do seu quarto permaneceria destrancada.

Parecia que ele era *meu* quando estávamos numa sala cheia de pessoas. Mas aqui, sozinhos entre quatro paredes, tudo de repente parecia tão confuso.

Você ainda tem outras?

Pensei que era isso que você queria.

Eu acho que a regra deveria ser que não podem existir outros amantes.

Então devemos quebrar essa regra?

... Silêncio.

Mas o que eu estava esperando? Fechei os olhos, abraçando-o ainda mais forte quando ele tirou quase tudo para fora e então deslizou lentamente para dentro, centímetro por centímetro, gemendo em silêncio no meu ouvido.

– Tão bom, minha Ameixa.

Ele virou para cima de mim, passando a mão por minha cintura até chegar ao seio e simplesmente segurá-lo, raspando o polegar em meu mamilo.

Eu adorava os sons graves e derretidos de seu prazer, e isso ajudava a me distrair da realidade de que ele não me ofereceu as palavras que eu queria hoje. Eu queria que ele dissesse: "Não existem outras mulheres". Eu queria que ele dissesse: "Agora que estamos fazendo isso sem proteção, não podemos mais quebrar essa regra, nunca mais".

Mas foi ele quem iniciou essa conversa antes, e fui eu quem o impediu de continuar. Era mesmo verdade que ele não estava mais interessado em outra coisa além da amizade colorida? Ou será que ele simplesmente não queria ser a pessoa que iniciaria essa conversa de novo? E por que eu estava sendo tão *passiva*? Era como se meu medo de estragar tudo com ele tivesse roubado todas as minhas palavras.

Ele arqueou seu pescoço para trás, gemendo baixinho enquanto deslizava para dentro e para fora, dolorosamente lento. Fechei meus olhos, afundando meus dentes em seu pescoço, mordendo, oferecendo todo tipo de prazer que eu conseguia pensar. Eu queria que ele me desejasse tanto que não importaria se eu era inexperiente. Eu queria achar um jeito de apagar de sua memória todas as outras mulheres que vieram antes de mim. Eu queria sentir – queria *saber* – que ele pertencia a mim.

Imaginei, por uma fração dolorosa de segundo, quantas outras mulheres pensaram a mesma coisa.

Quero sentir como se você me pertencesse. Empurrei seu peito, fazendo-o rolar para o lado para que eu pudesse subir nele. Nunca fiquei por cima com Will, não numa transa, e então olhei para baixo, insegura, guiando suas mãos até meus quadris.

– Nunca fiz isso.

Ele agarrou sua base e me guiou com a outra mão, gemendo quando me abaixei.

– Apenas faça o que achar gostoso – ele murmurou, olhando para meu corpo. – Agora você é quem faz o ritmo.

Fechei os olhos, tentando diferentes coisas e lutando para não me sentir boba em minha inexperiência. Fiquei tão encanada com meus movimentos que comecei a achar que havia algo de errado comigo, que eu não sabia ser despreocupada e sexy. Eu não sabia se ele estava gostando.

– Mostre como devo fazer – eu sussurrei. – Sinto que estou fazendo errado.

– Está brincando? Você é perfeita – ele murmurou em meu pescoço. – Quero durar a noite toda.

Eu estava suada, não por causa do esforço, mas por estar tão nervosa que achei que fosse explodir. A cama era velha e fazia barulho; não podíamos nos mexer do jeito que estávamos acostumados, de um jeito selvagem por horas, usando todo o colchão, o estrado e os travesseiros. Antes de perceber o que estava acontecendo, Will me levantou, carregou até o chão e sentou-se debaixo de mim para que eu pudesse cavalgá-lo novamente. Ele conseguiu ir tão mais fundo desse jeito; Will estava tão duro que eu podia sentir sua pressão num lugar até então desconhecido e sensível. Sua boca aberta se movia por meu peito, e ele abaixou a cabeça para chupar e soprar meus mamilos.

– Apenas me foda – ele grunhiu. – Aqui embaixo você não precisa se preocupar com o barulho.

Ele achou que eu estava preocupada com a cama barulhenta. Fechei meus olhos, mexendo sem muita confiança, e exatamente quando pensei que eu fosse parar, que eu fosse dizer que essa posição não estava funcionando para mim, que eu estava me afogando em palavras e perguntas não respondidas, ele começou a beijar meu queixo, meu rosto, meus lábios, e sussurrou:

– Onde você está? Volte para mim.

Parei em cima dele e descansei minha testa em seu ombro.

– Estou pensando demais.

– Sobre o quê?

– Fiquei nervosa de repente, e às vezes eu sinto que você é meu, mas só por alguns momentos. Pelo jeito eu não gosto disso tanto quanto pensei que gostaria.

Ele deslizou um dedo debaixo do meu queixo e levantou minha cabeça para que eu o olhasse nos olhos. Will me beijou e disse:

– Serei seu por todos os segundos, se é isso que você quer. Você apenas precisa me dizer, minha pequena Ameixa.

– Não me machuque, certo?

Mesmo na escuridão eu podia ver suas sobrancelhas se juntando.

– Você já me disse isso. Por que acha que eu a machucaria? Você acha mesmo que eu *poderia* fazer isso? – sua voz soou tão triste que algo dentro de mim também se apertou.

– Eu acho que você *poderia*. Mesmo que não tivesse a intenção, acho que você poderia.

Ele suspirou, pressionando o rosto em meu pescoço.

– Por que você não me dá aquilo que eu quero?

– E o que *é* que você quer? – perguntei, mudando de posição para deixar meus joelhos mais confortáveis, mas, no processo, eu deslizei por seu pau para cima e de volta para baixo. Ele me forçou no lugar com suas mãos na minha cintura.

– Não consigo pensar quando você faz isso – e respirando fundo várias vezes, ele sussurrou: – Quero apenas *você*.

– Então... – sussurrei, acariciando o cabelo em sua nuca. – Você ainda vai ter outras?

– Acho que *você* tem que dizer isso para *mim*, Hanna.

Fechei os olhos, pensando se isso seria bom o bastante. Eu poderia dizer a ele que não sairia com mais ninguém, e imaginei que ele diria o mesmo. Mas eu não queria que fosse *eu* quem decidisse. Se Will fosse fazer isso e ficar com apenas uma pessoa, teria que ser de um jeito que não fosse negociável para ele – tinha que ser ele querendo acabar com as outras por causa de seus sentimentos por *mim*. Não poderia ser uma decisão qualquer, na base do *talvez-sim-talvez-não* e do *você-quem-sabe*.

Então sua boca encontrou a minha, e ele me deu o mais doce e gentil beijo que já recebi.

– Eu já disse que queria tentar – ele sussurrou. – Foi você quem disse que achou que não iria funcionar. Você sabe quem eu sou; você *sabe* que eu quero ser diferente com você.

– Também quero.

– Certo.

Ele me beijou, e nosso ritmo recomeçou, com pequenas estocadas dele e pequenos círculos meus. Seus suspiros eram a minha respiração; seus dentes deslizaram deliciosamente em meus lábios.

Nunca me senti tão próxima de outro ser humano na vida. Suas mãos passeavam por toda a parte: meus seios, meu rosto, minhas coxas, meus quadris, entre minhas pernas. Sua voz retumbava grave e encorajadora em meu ouvido, dizendo o quanto estava bom, o quanto ele estava perto, o quanto precisava disso e sentia que trabalhava todos os dias apenas para voltar para mim. Disse que estar comigo era como estar no conforto de casa.

E quando gozei, eu não me importei se parecia desastrada ou inadequada, se eu era inexperiente ou ingênua. Eu me importava apenas com seus lábios pressionados firmemente em meu pescoço e seus braços me apertando tão forte que a única maneira possível de eu me mover era para mais perto dele.

– Você está pronta? – Will perguntou no domingo de tarde, entrando em meu quarto e beijando rapidamente meu rosto. A maior parte da manhã foi assim: um beijo escondido num corredor vazio, uma agarração apressada na cozinha.

– Quase. Estou arrumando algumas coisas que minha mãe quer que eu leve.

Senti seus braços envolverem minha cintura com força e me recostei nele. Nunca percebi o quanto Will me tocava até ele não poder fazer isso livremente. Ele sempre foi uma pessoa tátil – pequenas carícias com a ponta dos dedos, a mão pousando em meu quadril, seu ombro raspando no meu –, mas eu estava tão acostumada com isso e me sentia tão confortável que praticamente nem notava mais. Neste fim de semana senti falta de cada um desses pequenos momentos, e agora queria cada vez mais. Eu já estava tendo um debate interno sobre quantos quilômetros pela estrada eu deveria esperar passar antes de pedir para ele cumprir sua promessa de me tomar no banco de trás.

Will empurrou meu rabo de cavalo para o lado enquanto seus lábios subiam por meu pescoço, parando um pouco abaixo da orelha. Ouvi o tilintar das chaves em sua mão e senti o metal frio contra minha barriga, onde minha camiseta havia subido um pouco.

– Eu não deveria estar fazendo isso – ele disse. – Acho que o Jensen está tentando me encurralar desde o café da manhã, e eu não quero morrer tão cedo.

Suas palavras gelaram meu sangue, e então eu me afastei, pegando uma camiseta do outro lado da cama.

– Isso é típico do Jensen – murmurei, erguendo os ombros. Eu sabia que seria estranho para meu irmão mais velho. Inferno, também seria estranho para Will e eu se a minha família descobrisse –, mas durante toda a manhã eu fiquei relembrando a conversa da noite anterior. Eu queria perguntar na luz do dia: *você estava mesmo falando sério quando disse que queria apenas a mim?* Pois eu estava finalmente pronta para cruzar a linha.

Fechei minha mala e comecei a carregá-la para fora da cama.

Will esticou o braço ao redor do meu corpo e agarrou a alça.

– Posso cuidar da mala?

Senti seu calor e o perfume de seu xampu. Quando ele se endireitou, Will não se afastou, não se moveu para colocar distância entre nós. Fechei meus olhos e comecei a sentir uma tontura com a maneira como sua proximidade sugava todo o ar ao redor. Ele baixou o queixo e pressionou os lábios na minha boca, apenas um toque macio e demorado. Eu me inclinei para frente, perseguindo aquele beijo.

Ele sorriu.

– Vou guardar a mala no carro e então podemos ir embora, certo?

– Certo.

Will passou o polegar em meu lábio inferior.

– Logo chegaremos em casa – ele sussurrou. – E não vou para meu apartamento.

– Certo – eu repeti, com as pernas tremendo um pouco.

Ele sorriu maliciosamente, levantou a mala e eu fiquei apenas olhando, mal conseguindo ficar de pé, enquanto ele saía do quarto.

Quando desci as escadas, encontrei minha irmã na cozinha.

– Já está indo embora? – Liv perguntou, circulando o balcão para me abraçar.

Eu me aninhei em seus braços e confirmei.

– Will já está lá fora?

Olhei pela janela da cozinha, mas não o vi. Eu estava ansiosa para pegar logo a estrada e dizer tudo que eu queria, durante a luz do dia, onde minhas perguntas não poderiam ser ignoradas.

– Acho que ele foi lá atrás se despedir do Jensen – ela disse, voltando para a tigela de cereais que estava limpando. – Vocês dois formam um casal muito fofo.

– O quê? Não.

Havia uma travessa de biscoitos esfriando no balcão e eu enfiei um punhado numa sacola de papel.

– Já disse, as coisas não são assim, Liv.

– Diga o que quiser, Hanna. Aquele cara está apaixonado. Francamente, duvido que eu seja a única que reparou.

Começando a sentir um calor subir pela garganta, eu balancei a cabeça. Tirando dois copos de isopor do armário, eu os enchi de café, adicionei açúcar e creme para o meu e apenas creme para o de Will.

– Acho que a gravidez afetou seu cérebro. Não é nada disso.

Minha irmã não é idiota; tenho certeza de que ela ouviu a mentira em minha voz tão bem quanto eu.

– Talvez não seja para você – ela disse, com um gesto cético. – Embora eu ache que também não é o caso.

Fiquei olhando fixamente para a janela. Eu sabia em que pé estávamos... pelo menos, achava que sabia. As coisas mudaram nos últimos dias, e agora eu estava ansiosa para definir essa relação. Antes, eu tinha medo de definir limites porque achava que queria espaço para respirar. Achava que eu ficaria magoada em saber como ele me encaixou em sua rotina igual fazia com as outras mulheres. Ultimamente, meu desejo de evitar essa conversa tinha mais a ver com manter meu coração preservado do que com a liberdade que ele sentia sobre isso. Mas era um exercício inútil. Eu sabia que dessa vez precisávamos ter a conversa até o fim – a mesma que ele tentou antes. A mesma que apenas arranhamos na noite passada.

Eu teria que me expor e me arriscar. Já era hora.

Uma porta se fechou com força em algum lugar e eu me assustei, piscando de volta para o café que eu estava mexendo. Liv tocou meu ombro.

– Mas eu tenho que bancar a irmã mais velha por um momento. Tenha cuidado, certo? – ela disse. – Afinal, estamos falando do infame Will Sumner.

E era exatamente por isso que eu estava morrendo de medo de estar cometendo um grande erro.

Com café e biscoitos para a viagem, comecei a me despedir de todo mundo. Minha família estava espalhada por toda a casa, mas os únicos que eu não conseguia encontrar eram meu irmão mais velho e minha carona.

Fui até a frente da casa para checar o carro, esmagando o cascalho debaixo dos meus pés. Cheguei perto da garagem e parei quando ouvi vozes carregadas pelo ar frio da manhã se juntarem ao canto dos pássaros e ao estalar das árvores acima.

– Estou apenas querendo saber o que se passa entre vocês dois – ouvi meu irmão dizer.

– Nada – Will disse. – Estamos apenas passando um tempo juntos. Aliás, exatamente como você queria.

Franzi as sobrancelhas, lembrando-me daquele ditado que diz que você não deve escutar a conversa dos outros porque pode não gostar do que vai ouvir.

– Por acaso "passar um tempo" é um código para alguma coisa? – Jensen perguntou. – Vocês parecem muito íntimos.

Will começou a falar, mas parou. Eu dei um passo para trás para ter certeza de que minha longa sombra não estava entrando na garagem.

– Estou saindo com algumas garotas – Will voltou a dizer, e eu podia praticamente ver sua mão coçando o queixo. – Mas não, a Ziggy não é uma delas. Ela é apenas uma boa amiga.

Senti como se tivesse mergulhado num balde de gelo, com arrepios se espalhando por minha pele. Embora eu soubesse que ele estava apenas seguindo as regras que combinamos, meu estômago se embrulhou.

Will continuou:

– Na verdade, estou... interessado em explorar algo mais com uma das mulheres com quem estou saindo.

Meu coração começou a martelar e pensei em entrar lá para impedi-lo de falar demais. Mas então, ele acrescentou:

– Então acho que eu deveria terminar com as outras mulheres. Acho que pela primeira vez na vida eu realmente quero ir além... mas essa garota é arisca, e está sendo difícil dar o próximo passo e acabar com a velha rotina, entende?

Meus braços amoleceram, e eu me encostei no portão, tentando me equilibrar. Meu irmão respondeu alguma coisa, mas eu já não estava mais escutando.

Dizer que o clima no carro estava tenso seria um eufemismo. Já estávamos na estrada por quase uma hora e eu mal consegui juntar duas palavras.

Você está com fome?

Não.

A temperatura está boa? Está com frio? Está com calor?

Está bom assim.

Você pode acertar o GPS?

Claro.

Se importa se fizermos uma parada para o banheiro?

Beleza.

A pior parte era que eu tinha certeza de que estava sendo mimada e injusta. Will estava apenas seguindo as regras que eu pedi quando conversou com Jensen. Nunca esperei que ele fosse exclusivo antes da noite passada.

Abra a boca, Hanna. Conte para ele o que você quer.

– Você está bem? – ele perguntou, abaixando a cabeça para encontrar meus olhos. – Você está monossilábica demais.

Eu me virei e fiquei observando seu perfil enquanto ele dirigia: seu queixo com a barba por fazer, os lábios curvados num sorriso de quem sabia o que eu estava olhando. Will olhou para mim algumas vezes, alcançando minha mão e apertando. Aquilo era muito mais do que sexo. Ele era meu melhor amigo. Era a pessoa que eu queria chamar de *namorado*.

A ideia dele com outras mulheres me deixava enjoada. Eu tinha certeza de que, depois desse fim de semana, ele não ficaria mais com elas, já que – *meu Deus* – transamos sem camisinha. Se isso não garantia uma conversa muito séria, então não sei o que faria.

Eu me sentia tão próxima dele; eu realmente sentia que nos tornamos muito mais do que amigos.

Apertei meus olhos com a mão, sentindo ciúme, nervosismo e... *Deus*, eu estava impaciente para terminar logo com essa conversa *agora*. Por que era tão fácil conversar com Will sobre qualquer sentimento, menos sobre aqueles que precisávamos declarar um para o outro?

Quando paramos num posto para abastecer, eu me distraí olhando sua lista de músicas em seu celular, pensando na sequência certa de palavras em minha mente. Quando encontrei uma música que eu sabia que ele odiava, eu sorri, observando-o guardar a bomba de gasolina e andar de volta para o carro.

Will entrou e segurou a chave na frente da ignição.

– Garth Brooks?

– Se você não gosta, então por que colocou no seu celular? – eu provoquei. Isso era bom, era um começo. Conseguir dizer algumas palavras já era um passo na direção certa. *Inicie o assunto devagarinho, prepare uma aterrisagem suave e então pule.*

Ele me jogou uma careta, como se tivesse mordido um sanduíche estragado, e então deu a partida no carro. As palavras circulavam em minha mente: *Quero ser sua. Quero que você seja meu. Por favor, diga que você não esteve com mais ninguém nas últimas duas semanas, quando as coisas pareciam tão bem entre nós. Por favor, diga que eu não estou imaginando tudo isso.*

Abri seu iTunes e voltei a vasculhar suas músicas, procurando algo ainda melhor, algo que deixasse meu humor mais leve e me desse mais confiança. E então, uma mensagem apareceu na tela.

`Que pena que eu não estive lá ontem! Sim! Estou livre na terça-feira à noite e mal posso esperar para te encontrar. Minha casa? xoxox`

`Kitty.`

Acho que fiquei sem respirar por um minuto inteiro.

Desligando a tela, eu me afundei no banco, sentindo como se alguém tivesse virado meu estômago pelo avesso. Minhas veias se aqueceram com adrenalina, com embaraço, com raiva. Em algum momento entre me comer sem camisinha na casa dos meus pais ontem e beijar meu pescoço hoje de manhã, Will enviou uma mensagem para Kitty marcando um encontro para terça-feira.

Olhei pela janela enquanto deixávamos o posto e soltei o celular gentilmente em seu colo. Alguns minutos depois, ele olhou para o celular antes de guardá-lo sem dizer uma palavra. Will claramente viu a mensagem de Kitty, mas não disse nada. Não pareceu nem estar *surpreso*.

Eu queria me enfiar num buraco.

Chegamos em meu apartamento, mas ele não fez menção de subir comigo. Carreguei minha mala até a porta e ficamos parados num silêncio constrangedor.

Ele tirou uma mecha rebelde do meu rosto e então rapidamente baixou a mão quando eu estremeci.

– Tem certeza de que você está bem?

Eu assenti.

– Apenas cansada.

– Então, amanhã nos encontramos? – ele perguntou. – A corrida é no sábado, então é melhor treinarmos uma corrida mais longa no começo da semana para poder descansar depois.

– Parece correto.

– Então, vejo você pela manhã?

Senti uma súbita vontade de tentar de novo, de dar a ele uma chance para achar uma maneira de confessar tudo e talvez esclarecer um mal-entendido gigantesco.

– Acho que sim... E eu estava pensando que você poderia me encontrar aqui na terça-feira à noite – eu disse, pousando minha mão em seu braço. – Sinto que deveríamos conversar, sabe? Sobre tudo que aconteceu no fim de semana.

Will olhou para minha mão e esticou o outro braço para entrelaçar nossos dedos.

– Você não pode conversar agora? – ele perguntou, franzindo as sobrancelhas e claramente confuso. Afinal de contas, ainda eram sete horas da noite de um domingo. – Hanna, o que está acontecendo? Parece que você está escondendo alguma coisa.

– A viagem foi longa e estou cansada. Amanhã vou ficar até mais tarde no laboratório, mas minha terça-feira está livre. Você pode me encontrar na terça?

Fiquei imaginando se minha voz soava tão suplicante na frente dele quanto dentro da minha cabeça. *Por favor, diga sim. Por favor, diga sim.*

Will lambeu os lábios, olhou para seus pés e para onde segurava minha mão. Eu podia sentir os segundos passando no ar que estava tão pesado que eu quase não conseguia respirar.

– Na verdade – ele disse, e então fez uma pausa, como se ainda estivesse considerando o que iria dizer –, eu tenho um... compromisso à noite. Do trabalho. Tenho um jantar de negócios na terça – ele balbuciou. *Ele mentiu.* – Mas eu posso te encontrar durante o dia ou...

– Não, tudo bem. A gente se vê amanhã de manhã.

– Tem certeza?

Meu coração parecia congelado.

– Sim.

– Certo, bom, então... – ele fez um gesto para a porta. – Acho que já vou indo. Tem certeza de que está tudo bem?

Quando eu não respondi e apenas fiquei olhando para seus pés, ele beijou meu rosto antes de ir embora. Subi para meu apartamento, tranquei a porta e fui direto para meu quarto. Eu não queria pensar em mais nada até amanhã de manhã.

Dormi como os mortos, acordando apenas quando meu despertador tocou às cinco e quarenta e cinco. Apertei o botão de soneca e fiquei deitada na cama, olhando para o *display* iluminado. Will mentiu para mim.

Tentei usar a razão, tentei fingir que não me importava, pois talvez as coisas ainda não fossem oficiais entre a gente, talvez ainda não estivéssemos realmente *juntos*... mas, por algum motivo, isso também não parecia ser verdade. Pois, por mais que eu tentasse me convencer de que Will era um jogador e não era confiável, lá no fundo...

eu acreditei mesmo que aquela noite de sábado havia mudado tudo. Caso contrário, eu não me sentiria dessa maneira agora. Ainda assim, aparentemente ele não tinha problemas em se encontrar com outras mulheres até que sentássemos para oficializar tudo de um jeito *oficialmente oficial*. Eu nunca conseguiria separar emoção de sexo como ele. A simples percepção de que eu queria ficar apenas com Will já era suficiente para me deixar esperançosa.

Nós dois éramos criaturas inteiramente diferentes.

Os números na minha frente já estavam desfocados, então pisquei para afastar o princípio de lágrimas quando o alarme quebrou o silêncio no quarto. Era hora de levantar e correr. Will estaria esperando por mim.

Mas eu não me importava.

Eu me sentei por tempo o suficiente para tirar o alarme da tomada e então deitei de novo. Eu queria apenas dormir.

Passei a maior parte da segunda-feira no trabalho com meu celular desligado, e apenas voltei para casa bem depois do sol já ter se posto.

Na terça-feira, eu já estava de pé antes do alarme tocar e fui correr nas esteiras da academia perto de casa. Não era a mesma coisa que a trilha no parque com Will, mas, a essa altura, eu não me importava. O exercício me ajudava a respirar. Ajudava a pensar e a clarear a mente, e me dava um breve momento de paz, longe dos pensamentos sobre Will e seja lá o que – ou *com quem* – ele faria hoje à noite. Acho que nunca corri com tanta vontade na minha vida. E mais tarde, no laboratório, onde mal tive tempo de respirar o dia todo, tive que sair mais cedo, perto das cinco horas, pois eu não tinha comido nada além de um iogurte e sentia que estava quase desmaiando.

Quando cheguei em casa, Will estava esperando na porta do meu prédio.

– Oi – eu disse, diminuindo minha passada ao me aproximar. Ele se virou, enfiou as mãos no bolso e ficou um longo tempo apenas olhando para mim.

– Por acaso seu celular parou de funcionar? – ele finalmente perguntou.

Senti uma breve pontada de culpa antes de me endireitar e encará-lo nos olhos.

– Não.

Dei um passo para o lado para destrancar a porta, mantendo uma distância entre nós.

– Que merda está acontecendo? – ele perguntou, me seguindo para dentro.

Certo, então é a hora do confronto. Olhei para suas roupas. Will obviamente veio direto do trabalho, e eu tive que me perguntar se ele apenas estava de passagem antes de se encontrar com... *ela*. Você sabe, para marcar presença e ajeitar as coisas antes de sair com outra pessoa. Acho que eu nunca poderia entender como ele conseguia ser tão selvagem comigo ao mesmo tempo em que transava com outras mulheres.

– Achei que você tinha um jantar de negócios – murmurei, jogando as chaves na mesa.

Ele hesitou, piscando várias vezes antes de dizer:

– Eu tenho. Às seis horas.

Rindo, eu murmurei:

– Certo.

– Hanna, que diabos está acontecendo? O que foi que eu fiz?

Eu me virei para encará-lo... mas me acovardei e fiquei olhando para sua gravata solta e a camisa listrada.

– Você não fez nada – comecei, partindo meu próprio coração. – Eu deveria ter sido honesta sobre meus sentimentos. Ou... a falta de sentimentos.

Seus olhos se arregalaram.

– *Como é?*

– As coisas ficaram muito estranhas na casa dos meus pais. E ficar tão perto e quase ser flagrada? Acho que minha excitação veio daí. Acho que eu me empolguei demais com tudo que dissemos no sábado à noite.

Eu me virei, mexi numa pilha de cartas em cima da mesa e senti as camadas secas do meu coração se esvaírem, deixando nada para trás além de um buraco vazio. Forcei um sorriso no rosto e ergui os ombros casualmente.

– Tenho vinte e quatro anos, Will. Apenas quero me divertir.

Ele ficou parado e piscou, balançando um pouco, como se eu o tivesse atingido com algo mais pesado do que meras palavras.

– Não consigo entender isso.

– Desculpe. Eu deveria ter ligado ou... – balancei a cabeça, tentando tirar o som de estática em meus ouvidos. Minha pele estava quente; meu peito doía como se minhas costelas estivessem implodindo. – Pensei que conseguiria fazer isso, mas eu estava errada. O fim de semana apenas confirmou isso. Desculpe.

Will deu um passo para trás e olhou ao redor como se tivesse acabado de acordar e percebido onde estava.

– Entendo.

Observei enquanto ele engolia em seco e passava as mãos no cabelo. Como se tivesse lembrado de algo, Will ergueu os olhos.

– Isso significa que você não vai correr no sábado? Você treinou tanto e...

– Estarei lá.

Ele assentiu uma vez antes de se virar, sair pela porta e desaparecer, provavelmente para sempre.

Dezoito

Havia um morro perto da casa da minha mãe, um pouco antes do caminho de entrada. Era uma subida íngreme seguida de uma descida em curva fechada. Nós aprendemos a buzinar sempre que passávamos por lá, mas, quando as pessoas dirigem ali pela primeira vez, elas nunca estão preparadas para a loucura do lugar.

Acho que deveríamos ter colocado um espelho curvado em algum ponto, mas nunca fizemos isso. Minha mãe dizia que gostava de usar apenas a buzina: ela gostava daquele momento de fé, em que conhecia a curva tão bem que nem precisava olhar o que tinha pela frente para saber que o caminho estava livre. Acontece que eu nunca soube se adorava ou odiava esse sentimento. Odiava ter que esperar para saber se podia avançar, odiava não saber o que estava por vir, mas adorava a incrível sensação da descida livre.

Hanna me fazia sentir dessa maneira. Ela era minha curva cega, minha subida misteriosa, e nunca consegui evitar a suspeita de que ela me enviaria algo na direção oposta que iria se espatifar contra mim. Mas quando eu estava com ela, perto o bastante para tocar, beijar e ouvir suas teorias malucas sobre virgindade e amor, nunca senti algo igual, como uma combinação eufórica de calma, alegria e fome. Naqueles momentos, eu não me importava com uma eventual trombada de frente.

Eu queria considerar o fora que ela me deu hoje como uma anomalia, um desvio assustador que logo se resolveria, e minha relação com ela não estava acabada antes mesmo de começar. Talvez fosse sua juventude; tentei me lembrar de quando eu tinha vinte e quatro anos e tudo que vi foi um jovem idiota, trabalhando demais num laboratório e depois passando noite após noite com diferentes mulheres. De certa maneira, Hanna era muito mais madura do que eu fui com vinte e quatro anos; era quase como se não pertencêssemos à mesma espécie. Ela estava certa quando disse que sempre soube como ser uma adulta e agora precisava aprender a ser uma criança. Ela acabou de dar seu primeiro fora imaturo com completa falta de comunicação.

Parabéns, minha Ameixa.

Chamei um táxi para Kitty e voltei para o escritório por volta das oito horas, decidido a mergulhar em algum livro e tentar fugir da minha própria cabeça por algumas horas. Mas quando passei pela sala de Max, enquanto seguia para a minha, vi que as luzes ainda estavam acesas e ele estava lá dentro.

– O que você ainda está fazendo aqui? – perguntei, parando debaixo da porta e me encostando no batente.

Max estava apoiando a cabeça nas mãos e ergueu os olhos quando entrei.

– Sara saiu com Chloe. Decidi trabalhar até um pouco mais tarde – ele me analisou e franziu as sobrancelhas. – E pensei que você tinha ido embora algumas horas atrás. Por que voltou? Hoje é terça-feira...

Ficamos nos encarando por um momento, com a pergunta implícita pairando sobre nós. Fazia tanto tempo que eu não passava uma terça-feira com Kitty, acho que nem Max sabia o que estava perguntando direito.

– Encontrei a Kitty hoje – admiti. – Foi um encontro rápido.

Ele fez uma careta irritada, mas eu ergui a mão e tentei explicar:

– Pedi para me encontrar com ela para tomarmos um drinque depois do trabalho e...

– É sério, Will, você é um completo baba...

– Para *terminar* com ela, seu idiota – eu disse entredentes, frustrado. – Embora eu sempre tenha deixado claro que nosso relacionamento era apenas casual, eu queria terminar oficialmente com ela. Fazia tempo que eu não a encontrava, mas ela ainda me envia mensagens todas as segundas-feiras. O fato de ainda pensar que existe alguma possibilidade me fez sentir como se estivesse traindo Hanna.

Falar seu nome em voz alta já fez meu estômago dar um nó. Nossa última conversa foi um completo desastre. Nunca a vi com o olhar tão distante, tão fechada em si mesma. Olhei para a noite escura lá fora.

Eu sabia que ela estava mentindo; apenas não sabia a *razão*.

A cadeira de Max chiou quando ele se recostou.

- Então o que você está fazendo aqui? Onde está a sua Hanna?

Olhei de volta para ele e finalmente percebi sua aparência. Ele parecia cansado, abalado e... diferente, mesmo para o final de um longo dia de trabalho.

- O que deu em você? - perguntei. - Parece que você passou por um triturador de lixo.

Ele riu, balançando a cabeça.

- Cara, você não faz ideia. Vamos chamar o Ben e tomar umas cervejas.

—

Chegamos ao bar um pouco antes de Bennett, mas não muito. Assim que sentamos na mesa dos fundos, perto dos jogos de dardos e da máquina de caraoquê quebrada, Bennett entrou vestindo seu terno preto e com uma aparência de total exaustão. Fiquei pensando por quanto tempo ficaríamos conscientes.

- Você está me fazendo beber muito em dias da semana, Will - Bennett murmurou enquanto se sentava.

- Então peça um refrigerante - eu disse.

Nós dois olhamos para Max, esperando seu típico discurso sobre a blasfêmia que é pedir uma Coca diet num pub inglês, mas ele apenas permaneceu quieto, encarando o cardápio e então pediu o de sempre: uma Guinness, um x-burger e batatas fritas.

Maddie anotou o resto dos nossos pedidos e desapareceu. Estávamos de volta em mais uma noite de terça-feira e, assim como antes, o bar estava quase vazio. Um estranho silêncio parecia envolver nossa mesa. Era como se nenhum de nós estivesse no clima para jogar conversa fora.

- Mas então, falando sério, o que aconteceu com você? - perguntei novamente para Max.

Ele sorriu para mim - um genuíno sorriso do Max -, mas então balançou a cabeça.

- Pergunte de novo depois que eu tomar umas duas cervejas - e sorrindo para Maddie enquanto ela servia nossas bebidas, ele piscou para ela. - Obrigado, meu amor.

- A mensagem de Max dizia para encontrar vocês no bar para uma *noite das garotas* - Bennett disse, e então tomou um gole de cerveja. - Então, sobre qual garota do Will nós vamos falar hoje?

- Agora só tem uma garota - murmurei. - E a Hanna terminou comigo hoje mais cedo, então acho que tecnicamente não tem garota *nenhuma* - os dois olharam para mim, com olhos preocupados. - Ela disse essencialmente que não queria isso.

- Que merda - Max murmurou, esfregando o rosto.

- Mas acontece que eu *acho* que ela está mentindo.

- Will...

Bennett me olhou com uma expressão de cautela.

- Não - eu disse, sentindo uma onda de alívio, como se tivesse compreendido melhor depois de pensar um pouco. Sim, ela estava brava em sua casa hoje - e eu ainda não sabia a razão -, mas me lembrei de como foi fazer amor no chão durante o fim de semana, no meio da noite, e a fome em seus olhos, como se o que sentia por mim não fosse mais apenas desejo, mas *necessidade*.

- Eu sei que ela também sente o mesmo que eu. Algo aconteceu entre nós no fim de semana - eu disse a eles. - O sexo sempre foi incrível, mas na casa dos seus pais tudo foi ainda mais intenso.

Bennett tossiu.

- Desculpe. Você disse que transou na *casa dos pais* dela?

Escolhi acreditar que seu tom de voz ambíguo significava que estava impressionado, então continuei:

- Parecia que ela iria finalmente admitir que havia mais entre nós do que apenas sexo e amizade - levei meu copo de água até os lábios e tomei um gole. - Mas na manhã seguinte, ela se fechou. Ela está tirando a si mesma da nossa relação.

Os dois consideraram por um momento. Finalmente, Bennett perguntou:

- Vocês chegaram a conversar sobre exclusividade? Desculpe se não estou entendendo o mapa da sua relação direito. Seu histórico não é dos melhores, se é que me entende.

- Ela sabia que eu queria que fosse exclusivo, mas então concordei em manter um relacionamento aberto, porque era isso que ela queria. Para mim, ela é a única mulher que eu quero - eu disse, sem me importar se eles iriam tirar sarro de mim por ter sido enlaçado de vez. Eu até merecia, e o mais engraçado é que eu estava *gostando* da ideia de pertencer a Hanna. - Vocês sabiam que isso iria acontecer, e eu não tenho problemas em admitir que vocês estavam certos. Ela é engraçada e linda. Ela é sexy e muito inteligente. Quer dizer, ela é *totalmente* a mulher que eu quero. Tenho que pensar que hoje foi apenas um obstáculo no caminho, ou então vou sair por aí socando paredes até quebrar meus punhos.

Bennett riu, erguendo seu copo para brindar com o meu.

- Então, vamos brindar a esperança de que ela volte para você.

Max também ergueu sua cerveja, sabendo que não tinha muito que acrescentar. Ele estremeceu um pouco, desculpando-se, como se tudo isso fosse de alguma forma culpa dele simplesmente porque desejou brincando que meu coração fosse partido apenas alguns meses atrás.

Após meu pequeno discurso, o silêncio retornou, junto com o clima estranho. Eu estava lutando para não ficar mais deprimido. É claro que eu estava preocupado com a possibilidade de não conseguir ganhar Hanna de volta. Desde a primeira vez que ela deslizou os dedos debaixo da minha camiseta no quarto daquela festa, eu estava perdido para qualquer outra garota.

Inferno, mesmo antes disso. Acho que me apaixonei no instante em que puxei seu gorro para baixo em sua adorável cabecinha de vento em nossa primeira corrida.

Mas apesar da minha certeza de que ela tinha mentido sobre seus sentimentos, e de que sentia, sim, algo por mim, a dúvida voltava a me consumir. Por que ela mentiu? O que aconteceu entre fazermos *amor* escondidos no meio da noite e o momento em que entramos no carro na manhã seguinte?

Bennett interrompeu minha queda no abismo falando de seus próprios problemas:

- Bom, já que estamos botando para fora nossos sentimentos, é a minha vez de compartilhar. O casamento está enlouquecendo nós dois. A minha família inteira vai viajar para San Diego para a cerimônia. Todo mundo *mesmo*. Incluindo tias-avós, primos de décimo-terceiro grau e pessoas que eu não vejo desde os cinco anos. Do lado da Chloe é a mesma coisa.

- Isso é ótimo - eu disse, e imediatamente me arrependi quando vi o olhar gélido de Bennett. - Não é uma coisa boa quando as pessoas aceitam seu convite?

- É, sim, mas muitas dessas pessoas não foram convidadas. A maioria da família dela mora na Dakota do Norte, e a minha está espalhada pelo Canadá, Michigan e Illinois. Todos estão buscando uma razão para tirar umas férias na praia - e balançando a cabeça, ele continuou: - Então, na noite passada, Chloe decidiu que queria fugir de tudo isso. Ela quer cancelar tudo, e está tão obcecada que estou com medo de que ela ligue para o hotel para cancelar, e aí, sim, vamos nos ferrar completamente.

- Ela não faria isso, cara - Max murmurou, quebrando seu silêncio atípico. - Não é mesmo?

As mãos de Bennett deslizaram para seus cabelos e se fecharam em punhos, os cotovelos apoiados na mesa.

- Honestamente, eu não sei. Essa festa está se tornando *gigante*, e agora sinto que está saindo do controle. Nossas famílias estão convidando cada vez mais pessoas, como se fosse uma grande boca livre para todo mundo. E já nem é mais uma questão de dinheiro, é uma questão de espaço, de fazer aquilo que *nós* queremos. Imaginamos um casamento com uns cento e cinquenta convidados. Agora, temos quase trezentos - ele suspirou. - Será apenas um dia. Um *dia*.

Chloe está tentando não enlouquecer, mas para ela é mais difícil, porque não tem muita coisa que eu possa... - ele riu, então se endireitou e olhou para nós dois. - Eu não me importo com a maioria dos detalhes. Pela primeira vez na vida, não sinto a necessidade de controlar tudo. Não me importo com as cores, nem com os malditos arranjos. Não me importo com as flores. Eu me importo com tudo que virá depois, quando vou poder comer a Chloe por uma semana em Fiji e depois passar o resto da vida casado com ela. É isso que importa. Talvez seja melhor eu deixá-la cancelar tudo, casar neste fim de semana mesmo e ir logo para a lua de mel.

Abri minha boca para protestar e dizer para Bennett que eu tinha certeza de que todo casal passa por esse tipo de crise, mas a verdade era que eu não tinha ideia. Mesmo no casamento do Jensen - no qual fui o padrinho -, a única coisa que me deixou acordado na cerimônia era a ideia de levar as duas damas de honra para transar no closet. Não prestei muita atenção no lado emocional daquele dia.

Então, fechei a boca, passando a mão nos lábios e sentindo uma dose de autoaversão me atingir. *Merda.* Eu já sentia falta de Hanna, e estar com meus dois melhores amigos que já tinham encontrado as mulheres de suas vidas deixava tudo pior. Não é que eu sentisse que precisava alcançar a mesma etapa da vida que eles; eu simplesmente queria aquele conforto de saber que eu podia sair com meus amigos e voltar para casa para os braços *dela*. Eu sentia falta do conforto de sua companhia, da maneira como ela ouvia tudo cuidadosamente, da maneira como dizia qualquer coisa que vinha à mente quando estava comigo, coisa que notei que não fazia com mais ninguém. Eu adorava o quanto ela se sentia bem consigo mesma - tão impetuosa e confiante e curiosa e esperta. E eu sentia falta do seu corpo, de ter prazer com ela e dar prazer a ela sem parar.

Eu queria deitar com ela na cama à noite e lamentar as dificuldades de se planejar um casamento. Eu queria tudo isso.

- Não cancele - eu disse, finalmente. - Sei que sou o último que pode dizer algo sobre isso, e tenho certeza de que minha opinião não significa nada, mas também tenho certeza de que todos os casamentos passam por essas coisas em algum momento.

– É que parece ser tanto trabalho para um único dia – Bennett murmurou. – Existe muito mais vida além desse único dia.

Max riu um pouco e ergueu seu copo, então reconsiderou e o deixou de novo na mesa, antes de começar a rir novamente, mais forte desta vez. Nós dois viramos para ele.

– Você estava agindo como um zumbi – eu disse –, mas agora voltou a ser o Max Palhaço. Hoje é dia de abrir o coração. Eu levei um fora da Hanna, Bennett está lutando contra a loucura de planejar um casamento. Agora é a sua vez.

Ele balançou a cabeça, sorrindo para seu copo vazio.

– Certo – e fez um gesto para Maddie, pedindo outra Guinness. – Mas, Ben, você está aqui hoje apenas como meu amigo. Não como o chefe da Sara. Entendido?

Bennett concordou, juntando as sobrancelhas.

– É claro.

Erguendo um dos ombros, Max murmurou:

– Bom, caras, acontece que eu vou ser papai.

O relativo silêncio de antes parecia agora um barulho infernal comparado com o vácuo que se seguiu. Bennett e eu congelamos, e então fizemos uma breve troca de olhares.

– Max? – Bennett começou, com uma delicadeza atípica. – A Sara está grávida?

– Pois é, cara – Max levantou os olhos, com o rosto vermelho e os olhos arregalados. – Ela vai ter um bebê.

Bennett continuou olhando para ele, provavelmente analisando cada reação no rosto de Max.

– Isso é bom – eu disse cuidadosamente. – Não é? Isso é uma coisa boa.

Max assentiu, virando-se para mim.

– É bom *demais*. Eu estou... aterrorizado, para dizer a verdade.

– Grávida de quanto tempo? – Bennett perguntou.

– Um pouco mais de três meses.

Nós dois começamos a responder com surpresa, mas ele ergueu a mão e impediu nossa reação.

- Ela estava estressada e pensou... Ela fez um teste no fim de semana, mas só hoje soube quanto tempo se passou. Então hoje, quando eu estava fora em reuniões... fizemos um ultrassom para medir o bebê - ele pressionou as mãos nos olhos. - Caramba, o *bebê*. Acabei de descobrir que Sara está grávida e hoje eu vi que tem uma *criança* lá dentro. A gravidez já está tão avançada que o técnico acha que é menina, mas só vamos saber com certeza em alguns meses. Isso tudo é... tão irreal.

- Max, por que diabos você está aqui com a gente? - perguntei, rindo. - Você não deveria estar em casa tomando champanhe e escolhendo nomes?

Ele sorriu.

- Ela queria um tempo longe de mim, eu acho. Eu estive insuportável nos últimos dias, querendo reformar o apartamento e conversar sobre quando será o casamento e essas coisas. Acho que ela queria contar para Chloe. Além disso, temos um jantar marcado para amanhã - ele fez uma pausa, franzindo as sobrancelhas em preocupação. - Mas agora que o dia acabou, estou apenas *exausto*.

- Você não está preocupado com isso, não é? - Bennett perguntou, estudando Max. - Quer dizer, isso é inacreditável. Você e Sara vão ter um *bebê*.

- Não, apenas a mesma preocupação que qualquer um teria - Max disse, limpando a boca. - Será que vou ser um bom pai? Sara não é de beber muito, mas será que fizemos alguma coisa nos últimos três meses que pudesse machucar o bebê? E, carregando minha prole gigantesca por aí, será que Sara vai ficar bem?

Não consegui me segurar. Levantei e puxei Max para um abraço.

Ele estava tão apaixonado pela Sara que mal conseguia pensar direito quando ela estava por perto. E embora eu tirasse sarro dele por causa disso, era algo muito legal de se presenciar. Eu sabia muito bem, sem ele precisar dizer, que Max estava totalmente pronto para isso, pronto para sossegar e bancar o marido e pai dedicado.

- Você vai ser incrível, Max. É sério, parabéns, cara.

Dei um passo para trás e observei quando Bennett se levantou, apertou a mão de Max e depois o puxou para um breve abraço.

Caramba.

A ficha começou a cair sobre a enormidade disso tudo, e eu desabei de volta na cadeira. Isso aqui era a vida. Era a vida começando para nós: casamentos e família e encarar decisões e se tornar o homem da vida de alguém. Não tinha nada a ver com nossos trabalhos ou as emoções aleatórias que buscávamos ou algo assim. A vida é construída com os tijolos dessas conexões e etapas e momentos quando você conta aos seus dois melhores amigos que está prestes a se tornar pai.

Puxei meu celular e enviei uma mensagem para Hanna.

`Não consigo parar de pensar em você.`

Dezenove

Quando eu era pequena, eu deixava minha família maluca porque eu não dormia por dias antes de feriados ou grandes eventos. Ninguém entendia a razão. Minha mãe exausta sentava ao meu lado noite após noite, implorando para eu dormir.

– Ziggy – ela dizia. – Meu amor, se você dormir, o Natal chega mais cedo. O tempo passa mais rápido quando você está dormindo.

Mas isso nunca funcionava comigo.

– Não consigo dormir – eu insistia. – Minha mente está muito cheia. Não consigo parar de pensar.

Eu passava a contagem regressiva para aniversários e férias totalmente acordada e ansiosa, andando de um lado para o outro nos corredores da nossa casa em vez de dormir no andar de cima. Nunca consegui me livrar desse hábito.

Sábado não era Natal ou o primeiro dia das férias de verão, mas eu estava contando cada dia, cada minuto, como se fosse. Pois, por mais patético que pareça, e por mais que eu odiasse estar animada com isso, eu sabia que veria Will. Só esse pensamento já era suficiente para me deixar de pé à noite, completamente acordada olhando para a janela, contando os postes de luz até seu prédio.

Sempre ouvi dizer que a primeira semana após uma separação é a pior de todas. Eu torcia para ser verdade. Pois receber a mensagem de Will na terça à noite – "Não consigo parar de pensar em você" – foi uma tortura.

Será possível que ele tenha enviado a mensagem para o número errado? Ou será que disse isso porque acabou sozinho, ou porque estava com outra mulher, mas pensando em mim? Eu não podia exatamente ficar brava, e minha indignação inicial pela possibilidade de Will ter enviado a mensagem enquanto estava com Kitty logo se desvaneceu; lembrei que eu também enviei mensagens para ele enquanto estava num encontro com Dylan.

A pior parte é que eu não tinha ninguém para conversar sobre isso. Bom, na verdade, eu tinha, mas a única pessoa com quem eu queria conversar era o próprio Will.

O sol já havia se posto na sexta-feira enquanto eu andava os últimos quarteirões para encontrar Chloe e Sara para tomar uns drinques.

A semana inteira eu tentei manter uma fronte corajosa, mas na verdade eu estava muito deprimida e já não conseguia esconder direito. Eu parecia triste. Eu parecia exatamente como me sentia. Eu tinha tanta saudade que sentia em cada respiração, em cada segundo que se passava sem ele.

O Bathtub Gin era um pequeno bar com visual retrô no Chelsea. Os visitantes são recebidos com uma frente discreta e uma placa dizendo "Stone Street Coffee". Se você não souber o que está procurando, ou se passar durante a semana quando não existe uma longa fila na entrada, poderia nem perceber do que se trata. Mas se você sabe o que tem lá, não terá problemas em encontrar a porta iluminada por uma única lâmpada vermelha. Uma porta que se abre para um clube da época da Lei Seca, completo com luz ambiente, jazz ao vivo e até uma grande banheira de cobre no meio do salão.

Encontrei Chloe e Sara sentadas no balcão, com drinques já esperando por elas e um lindo homem de cabelo preto ao seu lado.

– Oi, gente – eu disse, ocupando o banco ao lado delas. – Desculpe pelo atraso.

Os três viraram para mim e me olharam de cima a baixo antes do homem dizer:

– Ah, meu amor, conte tudo sobre o homem que fez isso com você.

Pisquei olhando de volta para eles, confusa.

– Humm.. oi, sou eu, a Hanna.

– Ignore ele – Chloe disse, deslizando o cardápio para mim. – Nós também ignoramos. E peça uma bebida antes de falar. Parece que você precisa de uma.

O homem misterioso ficou propriamente ofendido, e os três começaram a discutir enquanto eu analisava os vários coquetéis e vinhos, escolhendo a primeira coisa que combinava com meu humor.

– Quero um Tomahawk – eu disse para o bartender, notando com o canto do olho a maneira como as duas se entreolharam, surpresas.

– Então a coisa está nesse nível, humm?

Chloe fez um gesto pedindo outro drinque e então tomou a minha mão, conduzindo a todos nós para uma mesa.

Na realidade, eu provavelmente apenas deixaria meu coquetel intocado a noite inteira, aproveitando apenas o conforto da opção de poder ficar completamente bêbada. Mas eu sabia que queria correr amanhã, e de jeito nenhum eu iria competir de ressaca.

– Aliás, Hanna – Chloe disse, gesticulando para o homem que agora me olhava com olhos curiosos. – Este é George Mercer, assistente da Sara. George, esta é a adorável e prestes-a-ficar-chapada Hanna Bergstrom.

– Ah, uma peso leve – George disse. – O que é que você está fazendo com essa bêbada de carteirinha? Ela deveria ter uma etiqueta de aviso para garotas como você.

– George, você já está merecendo um chute na bunda – Chloe disse.

George mal piscou.

– Com um salto desse tamanho?

– Credo, só você gosta dessas coisas – Chloe gemeu.

Rindo, George disse pausadamente:

– Mentirosa.

Sara se inclinou com os cotovelos na mesa.

– Ignore esses dois. É como assistir Bennett e Chloe, com a diferença de que os dois preferem transar com o Bennett do que um com o outro.

– Estou vendo – murmurei. Uma garçonete serviu nossos drinques e eu tomei um gole hesitante. – *Putz*! – comecei a tossir, sentindo a garganta pegar fogo.

Tomei quase um copo inteiro de água enquanto Sara olhava para mim.

– Então, como vão as coisas? – ela perguntou.

– Esse drinque é tão apimentado.

– Não foi isso que ela quis saber – Chloe disse sem rodeios.

Olhei para meu copo, tentando focar nos pedacinhos de páprica flutuando em vez de exagerar o vazio em meu peito.

– Vocês conversaram com Will recentemente?

As duas balançaram a cabeça, mas George se animou.

– Will Sumner? – ele esclareceu. – Você está transando com *Will Sumner*? – ele chamou a garçonete novamente. – Vamos precisar de outra taça, minha querida. E é melhor trazer a garrafa também.

– Na verdade, eu não falo com ele desde segunda-feira – Sara disse.

– E eu desde terça-feira – Chloe completou. – Mas sei que ele teve uma semana maluca.

– Humm. Ele não viajou com você no feriado?

George respirou fundo.

– Uau, sério?

E agora eu era *aquela* garota, aquela com a história da separação que eu não queria nem na minha mente, muito menos como assunto numa mesa cheia de bebidas. Como poderia explicar que o fim de semana foi perfeito? Que acreditei em tudo que ele falou? Que eu me apaixo... Interrompi esse pensamento, pois não estava pronta nem para pensar nessa palavra.

– Hanna, meu amor?

Sara tocou levemente em meu braço.

– Sinto que sou uma idiota.

– Linda – ela disse, com olhos cheios de preocupação. – Você sabe que não precisa falar sobre isso se não quiser.

– Ah, precisa, sim – George interrompeu. – Como vamos depois transformar a vida dele num inferno se não soubermos todos os detalhes sórdidos? Mas é melhor começarmos do começo e ir devagar até a parte horrível. Primeira pergunta: o pau dele é tão épico quanto eu ouvi dizer? E os dedos... ele são mesmo abre-fecha-aspas mágicos? – ele se inclinou mais perto, sussurrando: – E o maior rumor é que o cara poderia vencer um concurso de chupar manga, se é que você me entende.

– *George* – Sara exclamou, enquanto Chloe jogava um olhar gélido para ele. Quanto a mim, eu tive que sorrir.

– Não, eu não sei do que você está falando – sussurrei de volta.

– Procura no YouTube – ele disse. – Você vai entender vendo a imagem.

– Certo, voltando para a parte onde Hanna está *triste* – Sara disse, olhando fixamente para George.

– Então, acontece que... – respirei fundo, procurando as palavras certas. – O que vocês podem me dizer sobre Kitty?

– Ah – Chloe se ajeitou na cadeira e olhou para Sara. – *Ah*.

Eu me inclinei sobre a mesa, juntando as sobrancelhas.

– O que esse "*ah*" significa?

– Essa é aquela... quer dizer, essa Kitty é *uma* das... – George parou de falar e ficou gesticulando como um maluco.

– Sim – Sara disse. – Kitty é uma das amantes do Will.

Revirei os olhos.

– Você sabe se ele ainda está se encontrando com ela?

Chloe começou a considerar sua resposta cuidadosamente.

– Bom... não sei *oficialmente* se ele terminou as coisas com ela. Mas, Hanna. Ele adora você. Qualquer um pode...

– Mas ele ainda está se encontrando com ela – eu afirmei.

Ela suspirou com relutância.

– Honestamente, eu não sei. Sei que nós sempre cobramos dele para terminar com as outras, mas não posso... com certeza dizer que ele parou de se encontrar com ela.

– E você, Sara? – perguntei.

Balançando a cabeça, Sara murmurou:

– Desculpe, eu honestamente também não sei.

Fiquei imaginando se era possível um coração se partir pouco a pouco. Eu tinha certeza de que senti a primeira fissura quando li a mensagem de Kitty. O segundo pedaço caiu quando ele mentiu sobre a noite de terça-feira. E durante o resto da semana, eu me senti machucada, senti cada pedacinho que ainda restava cair na escuridão, até o ponto de não saber mais o que era aquilo que batia em meu peito.

– Eu o ouvi conversando com meu irmão sobre querer algo mais sério com alguém, mas estar com medo de terminar com as outras. Mas então eu pensei que talvez ele quisesse dizer terminar *oficialmente* com elas. As coisas pareciam boas entre nós. Mas daí Kitty enviou uma mensagem – eu disse. – Eu estava mexendo em seu celular e ela respondeu uma mensagem que ele obviamente enviou para ela, dizendo para se encontrarem na terça à noite.

– Por que você não perguntou para ele? – Chloe disse.

– Eu queria que ele me dissesse por iniciativa própria. Will sempre gostou de honestidade e comunicação, então imaginei que se eu o convidasse para jantar na terça-feira ele me diria que tinha um encontro com Kitty.

– E então? – Sara perguntou.

Suspirei.

– Ele disse que tinha um *compromisso*. Uma reunião de noite.

– Nossa – George exclamou.

– Pois é – eu murmurei. – Então terminei tudo ali mesmo. Mas fiz isso muito mal, porque eu não sabia o que falar. Eu disse que estava ficando pesado demais, que eu tinha apenas vinte e quatro anos e não queria nada sério. Disse que não queria mais isso.

– Caramba, menina – George sussurrou. – Quando você quer terminar as coisas, você cava um buraco e joga uma bomba.

Eu gemi, pressionando as mãos nos meus olhos.

– Deve ter uma explicação – Sara disse. – Will nunca diz que tem uma reunião quando vai se encontrar com uma mulher. Ele apenas diz que vai se encontrar com uma mulher. Hanna, eu nunca o vi desse jeito antes. O próprio Max nunca o viu desse jeito. É óbvio que ele adora você.

– Mas isso importa? – eu perguntei, deixando meu drinque totalmente de lado. – Ele mentiu sobre a reunião, mas fui eu quem disse que deveríamos manter o relacionamento aberto. Acontece que para mim isso significava a *possibilidade* de outra pessoa. Para Will, isso era uma realidade que ele já vivia. E todo o tempo ele sempre insistia em algo mais entre nós.

– Converse com ele, Hanna – Chloe disse. – Confie em mim. Você precisa dar uma chance para ele se explicar.

– Explicar o quê? Que ele ainda estava se encontrando com ela, de acordo com as regras que eu estabeleci? E depois? O que acontece?

Chloe tomou minha mão e apertou.

– Daí você ergue a cabeça e manda ele se ferrar pessoalmente.

Eu me vesti assim que os primeiros raios de sol apareceram lá fora e andei os dez quarteirões até a corrida num nervosismo só. A competição aconteceria no Central Park, e o circuito percorria vinte quilômetros entre as trilhas e os caminhos do parque. Várias ruas ao redor foram fechadas para abrigar os caminhões e tendas dos patrocinadores, além da multidão presente, tanto de corredores quanto de espectadores.

Agora isso era real. Will estaria lá, e eu teria que decidir se conversava com ele ou apenas deixava tudo como estava. Eu não sabia se aguentaria qualquer uma das opções.

O céu tinha começado a clarear e um frio ainda pairava no ar. Mas meu rosto estava quente, meu sangue se aquecia correndo pelas veias e por meu coração, que batia rápido demais. Eu tinha que me concentrar para puxar o ar em meus pulmões e depois soprar de volta.

Eu não sabia para onde estava indo, ou o que estava fazendo, mas o evento parecia bem organizado e, assim que cheguei perto, vi as placas que indicavam onde eu deveria me apresentar.

– Hanna?

Ergui os olhos para ver meu antigo parceiro de treinamento, meu antigo amante, de pé ao lado da mesa de inscrição, olhando para mim com uma expressão que eu não conseguia decifrar. Eu esperava que a minha memória tivesse exagerado sua beleza e o quanto era difícil apenas ficar do lado dele. Mas não era exagero. Will continuou olhando em meus olhos, e fiquei imaginando se eu iria começar a rir descontroladamente, chorar ou talvez sair correndo se ele chegasse mais perto.

– Oi – ele finalmente disse.

Abruptamente, estendi minha mão como se ele fosse... fazer o quê? Cumprimentar com um aperto de mão? *Meu Deus, Hanna!* Mas agora era tarde demais, e minha mão trêmula ficou estendida entre nós enquanto Will olhava para ela.

– Ah... então nós... é assim que vai ser? – ele murmurou, limpando a mão na calça antes de apertar minha mão. – Certo. Bom, oi. Como vai você?

A situação era comicamente ruim, e só piorava o fato de que eu gostaria de analisar as minúcias disso com Will, apenas com Will. De repente, pensei em milhões de perguntas sobre o protocolo pós-separação-constrangedora, e se um aperto de mão é sempre uma má ideia ou era só nesse momento mesmo.

Eu me abaixei sem jeito e assinei meu nome antes de receber um pacote de informações de uma mulher sentada atrás da mesa. Ela me deu instruções que eu mal compreendi; eu me sentia como se estivesse debaixo d'água.

Quando terminei, Will ainda estava lá de pé, com a mesma expressão nervosa e esperançosa de antes.

– Você precisa de ajuda? – ele sussurrou.

Balancei cabeça.

– Não, tudo bem.

Era uma mentira; eu não fazia ideia do que estava fazendo.

– Você precisa ir até aquela tenda – ele disse com um tom de voz gentil, sabendo exatamente o que eu estava pensando, como sempre, e colocando a mão em meu braço.

Eu me afastei e forcei um sorriso.

– Pode deixar. Obrigada, Will.

Enquanto o silêncio continuava, uma mulher que eu nem tinha notado começou a falar.

– Oi – ela disse. Eu pisquei e a vi sorrindo com a mão estendida para mim. – Acho que ainda não fomos apresentadas. Eu sou Kitty.

Levei um tempo para juntar as peças, e quando tudo se encaixou, eu mal contive meu choque. Senti minha boca se abrir e meus olhos se arregalarem. Como ele poderia pensar que isso era remotamente apropriado? Olhei para ela e para Will, e logo percebi que ele estava tão surpreso quanto eu ao vê-la parada ali. Ele não percebeu sua aproximação?

O rosto de Will era a própria definição da palavra *desconfortável*.

– Ai, Deus – e olhou para nós duas antes de murmurar: – Ah, merda, humm... oi, Kitty, esta é a... – Will virou-se para mim, suavizando os olhos. – Esta é a minha Hanna.

Pisquei incrédula. *O que foi que ele disse?*

– Prazer em conhecer você, Hanna. Will me contou tudo sobre você.

Eu sabia que eles estavam se falando, mas as palavras não penetravam o eco daquela frase que se repetia em minha mente. *Esta é a minha Hanna. Esta é a minha Hanna.*

Foi um lapso. Só pode ser isso. Ele estava apenas desconfortável. Apontei para trás.

– Eu preciso ir.

Virando, saí andando desajeitadamente em direção à tenda das mulheres.

– Hanna! – ele chamou atrás de mim, mas eu não olhei para trás.

Eu ainda estava um pouco tonta quando entreguei minha ficha de informações, peguei meu número e andei até um lugar vazio para me alongar e amarrar meu tênis. Quando ouvi o som de passos, levantei a cabeça, com medo do que iria encontrar. Ver Kitty parada ali foi pior do que pensei.

– Ele é mesmo uma figura – ela disse, pregando seu número na frente da camiseta.

Desviei os olhos e ignorei o fogo que ardia em meu estômago.

– É, pois é.

Ela sentou-se num banco e começou a abrir uma garrafa de água.

– Sabe, achei que isso nunca iria acontecer – Kitty começou a rir. – Todo esse tempo ele sempre usou a desculpa "Não é você. Sou eu que não quero nada sério com ninguém". Mas agora que ele finalmente terminou tudo entre nós, é porque *quer* algo mais. Só que com outra pessoa.

Eu me endireitei e olhei em seus olhos.

– Ele terminou com você?

– Sim. Bom... Nesta semana foi o fim *oficial*, mas não nos encontrávamos desde... – ela olhou para cima, tentando lembrar uma data. – Desde fevereiro? E desde então ele só cancela nossos encontros.

Eu não sabia o que dizer.

– Pelo menos, agora eu entendo a razão.

Acho que eu fiquei com cara de quem não estava entendendo nada, pois ela sorriu e chegou um pouco mais perto.

– Porque ele está apaixonado por você. E se você é mesmo tão incrível quanto ele diz, você não vai estragar tudo.

Não me lembro de cruzar o parque até onde os outros corredores estavam reunidos. Meus pensamentos estavam bagunçados e inquietos.

Fevereiro?

Nós começamos a correr em...

... março. Foi quando começamos a transar...

Terça à noite... para poder terminar *as coisas pessoalmente.*

Como um ser humano decente, como um bom homem. Fechei meus olhos quando a força dessa descoberta me atingiu: ele disse tudo isso a ela mesmo *depois* que eu dei o fora nele.

– Você está pronta?

Eu me assustei, surpresa ao ver Will de pé ao meu lado. Ele pôs a mão em meu braço, oferecendo um sorriso hesitante.

– Você está bem?

Olhei ao redor, como se pudesse escapar para algum lugar e apenas... *pensar*. Eu não estava pronta para ele ficar tão perto ou conversar como se fôssemos amigos de novo. Eu tinha um pedido de desculpa tão grande para fazer, e ainda queria reclamar muito por ele ter mentido... eu nem sabia por onde começar. Encontrei seus olhos e procurei por qualquer sinal que dissesse que poderíamos consertar tudo isso.

– Acho que sim.

– Hanna? – ele começou, dando um pequeno passo em minha direção.

– Sim?

– Você... você vai se sair muito bem – seus olhos procuraram os meus, pesados de ansiedade, e isso fez meu estômago se retorcer com culpa. – Sei que as coisas estão estranhas entre nós. Apenas tire tudo da cabeça. Você precisa estar aqui, com a cabeça na corrida. Você treinou muito para isso e vai conseguir se sair muito bem.

Suspirei e senti a primeira onda de nervosismo pré-corrida, que não tinha nada a ver com Will. Massageando meus ombros, ele murmurou:

– Está nervosa?

– Um pouco.

Pude ver o momento em que ele entrou no modo treinador e senti um pouco de conforto nisso, aproveitando essa familiaridade platônica.

– Lembre-se de cadenciar o ritmo. Não comece rápido demais. A segunda parte é a pior, e você precisa reservar um pouco de energia para o final, certo?

Concordei com a cabeça.

– Lembre-se, esta é a sua primeira corrida e seu objetivo é cruzar a linha de chegada. Não se importe com a posição de chegada.

Lambendo meu lábios, eu respondi:

– Certo.

– Você já correu quinze quilômetros antes; você consegue correr vinte. Estarei ao seu lado, então... vamos fazer isso juntos.

Olhei para ele surpresa.

– Você pode chegar numa boa posição, Will. Isso não é nada para você... Você deveria ficar lá na frente.

Ele balançou a cabeça.

– Essa corrida não é sobre isso. A minha corrida é daqui a duas semanas. Esta aqui é sua. Já disse isso antes.

Assenti novamente, um pouco atordoada, sem conseguir desviar os olhos de seu rosto: olhei para a boca que me beijou tantas vezes, e queria beijar *apenas* a mim. Olhei para os olhos que me olhavam atentamente sempre que eu dizia alguma coisa, sempre que eu o tocava. Olhei para as mãos que agora tocavam meus ombros, as mesmas que já tocaram todos os centímetros da minha pele. Ele disse para Kitty que queria ficar comigo, apenas comigo. Ele já tinha falado isso para mim. Mas eu não tinha acreditado.

Talvez o jogador realmente não existisse mais.

Com um último olhar, Will tirou as mãos dos meus ombros e pressionou a palma nas minhas costas, conduzindo meu corpo para a linha de partida.

A corrida começou no canto sudoeste do parque, perto do Columbus Circle. Will fez um gesto para eu acompanhá-lo, e então comecei a rotina: alongamento da perna, dos quadris, das costas. Ele observava em silêncio meus movimentos e mantinha um contato tranquilizador.

– Segure um pouco mais – ele disse, pairando sobre mim. – Respire fundo.

Eles anunciaram que era hora de começar e tomamos nosso lugar. O estampido da pistola ecoou no ar, e os pássaros voaram das copas das árvores. A súbita corrida de centenas de corpos criou um som único que preencheu tudo ao redor.

A rota da maratona começava na rotatória do Columbus Circle e seguia pela pista exterior do Central Park, fazendo uma curva perto da Rua 72 e voltando para o começo.

O primeiro quilômetro é sempre o mais difícil. No segundo, a visão começa a embaçar nos cantos e você apenas escuta o som abafado das passadas na trilha e o sangue bombeando em seus ouvidos. Nós mal nos falamos, mas eu podia ouvir cada passo de Will atrás de mim, além do ocasional contato de seu braço contra o meu.

– Você está indo muito bem – ele disse na altura do quarto quilômetro.

No décimo quilômetro, Will me lembrou:

– Já estamos na metade, Hanna, e você está chegando ao seu melhor ritmo.

Senti cada centímetro do último quilômetro. Meu corpo doía; meus músculos passaram de endurecidos para molengas, depois pareciam queimar até quase ter câimbras. Eu podia sentir minha pulsação martelando em meu peito. A batida pesada espelhava cada passada, e meus pulmões gritavam para que eu parasse.

Mas minha mente estava calma. Era como se eu estivesse debaixo d'água, com vozes abafadas juntando-se até formar um único zumbido constante. Mas uma voz era clara:

– Já estamos no último quilômetro. Você vai *conseguir*. Você é incrível, minha Ameixa.

Quase tropecei quando ele me chamou assim. Sua voz estava doce e carente, mas, quando olhei para ele, seu queixo estava apertado, com olhos colados à frente.

– Desculpe – ele disse, rouco e imediatamente arrependido. – Eu não deveria... Desculpe.

Balancei a cabeça, lambi os lábios e voltei a olhar para frente, cansada demais até para estender o braço e tocá-lo. Fui atingida pela percepção de que este momento era provavelmente mais difícil do que qualquer prova que fiz na faculdade, e qualquer noite de pesquisa no laboratório. A ciência sempre veio fácil para mim – eu estudava muito, é claro, fiz minha lição de casa –, mas nunca tive que ir tão fundo e fazer tanto esforço para continuar quando tudo que eu queria era desabar na grama e ficar lá. A Hanna que encontrou Will naquela manhã gelada nunca conseguiria correr vinte quilômetros. Ela tentaria sem muito entusiasmo, ficaria cansada e, após concluir que esse não era seu forte, teria voltado para o laboratório e seus livros e seu apartamento vazio cheio de refeições congeladas para uma pessoa.

Mas não *esta* Hanna, não agora. E *ele* me ajudou a chegar até aqui.

– Quase lá – Will disse, ainda me encorajando. – Sei que está doendo, sei que é difícil, mas, veja só – ele apontou para um grupo de árvores ao longe –, você está quase lá.

Tirei o cabelo do meu rosto e continuei, respirando para dentro e para fora, querendo que ele continuasse falando, mas ao mesmo tempo querendo que ele calasse a boca. Sangue bombeava pelas minhas veias, cada parte de mim parecia ligada a um fio elétrico, levando um choque de mil volts que vazava do meu pé para o chão em cada passada.

Nunca estive tão cansada em minha vida, nunca senti tanta dor, mas também nunca me senti tão viva. Era uma loucura, mas mesmo com membros que pareciam pegar fogo, e com cada respiração mais difícil do que a anterior, eu mal podia esperar para fazer de novo. A dor valeu o medo de falhar ou de me machucar. Eu desejei algo, corri os riscos e mergulhei de cabeça.

E com esse último pensamento em minha mente, segurei a mão de Will quando cruzamos a linha de chegada juntos.

Vinte

Alguns metros depois da linha de chegada, Hanna andava em pequenos círculos, então se abaixou e apoiou as mãos nos joelhos.

– Nossa – ela ofegava, olhando para o chão. – Eu me sinto incrível. Isso foi *incrível*.

Voluntários nos entregaram barrinhas de cereais e garrafas de Gatorade, que bebemos de uma vez. Eu estava tão orgulhoso dela que não me contive: eu a puxei para um abraço suado e sem fôlego, beijando o topo de sua cabeça.

– *Você* foi incrível – e fechei meus olhos, mergulhando meu rosto em seus cabelos. – Hanna, estou muito orgulhoso de você.

Ela congelou em meus braços e então deslizou as mãos ao redor do meu corpo, simplesmente me abraçando de volta, com o rosto em meu pescoço. Eu podia sentir sua respiração, podia sentir suas mãos tremendo contra mim. Por alguma razão, achei que aquilo não era apenas por causa da adrenalina da corrida.

E então, eu sussurrei:

– É melhor arrumarmos nossas coisas.

Oscilei tanto entre estar confiante e estar devastado durante toda a semana que agora que estava com ela eu não queria mais perdê-la de vista. Começamos a andar de volta para as tendas; com a corrida serpenteando pelo Central Park, a linha de chegada ficava a poucos quarteirões do começo. Fiquei ouvindo sua respiração e observando seus pés enquanto andava. Ela estava obviamente exausta.

– Imagino que você já sabe sobre a Sara – ela disse, olhando para baixo e mexendo em seu número da corrida. Ela descolou o papel e olhou para ele.

– Pois é – eu disse, sorrindo. – É incrível.

– Encontrei com ela na noite passada. Ela está tão aninada.

- Conversei com Max na terça-feira - e engoli em seco, sentindo um nervosismo repentino. Ao meu lado, Hanna hesitou por um segundo. - Saí com os caras naquela noite. Ele estava com a esperada expressão de alegria e medo no rosto.

Ela soltou uma leve risada, genuína. *Droga*, eu sentia tanta falta disso.

- O que você vai fazer agora? - perguntei, abaixando para fazê-la olhar para mim.

E quando olhou, lá estava, aquele *algo mais* que eu sabia que não tinha imaginado no último fim de semana. Eu ainda podia senti-la deslizando sobre mim naquele quarto escuro, ainda podia ouvi-la implorando num sussurro: "Não me machuque".

Foi a segunda vez que ela me disse isso, mas, no fim, quem se machucou fui eu.

Ela deu de ombros e desviou os olhos, caminhando pela densa multidão enquanto alcançávamos as tendas da linha de partida. Um pânico começou a surgir em meu peito; eu ainda não estava pronto para me despedir.

- Provavelmente vou para casa, tomar um banho e almoçar - ela franziu as sobrancelhas. - Ou almoçar no caminho. Acho que não tem nada comestível na minha cozinha.

- Velhos hábitos custam a morrer - eu disse ironicamente.

Ela fez uma careta culpada.

- Pois é. Fiquei mergulhada no laboratório a semana inteira. Sabe como é... precisava de uma boa distração.

Minhas palavras saíram apressadas com minha falta de ar:

- A gente podia almoçar juntos, eu tenho ingredientes para sanduíches, ou saladas. Você podia voltar comigo para meu apartamento e... - Hanna parou de andar e se virou para me encarar, com uma expressão de surpresa e então... pareceu aceitar o convite.

Piscando várias vezes, senti meu peito se apertar. Tentei segurar a impossível esperança que subia por minha garganta.

- O que foi? - eu perguntei, soando mais irritado do que pretendia. - Por que está olhando para mim desse jeito?

Sorrindo, ela disse:

- Você provavelmente é o único homem que conheço que mantém sua geladeira tão bem abastecida.

Senti minhas sobrancelhas se juntarem em confusão. Foi isso que a fez parar e me olhar desse jeito? Coçando minha nuca, eu murmurei:

- Tento manter coisas saudáveis em casa para não ter que sair e comer porcarias.

Ela se aproximou até o ponto onde pude sentir um fio de seu cabelo raspar em meu pescoço com o vento. Perto o bastante para sentir o cheiro suave de seu suor e lembrar o quanto foi incrível fazê-la suar desse jeito. Baixei meus olhos para seus lábios, querendo tanto beijá-la que até fazia minha pele doer.

- Eu acho você incrível, Will - ela disse, lambendo os lábios debaixo da pressão da minha atenção. - E pare de me olhar desse jeito. Só posso aguentar ficar perto de você até certo ponto.

Antes que eu pudesse processar tudo isso, ela se virou e andou em direção à tenda das mulheres para pegar suas coisas. Atordoado, fui para a direção oposta pegar minhas chaves, minhas meias extras e a papelada que enfiei em minha jaqueta. Quando voltei, ela estava esperando por mim, carregando uma pequena bolsa esportiva.

- Então - comecei a dizer, tentando manter distância. - Você vem comigo?

- Eu realmente deveria tomar um banho... - ela disse, olhando para a rua atrás de mim que levava para seu prédio.

- Você pode tomar banho no meu apartamento...

Não me importei se isso soou estranho. Eu não a deixaria escapar. Eu sentia sua falta. As noites eram insuportáveis, mas as manhãs eram ainda piores. Sentia falta de sua conversa sem fôlego e a maneira como eventualmente ela sincronizava com o ritmo de nossos pés na calçada.

- E emprestar umas roupas limpas? - ela perguntou, mostrando um sorriso malicioso.

Concordei sem hesitar.

- Sim.

Seu sorriso diminuiu quando ela percebeu que eu estava falando sério.

- Venha comigo, Hanna. Apenas para almoçar. Eu prometo.

Bloqueando o sol com a mão sobre a testa, ela estudou meu rosto por um momento.

- Tem certeza?

Em vez de responder, eu inclinei minha cabeça e me virei para começar a andar. Ela entrou no ritmo ao meu lado, e a cada vez que nossos dedos acidentalmente se tocavam, eu quis segurar sua mão e puxá-la para a árvore mais próxima.

Nos últimos poucos minutos a velha Hanna brincalhona esteve de volta, mas a Hanna silenciosa reapareceu enquanto andávamos pelos dez quarteirões de volta ao meu prédio. Segurei a porta quando entramos, passei por ela para apertar o botão do elevador e então fiquei ao seu lado perto o bastante para sentir o contato de nossos braços enquanto esperávamos. Por três vezes ouvi sua respiração interrompida quando fazia menção de olhar para mim, mas então desviava os olhos no último momento, olhando para os sapatos, para as unhas, para a porta do elevador. Em qualquer lugar, menos em meu rosto.

Já em meu apartamento, minha cozinha espaçosa parecia encolher sob a tensão entre nós, causada pelos resquícios de nossa horrível conversa na terça à noite, as centenas de coisas não ditas hoje e a atração latente que sempre estava presente. Entreguei a ela um Powerade azul, pois era meu favorito, e enchi um copo com água para mim, virando-me para observar seus lábios, sua garganta, sua mão envolvendo a garrafa enquanto tomava um longo gole.

Você é linda demais, eu não disse.

Eu te amo tanto, eu não disse.

Quando baixou a garrafa no balcão, sua expressão estava repleta de todas as coisas que ela também não estava dizendo. Eu sabia que estavam lá, mas não tinha ideia do que essas coisas poderiam ser.

Enquanto nos reidratávamos em silêncio, eu não conseguia parar de tentar olhar para seu corpo discretamente. Mas essa discrição era em vão. Eu podia ver seus lábios se curvando num sorriso de quem sabe que está sendo observada. Meus olhos se moveram de seu rosto para o queixo, descendo para a pele ainda úmida em seu peito, onde o contorno dos seios era visível debaixo do sutiã esportivo... ah, *merda*. Até agora eu consegui não olhar diretamente para seu peito, mas de repente senti um desejo familiar se espalhar por mim. Seus seios eram meu lugar favorito: eu queria sentar e pressionar meu rosto ali.

Soltei um grunhido e esfreguei meus olhos. Convidá-la até aqui foi uma péssima ideia. Eu queria tirar sua roupa, ainda suada, e sentir o deslizar de seu corpo sobre mim.

Quando apontei para o banheiro e perguntei se ela queria tomar banho primeiro, Hanna inclinou a cabeça, sorriu e perguntou:

- Você estava olhando para os meus peitos?

E por causa da familiaridade, do conforto e da maldita *intimidade* da pergunta, senti uma raiva fervendo em meu sangue.

- Hanna, não comece. Não seja a garota que mexe com a cabeça dos outros. Não faz nem uma semana que você me deu um fora.

Eu não esperava que fosse soar desse jeito, e no meio da cozinha silenciosa meu tom de voz raivoso ecoou entre nós.

Ela ficou branca, parecendo devastada.

- Desculpa - ela sussurrou.

- Merda - eu gemi e apertei novamente os olhos. - Não peça desculpas, apenas não... - abri os olhos para olhar em seu rosto. - Não brinque comigo.

- Não estou tentando brincar - ela disse, com a voz quase falhando. - Desculpe por desaparecer nesses últimos dias. Desculpe ter agido de um jeito tão horrível. Eu pensei que...

Puxei um banco e sentei. Correr uma meia-maratona não me deixava exausto tanto quanto isto. Meu amor por ela era uma coisa pesada, pulsante, *viva*, e me deixava maluco, ansioso, faminto. Eu odiava vê-la estressada e assustada. Eu odiava vê-la nervosa e com raiva, mas pior do que isso era saber que ela possuía o poder de partir meu coração e tinha pouca experiência em ser cuidadosa sobre isso. Eu estava totalmente à sua desajeitada e inexperiente mercê.

– Sinto sua falta – ela disse.

Meu peito se apertou.

– Eu também sinto tanto a sua falta, Hanna. Você não tem ideia. Mas ouvi o que você disse na terça-feira. Se você não quer isto, então precisamos achar uma maneira de voltarmos a ser amigos. Perguntar se estou olhando para seus peitos não ajuda a superarmos isso.

– Desculpa – ela repetiu. – Will...

Hanna começou a falar, mas as palavras se perderam e ela baixou o olhar para seus pés.

Eu precisava entender o que tinha acontecido, precisava saber a razão de tudo ter implodido tão abruptamente depois de fazermos amor de um jeito tão íntimo e selvagem apenas uma semana atrás.

– Naquela noite – comecei a dizer, e então reconsiderei. – Não, Hanna, em *todas* as noites. Tudo sempre foi intenso entre nós. Mas naquela noite da semana passada... achei que tudo tinha mudado. Achei que *nós* mudamos. Mas, então, no dia seguinte... E na viagem de volta? Merda, nem sei dizer o que aconteceu.

Ela se aproximou, chegou tão perto que eu podia puxá-la para ficar de pé entre minhas pernas, mas não fiz isso, e suas mãos lentamente baixaram até pararem totalmente.

– O que aconteceu foi que ouvi o que você disse para o Jensen – ela disse. – Eu sabia que havia outras mulheres em sua vida, mas eu pensava que você tinha terminado com elas. Sei que evitei conversar sobre isso, e sei que não é justo eu querer isso, mas pensei que você tinha terminado com elas.

– Eu não tinha terminado oficialmente, Hanna, mas ninguém esteve em minha cama desde que você me puxou para aquele quarto e pediu para eu tocar em você. Merda, nem antes disso.

– Mas como eu deveria saber? – Hanna baixou a cabeça e ficou olhando para o chão. – Ouvir o que você falou com Jensen não era tão ruim, eu sabia que precisávamos conversar, mas daí eu vi a mensagem no carro. Apareceu quando eu estava olhando suas músicas – ela chegou mais perto, encostando as coxas nos meus joelhos. – Transamos sem camisinha na noite anterior, mas daí a mensagem apareceu e parecia como... como se você estivesse querendo se encontrar com ela logo depois. Entendi que Kitty ainda esperava poder se encontrar com você, e eu estava tentando...

- Eu não transei com ela na terça, Hanna - eu a interrompi, sentindo um pânico invadir meu sangue. - Sim, eu enviei uma mensagem para nos encontrarmos, mas era para terminar com ela pessoalmente. Não era para...

- Eu sei - ela disse, suavemente me interrompendo. - Ela me falou hoje que fazia tempo que vocês não se encontravam.

Deixei a ficha cair por um instante e depois suspirei. Não sabia se queria saber o que Kitty contou para Hanna, mas, no fim, isso não importava. Eu não tinha nada para esconder. Sim, como uma pessoa que gosta de deixar tudo sempre claro, eu deveria ter terminado com Kitty assim que disse para Hanna que queria algo mais, mas eu nunca menti para nenhuma deles, nem uma única vez. Não menti para Kitty quando disse, há tantos meses, que não queria nada mais sério. E não menti para Hanna no mês passado quando disse que queria ir além com ela, e apenas com ela.

- Eu estava apenas tentando jogar com as *suas* regras. Eu não queria falar em relacionamento sério de novo porque você tinha decidido que eu não era capaz disso em primeiro lugar.

- Eu sei - ela sussurrou. - Eu sei.

E ficamos nisso. Seus olhos encontraram os meus, esperando eu dizer... o quê? O que eu poderia dizer que já não tivesse dito antes? Já não deixei claro o suficiente?

Com um suspiro cansado, eu me levantei.

- Você quer tomar banho primeiro? - eu perguntei. As coisas estavam tão esquisitas entre nós que mesmo quando ainda éramos praticamente desconhecidos um para o outro, correndo naquela primeira manhã gelada, mesmo naquele dia eu não senti tamanha estranheza.

Ela precisou se afastar para me deixar passar.

- Não, tudo bem. Pode ir.

—

Liguei o chuveiro no mais quente que aguentava. Eu ainda não estava dolorido por causa da corrida – provavelmente nem sentiria nenhuma dor –, mas estressado por querer fazer amor com Hanna ao mesmo tempo em que queria estrangulá-la, e a água quente e o vapor me ajudaram a me acalmar.

Era possível que ela quisesse que as coisas voltassem como antes: com sexo, mas apenas amigos. Um conforto sem muitas expectativas. E eu a queria tanto que sabia como seria fácil cair nessa de novo e aproveitar seu corpo e sua amizade em medidas iguais, sem nunca precisar ou esperar ir além.

Mas eu não queria mais isso. Nem com ninguém, e principalmente não com ela. Passei o sabonete, fechei os olhos e senti o vapor, limpando a corrida e o suor do meu corpo. Desejando que pudesse limpar também a bagunça dentro de mim.

Ouvi o clique suave da porta do chuveiro apenas uma fração de segundo antes de sentir a rajada de ar frio atingindo minha pele. Adrenalina correu em minhas veias, bombeando em meu coração, enchendo minha cabeça com uma loucura que me deixou tonto. Apoiei a mão na parede, com medo de me virar e encará-la e sentir toda a minha determinação se esvair. Havia apenas uma fração de mim que eu sabia que resistiria. O resto daria tudo que ela pedisse.

Ela sussurrou meu nome, fechando a porta e chegando perto o bastante para eu sentir os seios pressionando em minhas costas. Sua pele estava fria, e então deslizou as mãos subindo por minhas costelas.

– Will – ela repetiu, passando as mãos em meu peito e descendo pela barriga. – Olhe para mim.

Agarrei seus pulsos para impedi-la de continuar descendo e sentir o quanto eu estava duro com apenas esse pequeno contato. Eu me sentia um cavalo de corridas, contido apenas por uma porta frágil pronta para se abrir a qualquer momento. Os músculos em meu braço estavam tensos e flexionados; segurar seus pulsos servia tanto para eu me restringir quanto para manter suas mãos longe de mim.

Encostando minha testa na parede, fiquei parado até ter certeza de que conseguiria encarar seu rosto sem imediatamente agarrá-la em meus braços. Finalmente, eu me virei, soltando um pouco seus pulsos.

– Não posso fazer isso – sussurrei, olhando em seus olhos.

Seu cabelo estava solto, as mechas molhadas grudavam em seu rosto, pescoço, ombros. As sobrancelhas se juntavam mostrando sua confusão, e eu sabia que ela não entendia minha posição. Mas, então, ela pareceu entender, e uma onda de humilhação se espalhou em seu rosto, e ela fechou os olhos com força.

– Descul...

– Não – eu disse, interrompendo-a. – Quero dizer que não posso fazer o mesmo de antes. Não posso compartilhar você. Não posso fazer isso se você ainda quiser se encontrar com outros homens.

Hanna abriu os olhos e suavizou a expressão em seu rosto.

– Não posso culpá-la por querer experimentar – eu disse, apertando seus pulsos só de pensar nisso –, mas não vou conseguir impedir que meus sentimentos por você se tornem ainda maiores, e não vou querer fingir que somos apenas bons amigos. É muita mentira para mim. Enfim, nem mesmo com o Jensen. Sei que eu aceitaria qualquer coisa que você me oferecer, porque eu quero muito você, mas eu viveria arrasado se fosse apenas sexo para você.

– Acho que nunca foi apenas sexo para mim – ela disse.

Soltei seus pulsos, estudando seu rosto e tentando entender o que ela estava oferecendo.

– Quando você me chamou de *sua* Hanna hoje – ela começou e então parou, pressionando a mão contra meu peito. – Eu quis que fosse verdade. Eu quero ser sua.

Minha respiração se transformou num tijolo em minha garganta. Debaixo da delicada pele de seu pescoço, eu podia enxergar sua pulsação martelando.

– Quer dizer, eu *sou* sua. Isso já é fato.

Hanna ficou na ponta dos pés, com olhos arregalados enquanto cuidadosamente tomava meu lábio inferior, chupando levemente. Ela ergueu minha mão, colocou-a em seu seio e se arqueou com meu toque.

Se o que eu sentia agora fosse apenas uma fração do medo que ela sentiu esse tempo todo em que eu a machuquei, então eu repentinamente entendi porque ela passou tanto tempo afastada. Estar apaixonado dessa maneira é algo assustador.

- Por favor - ela implorou, beijando-me novamente, agarrando minha outra mão e tentando me fazer abraçá-la. - Quero tanto estar com você que mal consigo respirar direito.

- Hanna.

Eu ofeguei e me abaixei involuntariamente, oferecendo melhor acesso aos meus lábios e pescoço. Agarrei o seio e passei o polegar em seu mamilo.

- Eu te amo - ela sussurrou, beijando meu queixo e descendo pelo pescoço. Eu apertei meus olhos, sentindo meu coração martelar em meu peito.

Quando ela disse isso, minha resistência se despedaçou e eu abri a boca, grunhindo quando senti sua língua deslizando sobre a minha. Ela gemeu, arranhando meus ombros, meu pescoço, pressionando a barriga contra minha ereção.

Hanna ofegou ao sentir os azulejos frios quando eu a virei e apertei contra a parede, e então ofegou de novo quando eu me abaixei e ergui o seio até minha boca, chupando com toda a minha fome. Não é que eu tivesse perdido o medo; na verdade, ouvi-la dizer que me amava era infinitamente mais amedrontador, pois também trazia a esperança de que nós conseguiríamos de algum jeito navegar cegamente por esta elusiva *primeira vez*.

Voltei para sua boca, mergulhando nesta loucura, perdido na febre de seus beijos e sabendo sem precisar perguntar que parte da água em seu rosto não era apenas do chuveiro. Eu também sentia esse alívio redentor, seguido imediatamente pelo desejo ardente de estar dentro dela, de mexer dentro dela, de senti-la por inteiro.

Baixei minha mão e agarrei a parte de trás de suas coxas, erguendo-a até ela poder envolver minha cintura com as pernas. Senti o calor macio de seu sexo e entrei ali, pressionando lá dentro e saindo de novo, me apaixonando mais uma vez, ouvindo seus gemidos impacientes e roucos.

- Nunca fiz isto antes - murmurei contra a pele de seu pescoço. - Não tenho a menor ideia do que estou fazendo.

Ela riu, mordendo meu pescoço e agarrando meus ombros com força. Lentamente, entrei dentro dela, parando quando nossos quadris se encontraram e sabendo que isto acabaria num instante. Sua cabeça caiu para trás, encostando na parede, e seu peito subia e descia com pequenas respirações entrecortadas.

- Ah, meu Deus, Will.

Tirando para fora, eu sussurrei:

- Você também sente isso?

Hanna soluçou, implorando para eu mexer, apertando contra mim tanto quanto podia, presa entre a parede e meu corpo.

- Isto não é apenas sexo - eu disse, chupando sua garganta. - Sabe, esta sensação que é tão boa que até dói? Sempre foi assim em todas as vezes que eu estive dentro de você, minha Ameixa. É o que acontece quando você faz sexo com alguém que você absolutamente *adora*.

- Alguém que você ama? - ela perguntou, com os lábios pressionados em minha orelha.

- Sim.

Entrei com tudo e tirei novamente, sabendo que eu estava tão perto que precisaria levá-la para minha cama, chupar entre suas pernas e então foder mais um pouco até nós dois desabarmos de exaustão. Era intenso demais, e assim que comecei a mexer, eu sabia que nunca me acostumaria com a sensação de estar dentro dela sem nenhuma barreira entre nós.

Eu mexia com ela, adorando seus gemidos e sussurrando um pedido de desculpas em seu pescoço.

- É intenso demais...

Aquilo era irresistível: a sensação dela me envolvendo, suas palavras, a certeza de que ela era realmente minha agora.

- Estou perto demais, minha Ameixa, não consigo...

Suas unhas arranhavam a pele em meu ombro e seus dentes mordiam minha orelha.

- Eu gosto quando você não consegue se segurar. É assim que eu sempre me sinto com você.

Com um gemido, eu parei de resistir e senti como se estivesse na beira de um penhasco...

caindo

caindo

... pressionando cada vez mais fundo e mais forte até ouvir a gentil batida de nossas coxas e suas costas na parede. Senti meu corpo se aquecer e gozei dentro dela tão forte que meu grito de prazer ecoou pelas paredes entre nós.

Acho que nunca gozei tão rápido em minha vida, e me senti ao mesmo tempo eufórico e um pouco horrorizado.

Hanna puxava meus cabelos, silenciosamente implorando por minha boca, mas depois de apenas um pequeno beijo eu me retirei dela soltando um grunhido e caí de joelhos. Eu a abri com as mãos e tomei seu clitóris com toda a minha boca, chupando forte. Fechei os olhos e apenas aproveitei seu doce gemido e a sensação de seu sexo em minha língua. Suas pernas tremiam: afinal, ela estava exausta pela corrida e provavelmente também por causa do tratamento rude que eu a submeti contra a parede – então deslizei meus braços debaixo dela, abrindo suas pernas e erguendo as coxas até ela poder se apoiar em meus ombros, com minhas mãos segurando sua bunda.

Hanna soltou um grito procurando por algum apoio até finalmente agarrar minha cabeça entre as coxas e segurar meus cabelos, olhando fascinada para mim enquanto eu a chupava.

– Estou muito perto – sua voz falhava e as mãos tremiam.

Eu gemi e sorri para ela, movendo minha cabeça lentamente de cima a baixo enquanto chupava. Nunca fiz isso antes e senti que estava *amando* alguém de verdade, fazendo amor de todo jeito possível. Meu peito se aqueceu intensamente quando algo me ocorreu: isto era nosso começo. Exatamente aqui, parcialmente escondidos pelo vapor d'água, era onde deixávamos tudo muito claro para nós dois.

Pude ver o momento quando ela começou a gozar, com a vermelhidão subindo por seu peito e alcançando o rosto bem quando seus lábios se separaram num suspiro afogado.

Nunca vou me cansar disso. Nunca vou me cansar *dela*. Com o prazer mais possessivo que já senti, observei enquanto seu orgasmo retumbava por seu corpo, provocando um grito agudo em sua garganta.

Parando quando suas coxas relaxaram, eu cuidadosamente a coloquei de volta ao chão com suas pernas trêmulas. Eu me levantei e olhei em seu rosto por um momento, até que ela envolveu meu pescoço e se esticou para me abraçar.

Seu corpo estava macio e quente. Molhada com a água aquecida, ela parecia se derreter em meus braços.

E tudo era tão diferente. Nunca foi assim - como se eu estivesse completamente conectado a ela -, mesmo quando estávamos em nossos momentos mais íntimos como "apenas amigos".

Aqui, ela era, enfim, minha.

- Eu te amo - sussurrei em seus cabelos antes de esticar o braço e pegar o sabonete. Cuidadosamente, lavei cada pedaço do seu corpo, seus cabelos e a delicada pele entre suas pernas. Lavei meu orgasmo de seu corpo e beijei seu queixo, suas pálpebras e seus lábios.

Saímos do chuveiro e eu a embrulhei numa toalha antes de envolver minha cintura com outra. Eu a conduzi até o quarto, coloquei-a na beira da cama e sequei seu corpo, antes de deitá-la carinhosamente no colchão.

- Vou trazer algo para você comer.

- Vou com você.

Ela lutou contra meus braços e tentou se sentar, mas eu balancei a cabeça e me abaixei para chupar seu mamilo.

- Apenas fique aqui e relaxe - sussurrei contra sua pele. - Quero manter você aqui na cama por toda a noite, então é melhor você comer algo antes.

Água pingou dos meus cabelos molhados em sua pele nua, e Hanna ofegou, com olhos arregalados e as pupilas negras dilatadas apagando o cinza de sua íris. Ela deslizou a mão até meus ombros, tentando me puxar para baixo, e *merda*, eu estava pronto para outra... mas precisávamos de comida. Eu já estava começando a sentir tonturas.

- Vou preparar alguma coisa rápida.

—

Comemos sanduíches, sentados nus na cama, e depois conversamos por horas sobre a corrida, sobre o fim de semana com seus pais, e finalmente sobre como foi quando nós dois pensamos que tudo estava acabado.

Nós fizemos amor até o sol se pôr lá fora, e depois dormimos, acordando no meio da noite famintos por mais. E então foi selvagem, intenso e exatamente como sempre foi quando tudo ia bem entre nós: foi honesto.

No momento, eu estava saciado, então estiquei o braço para pegar uma caneta no criado-mudo. Voltando para seu lado, desenhei a tatuagem de volta em seu quadril – "Raridades para os raros" –, com esperança de que eu pudesse ser aquilo que Hanna merecia: uma raridade, um animal domado, um jogador reabilitado.

Epílogo

A aeromoça passou por nós fechando os compartimentos de bagagem acima dos assentos antes de se abaixar e perguntar:

– Suco de laranja ou café?

Will pediu café. Eu balancei a cabeça com um sorriso.

Ele bateu em meu joelho e esticou a palma da mão.

– Me dê seu celular.

Eu entreguei, mas reclamei mesmo assim:

– Por que eu preciso disso? Vou dormir durante o voo inteiro.

Nunca mais o deixaria marcar um voo às seis da manhã de Nova York para a Costa Oeste.

Will me ignorou, digitando um código no navegador do meu celular.

– Se você não percebeu, eu estou com sono. *Alguém* me deixou acordada a noite inteira – eu sussurrei, usando seu ombro como travesseiro.

Ele parou o que estava fazendo e me jogou um olhar malicioso.

– Tem certeza de que foi isso que aconteceu?

Senti uma adrenalina descer do meu peito para minha barriga até chegar entre minhas pernas.

– Sim.

– Você não chegou do trabalho, digamos... um pouco excitada demais?

– Não – eu menti.

Sua sobrancelha se ergueu e um sorriso apareceu no canto da boca.

– E você não interrompeu minha preparação do jantar romântico que eu estava planejando?

– Quem, eu? Imagina.

– E não foi você quem me puxou para o sofá e pediu para eu "fazer aquela coisa com a boca"?

Segurei minha mão na frente do peito.

– Eu *nunca* faria isso.

– Então não foi você quem ignorou o cheiro delicioso vindo da cozinha e me puxou para o quarto e pediu para eu fazer umas coisas muito, *muito* safadas?

Fechei os olhos quando ele aproximou o rosto e raspou os dentes em meu queixo, murmurando:

– Eu amo tanto você, minha doce e safada Ameixa.

Imagens da noite anterior me fizeram cair novamente naquele lugar faminto e ansioso onde eu praticamente vivia sempre que estava ao lado de Will. Lembrei de suas mãos rudes, sua voz dominante dizendo exatamente o que queria. Lembrei-me daquelas mãos agarrando meus cabelos, seu corpo se movendo por cima do meu por horas, sua voz finalmente falhando e implorando por meus dentes, minhas unhas. Lembrei-me de seu peso desabando sobre mim, suado e exausto e adormecendo quase instantaneamente.

– Talvez tenha sido eu – admiti. – Trabalhei o dia inteiro presa na sala esterilizada, então tive tempo o bastante para pensar nessa sua boquinha mágica.

Ele me beijou e então voltou para meu celular, sorrindo ao terminar o que estava fazendo e me entregando de volta.

– Tudo certo.

– Vou dormir mesmo assim.

– Bom, pelo menos se Chloe precisar de você, seu celular estará funcionando.

Olhei para ele, confusa.

– Por que ela precisaria de mim? Não estou ajudando no casamento.

– Você não conhece Chloe? Ela é tipo um temível general que poderia te convocar a qualquer momento – ele disse, segurando a parte de trás do pescoço do jeito que sempre fazia quando estava desconfortável. – Mas, enfim. Durma sossegada.

– Estou com um pressentimento sobre esta viagem – murmurei, recostando em seu ombro. – Quase como uma premonição.

– Quem diria que você é uma vidente? – ele disse, irônico.

– É sério. Eu acho que vai ser incrível, mas também sinto que estamos neste tubo de aço gigante voando em direção a uma semana completamente insana.

– Tecnicamente, aviões são feitos de uma liga de alumínio – Will olhou para mim, beijou meu nariz e sussurrou: – Mas disso você já sabia.

– E você? Já sentiu algum pressentimento sobre alguma coisa?

Ele confirmou e me beijou de novo.

– Uma ou duas vezes.

Olhei para seu rosto e os familiares cílios pretos e olhos azuis escuros, a barba por fazer, mesmo sendo de manhã, e o sorriso bobo que ele não tirou do rosto desde que eu o acordei, *de novo*, quatro horas atrás com minha boca em seu pau.

– Você está se sentindo emotivo, Dr. Sumner?

Ele deu de ombros e piscou, tentando disfarçar o brilho apaixonado em seus olhos.

– Estou apenas animado por sair de férias com você. Animado com o casamento. Animado por nosso grupinho ganhar um bebê.

– Tenho uma pergunta sobre uma regra – sussurrei.

Ele aproximou o rosto como se fosse ouvir um segredo e sussurrou:

– Não sou mais o seu professor de relacionamentos. Não existem mais regras, exceto aquela que diz que nenhum outro cara pode tocar em você.

– Mesmo assim. Você é especialista nessas coisas.

Com um sorriso, ele murmurou:

– Certo. Manda.

– Nós estamos juntos apenas por dois meses e...

– Quatro – ele corrigiu, sempre insistindo que eu era dele desde nossa primeira corrida.

– Que seja. Quatro meses. Você acha de bom tom ouvir depois de quatro meses que eu acho que você é meu para sempre?

Seu sorriso diminuiu e seus olhos percorreram meu rosto de uma maneira que parecia um carinho. Ele me beijou uma vez, depois beijou novamente.

– Eu acho de *extremo* bom tom – Will permaneceu olhando para mim por um bom tempo. – Agora durma, minha Ameixa.

Meu celular vibrou em meu colo, e eu acordei assustada. Eu me endireitei no assento e pisquei para a tela, onde uma mensagem de Will aparecia. Ao meu lado, eu quase podia sentir seu sorriso.

Li a mensagem: `O que você está vestindo?`

Apertei meus olhos ainda sonolenta enquanto digitava.

`Uma saia, sem calcinha. Mas não tenha nenhuma ideia brilhante, ainda estou um pouco dolorida por causa do que meu namorado fez na noite passada.`

Ele fez um som solidário ao meu lado.

`Aquele bruto.`

`Por que você está enviando mensagens para mim?`

Will balançou a cabeça ao meu lado, suspirando de um jeito exagerado.

`Porque eu posso. Porque a tecnologia moderna é incrível. Porque estamos a 30 mil pés de altitude e a civilização progrediu ao ponto que`

```
eu posso transmitir a você uma proposta obscena
a partir de um satélite no espaço em um "tubo
de aço" voador.
```

Virei para olhar em seu rosto, erguendo minhas sobrancelhas.

– Você me acordou para perguntar o que eu estou vestindo?

Ele balançou a cabeça e continuou digitando. Em meu colo, meu celular vibrou de novo.

```
Eu te amo.
```

– Eu também te amo – eu disse. – Estou bem aqui, seu nerd. Não vou digitar uma resposta.

Ele sorriu, mas continuou digitando.

```
Você também é minha para sempre.
```

Fiquei olhando para o celular, com meu peito de repente tão apertado que eu mal conseguia respirar. Ergui o braço e ajustei a corrente de ar acima de nós.

```
E talvez eu peça você em casamento num futuro
muito próximo.
```

Meus olhos grudaram na tela, lendo a mensagem várias e várias vezes seguidas.

– Certo – eu sussurrei.

```
Então me avise se você não for aceitar, pois
estou levemente aterrorizado.
```

Eu me aninhei em seu ombro, e ele guardou o celular, segurando minha mão.

– Não fique – sussurrei. – A gente consegue fazer isso sem problemas.

Agradecimentos

Quando começamos a trabalhar neste livro, nós apenas conhecíamos nosso editor, Adam Wilson, por oito meses, mas juntos já tínhamos lançado dois livros (o *Cretino* e o *Estranho*), com mais quatro marcados para o mesmo ano. Esse tipo de cronograma para uma combinação tão recente de autor-editor é um pouco como um acampamento de verão: os dias são malucos e passam como um borrão na sua frente, e as pessoas não têm o luxo de irem se conhecendo aos poucos. Assim como com tudo na vida, às vezes essas experiências intensas funcionam, às vezes não, mas com Adam nós tivemos muita sorte. Quando finalmente nos encontramos em julho, soubemos imediatamente: ele é *nosso tipo de gente* e tão maluco quanto nós (ou finge muito bem que é, pois enviamos *cupcakes* tanto reais quanto metafóricos para ele). Trabalhar com ele tem sido uma das melhores experiências que nós duas já tivemos em todos os tempos, e mal podemos esperar para ver o que vamos fazer em seguida.

Quando começamos o processo de encontrar uma editora, nós lemos centenas de blogs que falavam sobre a importância de encontrar um agente que se identifique com você. A questão não é apenas encontrar um agente, mas encontrar o agente certo. E na verdade, Holly Root não é apenas a agente certa para nós, ela é também uma das melhores pessoas que já encontramos. Sem ela, estes livros nunca encontrariam a casa perfeita na Gallery, ou o editor perfeito, Adam. Ela ainda diz que, desde a primeira vez que falou com ele sobre o projeto, soube que seria o par perfeito para nós. É esse tipo de relacionamento que nos faz sentir eternamente gratas.

Mas também foi o envolvimento de nossas leitoras beta – Erin, Martha, Tonya, Gretchen, Myra, Anne, Kellie, Katy e Monica – que nos fez perceber que o processo de escrita é muito mais do que apenas colocar palavras no papel: é também encontrar a comunidade de pessoas que vai ajudar a combater a loucura nos dias difíceis, e vai celebrar com você nos bons dias. Se você já enviou seu trabalho para alguém ler, sabe como essa experiência pode ser vulnerável, e para cada uma de nossas leitoras que nos ajudaram com os livros *Irresistíveis*, obrigada por equilibrar tão perfeitamente as críticas e os elogios. E pedimos desculpas por matar alguns de seus neurônios. Anne, obrigada pelas ótimas referências a Nietzsche e pela incrível citação dele. Jen, obrigada um milhão de vezes pela divulgação e a torcida. Lauren, obrigada para sempre por cuidar das mídias sociais e por ficar animada com cada capa, trecho e e-mail. Nós amamos todas vocês.

Vamos construir um monumento ereto (há! "ereto"...) em honra de nossa fabulosa casa na S&S/Gallery Books. OBRIGADA Carolyn Reidy, Louise Burke, Jen Bergstrom, Liz Psaltis, o maravilhoso departamento de arte, Kristin Dwyer (logo vamos sequestrar você), Jean Anne Rose, Ellen Chan, Natalie Ebel, Lauren McKenna, Stephanie DeLuca e, claro, Ed Schlesinger, por rir das piadas da Hanna. Vocês nos fazem sentirmos parte de uma família. Nós já estamos merecendo um sofá-cama no escritório, vocês não acham?

Escrever não é um emprego em que você trabalha das nove às dezoito horas, de segunda à sexta. É um trabalho que você faz em todos os minutos acordado, e também é um trabalho escravo da inspiração, então, se você estiver sem tempo (típico), mas com um monte de ideias na cabeça, você deve parar tudo que estiver fazendo para colocar esses pensamentos no papel antes que eles desapareçam. Às vezes isso significa sair correndo da frente do fogão para o computador, e às vezes significa que o maridão vai levar sozinho as crianças para o zoológico para que a mamãe consiga trabalhar um pouco. Mas, enfim, escrever é um processo que requer muita paciência e apoio de todos na vida do escritor, e por isso nós olhamos com coraçõezinhos nos olhos para os amores de nossas vidas: Keith e Ryan. E nossos filhos: Bear, Cutest e Ninja, esperamos que um dia vocês entendam o quanto foram pacientes, e o quanto essa paciência permite agora que passemos muito mais tempo juntos. Obrigada a nossas famílias e amigos por aturarem nossa loucura: Erin, Jenn, Tawna, Jess, Joie, Veena, Ian e Jamie.

E por último, mas com certeza não menos importante, escrever estas histórias não significaria nada sem as maravilhosas pessoas que as leem. Até hoje não acreditamos quando alguém nos diz que ficou acordada a noite toda lendo, ou fingiu ficar doente para poder passar algumas horas trancada no banheiro porque não conseguia parar de ler. Seu apoio e encorajamento significam mais para nós do que poderíamos colocar em palavras. Obrigada. Obrigada por continuar a comprar nossos livros, por amar nossos personagens tanto quanto nós amamos, por compartilhar nosso senso de humor e nossa mente suja, e obrigada por cada tuíte, e-mail, comentário, análise e abraço. Esperamos poder um dia abraçar cada uma de vocês.

Bennett gostaria de ver cada uma de vocês em seu escritório.

Lo, você é muito mais do que uma coautora, você é minha melhor amiga, a lua em minha vida, o chocolate do meu... você já sabe onde quero chegar. Amo você mais do que a combinação de todas as *boy band*, *glitter* e *gloss* que existem.

PQ, você está tão linda hoje! Amo você, apesar de me fazer molhar as calças de tanto rir. Na verdade, amo você mais do que amo o Excel, o GraphPad e o SPSS combinados. O seu colarinho está coçando?